Sob a capa Vermelha

MARIANA VITÓRIA

Sob a capa Vermelha

2ª edição

— Galera —
RIO DE JANEIRO
2021

CIP-BRASIL. CATALOGAÇÃO NA PUBLICAÇÃO
SINDICATO NACIONAL DOS EDITORES DE LIVROS, RJ

V828s
2ª ed.
Vitória, Mariana
Sob a capa vermelha / Mariana Vitória. – 2ª ed. – Rio de Janeiro: Galera, 2021.

ISBN 978-85-01-11502-7

1. Ficção juvenil brasileira. 2. Ficção brasileira. I. Título.

18-48884

CDD: 869.3
CDU: 821.143.3(81)-3

Meri Gleice Rodrigues de Souza – Bibliotecária CRB-7/6439

Copyright © Mariana Vitória, 2018

Todos os direitos reservados. Proibida a reprodução, no todo ou em parte, através de quaisquer meios. Os direitos morais dos autores foram assegurados.

Texto revisado segundo o novo Acordo Ortográfico da Língua Portuguesa.

Direitos exclusivos desta edição reservados pela
EDITORA RECORD LTDA.
Rua Argentina, 171 – Rio de Janeiro, RJ – 20921-380 – Tel.: (21) 2585-2000.

Impresso no Brasil

ISBN 978-85-01-11502-7

Seja um leitor preferencial Record.
Cadastre-se no site www.record.com.br e receba informações sobre nossos lançamentos e nossas promoções.

Atendimento e venda direta ao leitor:
sac@record.com.br

EDITORA AFILIADA

À mãe que me deu a vida e os primeiros livros da minha estante; esses foram meus dois maiores presentes. Meu incondicional amor e obrigada — essas palavras são para você.

Et à ma "mère de coeur", Rosa, qui n'a pas mon sang, mais a la place une pièce de mon âme. Merci, ma bien-aimée, aujourd'hui et toujours.*

---

* Nota do editor: "E para minha 'mãe do coração', Rosa, que não tem meu sangue, mas um pedaço da minha alma. Obrigado, minha querida, hoje e sempre."

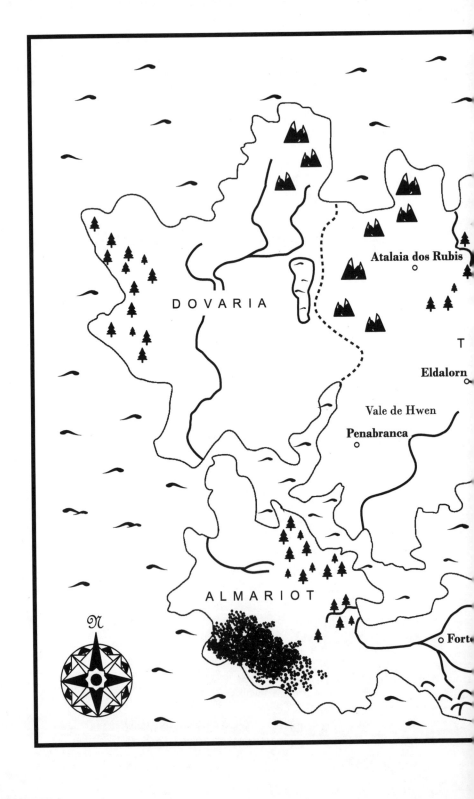

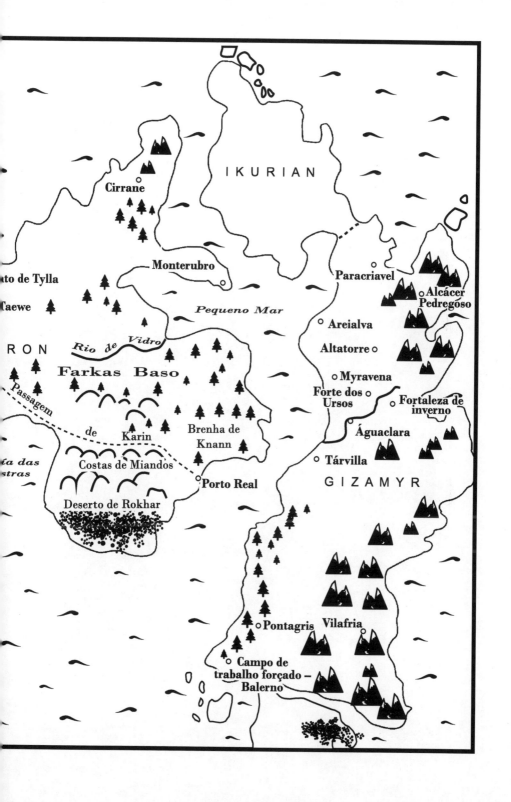

Prólogo

Envolta pela capa vermelha, Mirah era um talho aberto e sangrento na pele da noite.

Sangravam também seus pés descalços na areia escaldante da praia, fragmentos de conchas e pedrinhas pontudas cortando suas solas e fazendo-a tropeçar.

Eles estão vindo, pensou, ofegante; tinham alcançado os portões do castelo no mesmo instante em que ela conseguira escapar pela passagem escondida, seguindo o plano que havia arquitetado meses antes. Mas eles eram mais rápidos que Mirah, e estavam em maior número — seus olhos vermelhos procurariam por ela dentro dos muros do Trino da Alvorada, e, em pouco tempo, a descobririam na praia.

As Luas, minguadas e escondidas atrás das grossas nuvens num céu sem estrelas, não brilhavam com a intensidade que deveriam naquela noite de verão, e a escuridão só tornava ainda mais nítidas as tochas da multidão raivosa de gizamyrianos que invadiam o palácio num frenesi animalesco e descontrolado, daqueles que avançavam rapidamente na cidade em direção ao palácio, prontos para matar sua mãe e seu marido. Mirah sabia que só tinha alguns minutos antes que percebessem que havia escapado, e forçou-se a ignorar a dor nos pés e o cansaço e apressar seu ritmo, ou seria pega. Era uma questão de minutos até que descobrissem sua fuga e fossem atrás dela.

A criança nos seus braços chorava. Talvez estivesse assustada pelos gritos à distância, na cidade, mas Mirah desconfiava de que o choro, na verdade, estivesse mais relacionado à falta de familiaridade com a mulher que a segurava. Nunca tinha segurado sua filha, Rhoesemina, por tanto tempo; as duas se estranhavam, como duas desconhecidas.

Ela aproximou a criança do peito, protegendo-a do vento e acalentando-a enquanto olhava em volta, procurando a embarcação. Não conseguia acalmá-la; balançou-a de leve, desajeitada, e quando a menina começou a protestar, soluçando, Mirah também chorou, em desalento.

Pensou na mãe; fora ela quem lhe tomara a filha dos braços quando nascera, arranjando um quarto para Rhoesemina no pavilhão do palácio e encarregando-se de sua criação. Sempre fora jeitosa com crianças e nunca seria pega em uma situação constrangedora como aquela: Mirah não se lembrava de nenhuma ocasião em que a filha chorara no colo da Rainha-Mãe. Os súditos a chamavam de Grissel Lírio-Branco, porque nunca era vista sem as famosas flores coroando os cabelos, mesmo que evidenciassem a ação do tempo em suas madeixas. A ela, por outro lado, chamavam Mirah do Manto Rubro, por causa da capa que lhe fora dada por seu pai, já falecido, como presente para o dia de sua coroação. Ou *costumavam* chamar; agora, quando pensavam que ela não estava ouvindo, referiam-se a Mirah como a Rainha em Flamas, em razão das calúnias sobre sua vida sexual espalhadas por seus inimigos.

Tais calúnias não tinham fundamento; ela fora fiel ao marido desde o dia em que se casaram, cinco anos antes, embora o mesmo não pudesse ser dito sobre ele. No entanto, os boatos pareciam alimentar a boca do povo tão bem quanto pão e vinho e, em pouco tempo, as pessoas haviam associado a cor de sua famosa capa escarlate aos rumores, criando um apelido que julgavam inteligente, e Mirah, exasperante.

Mirah repreendeu-se. Não havia tempo para pensar nisso agora; estava deixando-os, e a distância tornaria tais boatos mais baixos que sussurros.

Não demorou até que visse no horizonte a embarcação que tinha encomendado, o sagrado barquinho que a levaria para longe dali. Estava quase completamente oculto pela escuridão da noite e não era maior do que um esquife, mas lá estava ele. Mirah fechou os olhos por um segundo e respirou fundo, a mão esquerda trazendo a cabeça de Rhoesemina para junto do ombro, num abraço aliviado — não havia nenhum sinal de traição por parte dos corsários pagos.

— LÁ ESTÁ ELA! — Ouviu, e imediatamente virou o rosto na direção da voz, sentindo o corte cruel do vento. O som tinha vindo de um grupo a quilômetros e quilômetros de distância, mas ela ouvira com clareza, como se as palavras tivessem sido sussurradas em seu ouvido. Um arrepio percorreu a espinha; olhou por cima do ombro, seus olhos de lobo enxergando perfeitamente na noite escura, e viu-os correndo em sua direção.

Desviou seu caminho de modo a esconder-se atrás dos rochedos na praia, em pânico; era tudo que podia fazer. Rhoesemina percebeu seu medo e chorou mais alto, aterrorizada, enterrando o rosto no ombro da mãe.

— Não chore, Rhoesemina — sussurrou entre um fôlego e outro; não sabia quanto mais poderia aguentar; a criança pesava em seus braços e as pernas doíam, bambas na areia instável. — Não chore, ou nos encontrarão.

— MORTE À RAINHA!

Outro brado que logo se transformou em coro; a multidão já alcançava a areia da praia, e Mirah se dividia entre olhar para trás e para a frente, onde via sua salvação: o barco — estava atrás de algumas rochas à beira-mar, tão próximo... E ainda assim, parecia inatingível. Ela não tinha forças para chegar até lá, não era rápida o suficiente, e suas pernas doíam, e os pulmões imploravam para que parasse. Não *conseguiria...* Estava *tão cansada...*

— Me desculpe, Rhoesemina. — Chorou, escondida atrás das rochas. Esbaforida, sentia os braços moles; não poderia carregar a criança mais um instante, e as pernas já haviam cedido, tremendo enquanto ela aceitava sua derrota. Não conseguia dar mais um passo — Me desculpe...

Nosso povo é um povo feroz e unido, diria a ela, se a filha fosse capaz de entender. *Mas não é mais nosso povo; agora se unem em sua fúria contra nós. Nunca tivemos chance alguma contra ele.*

Um cheiro metálico de sangue encheu suas narinas. Subitamente tomada de adrenalina, Mirah afastou Rhoesemina de seu peito para examiná-la, tateando-a com mãos nervosas em busca de qualquer ferimento. Uma série de urros soou numa distância mais curta que antes, muito mais curta; os revoltosos a tinham visto atrás das rochas, e no furor de alcançá-la, começaram a pisotear uns aos outros.

É o sangue deles que farejo, concluiu, aliviada, e cobriu Rhoesemina com a capa, apertando-a contra si novamente e disparando em direção ao barco, sua força recobrada. Quanto mais se aproximava, mais percebia algo novo crescer em seu peito, uma sensação que a enchia tão completamente que a dor, o cansaço e os temores eram quase esquecidos. Um senso de responsabilidade e uma onda de orgulho a invadia; somente um milagre a teria ajudado a escapar, mas ela tinha conseguido, mesmo que as deusas não estivessem ao seu lado. Sua recém-adquirida estoicidade se provara mais eficaz do que a interferência divina, e, se isso não fosse motivo de orgulho, Mirah não sabia o que era. Na verdade, o que tinha garantido o sucesso de sua sobrevivência fora o instinto quase animalesco que sentia se apossar dela desde que dera à luz sua herdeira, há quase um ano. Um sentimento que lhe avisara de antemão que algo de ruim estava para acontecer e lhe fizera garantir providências para uma eventual fuga. Afinal, não chamavam a ela e seu povo de homens-lobo?

Vira outros partindo para junto das deusas antes e não pretendia ter o mesmo destino, não tão cedo. Primeiro fora o conselheiro de seu esposo, Lorde Moyse, e depois uma de suas aias. Agora tinha certeza de que eles tinham sido envenenados, mas, na época, todos pensaram que era uma nova doença se espalhando dentro do palácio. Foi só quando a dama de companhia favorita de Mirah morreu que seus temores se confirmaram. Passava todos os dias ao lado dela, e se a dama de companhia estivesse doente, então Mirah também estaria.

Lembrava-se bem de como tinha sido. Pela manhã a moça estava bem, à noite estava morta. O choque fora tão grande que Mirah nem sequer chorara; só quando foram retirar o corpo ela conseguiu expressar o que sentia, e gritou, bloqueando a passagem dos guardas e insistindo que a lady só fosse velada quando sua família chegasse do sul para a cerimônia. Relutantes, os homens concordaram, e sacerdotisas vieram de seus templos na cidade para passar óleos no cadáver e lhe dar uma bênção final.

Depois de matar sua dama de companhia, os opositores tinham feito ameaças mais agressivas. Dois dos bastardos de seu esposo foram sufocados nos berços naquela mesma noite, e embora Mirah não gostasse particularmente de nenhuma das amantes do rei, não pôde evitar chorar quando recebeu a notícia. Mandou que trouxessem Rhoesemina imediatamente e dormiu ao lado da menina. Prometera para si mesma que todas as noites seriam assim a partir daquele momento.

O horror daquelas lembranças ainda assombrava Mirah. Já na embarcação, passou a bebê para o braço esquerdo, liberando o outro para desabotoar o manto, e desejou boa-noite aos corsários, sem saber o que mais poderia dizer. Ao inclinar-se sobre o esquife, tomou as últimas providências antes da viagem. Deu a cada um dez moedas de ouro e alojou-se num canto apertado do barco, desejando ter levado um frasco de perfume para abafar o odor forte que vinha de um dos fardos bem embrulhados no fundo da embarcação.

Os homens começaram a remar, e Mirah acomodou Rhoesemina sobre as pernas, concentrando-se nela para esquecer os próprios pensamentos. O calor do corpinho frágil da filha contra o seu a lembrava por que não havia se entregado, se permitido morrer ao lado do marido, a atitude nobre a tomar. Sentiria falta da mãe e do irmão — *ah, tanta falta* —, mas não podia se permitir pensar neles agora. O fogo dela ardia e o medo pulsava intensamente em seu peito, mas Mirah sentia-se forte como nunca — o lobo dentro dela nunca estivera tão vivo.

1

Doma

A FUMAÇA NEGRA VOLTOU NO MESMO DIA EM QUE ROS DESApareceu.

Veio em flocos finos como neve, escuros, pousando no braço de Norina, languidamente pendido, ao lado do catre de palha. O sol mal batia no casebre, lutando contra as grossas cortinas de neblina e fuligem; a vela fixada com cera sobre um pratinho no assoalho, ao lado do leito, estava apagada. Nas primeiras horas daquela manhã de inverno, fazia um silêncio terrível, cortado apenas pelos uivos do vento gelado que vinha passear pelas frestas da parede de madeira da choupana, espalhando o pó negro de uma recente cerimônia de Doma por toda a parte. Não fosse ele a zumbir no seu ouvido, talvez Norina tivesse dormido mais algumas horas.

Sentiu a fuligem sobre a pele assim que abriu os olhos e espantou-a com veemência, dando tapinhas nos braços e no rosto. Os olhos ardiam, a fumaça fazendo com que lágrimas escorressem de seus cílios claros, e ela piscou freneticamente para repelir aquilo, sentindo nojo e tensão ao mesmo tempo.

Sentou-se, passando a mão nos cabelos prateados enquanto o coração batia com força contra o peito. Preferia que fossem ratos andando sobre sua pele a restos mortais de um Indomado.

O frio parecia reverberar pelos ossos, e sentia os dedos tensos e amortecidos. Nor tateou o chão à procura da vela e riscou um dos fósforos para acendê-la, desajeitada. Assim que a chama começou a arder, esfregou as mãos para aquecê-las e depois levantou a vela na altura dos olhos.

Está em todo lugar, constatou, apavorada.

Da cornija da lareira até a roca de sua mãe e a mesa de refeições, tudo estava coberto dos restos mortais de um Indomado, aquela neve negra e maldita que carregava consigo o cheiro de morte. A coberta sobre as pernas também estava cheia deles, pequenos flocos que haviam entrado furtivamente pela chaminé e pelas frestas da choupana precária. Norina jogou o tecido longe com um grito abafado e perdido no fundo da garganta; ao se levantar, percebeu que as mãos tremiam.

Levou a chama até os tocos de lenha na lareira, acendendo-a: ninguém notaria a fumaça de qualquer jeito, misturada àquela produzida pela Doma. Por alguns instantes, deixou-se aproveitar: de pé e imóvel diante da lareira, sentiu o calor revigorá-la mais do que a noite de sono, trazendo-lhe paz e esquecimento por preciosos segundos. Não ousava reclamar do frio na presença da mãe. Ela costumava dizer que Norina desconhecia o verdadeiro inverno, e Nor imaginava o que isso queria dizer. Não era mais quente no norte do que no sul, com seu deserto inclemente e a proximidade das águas quentes do mar de Estos, e a mãe nunca estivera no oeste, onde as montanhas cobertas de neve se erguiam altas o suficiente para perfurar o céu. E todos sabiam o que havia no leste.

Nor estremeceu só de lembrar, afastando-se da lareira. De repente, o fogo já não era mais confortável: esse era o destino *deles*, e ela se lembrava do porquê.

A floresta de Farkas Baso é só o início, diziam. *São das terras a leste, além dela, que nascem os monstros Indomados. Os filhos de humanos que se deitaram com lobos, homens que uivam para a lua e correm nus pelas matas, que invadem vilas à noite para estuprar jovens meninas e banquetearem-se da sua carne e do seu sangue.*

Como poderia esquecer? As palavras eram repetidas pela vila todos os dias, um constante lembrete de que cautela nunca vinha em excesso.

Lembrou-se ainda da mãe e de suas histórias sobre os Doze Deuses, que haviam criado o mundo para os humanos, porque os amavam. Deram a eles o sol e o céu, as estrelas e as Luas, e o imenso mar azul. Mas havia uma pessoa que amavam acima de todos os outros humanos, e a ela deram de presente a imortalidade, pois assim poderia comandar tudo que haviam construído. Desde então, Viira era a Rainha das Rainhas, e ao seu lado estavam homens e mulheres que escolhia para serem seus *ahmirans*, consortes que lhe faziam companhia e com os quais teria filhos e filhas.

Com o tempo, as terras foram divididas para melhor administração, e Viira enviou os filhos para os diferentes reinos. Tudo ia bem e segundo a vontade dos Deuses, até que uma raça de bestas se opôs a Eles. Eram os Indomados, meio homens, meio feras, tão selvagens que não glorificavam os Deuses, e sim as Luas, que, de acordo com as lendas, lhe davam habilidades especiais e regiam seus humores, tornando-os verdadeiros animais.

Ainda pequena, Nor perguntou à mãe se ela já vira um Indomado e, se tinha visto, como eram. Ros evitou a pergunta com a habilidade de quem já a esperava, e desse modo abriu as portas para que a imaginação de Nor achasse as respostas — em sua mente, os Indomados eram como grandes bestas de presas afiadas e longas garras, meio humanos, meio animais. Eram tantas as histórias que os demonizavam, que ela não podia evitar criar imagens cada vez mais terríveis quando tentava imaginar sua aparência. Até que, aos seis ou sete anos, a mãe colocou-a diante de seu reflexo numa grande bacia cheia d'água, finalmente respondendo sua antiga pergunta.

— Olhe bem, Norina. É assim que um Indomado se parece.

Nor não conseguia acreditar, e chorou por horas, desconsolada. Mas não havia como mudar quem era, como tinha nascido.

A mãe contou-lhe a verdade. Os mitos eram apenas mitos e os boatos eram bem mais terríveis que a realidade. Os Indomados eram pessoas aparentemente normais, embora pudessem ser distinguidos por um tom mais claro de pele e de cabelo — presas fáceis de serem caçadas, não predadores, como ela pensara até então. Os Indomados, explicara a mãe, eram pessoas especiais com habilidades especiais, e era por isso que Norina, sendo uma dessas pessoas, devia se orgulhar e não se envergonhar. Os seus ouvidos podiam ouvir sons que humanos não captavam, disse a mãe, e de noite seus olhos enxergavam com a clareza dos olhos de um lobo. Não só isso: podiam enxergar *dentro* das pessoas; a visão de um Indomado era tão aguçada que era capaz de ver memórias e pensamentos que não lhe pertenciam.

Nor assustou-se, na época. Achava que todos eram capazes de fazer o que ela fazia. E mesmo quando descobriu que era diferente por uma razão maior do que simplesmente sua aparência, mesmo quando a mãe lhe garantiu que era "especial", ela foi incapaz de sentir orgulho. Porque quando ouvia gritos à distância, sabia que era um dos seus que estava queimando. Sabia que sua mera existência era uma afronta aos Deuses, um pecado. Ela era uma criatura selvagem e primitiva num mundo construído com perfeição — uma praga entre os espécimes perfeitos da natureza.

Ela agora sabia que a floresta era um modo de manter os humanos a salvo das bestas Indomadas, quilômetros e quilômetros de mata fechada mantida viva pelos Deuses como barreira natural, uma forma de oferecer proteção aos tergarônios, os nativos de Tergaron. Havia também o velho castelo, Fortechama, mas a rainha não ousava mais enviar homens para lá desde o massacre do último Dia dos Deuses. A verdade era que, atualmente, Farkas Baso e o forte, agora deserto, não passavam de corredores para a passagem de Indomados, e eles eram vistos pelo reino com cada vez mais frequência, ameaçando a paz e a própria vida dos tergarônios.

Norina não se lembrava de ver tantas cerimônias de Doma sendo realizadas em tão pouco tempo na vida, e isso a assustava mais do que qualquer palavra poderia expressar. Sabia que algumas pessoas da vila encontravam conforto nas Domas — isso significava que o trabalho de exterminá-los estava sendo bem-feito, afinal —, porém sentia medo quando ouvia os lobos uivando à noite. Nor sabia que era um sinal da resiliência destas feras, e um aviso.

Ela ansiava pelo retorno do verão, quando as árvores ficariam verdes de novo, a neve derreteria e seria quase impossível sentir medo. Nada de ruim acontecia quando o céu estava azul e os pássaros cantavam, ou ao menos assim ela pensava. Além disso, havia menos fome no verão e as olheiras da mãe diminuíam. No calor, Nor a via sorrir de novo, e por alguns meses as duas se esqueciam dos Indomados. Era a época mais feliz do ano.

Havia sido no verão, muitos anos atrás, que a mãe a trouxera para casa. De onde, não tinha certeza e não ousava perguntar. Desconfiava de que tinha sido encontrada dentro de um córrego, nas proximidades de um bordel ou do mercado. Era pequena demais na época para se lembrar, um bebê com cerca de um ano, e tanto havia acontecido depois que os detalhes perderam a importância — se é que um dia tiveram alguma. A mãe que lhe dera o ventre e o seio era apenas um fragmento de sua imaginação, embora Nor fantasiasse com ela e chamasse seus devaneios de "lembranças" com mais frequência do que conseguia admitir. Sonhava com uma mulher de longos cabelos prateados, como ela, que morava num grande castelo em alguma parte de Tergaron e que tinha um sorriso fácil e contagioso, uma mulher que nunca a abandonaria por escolha, levada desse mundo por uma doença fatal, entre protestos. Era uma fantasia boba, é claro: uma mulher como aquela nunca teria permissão para viver, não em Tergaron, onde qualquer pequena semelhança com um Indomado era como uma sentença de morte.

Incerta quanto ao seu passado, o que viera depois era tão familiar e constante quanto o sol nascente. Sua mãe, a verdadeira mãe, a mulher que partilhara com ela sua lareira e seu pão, não tinha os cabelos prateados nem o sorriso fácil da mulher dos seus sonhos, mas madeixas negras e enroladas que emolduravam um rosto gentil, e seu riso, por ser raro, era ainda mais gratificante quando vinha, uma explosão calorosa de felicidade cercada de pequenas rugas. Ela tinha mãos cheias de calos, endurecidas pelo trabalho, mas os dedos eram delicados quando penteavam o cabelo de Nor, e os braços eram quentes quando a recebiam no fim do dia, cheios de saudade. Era por causa de Ros que estava viva, Nor sabia, e nunca se permitira esquecer. Se o mundo lá fora era perigoso, Ros era o seu porto seguro.

Por isso, quando se afastou da lareira, percebeu que estava sem ar.

Ela estava sozinha.

— *Ahma?* — chamou, esfregando novamente os olhos, que ainda ardiam por causa da fuligem. Tornou a abri-los, enxergando mais claramente dessa vez, mas Ros não estava em lugar algum.

Tentou ser razoável. Talvez a mãe tivesse descido para a cidade enquanto os ventos ainda eram amenos, na esperança de voltar antes que Nor acordasse. Se uma Doma estava mesmo acontecendo na cidade, seria impossível descer até lá por alguns dias, assim como conseguir mantimentos no mercado, em razão da vigilância redobrada nas ruas e na estrada real. Além disso, Ros não gostava de deixá-la sozinha nessas horas. Teria partido cedo, assim que ouvira o anúncio, para voltar o quanto antes e ficar junto de Nor.

Era certo que sua mãe não saíra para trabalhar — todo o serviço inacabado repousava sobre sua cadeira e não havia nenhuma entrega a ser feita. Quase nunca havia, se as duas fossem ser sinceras. Ela teria avisado se precisasse sair.

Ahma, o que está fazendo fora de casa numa hora como essa?

Norina levantou-se, ansiosa. Havia inúmeras coisas sobre a mãe que Nor não compreendia bem, mas ela tinha certeza de que Ros era inteligente demais para sair de casa com uma Doma em curso. A única explicação que fazia sentido era...

Nei.

Ela não pode ter...

Ela não...

Norina cambaleou, o pensamento lhe causando o mesmo efeito de uma taça de vinho sorvida às pressas. Levantou-se de uma vez, tonta, e espalmou a mão na parede para equilibrar-se, tropeçando até a janela.

Acocorou-se sob o parapeito, e com uma das mãos afastou a poeira negra depositada sobre a moldura. Espiando ligeiramente sobre a borda, respirou fundo e puxou a cortina para ver do lado de fora, apenas uma fresta, o suficiente para ver sem ser vista.

— *Ahma?* — sussurrou, instintivamente.

A princípio, não viu nada. Tudo estava como deveria: no lusco-fusco enevoado da manhã, homens de pele escura como a madrugada que terminava carregavam sacas de grãos para alimentar os burros e os porcos do lado de fora. Algumas mulheres apoiavam-se nos batentes das portas, observando o dia clarear enquanto batiam tigelas de mingau. Crianças corriam para fora de casa, rindo, e recebiam tapinhas nos traseiros, levadas novamente para dentro no colo de irmãos mais velhos brutos. Nuvens de fumaça começavam a sair pelas chaminés enquanto as primeiras refeições eram preparadas dentro das casas, misturando-se à névoa escura da cerimônia de Doma.

Norina engoliu a bile. Não havia como confundir a fumaça de uma execução com uma simples queimada em Matarrégia; nenhum fogo comum era capaz de produzir o odor pútrido de carne das Domas, o fedor de morte tão intenso que se sobrepunha a todo o resto, pesado e terrível.

Era irônico como chamavam aquelas execuções horríveis de "domas", clamando que os animais selvagens que viviam no espírito de pessoas Indomadas pudessem ser controlados.

É claro que podem, pensou Nor, *quando são ateados a um poste e queimados vivos.*

As pessoas normais enterravam os corpos de seus mortos, benzendo-os com óleos e oferecendo-lhes bênçãos para que se juntassem aos Doze Deuses após a morte. Porém o único modo de perdoar os Indomados pelo pecado de seu nascimento era queimando-os, para que a fumaça de seus restos mortais subisse até que nenhum traço de sua existência sobrasse na terra. Era a coisa certa a se fazer, pelo bem de todos.

Ela observou as mulheres do lado de fora, com as panelas e os cestos e as crianças nos seus braços castanhos. O vento fazia os cabelos negros voar como cortinas de veludo, e seus passos na neve fresca e rala faziam a grama estalar. Assim que percebiam a fuligem no ar, no entanto, voltavam rapidamente para dentro de casa e chamavam pelos filhos. Até as cabras baliam e as vacas mugiam, perturbadas pelo nevoeiro escuro.

A garganta de Nor se fechava enquanto ela se esforçava para afastar os pensamentos ruins e ser coerente. Sua mãe era humana, em todos os sentidos. Se houvesse dúvidas, que a colocassem à prova. Não havia motivos para que a queimassem. Nem os mais brutos guardas da rainha seriam capazes de cometer tal erro.

No entanto, talvez o pecado da mãe fosse outro.

Talvez fosse ainda pior.

Ros de Tolisen era perfeitamente humana, mas ideologicamente perigosa. É claro que assim seria: era uma mulher tergarônia e nascida livre de qualquer aberração, mas seus ancestrais vinham do leste, do outro lado de Farkas Baso, com suas crenças nas Luas e na superioridade dos Indomados, que preferiam chamar de homens-lobo. Ros contara a Nor, depois que a menina crescera o suficiente para entender, que ela própria era filha de uma prostituta que não pôde recusar um homem pagante com raízes duvidosas. O sujeito não era Indomado, tinha dito Ros, ou ele teria sido sacrificado há muito tempo. Mas o homem trazia consigo as crenças dos selvagens do oriente, crenças que passou para Ros quando raptou-a dos braços da mãe e a levou para ser criada em Canto de Tylla, no castelo de sua família. Ele morrera quando Ros era apenas uma criança, e sua madrasta a tinha expulsado, levando-a de volta para a cidade para ser criada pela mãe.

"Ela fora levada pela peste alguns meses antes. As mulheres do prostíbulo me alimentaram e vestiram, mas eu me criei sozinha, com os ensinamentos do meu pai. É por isso", contara Ros, "que sei o que sei. E é por isso que seu lobo vive, Norina, hoje e para sempre".

Hoje e para sempre.

Na maior parte do tempo, Nor lamentava que mãe não a tivesse entregado às autoridades antes, mas não se ressentia por ela não ter feito isso. Preferia estar viva em seus braços, mesmo que confinada dentro daquele casebre pela vida inteira, a estar na fumaça respirada por todo o reino. Mas não podia deixar de pensar, às vezes, que aquela decisão tinha sido tomada por Ros. Nor notava quando o fardo era pesado demais para que a mãe aguentasse; quando passavam dias sem comer ou sem dormir, quando Ros vendia as roupas do corpo para poder sustentar as duas. E, nesses momentos, Nor desejava que a mãe tivesse tomado a decisão sensata quinze anos antes e a entregado enquanto podia.

Se fizesse isso agora, estaria condenando as duas ao fogo.

Ela olhou para fora novamente. Suas mãos tremiam e os ouvidos pareciam tilintar, sofrendo a dor de estímulos múltiplos; podia ouvir um cervo correndo em Matarrégia, a poucos quilômetros dali, e os gritos de homens que o perseguiam. *Ahmirans*, pensou ela, os consortes da rainha. Aprendera a identificar suas vozes, mesmo que nunca os tivesse visto. Também ouvia seus cavalos correndo e as raízes estalando sob seus pés, ruídos fracos à distância, mas que ainda assim estavam lá. Mais perto, muito mais perto, ouvia as vozes das moças da vila e o resmungo de uma criança que mamava o seio de uma delas.

Procurou-as na charneca: ali estavam, três mulheres de idade equivalente ou mais velhas que a própria mãe, as peles escuras brilhando sob o sol da manhã. Nor reconhecia duas das mais velhas; a que alimentava o bebê era Sira, esposa de um lavrador. Tinha gritado por horas a fio ao dar à luz e, por isso, Nor odiava os dois, mãe e criança. A outra ao seu lado era Alba; criava porcos com o marido e, por esse motivo, sua casa sempre fedia a tripas. Os cinco filhos causavam todo tipo de problema para Ros, sujando os lençóis que ela estendia no varal com as mãozinhas cheias de lama e tentando espiar pela janela. Não gostavam da mãe de Nor porque era mais pobre que as outras e reclusa; julgavam-na uma desocupada e uma louca. A mais nova, no entanto, era estranha à Norina: vestia-se melhor do que as demais, seu vestido de um tom de verde muito vivo, combinando com o véu que cobria os cabelos longos. Ao contrário das outras, que haviam perdido a vaidade com o passar dos anos, tinha os olhos bem delineados com *kohl*, e uma marca vertical vermelho-vivo na testa indicava que era casada. Aquela foi a primeira voz que Nor ouviu com clareza, quando se dispôs a focar nos sons da conversa, e não na caça em Matarrégia. Sua voz saiu doce e cantarolada quando ela disse:

— Acha que podemos entrar lá agora?

Não houve resposta. Nor viu quando a moça olhou na direção da sua casa e se escondeu, sentindo que as outras olhavam também; limitou-se a escutar. A moça abaixou o tom para um sussurro:

— Ora, está vazia agora, não está?

— E por que haveríamos de querer entrar naquela pocilga? — perguntou outra, de voz mais grave. Alba. A mulher dos porcos. — Uma única janela e sempre fechada. Boa coisa não se esconde ali atrás; seja cautelosa com sua curiosidade, Iohanna, ou ela a matará.

— *Dohi Iatrax!* — exclamou Iohanna. — Vocês, do campo, são crédulos como crianças. Se houvesse algo de irregular com a moradora daquela casa, os guardas da rainha já teriam cuidado da situação, posso lhes garantir. Já vi acontecer antes; a eficiência deles é impressionante.

Nor sabia quem ela era agora. Iohanna era nova na aldeia, filha de uma lavadeira do palácio Monterubro e recém-casada com uma cirieira da região. Era bonita e, por vir do palácio, se julgava superior às camponesas; Ros já comprara as velas de sua esposa e reclamara da queda de qualidade daquelas produzidas após a vinda da filha da lavadeira. "Yaen está ficando desleixada com o serviço desde o matrimônio. Aquela sua mulher é mimada, Yaen precisa lhe ensinar tudo sobre o modo como vivemos por aqui e não tem mais tempo para fazer boas velas", dissera ela quando o pavio de uma vela estava tão enterrado na cera que era impossível acendê-la.

— Yaen ainda tem muito a lhe ensinar — repreendeu Sira, colocando o bebê por sobre o ombro para fazê-lo arrotar. — Evitamos cruzar com a mestiça tal como evitamos entrar na mata de Farkas Baso; esse é o nível de gravidade da situação. Mas talvez esteja certa, afinal. É possível que os guardas a tenham levado para a pira funerária, onde é o lugar dela. Talvez esteja no ar que respiramos.

— Ela fede.

As mulheres começaram a rir, e o estômago de Nor passou a dar voltas.

Malditas...

Suas mãos fecharam-se em punhos; os olhos ardiam.

Ah, nei, nei, não agora...

Nor respirou fundo várias vezes e só abriu os olhos quando sentiu ter recobrado totalmente o controle. Não sabia quanto tempo tinha perdido e espiou do lado de fora: as três mulheres ainda estavam lá.

— *Nei*, ela não queima, pelo menos não ainda — disse Sira, olhando na direção da fumaça, na direção de Monterubro. — Eu a vi quando a fumaça já estava no céu. Estava esvaziando o penico no córrego.

— Você a viu? — perguntou Alba.

— *Saa*. O sol ainda nem estava no céu; talvez ela faça isso todos os dias, quando nós ainda dormimos.

Os ombros de Nor caíram de alívio, mas ela não ousou se afastar, não ainda.

— Há algo que eu não entendo — começou Iohanna. — Se a desprezam e a temem tanto, por que não a reportaram à guarda antes?

Ah, sim. É claro que perguntariam algo do tipo.

Nor não sabia muito, mas conhecia a resposta para essa pergunta e não queria ouvi-la novamente. Quando ela veio, sentiu-a como um tapa na cara.

— Ora... É por causa dos lobos.

Iohanna bufou, mas Nor viu o medo em seus olhos escuros.

— Honestamente...

— Não caçoe, menina. Ela não é Indomada, mas talvez seja pior do que uma. — Alba suspirou, pousando a mão sobre o peito antes de sussurrar: — Eles *chamam* por ela. Nós os ouvimos de noite.

Eles não chamam por ahma. *Eles chamam por mim.*

— Vim morar aqui há quase dez noites e nunca os ouvi. Além disso, quem pode dizer que é por ela que uivam?

— Preste atenção quando as três Luas estiverem cheias e os escutará. Depois de ouvi-los uma vez, não terá mais dúvidas — continuou Alba. — Verá como parecem chamar o nome dela e como choram mais alto quando ela põe a cabeça para fora daquela janelinha. Como seus olhos brilham no bosque enquanto eles olham na direção da sua casa. Se tivessem sede de sangue, já a teriam consumido. Sua casa é frágil e ela não tem ninguém para protegê-la. Não é isso que eles querem. Eles são seus aliados, tal como ela é aliada da escória Indomada.

— Quem sabe o que aconteceria conosco se a reportássemos? — especulou Sira, acalentando o bebê no colo. — Os lobos já estão entre nós; não os queremos ainda mais perto.

— *Dohi Iatrax.*

Iohanna posicionou o dedo do meio e o indicador juntos, tocando a testa, o nariz e os lábios rapidamente, benzendo-se.

Alba olhou em volta, para Monterubro. A fumaça começava a se dissipar.

— Se estivermos certas, ela será a próxima.

— Uma bênção bem-vinda — suspirou Sirma.

Nor se levantou devagar. Controlando cada movimento, forçou-se a prestar atenção em sua respiração enquanto fechava completamente a cortina e andava até a mesinha, encostando-se nela para suportar o peso do próprio corpo, subitamente demais para seus joelhos fracos.

Agarrou a borda da mesa com as mãos trêmulas, sentindo asco de si mesma. Era por sua causa que a mãe estava em perigo, ela sabia. Nor era uma praga. Ela se *parecia* com uma praga.

Lembre-se de quem você é, dizia a mãe. *Do que você é. Hoje e para sempre.*

Ah, ela se lembrava.

Não olhava seu reflexo com frequência, mas se lembrava bem das vezes em que o fizera, cada ocasião um evento mais desagradável que o outro: não havia vida em seus olhos, nem cor no seu rosto. A pele era sedenta do sol que nunca tinha conhecido, translúcida, e se agarrava aos ossos proeminentes com desespero. Sua pequeneza fazia saltar à vista o tom frio dos seus olhos, anormalmente azuis, como só se viam em animais. Os cabelos eram compridos, selvagens, um véu de prata que a escondia do mundo, da mesma cor dos cílios e das sobrancelhas quase inexistentes. Nor sabia que o pelo de animais albinos era da mesma cor e estava ciente do que acontecia com animais desse tipo na floresta.

Ela flexionou os dedos da mão até que os nós doessem e fez a mesma coisa em seguida com a outra mão. Havia agarrado a beirada da mesa com tanta força que a madeira se desfizera em lascas em alguns pontos.

Hoje e para sempre.

Desviou o olhar rapidamente. *Indomada.* Não havia nome melhor do que esse.

Exceto, talvez, por um.

Além das florestas de Farkas Baso, eles se autodenominavam homens--lobo.

Não que Nor se visse como um. Não que ela sentisse que houvesse um lobo dentro de si, como a mãe dizia, uma besta a ser protegida, um animal forte e feroz.

Mas ela não podia negar as similaridades.

Seus olhos brilham no bosque enquanto eles olham na direção da sua casa.

Aqueles olhos tinham cuidado dela por toda a sua vida. Tinham-na encontrado quando o mundo inteiro falhara.

E eles não eram os únicos capazes desse feito. Não eram os únicos capazes de enxergar através de montanhas em busca dos seus.

Nor olhou por cima do ombro, achando seu reflexo distorcido na superfície de uma chaleira de latão amassada. Ali estavam aqueles olhos abomináveis, sem alma, sem calor, olhando de volta. Estavam marejados; assim que notou isso, afastou as lágrimas com mãos furiosas. Não iria chorar como uma garotinha assustada — se não fosse forte, quem é que cuidaria de Ros?

Sou uma moça feita agora, disse a si mesma, lembrando-se do que a mãe tinha dito a ela quando tivera o seu sangue. *Não uma criança. Ahma me disse, quando me tornei uma mulher, que eu já poderia ter filhos.*

Mas eu nunca os terei. Nunca me casarei, nunca terei irmãos e nunca tive um pai. Ela é tudo o que tenho.

Tinha que consertar as coisas. Precisava proteger Ros como ela a havia protegido por quinze anos. Sabia o que devia fazer.

Respirou fundo, calando as vozes em sua mente.

Levou a cabeça aos joelhos, de olhos fechados, e arfou quando a visão veio até ela.

2

Miragens

PRIMEIRO, ERA O CAOS. Nor não sabia como tinha se acostumado à total falta de estabilidade, mas a verdade é que é fácil se acostumar a qualquer coisa com um pouco de perseverança ou quando não há outra opção. Todo ser humano e todo Indomado era capaz de se habituar às situações mais adversas, como um camaleão que muda de cor para se ajustar ao ambiente à sua volta.

E, ela supunha, era aí que residia o perigo.

A cabana dissolvia-se ao seu redor, uma miragem desfeita. Primeiro as paredes, desmanchando-se como tinta que escorre de uma tela; o catre, as cadeiras e a lareira se desfizeram em seguida, partículas que foram pelos ares como as sementes emplumadas de um dente-de-leão. Assim que se levantou da cadeira, ela se desfez também e, de repente, não havia nada a cercando além de uma grande escuridão.

Nor não sentira falta daquilo.

Seus olhos ardiam, e ela sabia por experiência que estavam injetados de sangue; tentou não pensar nesse fato, e em vez disso olhou em volta, em busca do menor sinal daquilo que procurava. *De quem* procurava.

Lentamente, um novo espaço se revelou. Um pequeno ponto de luz surgiu à distância, feito a primeira estrela da noite, solitário e trêmulo no seu cintilar. Nor estreitou os olhos vermelhos, dando alguns passos em direção a ele; aos poucos, o cintilar cessou e deu lugar a um brilho constante — e então, ele se pôs a crescer, a tímida luz encorpando-se até que iluminasse tudo à sua volta.

Paredes altas a cercavam, feitas de pedras cinzentas cheias de limo e sujeira; duas ou três tochas estavam penduradas nelas, iluminando pouco um aposento minúsculo, onde talvez coubesse um terço do casebre que Nor e a mãe dividiam. No topo de uma das paredes havia uma janela de dois palmos de largura e não mais que um de altura, que deixava um pouco de luz entrar no aposento, iluminando o chão de pedra com feno solto. O lugar fedia a urina e frutas podres. Uma porção de formigas rodeava um besouro morto, seu corpo já meio carcomido, voltado de barriga para cima em um canto próximo a um balde de madeira metade cheio com água lamacenta.

E no outro canto do aposento havia uma mulher, com fúria nos olhos cheios de rugas, o peito subindo e descendo vagarosamente junto aos ombros tensos.

— *Ahma!* — gritou Nor, mesmo sabendo que não poderia ser ouvida.

Ela usava as mesmas roupas do dia anterior: calças largas e vestido marrom, grande demais para seu corpo magro e pequeno, e se camuflaria no meio daquele ambiente escuro não fosse sua expressão de intensa raiva, que parecia fazê-la pulsar — Ros era a única coisa realmente viva naquele recinto grotesco.

Era uma miragem, apenas um reflexo da realidade, mas parecia tão real, tão nítido! A cabeça da mãe de Nor pendia para trás, encostada na parede de pedra, mas seus olhos estavam bem abertos, e o cenho franzido carregava uma mensagem clara de ódio, mesmo que ninguém estivesse ali para ouvi-la. O corpo voltado para uma porta, a única do ambiente, feita de madeira escura, estava tão imóvel quanto as paredes de pedra.

Nor sentiu um aperto no coração, que batia doloroso dentro do peito.

— *Ahma* — chamou, andando até ela com passos incertos. Não importava se não estava sendo ouvida. — Mãe, estou aqui.

Alguns dedos de distância as separavam. Podia vê-la claramente agora: seus olhos castanhos brilhavam com lágrimas, como os de Nor, mas a expressão no rosto da mãe não era de tristeza.

A voz de Ros soou na sua mente, uma memória distante e familiar: *As três regras, Norina.*

A primeira: não vá lá fora jamais; você não é como eles, ijiki, *e o caminho dos lobos não deve se cruzar com o dos humanos,* dissera a mãe anos antes.

A segunda: nunca *fale com estranhos, ou espie dentro de suas mentes. Seus dons funcionam como uma janela: se espiar de forma descuidada, a verão tão facilmente como consegue vê-los... e sua mente é um lugar perigoso. Controle-se, Norina, e controle sua curiosidade.*

Por fim, ijiki: *cuidado com o lobo. Ele faz parte de você tanto quanto o coração em seu peito; ao mesmo tempo, é uma criatura selvagem. Não o subestime e não tente ser esperta com ele. Sinta-o dentro de você e reconheça sua presença, mas não o deixe devorá-la.*

A memória fez com que algo se revirasse dentro dela, pulsante e vivo, como um animal que responde prontamente a um comando de seu domador. *O lobo.* Ela tentou ignorá-lo, mas o animal cresceu até que se tornasse impossível não o notar, aumentando de volume no estômago de Nor e chegando até o peito, a garganta, a cabeça, preenchendo tudo até que fosse grande o bastante para se fazer ouvir.

Era a mesma besta que havia crescido e uivado dentro dela tantos anos atrás. Nor ainda se lembrava.

Ainda se recordava muito bem do dia em que o lobo acordou e nada nunca mais foi como antes. Ela se lembrava do que tinha feito, do que tinha *visto,* e recordava o olhar de horror no rosto da mãe, dizendo a ela que nunca fizesse aquilo novamente.

Lembrava-se por que as três regras se fizeram necessárias... E agora estava quebrando-as, uma a uma.

— *Ahma,* me diga onde está... — murmurou. Então olhou em volta, procurando pistas.

É óbvio que está encarcerada, mas onde?

Foi só quando o olhar de Ros, ainda fixado na porta, suavizou-se por alguns instantes que Nor notou que alguém entrava na cela.

— *Majaraani* — disseram em uníssono duas vozes masculinas do lado de fora. A pesada porta de madeira rangeu, abrindo-se para o lado de dentro.

Nor respirou o ar sufocante, subitamente tensa. Lançou um olhar para a mãe: seus olhos, que por alguns instantes se permitiram relaxar, estavam fechados agora, quase em agonia, e a cabeça virara na direção da parede, evitando a porta. As mãos estavam fechadas em punhos, e sua respiração, difícil.

Nor ouviu um suspiro suave e se virou.

Uma jovem mulher se aproximava de Ros lentamente, as mãos entrelaçadas na frente da ampla saia do vestido, azul como a noite. O tecido jogado sobre o ombro também era azul, preso na cintura por um grosso cinto de ouro maciço, atraindo a luz das velas para si.

A porta se fechou atrás da mulher, mas Nor não percebeu. Seu coração disparou; ela sabia quem era aquela... E ela não era jovem, não de verdade.

Nor tinha ouvido as canções e a imaginado. Havia rezado pela sua saúde e assistido o povo na charneca dançar todo ano no dia de seu aniversário, mas nem o maior de seus delírios poderia produzir a imagem diante de si.

Ela era *estonteante*. Parecia fazer parte do céu noturno, elegante e resplandecente como uma mortalha de seda escura. Seu rosto, cuidadosamente moldado na forma de um coração, era perfeito, com olhos suavemente delineados com *kohl* e lábios grossos e bem desenhados. Cachos abundantes e escuros caíam pelas costas, terminando na altura dos quadris, e todo pedaço de pele exposta estava adornado com anéis, colares e pulseiras de ouro e pedras preciosas.

Se não soubesse a verdade, nunca diria que a moça tinha mais do que dezenove ou vinte anos; ela parecia uma menina, nova demais para reinar, mas estivera fazendo isso pelos últimos mil anos.

Nor estremeceu. Ela entendia agora, melhor do que nunca. Agora todas as canções faziam sentido.

"*Majaraani*", os guardas haviam dito. Aquela era Viira. Aquela era *a Rainha das Rainhas*.

Ela deslizou em direção a Ros, suave e graciosa como uma pantera, e Nor perdeu todo o fôlego. Seus joelhos tremeram e os olhos encheram-se de lágrimas.

Ali estava a resposta de todos os mistérios do mundo. Ali estava a cura da fome e da sede, das febres e das chagas.

A Rainha das Rainhas passou direto por ela e agachou-se em frente a Ros, tão perto que ela não teve escolha senão encará-la. Nor observou-as; a mãe parecia estar lutando contra alguma coisa, e ela não entendia. Nunca estivera tão tranquila em toda a sua vida. Nunca estivera tão *feliz*.

— Não lute contra mim, *ijiki* — disse a rainha na voz mais suave que Nor já ouvira na vida, uma voz que fez um formigamento percorrer sua coluna de cima a baixo.

Ros não respondeu. Fechou os olhos novamente e apertou os punhos, resistindo.

Como ela *podia resistir*? Nor sentiu que a mãe estava enlouquecendo.

— Onde ela está? — perguntou Ros entre dentes.

A rainha riu.

— Ora, aqui mesmo entre nós — respondeu.

Por um segundo, o coração de Nor bateu em sincronia com o da rainha, e esse breve instante foi tudo o que levou para que Viira voltasse sua atenção para a garota. A rainha girou vagarosamente, as saias do vestido azul da cor da noite varrendo o chão para acompanhar o movimento gracioso de seu corpo; os olhos escuros de tigre, brilhantes e sagazes, fixaram-se no olhar pálido de Norina.

Um sorriso suave começou a surgir em seus lábios. A Rainha das rainhas parecia estar assimilando algo pela primeira vez. Seu rosto suavizou-se por um precioso momento, e ela pareceu... gentil.

Gentil feito...

Feito sua mãe.

De uma vez, a lembrança de onde Nor estava e o que fora fazer ali retornaram, com a rapidez de um relâmpago. Seu corpo também parecia ter sido atingido por um raio, fagulhas emanando de todos os poros de sua pele, e foi tomada por uma dor de cabeça tão intensa que estava ficando zonza.

Piscou algumas vezes, sem saber por quanto tempo estivera ali. Seu corpo estava frio, e a garganta, seca.

Nor sentiu um frio inquietante na barriga. Olhar para a rainha era como olhar para o sol através da janela do casebre: o grande orbe era algo distante dela, algo majestoso e brilhante, e, embora fosse belo de se admirar, fazia sua vista doer se encarado diretamente, mesmo de dentro de casa.

Tornou a observar a mulher à frente, calada, enquanto seu coração dava piruetas dentro do peito, *barambarambaram*. Estava consciente dos trapos que usava e sentiu-se envergonhada. Era quase um pecado estar diante de Viira daquela forma, se é que a rainha podia realmente vê-la; isso não ajudou a desacelerar as batidas do seu coração.

Mas a rainha já não olhava para ela, e sim para Ros. Pela primeira vez, Nor notou que os pulsos e os tornozelos da mãe estavam presos à parede por grossas algemas de ferro; ela levantou-se de uma vez, esticando as correntes com o intuito de se aproximar ao máximo da rainha. Seus olhos castanhos estavam arregalados, e Nor sentiu um aperto no peito.

— *Nei!* Norina... Norina, você não deve! — Seus olhos vagavam pela cela, procurando-a inutilmente.

As três regras, Norina.

Nor fechou os olhos e soltou o ar, devagar. Era tarde para isso agora.

A testa de Ros estava suada, e os olhos, marejados, quando ela olhou para a rainha. Ao falar, sua voz saiu em um tom baixo e choroso:

— Por favor, não a machuque. Eu farei qualquer coisa.

A Rainha das Rainhas examinou-a, em silêncio. Seus olhos escuros de tigre brilhavam sob uma das lamparinas — ela ainda era linda, porém não mais capaz de manter Nor sob seu feitiço.

— Poupe-a, por favor. — A voz de Ros era quente e acolhedora como sempre, mas suas palavras cortavam. — Poupe-a e me leve no lugar dela.

Alguma coisa brilhou nos olhos de Viira, e ela virou-se em direção à porta.

— Guardas!

— *Majaraani* — disseram mais uma vez em uníssono.

— Transfiram a desertora para a outra cela e me deixem sozinha.

Seus olhos estavam em Nor. A garota *sabia* que a Rainha das Rainhas podia vê-la; tinham cruzado olhares assim que ela surgiu, de repente, feito um espectro no meio de um cemitério abandonado, quando o Deus da Morte se distrai e deixa o portão das almas entreaberto. Não sabia como era possível, mas sabia que era verdade; era assim com quase todas as coisas.

— Não! — gritou Ros, os olhos procurando novamente pela filha. — *Nei!* Norina, saia daqui! Vá embora enquanto há tempo!

Nor, contudo, ignorou os protestos. Precisava falar com a rainha, mesmo que isso custasse sua vida. Precisava tentar negociar a vida da mãe. Precisava *salvá-la*.

— Sozinha na cela, Mãe e Rainha? — questionou um deles, enquanto o outro liberava Ros das correntes e a punha de pé.

— E feche a porta quando sair.

A dupla de guardas levou Ros, que gritava e chorava, mas andou, disposta a colaborar. Não era pela sua vida que estava zelando.

— Poupe-a — pediu a Viira, entre lágrimas. — Por favor. Ela é inocente. Ela sempre foi inocente!

E então a porta se fechou.

Tremendo violentamente, Nor desabou aos seus pés, levando a testa ao chão em sinal de respeito.

— *Majaraani* — sussurrou, esperando que a rainha não notasse o medo em sua voz. — Não dê ouvidos a ela, por favor. Eu confesso meus crimes e me apresento para ser Domada, mas, por favor, deixe que ela vá. Ela é humana. Seu único crime foi ser misericordiosa.

Sua mente parecia gritar em descrença: *Como você ousa se dirigir à rainha? Você é uma Indomada, uma indigna! Cale-se antes que seja tarde demais!*

Mas já *era* tarde demais e, de qualquer modo, não podia se permitir parar. Não se quisesse que a mãe continuasse viva.

Nor ergueu os olhos, mas não se levantou. A rainha a observava em silêncio. Nor pensou que talvez tivesse sido um engano — talvez a rainha não pudesse vê-la, afinal. E se fosse como todos os outros?

No entanto, havia algo em seus olhos que não era vazio, mas atento, e o modo como ela se inclinava parecia indicar que estava apenas esperando que Nor terminasse de falar, como se soubesse que o que a garota havia dito antes não era tudo. Por isso, Nor continuou:

— Sim, ela é mesmo Domada, juro pelos Doze... Sou eu que tenho o animal dentro de mim. — Tinha nojo de si própria. Se pudesse, abriria o peito e o tiraria de lá com as próprias mãos, não importava o que a mãe dissesse sobre protegê-lo. — E-eu... Não estou pedindo para que me poupe. *Majaraani*, eu lhe prometo... — O fôlego de Nor ficou entrecortado; ela fechou os olhos e disse de uma vez: — Vou ao templo ainda hoje para a Doma, se for seu desejo, vou sim. Mas a minha mãe não é como eu e não merece esse destino.

A rainha abriu um sorriso ainda maior, e Nor entendeu que ela já sabia tudo o que acabara de lhe ser revelado. Era como se estivesse esperando esse tempo todo em silêncio só para ouvi-la dizer em voz alta.

É claro que ela sabe, concluiu Nor, sentindo-se estúpida. *Ela é a Rainha das Rainhas. Ela tem poder como ninguém tem e é imortal, já viu todo o tipo de coisa no mundo e cada Indomado que já pisou sobre estas terras. Deve saber nos reconhecer pelo cheiro antes mesmo de conseguir nos ver.*

Nor imaginou a si mesma sendo atada a um mastro, mais uma Indomada queimando na presença da rainha. Depois que fosse queimada e suas cinzas fossem carregadas pelo vento, as camponesas reclamariam do incômodo causado pelo cheiro e de como era difícil limpar a fuligem. Os aprendizes do sacerdócio passariam o dia seguinte à Doma esfregando os degraus do templo para tirar seus restos mortais de lá, franzindo os rostos com repúdio, removendo qualquer pedaço de pele queimada, de tripa incinerada; os Domados agradeceriam aos Deuses por tê-los feito humanos e bons em suas rezas noturnas. Em questão de dias, quando todo traço e qualquer evidência de que em algum momento esteve na terra fosse apagado completamente e todas as lembranças dela se esvaíssem das mentes de Domados, Nor seria esquecida.

— Então é você.

A voz de Viira soou ainda mais suave do que antes, e Nor teve que fechar os olhos, assim como a mãe havia feito, para não mergulhar num transe. A rainha abaixou-se ao seu nível e ergueu o queixo dela com dois de seus dedos, forçando-a a olhar para cima, para Viira. Nor abriu os olhos. Ela estava sorrindo.

— Então *será* você, é o que quero dizer. Exatamente como eu imaginava que seria. Essa pele rosada do povo de além-mar, os cabelos brancos... E os *olhos*. — A rainha suspirou, estudando-os. Nor sentiu um calafrio descer pelos ombros. — Os tergarônios não os têm assim, salvo um ou outro descendente de famílias dovarinas ou de Almariot. São perigosos. Quase sempre pertencem a Indomados como você. — A rainha se dirigia a ela como alguém se dirigiria a um passarinho de asa quebrada, fitando-a com o mesmo olhar de pena. — Mas você sabe disso, não sabe, *ijiki*?

Nor tocou uma mecha do próprio cabelo. O tom gentil da rainha a fazia ter vontade de chorar, mesmo que ela não entendesse bem o porquê.

— Mais cedo encontrei uma garotinha como você, só que ela era mais nova. Muito bonitinha, para uma Indomada. — A rainha suspirou. — Ora, o que se pode fazer, não é mesmo? Ela queimou bem, o que me fez pensar que talvez ainda houvesse esperança para sua alminha. E, se não, ao menos tirei os outros de perigo. É um trabalho árduo, mas um trabalho que devo fazer. Você compreende, não?

Nor não sabia como responder. Seu coração batia acelerado, esperando pelas palavras da rainha que a mandariam para o fogo como fizera com a outra Indomada, a menina que a visitara de manhã em forma de fumaça negra. A menina que ela varrera de sua pele, enojada, como se sacudisse a poeira do corpo depois de andar por horas ao longo de uma estrada de terra.

— Mandei que limpassem todas as matas ao sul de Monterubro e que as preparassem para a temporada de caça. A neve está derretendo rapidamente e meus esposos estão ansiosos para caçar. Porém, eu não podia imaginar que localizaria outro tipo de presa antes: acharam sua mãe perto do córrego, em uma dessas rondas especiais. — Ela largou o queixo de Nor de uma vez e se pôs de pé. — Recusou-se a dizer de onde vinha, mas acharam sua casa de qualquer jeito; foram os lobos que os impediram de se aproximar. Meus guardas relataram que os viram nos arredores do casebre, escondidos na mata, mas garantiram que estavam lá. Não ousaram enfrentá-los para não causar pânico na vila, mas você descobrirá que estão bem perto, se tentar escapar. Tenho rondas posicionadas de Cirrane até Farkas Baso e homens em todos os portos. Espero que não seja tola a ponto de tentar.

Nor fez que não com a cabeça, os olhos marejados.

— *Nei, majaraani.*

— Levante-se.

Nor obedeceu, limpando a frente do vestido inutilmente. Então era assim que ela seria capturada. Quinze anos de cautela para colocar tudo a perder em um único momento de descuido.

Nor sentiu uma lágrima solitária escorrer pelo rosto, rápida demais para ser impedida. Ela sabia que nada mais seria igual a partir daquele momento. Tudo estava perdido.

A rainha esticou a mão de dedos longos, cheios de anéis, e com uma delicadeza incomparável limpou-lhe o rosto, devagar e gentilmente.

— *Nei*, não chore, *ijiki*. Não suportarei vê-la chorar — disse a rainha.

Nor saltou, afastando-se por impulso. Ela não era digna disso e sabia. Mas Viira continuou: — Não tenha medo. Compreendo seu desejo de poupar sua *ahma*, e o dela de salvá-la, mesmo dada a sua condição. Eu também sou mãe, criança, de vários filhos. Não há nada que eu não faria por eles.

Os olhos da rainha brilhavam, encarando Nor com tanta intensidade que ela se sentia invadida. Viira parecia conseguir enxergar dentro de sua alma — se é que tinha uma. Logo sua expressão ficou séria, e a determinação em seu rosto a deixou ainda mais bela.

— Estou disposta a lhe fazer uma proposta — disse.

— Eu a aceito — respondeu Nor, sem hesitar.

A rainha deu-lhe as costas e pôs-se a andar pela cela, rindo levemente.

— Não tão rápido, minha criança. Preste atenção, pois fará bem em se lembrar disso: há uma hora certa para tudo. Não se pode assinar um contrato antes de ler os termos.

Nor baixou os olhos.

Não importaria, de um jeito ou de outro, pensou. *Eu não sei as letras.*

— O que lhe peço, em primeiro lugar, é que venha até o Monterubro. Permitirei sua entrada no palácio e lhe direi tudo o que quer ouvir, e então pode me dizer se prefere meus termos ou a Doma. Aviso-lhe de antemão que pode não ser uma escolha tão fácil quanto pensa.

Algo revirou-se no estômago de Nor.

As três regras.

Em toda a sua vida, sair de casa tinha sido tudo o que ela mais quisera. Com cada fibra do seu ser, sempre desejara sentir o vento no corpo e o sol sobre a cabeça. Fantasiava e sonhava, noite após noite, com uma vida em que os Deuses a tivessem feito completamente humana, uma vida em que pudesse passear pelos mercados e nadar no rio, sentindo a terra sob os pés, dormindo sob as estrelas.

Pois era chegado o momento, e ela não estava pronta. Não importava o que seus desejos mais profundos lhe dissessem, havia algo mais forte, algo que a paralisava e a levava aquém do ponto de consciência, num delírio ilógico, apavorado: o seu próprio medo.

Nor olhou para o lugar onde a mãe estava sentada antes, no meio do feno, como um animal. Se não aceitasse as condições da rainha, seu destino seria pior que o de Ros. Mas como poderia ser corajosa? De onde ia tirar a força necessária para fazer o que devia?

— Terá sua mãe de volta se fizer exatamente o que eu lhe proponho — disse a rainha. — Enviarei homens para buscá-la e trazê-la até mim. Eles esperarão às margens de sua vila e não se aproximarão mais; é você quem deverá ir até eles. Não ouse despertar os lobos na mata e não tente nenhum truque. Mostre resistência e os crimes de sua mãe terão a punição apropriada.

A rainha virou-se de costas e, como uma miragem desfeita, desapareceu, deixando no ar apenas o seu perfume de sândalo e rosas. Nor sentiu o coração acelerado e a cabeça cheia de perguntas.

Após o desaparecimento da rainha, as paredes da masmorra vieram abaixo. O chão desapareceu sob os pés de Nor, e uma luz ofuscante engoliu tudo, fazendo seus olhos doerem.

A luz foi diminuindo aos poucos, revelando um ambiente familiar. Quando Nor se deu conta, estava em casa de novo.

Olhou em volta, tremendo. A vila estava terrivelmente quieta, só o vento uivava agora. Até os pássaros haviam parado de cantar.

Nor andou até a cadeira e passou a mão sobre os tecidos suaves dos vestidos em que a mãe trabalhava. Se algum deles estivesse terminado, ela poderia se trocar. Tudo o que tinha para vestir era a roupa do corpo, um traje simples de algodão cru, sem tingimento. Entretanto, havia um par de luvas sobre a lareira, luvas que Ros costumava usar se fosse sair por um longo período de tempo, mas que deixara para trás. Calçou-as, mesmo que nelas houvesse alguns furos. Porém não havia nenhum par de sapatos. A mãe tinha um e estava com ele; quanto a Nor, já que nunca deixava o lar, não precisava de sapatos, nem tinha dinheiro para comprá-los. Portanto, foi descalça que ela cruzou o cômodo, indo em direção à saída.

Monterubro, repetiu para si mesma, para tentar se acostumar com a ideia. *Estou deixando minha casa. Irei ao castelo da rainha Viira.*

Inspirou profundamente. Quando expirou, o ar saiu entrecortado pelos lábios trêmulos.

Nada nunca mais será como antes depois que eu sair, pensou Nor. *Talvez eu nunca mais volte.* Era tudo em que conseguia pensar.

Deu mais alguns passos em direção à porta, os olhos frios encarando seu reflexo no espelho sujo. Se essa era a última vez que se via refletida, então estava satisfeita; nunca seu estado de espírito estivera mais bem representado por meio da aparência, e carregar essa imagem consigo para o momento de sua morte a faria lembrar que havia justiça no mundo, afinal — mesmo que a justiça não a favorecesse.

Colocou uma das mãos sobre a maçaneta, imediatamente sentindo um calafrio, que subiu pela ponta dos dedos até o braço, paralisando-a.

Inspire, disse para si mesma, fechando os olhos. *Expire.*
Calma. Está tudo bem.

Girou a maçaneta com cuidado. Nunca tinha feito o gesto antes, a não ser nos sonhos, e pareceu-lhe estranho, proibido. Uma corrente de ar pareceu atravessar seu corpo, gelando-lhe os ossos, vibrando por debaixo da pele.

Empurrou a porta de uma vez, para não ter que sofrer com os pensamentos que a torturavam ordenando o contrário, e a madeira cedeu, rangendo.

Ali estava: a vila de Tolisen. Simples, porém orgulhosa do seu lugar na charneca ao sul de Monterubro, tão maior do que ela imaginava sem a moldura da janela. A neve fria fazia seus pés descalços doerem, avisando-a para que voltasse. Não obedeceu.

Enfim estava do lado de fora, mas seu corpo não parecia entender o conceito de liberdade como deveria. As pernas pareciam feitas de borracha, hesitantes em prosseguir, como se não tivessem certeza de que realmente podia estar num local que antes lhe era proibido. A luz, tão branca, tão forte, fazia sua cabeça latejar e machucava seus olhos, e teve que fechá-los. Depois de longos segundos, abriu-os devagar, sorvendo cada detalhe daquele novo mundo.

Havia neve rala até onde a vista podia alcançar, suja daqueles flocos negros horripilantes e das pegadas de outros camponeses e de animais. Ela contraiu os dedos dos pés, sentindo a umidade entre eles e a textura dos flocos de neve que se derretiam rapidamente, molhando a grama áspera. A sensação a fez estremecer e rir ao mesmo tempo.

Tornou a olhar em volta; ao redor, havia casinhas como a dela, a maioria feita de madeira, algumas de pedra, com telhados altos de palha ou de tábuas esverdeadas — não fazia frio por muito tempo em Tergaron. De algumas chaminés saía fumaça branca, densa e quente, que se misturava às pesadas nuvens no céu. Nor conseguia sentir mil cheiros; cozidos sendo preparados dentro das casas, a madeira das árvores molhadas de neve, flores frescas, timidamente desabrochando aqui e ali — um presságio do fim do inverno —, o fogo queimando na lareira das casas para aquecer famílias camponesas, pão sendo preparado e assado, leite de cabra e de vaca sendo ordenhado, fresco e morno, rescendendo por toda a vila. Sentia também os cheiros desagradáveis dos penicos sendo esvaziados no córrego, da carne humana queimada na Doma, mais forte que todo o resto, dos porcos mortos de Alba, do estrume dos animais. Os bons e maus cheiros chegavam a ela com a mesma intensidade esmagadora, causando dor de cabeça; lutou contra a vontade de fechar os olhos para reconstituir-se: não queria, não *podia* perder nem um segundo daquele cenário espetacular. Queria experimentar tudo.

As têmporas latejavam e o coração batia forte. Parte dela gritava para que voltasse para casa; estava no caminho errado, no caminho dos humanos, onde não pertencia. Estava do lado de fora, *dohi Iatrax!* Seria pega e morta, sem sombra de dúvida. Essa era a primeira vez que sentia o frio da neve nos pés, que aspirava o ar fresco e úmido do inverno, que sentia o calor tímido do sol diretamente na pele, sem barreiras... mas também era a última, e não podia se esquecer disso.

Se essa é a última vez, pensou Norina, *que seja memorável.* Respirou fundo e observou o céu da manhã que se estendia sobre sua cabeça. E que céu! Nor nunca havia virado o pescoço para trás a fim de observá-lo, mas lá estava ele: uma massa azul acinzentada, onde os primeiros raios de sol começavam a brilhar. Ela estreitou os olhos; acabara de experimentar, pela primeira vez, a sensação incômoda de olhar direto para o sol.

Então é essa a cor do céu no meu último dia na Terra, refletiu ela, um gosto amargo na boca. Seus olhos lacrimejavam, e ela não tinha certeza se era a claridade ou o medo que a fazia chorar. Tudo aquilo que havia a sua volta, dos passarinhos nas árvores até as primeiras plantas da primavera iminente, do frio da neve ao calor do sol, da aspereza dos troncos de árvore à maciez das suas folhas... tudo aquilo poderia ter sido seu, se não tivesse nascido Indomada.

Não importava. Os Deuses não haviam lhe abençoado, e durante quinze anos fizera as pazes com esse fato. Não era a hora de revoltar-se, e, sim, de tentar esquecer seus infortúnios para focar no que realmente importava naqueles preciosos segundos: aproveitar o gosto do que nunca teria, antes que ele se perdesse completamente. Levou as mãos até a boca, fascinada com o que via. Era estranho não ter a moldura da janela ao redor da paisagem exterior, estranho olhar para longe e não ver os limites do horizonte. Estranho ouvir o barulho da neve sob seus pés e saber que era ela quem o estava causando. Estranho participar, estar no mundo assim como as casas e os pássaros e as montanhas, em vez de apenas observá-los. Pensou em como gostaria que Ros estivesse ali para presenciar aquilo. A primeira vez que a filha saía de casa.

Mas ela não está, disse Nor para si mesma, tentando se acostumar com o fato. E as mulheres da vila também não estavam mais lá para presenciar a cena. Nor se perguntou, estremecendo, se aquilo tinha sido obra da rainha.

Não havia ninguém por perto, exceto um jumento e alguns porcos do lado de fora de uma casa a alguns metros. A voz doce e firme da rainha ecoou em sua mente: *Quero-a em Monterubro até o levantar da primeira lua.*

Nor avaliou os arredores mais uma vez, e lá estava: ao longe, uma carruagem simples de madeira escura a aguardava, dois homens postados ao lado, observando-a sem se aproximar.

— *Dohi Iatrax...* — praguejou baixinho, dançando sobre os calcanhares.

Andou até eles, percebendo pela primeira vez que o vento podia cortar.

3

Monterubro

Assim que a viram, eles a agarraram pelos cabelos, suas grandes mãos enluvadas em couro arrastando-a pela neve. Ela esperneou, choramingando. Se tivesse desenvolvido o reflexo de gritar durante a infância, é o que teria feito; em vez disso, soltou um gemido abafado e agudo que queimou a garganta e arrancou lágrimas de seus olhos.

— Rápido, seu animal miserável! — exclamou um deles, empurrando-a para dentro da carruagem.

Este foi o último a soltar seus cabelos, liberando-a. Norina bateu a cabeça contra a madeira da porta estreita, caindo dentro da carruagem com os ouvidos ainda zumbindo. O outro guarda fechou a porta atrás dela, bloqueando assim o acesso ao mundo recém-aberto e deixando Nor mais uma vez enclausurada. O lugar era tão pequeno que as paredes podiam ser tocadas com ambos os braços dobrados e os cotovelos pendidos, e as pernas encostavam na parede da frente, mesmo que fossem curtas em razão de sua pouca altura. Nor estava acostumada ao confinamento do casebre, mas não àquilo, e teve vontade de chorar. Além de pequena, a carruagem era escura, e as duas janelas, à esquerda e à direita, eram fechadas com um padrão que se assemelhava ao de colmeias, com apenas pequenos buracos que liberavam a passagem da luz.

A carruagem subiu e desceu, chacoalhando de leve. Nor pôde ouvir o relinchar de um dos cavalos e o ruído de cascos batendo contra a terra cheia de neve. Antes que se desse conta, estavam se movendo em direção a Monterubro, o barulho ritmado dos cascos e das rodas embalando a viagem pela estradinha torta e precária.

Percebeu que, na pressa, os soldados haviam prendido seu vestido na porta. Puxou-o, tomando o cuidado de não o rasgar. Pensava em tudo e em nada ao mesmo tempo. Era a primeira vez que saía de casa para o mundo exterior, mas, naquele momento, todo o seu mundo e toda a sua concentração se reduziam em extrair aquele pedaço de tecido preso na porta do modo mais zeloso possível para não o danificar. Se tentasse pensar em coisas de maior importância, enlouqueceria.

Enfim, conseguiu soltar o vestido e permitiu largar-se no assento macio da carruagem, fechando os olhos. Seu couro cabeludo ardia, e um zumbido ensurdecedor cobria quase todos os outros sons do mundo exterior. Nor já experimentara a dor — ah, aquele amaldiçoado *Dia dos Deuses!* —, mas nunca como aquela. Sentiu que talvez estivesse sangrando, mas nem tentou conferir. Sua raiva havia sido abafada pela confusão, mas agora que estava com a cabeça mais desanuviada não podia permitir-se o risco de se zangar e atacar os soldados. Precisava deles para chegar a Monterubro.

Encostou a cabeça na janela, recebendo os primeiros raios de sol do dia com prazer convidativo e um suspiro que chacoalhou o corpo todo. Sabia que os guardas a maldiziam: podia ouvir cada uma de suas palavras com clareza, mesmo que ouvidos normais não as captassem entre os ruídos da carruagem, mas tentou ignorá-los da melhor forma que pôde, ainda que a fizessem se lembrar de seus pesadelos. Eram raras as noites que não os tinha; sonhava com guardas entrando no casebre e arrastando-a para a cidade para ser queimada, tirando-a dos braços da *ahma* e amarrando-a numa pira diante de um templo. Quando isso acontecia, a mãe estava sempre ao seu lado para tapar sua boca antes que gritasse e depois a apertava contra o peito, balançando-a para a frente e para trás até que parasse de chorar, mesmo que já fosse moça feita.

Devo ser forte, pensou, tremendo. *Devo ser forte para ahma.*

Por duas vezes pararam no meio da estrada, mas não permitiram que Norina descesse em nenhuma delas. Na primeira, os guardas se revezaram para esvaziar as bexigas, um segurando-a dentro da carruagem enquanto o outro desamarrava os calções despreocupadamente entre as árvores, de frente para a carroceria. Nor sentiu-se corar, mas não desviou os olhos. Ela sabia o que o guarda estava fazendo e que sua intenção era provocá-la, mas a jovem já tinha visto coisas piores nos chiqueiros de sua vila e não se intimidaria.

Na segunda vez, pararam numa campina, nas proximidades de um forte, quando o sol já estava alto. A essa hora do dia em Tergaron, podia--se esquecer do inverno por algumas horas: o tempo era ventoso, mas não desagradável, e o sol transformava todos os resquícios de neve em pequenas poças. Os guardas abriram a porta e Nor absorveu a vista, maravilhada. Lembrava-se da sua infância, marcada pelo fascínio que tinha pelas pequenas gramíneas grudadas no vestido de Ros e da terra na sola de seus sapatos quando a mãe voltava para casa. Naquela época, tudo o que mais queria era pôr as mãos num punhado de barro ou pisar em uma poça d'água. A mãe às vezes permitia que ela colocasse a cabeça para fora da janela de madrugada, mas era tudo. Fazia isso porque dizia que o vento era o deus mensageiro das boas e das más energias e que, por vir do céu, era o mesmo vento que refrescava o rosto dos Deuses e das deusas; era bom que Nor tomasse o que pudesse de suas bênçãos.

Mas isso... isso era tão maior do que qualquer coisa com que já tivesse sonhado que não conseguiu evitar que seu queixo caísse, abobada.

Havia verde e amarelo pálido até onde a vista conseguia alcançar, um mato alto que parecia desafiar a linha do horizonte para um duelo. À esquerda, corria um riacho estreito e marrom-esverdeado, carregando pequeninas placas de gelo ainda por derreter, que brilhavam, suando ao sol do meio-dia. Aos ouvidos de Nor, ele corria elegantemente, borboleteando contra as pedras, e criava uma melodia para a voz dos pássaros que cantavam acima da cabeça deles. Ao longo das margens cresciam árvores às quais Nor não sabia dar nome, árvores que desciam por toda a extensão do rio, até atingir a muralha de três ou quatro metros de altura do forte diante deles. Sentia o cheiro de frutas bem maduras, ameixas e groselhas, peras e kiwis, crescendo desafiantes nos galhos cheios de neve, e o estômago roncou, desejando prová-las. Esse odor se misturava ao da grama molhada e ao do estrume dos cavalos, do barro e do suor de alguns guardas, a confusão de cheiros atordoando seus sentidos.

O forte em si era a coisa mais grandiosa que Nor já tinha visto na vida, mas ela logo se deu conta, ao ouvir a conversa dos guardas, de que ele pertencia a uma família de pequena importância, com uma quantidade modesta de terras que incluía o riacho e a campina, porém não muito mais que isso. Ela olhou para o horizonte, para as montanhas vermelhas e para a sugestão de uma torre atrás delas, nervosa com o que ainda estava por vir. Por um momento, quis voltar para casa e encolher-se junto ao fogo para se aquecer. Tergaron era estranho e amplo e parecia que não acabaria nunca. Havia mais, tão mais adiante! O mundo era infinito; ela sabia disso agora.

A porta da carruagem se fechou novamente, e Norina foi deixada com as paredes de sua cela móvel enquanto os cavalos eram alimentados para continuar a viagem. Recostada contra a porta, ouvia sussurros do lado de fora. As vozes dos guardas unidas a uma terceira voz, mais suave, dona de um sotaque sofisticado, que Nor já havia ouvido antes nas vozes dos *ahmirans* da Rainha das Rainhas. Um lorde, não menos.

— Oh, não, eu não irei administrá-lo — dizia ele. — *Dohi Iatrax*, eu nem quero *ver a coisa*. Isso é serviço de vocês, sirs. Eu só providencio o elixir.

Houve um momento de silêncio.

— Mas os riscos...

O lorde bufou.

— Ora, deixarei a rainha saber que está empregando covardes! É só um sonífero, pelos Deuses! E a Indomada é apenas uma menina, pelo que me dizem. Seguramente, esta não é uma ordem difícil de ser cumprida.

— Correto, milorde. — O guarda parecia irritado. — O que Sir Grihgor quer dizer é que os efeitos do elixir em um Indomado não são conhecidos. Quem sabe quais instintos podem ser atiçados se provocados?

— Então *é* da criança que tem medo, pelos Deuses — grunhiu o lorde.

— Há a prudência e há a covardia. Sirs, eu sei o que viram pela manhã. Sei que ainda estão atordoados com a visão de lobos guardando a casa de uma criança solitária e que não são tolos; todos nós sabemos o que isso implica. Eu os consideraria homens sensatos se esse fosse um Dia dos Deuses, mas não há nada que justifique sua covardia neste momento, e podem ter certeza de que eu informarei a rainha sobre ela. Nenhuma alma não pertencente à corte entra em Monterubro sem essa precaução; vocês a conhecem bem e já a executaram outras vezes.

— Milorde, com todo o respeito... Em outras vezes forcei venenos piores em goelas de prisioneiros consideravelmente mais fortes que eu, que me venceriam facilmente em combate, se não estivessem contidos. Não é da... *menina* que eu tenho medo. — Nor quase podia imaginá-lo cuspindo, mesmo que não pudesse vê-lo, mas sabia que o guarda não faria isso na presença de um lorde, não se tivesse o mínimo de prudência. — Mas já houve... incidentes... no passado. Milorde já ouviu as histórias, tenho certeza.

O lorde bufou.

— Contos da capital, com toda a certeza. Depois de todo Dia dos Deuses e toda Doma, aquelas histórias miseráveis chegavam aos nossos ouvidos. Cresci ouvindo as histórias das pestes brancas com olhos vermelhos e carne humana no estômago; quando rapaz, tinha que me fingir forte para as minhas irmãs, mas tremia tanto quanto elas quando nossa velha ama contava histórias sobre os Indomados. Tenho certeza de que toda alma em Tergaron já as ouviu.

— Pois foi o que vi, e Sir Grihgor pode confirmar. Quando veio até nós, a miserável ainda tinha os olhos vermelhos.

Fez-se um segundo de silêncio. Quase como se imaginasse, Nor ouviu o lorde praguejar baixinho:

— Não me importa como farão o serviço, mas o farão.

— Milorde...

— Eu mantenho minha palavra. Talvez seus argumentos não sejam tão desprovidos de fundamento, afinal, mas se falharem em cumprir as ordens da rainha, ela saberá por mim e saberá o porquê. Se o elixir, que deveria acalmá-la, acordar nela a besta interior, ninguém poderá dizer que foi culpa dos senhores. Agora vão, pelo amor que ainda têm pela sua rainha, ou eu juro a Iatrax e seus irmãos que ela ficará sabendo do que aconteceu aqui!

Mas o elixir não fez nenhuma dessas coisas, e o medo dos guardas se provou, de fato, sem fundamento. Quando abriram a porta da carruagem e forçaram a cabeça de Nor para trás, violentamente, ela não resistiu e deixou que forçassem o líquido amargo pela sua garganta. Tinha consciência de que não a fariam tomar veneno — Indomados não mereciam uma morte rápida, e era preciso descartar seus corpos de modo que a exterminação completa estivesse garantida — e não temia soníferos. Em pouco tempo, sentiu-se amolecer e deixou a sensação de esquecimento tomar sua cabeça, relaxando-a até que se perdesse completamente num sono sem sonhos.

* * *

"Norina, quando eu me for..."

"Ahma, pare. A senhora não vai a lugar algum!"

"Escute-me, Norina! Algum dia eu não estarei aqui. Sou mais velha do que você, mais cansada; irei antes, e você sabe disso. Não tente negar a verdade." A mãe passou a mão nos seus cabelos, varrendo-os para longe do rosto franzido. "Deve me escutar. Quando eu me for, ijiki, deve pegar suas coisas e sair daqui o mais rápido possível. Não enterre meu corpo ou eles saberão que havia alguém comigo durante todo esse tempo. Fuja para o porto real, meu amor, através de Farkas Baso e por nenhum outro lugar. Mantenha o olhar baixo e a cabeça e o rosto cobertos. Tenho guardado o suficiente para uma passagem até Gizamyr."

"Ahma, nenhum barco vai até lá..."

"Os barcos reais vão, de tempos em tempos. E os clandestinos. Como você acha que os gizamyrianos têm azeite? Uvas? Peixes? Não há nada naquele reino congelado, ijiki, eles precisam dos nossos produtos, e pode acreditar que há homens para oferecê-los; a rainha só finge não perceber." Ela beijou a filha na têmpora e segurou-a perto do corpo, mesmo que Nor já fosse um pouco grandinha para aqueles afagos. "Dará um jeito, eu sei que dará. Se pagar o suficiente, eles a levarão para onde precisa ir, a levarão para junto dos seus."

Norina aconchegou-se nos braços da mãe.

"*Por que não vamos agora?*", *perguntou, sonolenta.*

A mãe a afastou, segurando os seus braços, e lhe lançou o mesmo olhar do dia do incidente, tantos anos atrás. Nor fechou os olhos com força, esperando ser punida, mas, em vez de esbofeteá-la, a mãe a trouxe para mais perto do peito, balançando-a para a frente e para trás.

— Ahma...

Sua cabeça parecia queimar.

— Ahma, me desculpe...

Tentou abrir os olhos para olhá-la no rosto, mas até seus olhos doíam, e ela teve que piscar várias vezes para enfim conseguir abri-los.

Não enxergou nada bem — a visão estava embaçada, como se a bruma das primeiras horas da manhã tivesse parado dentro das suas pálpebras.

Sua *ahma* não estava ali. As memórias começavam a vir à tona, devagar, e ela percebeu que tivera um sonho... não, não um sonho, uma *lembrança*. Sua mãe estava lembrando-a o que deveria fazer quando estivesse sozinha... porque era a hora.

Nor balançou a cabeça, a visão ainda turva, um som estridente soando nos ouvidos.

Não seja tola, pensou. *Foi apenas uma lembrança.*

O sol que antes entrava pela carruagem já não chegava ao seu rosto, nem o vento e os cheiros da estrada. Debaixo de si, sentia um tecido confortável, suave ao toque e quente; *veludo*, concluiu, como os vestidos de inverno das senhoras nobres. Havia almofadas nas suas costas, e uma coberta de lã sobre suas pernas e seus pés gelados. Esfregou os olhos com força e, devagar, as cores que via foram se ajustando em formas, parando de dançar e assentando-se em volta dela no formato de um quarto.

Era magnífico; a coisa mais bela que já tinha visto em toda a sua vida. O chão era de mármore branco, e dele se erguiam colunas repletas de afrescos coloridos, impossivelmente altas, que sustentavam um teto abobadado decorado por mosaicos feitos de milhares de pedras preciosas, cada uma capaz de alimentar uma pequena família de camponeses por uma vida inteira. Sentia um cheiro bom rescender pelo ambiente, almíscar e jasmim e algo que não conseguiu identificar, e quando procurou, encontrou o incenso responsável pelo aroma. Janelas com vitrais coloridos deixavam o sol passar — não era nem de longe tão intenso quanto antes e, com isso, Nor concluiu que várias horas se passaram desde que deixara o forte onde a fizeram tomar o controverso sonífero. Em uma extremidade do quarto havia uma grande lareira de mármore verde, sua moldura entalhada com figuras de serpentes que pareciam sibilar, tão reais que eram; o fogo ardia baixo, os estalos ecoando pela grandiosa sala, e o calor aquecia sua pele clara, lembrando-a que o fogo nem sempre era agradável com aqueles de sua espécie.

Nor sentou-se, um pouco tonta, e girou o corpo para olhar a parede atrás de si. Nenhum vitral, tapeçaria, escultura ou pedra preciosa a adornava. Em vez disso, cada pedacinho dela estava ocupada por um quadro, e em cada um havia um rosto que Nor desconhecia. Alguns jovens, outros ainda mais jovens: havia pelo menos uma dezena de homens sérios e galantes retratados e cerca do dobro de crianças. Eles se empilhavam numa grande desordem, do chão até o teto, encavalando-se um sobre o outro como os dentes malformados de um pobre pescador. O arranjo podia ser considerado grosseiro, não fosse a sala que o rodeava e as próprias molduras de ouro maciço dos quadros, esculpidas, como a lareira, em forma de cobras.

O mais perturbador, no entanto, era a quantidade de olhos que pareciam encará-la, olhos pequenos e negros ou grandes e amendoados, mas que a julgavam com o mesmo escárnio. Os donos dos olhos eram todos bem-vestidos e bem-nascidos, com a tez escura típica dos tergarônios e seus bons narizes afilados, todos muito sérios e solenes. Alguns deles estavam acompanhados por pequenos animais, macacos, arminhos ou até mesmo falcões. Alguns tinham sido retratados com colares e adornos de pedra, ouro ou platina torcidos para lembrarem cobras — um lembrete de seu alto nascimento, sem dúvida. As cobras eram o estandarte da família real dos Viasaara.

Nor olhou em volta e, de repente, toda a sonolência provocada pelo elixir que engolira desapareceu, substituída por uma ansiedade indomável: sentia-se acompanhada, mesmo que não tivesse ouvido ou visto nada, não de verdade. Percebeu, no fundo da sala, uma grande cadeira, fabulosamente esculpida com ouro e guarnecida de ametistas, jades e rubis, com apoios que imitavam cobras sibilantes, prontas para o ataque. Estava sobre um tablado na parede oposta à lareira e logo abaixo do retrato de uma figura que Nor reconhecia; aqueles olhos eram os mais imperdoáveis de todos e os mais belos também. O mundo inteiro poderia ser sugado por aquelas perdições negras, caso fosse permitido encará-los o suficiente, e eles eram apenas um retrato da coisa real.

Ela desviou o olhar para a cadeira, rapidamente. De relance, pensara ter visto alguém sentado nela, mas quando tornou a olhar, não havia nada ali.

Pôs-se de pé. Suas pernas protestaram, ainda bambas, tentando fazê-la voltar a se sentar. Ela resistiu. Deu uma espiada pelos arcos que guiavam às saídas, procurando pelos guardas que a tinham levado até ali. Não estavam lá, mas isso significava que ela deveria fugir? Não sabia se era prudente esperar; desconhecia a verdadeira quantidade de horas que passara ali dentro e se tinham de fato sido horas, afinal, ou apenas meros segundos.

Mas a presença espectral ainda pairava pelo ambiente. Às vezes, logo atrás da garota, concreta, até que Nor se virasse para verificar, e então se dissolvia como fumaça, como se nunca tivesse estado ali. Finalmente, Nor girou o corpo com cautela e não se assustou quando viu a Rainha das Rainhas parada atrás de si.

Era ainda mais bela do que em sua visão, porque agora era real. A grandiosidade do ambiente ao seu redor não diminuía nem um pouco a sua graciosidade — de fato, tornava-a ainda maior, como as penas que adornam a cauda de um pavão. Viira Viasaara fazia toda a absurda riqueza ao seu redor parecer absolutamente natural, como se o mármore tivesse se erguido debaixo da terra em volta dela para abrigá-la, e as pedras preciosas tivessem se afixado ao seu redor para que o sol refletido por elas iluminassem-na de modo a ressaltar seus atributos.

A figura alta e esguia moveu-se em direção a Nor, todas as suas centenas de adornos tilintando enquanto se deslocava. Trajava o mesmo conjunto de vestido e lenço azul meia-noite, mas os pés agora estavam descalços, e alguém prendera algumas mechas de cabelo longe de seu rosto perfeito com presilhas de prata simples, o que lhe conferia uma aparência mais suave e gentil. Isso não impediu Nor de ter medo; seria completamente tola se não temesse a Filha dos Deuses.

— *Majaraani* — gemeu Nor, levando a testa ao chão para tocar seus pés, em sinal de respeito. Mas a Rainha das Rainhas afastou-a como um cachorro sarnento, andando na direção de seu grande trono dourado.

Sentou-se com uma calma invejável, recostando-se e deixando os braços relaxarem nos apoios do trono, cobrindo a cabeça das cobras. Nor não soube bem o que fazer, até que um mínimo aceno da rainha a informou que deveria se aproximar.

— Acredito que tenha acordado há alguns minutos — disse ela, sua voz ainda mais rica e sonora do que no sonho, quente e reconfortante como cabia à Mãe do Mundo.

— *Saa, majaraani* — confirmou Nor, tremendo. Estava ciente dos trapos que usava, de como era ridícula sua presença naquele cômodo magnífico, e teve vergonha. — Eu...

Foi silenciada com um gesto.

— *Nei*, não fale. Não ainda. Deixe-me olhar para você.

E então ela examinou Nor, o queixo apoiado na mão direita e um olhar estudioso, enquanto o rosto da garota ardia e o coração batia exasperado dentro do peito. *Não é um sonho*, pensou ela, um arrepio percorrendo o corpo. *Estou diante da rainha. E ela está* falando *comigo, como se eu fosse uma pessoa normal. Como se eu fosse... humana.*

Os olhos de pantera da rainha a examinaram com mais meticulosidade do que ela achou ser possível em toda a vida. Olhou-a do mesmo jeito que costumava olhar a mãe, antes daquele Dia dos Deuses, quando tentava saber mais; *enxergava*, profundamente absorta, sem medo algum e sem nenhum pudor. Norina pensou em desviar os olhos, mas não pôde: sentia--se presa, como num encanto. Aqueles dois buracos negros magníficos eram tudo o que existia e tudo o que importava.

Depois eles se desviaram, mas o fôlego de Nor continuou preso nos pulmões. O olhar da Rainha das Rainhas passou a varrer outras partes do seu rosto: o nariz e as bochechas fundas, as orelhas, o cabelo desgrenhado, os lábios rachados e vermelhos de frio. Desceram: ombros, cintura, pernas, medindo sua altura de modo eficiente e preciso.

E então, voltando a focar nos seus olhos, Viira Viasaara cobriu a boca e, discretamente, quase como se suspirasse, começou a rir. Balançou negativamente sua linda cabecinha, incrédula, sem desgrudar os olhos de Norina.

Nor não entendeu o que era tão engraçado, mas subitamente teve vontade de acompanhá-la. Sentiu uma comichão no canto dos lábios e, de repente, antes que pudesse se conter, sorria; havia algo na rainha que a compelia a imitá-la, certo charme quase irresistível que a fazia esquecer-se do mundo no momento em que a observava.

Em menos de um minuto, também estava rindo, hipnotizada. E fazia que não com a cabeça, apesar de ainda não ter certeza do que era engraçado. Mas de repente o mundo parecia mais leve! Sua cabeça se livrara do peso das memórias ou das preocupações. Tudo o que existia era aquele quarto, aquela mulher diante dela e o momento de cumplicidade que compartilhavam.

Quase não se lembrava por que estava ali.

Lembre-se das minhas recomendações, Norina.

A lembrança veio como um baque, e Nor pulou, balançando a cabeça. Como podia ter esquecido?

Estava ali para resgatar sua mãe e *somente* para isso. Não podia se distrair com a beleza daquele lugar ou com o carisma enfeitiçado da Rainha das Rainhas. Precisava dizer a ela que faria tudo ao seu alcance e além dele para ter a mãe de volta, precisava também lembrá-la da razão de estar ali... Mas as palavras falharam em sair de sua boca. Tremia como se ainda estivesse lá fora, no frio, embora permanecesse em segurança e sem nada a temer, mas por algum motivo não conseguia articular as palavras diante de uma presença tão... Bem, *Magnífica*. Era assim que a chamavam, não era?

— Venha receber minha bênção, criança — ordenou a rainha, afastando a mão do rosto. Ela se recompunha, mas um sorriso ainda iluminava seu rosto, isso era claro; e ele estava direcionado à Norina.

Nor aproximou-se e prostrou-se de joelhos diante dela, tocando com dois dedos a testa, o nariz e a boca.

— *Majaraani*, ah, Força que Move o Mundo, não sou mais que uma serva. — Nor repetiu as palavras com a voz trêmula. Seus ouvidos extraordinários haviam escutado as mesmas palavras na boca de serviçais e *ahmirans* da rainha na região do mercado, quando Viira o visitava, e em Matarrégia, quando a Rainha das Rainhas abria a temporada de caça com seu arco e flecha flamejantes.

A rainha, no entanto, não a abençoou. Mandou que se levantasse e comentou:

— Bom. Muito bom, de fato, para a sua primeira vez. Sabe como fazem do outro lado de Farkas Baso?

Nor estremeceu.

— E-eu...

— Deveria. É de onde você vem. — Num instante, ficara séria. Levantou-se e fez um gesto para que Nor a acompanhasse até a grande janela envidraçada. — Vinho.

Disse esta última palavra de forma firme e decidida. Nor ficou confusa por um instante, até que viu entrar, pelo arco, um escravo — um tergarônio de cabelo trançado e gargantilha de couro. O sujeito cruzou a sala e ajoelhou-se ao lado de Viira, com uma bandeja de tâmaras e um jarro de vinho. Ele era humano, e Nor sabia que até a vida dele valia mais do que a sua.

A rainha deixou que ele servisse a ela e a Nor e fez um gesto para que a garota também comesse as tâmaras. Ela pegou uma fruta, mas não comeu; em vez disso, bebericou o vinho e tentou não deixar a mente ficar leve demais. Viira dispensou o escravo com um olhar firme e nada mais.

— Dizem que os Indomados têm bons ouvidos e bons olhos. Certamente seria útil ter escravos com tais qualidades; os Doze Deuses sabem o quanto estou farta de gritar e esperar. — A Rainha das Rainhas bebericava o vinho olhando pela janela, para o seu reino, colorido pelos vidros e pelas imagens distorcidas do vitral. As montanhas vermelhas eram vistas por meio da figura de um cavaleiro azul, e o rio mais parecia uma cobra verde. A floresta lá embaixo era quase impossível de ser distinguida através da imagem das Três *Sharaanis*, mas Viira observava tudo com uma seriedade satisfeita e não parecia se incomodar. — Diga-me por que não faço isso.

Nor olhou para a floresta através do vitral, a voz embargada. Se de vinho ou de outra coisa, ela mesma não soube dizer.

— Indomados como eu devem morrer, *majaraani*. Não é nossa vocação servir. — Nor percebeu o que tinha dito e se corrigiu, fechando os olhos. — Não somos *dignos* de servir.

A Rainha das Rainhas ronronou.

— E ainda assim eu a trouxe para dentro do meu palácio. Para dentro de meus aposentos particulares, para o meu quarto de retratos. Não são muitos que ganham acesso a esses cômodos, Indomada... Não só isso, permiti que ficasse na minha presença, que pedisse minha bênção.

Nor sabia que não seria tão fácil, é claro. Nem no momento em que se prostrara diante da rainha tinha se permitido enganar. Uma bênção era uma absolvição para alguém como ela, alguém que não merecia nem que um humano lhe dirigisse a palavra, muito menos a *rainha*.

— Diga-me seu nome. — A mulher tomou um longo gole do vinho.

— Norina — respondeu, num tom próximo a um sussurro. E achando que soava bobo, mais um nome de camponesa, completou, com as bochechas em brasa: — Tolisen.

A rainha ergueu as sobrancelhas cheias de adornos. Seus olhos ainda estavam distantes, para além das montanhas.

— Um sobrenome?

Nor girou a tâmara na mão livre, concentrando-se na fruta. Evitava o olhar da rainha.

— É o nome que dão para todos que nascem na minha vila, *majaraani* — confessou.

Viira assentiu.

— A charneca é o seu local de nascimento? — Ela se virou lentamente, voltando a contemplá-la. Sua voz tornou-se séria, mas não perdeu a suavidade. — Quando sua *ahma* abriu as pernas numa madrugada quente para trazer você ao mundo e descobriu uma Indomada, ela o fez entre plantações de alfaces murchas e vacas magras, casas de pau a pique e estrumeiros carregados?

Nor piscou. Se não confiasse no poder de seus ouvidos como aprendera a fazer, não teria acreditado no que acabara de ouvir. A doçura precisa no tom de voz controlado da Rainha das Rainhas tornava tudo surreal. A garota bebericou o vinho.

— Não — confessou. — Eu acho que não.

A rainha balançou levemente a própria taça, dando a entender que queria que a garota continuasse a falar, e o aroma do vinho chegou até o nariz de Nor, ácido e intoxicante.

Ela balançou a cabeça, de leve.

— Nem sei se "Norina" é o meu nome de verdade. Ros... Ros me chama de Norina desde que me acolheu, mas... Não sei qual é o nome que meus pais, meus pais *de verdade*... me deram. Na verdade — Nor baixou os olhos —, nem tenho certeza se me deram um.

— Ros?

A rainha deu as costas para Nor e pôs-se a caminhar de novo, dessa vez em direção aos divãs. Ela era inquieta, impaciente. Essa era sua única falha. Nor não deixou de notar que ela sorria quando se virou.

— Ela foi fraca — admitiu Nor, a respiração curta. Permaneceu do lado da janela dessa vez, sem ousar acompanhar a rainha. — Ros me encontrou em algum canto de Tergaron há catorze ou quinze anos e não conseguiu me entregar às autoridades. Disse que, se eu fosse criada em confinamento, não faria mal a ninguém. Garantia-me que eu não estava pecando.

— E quanto à miserável que pôs você no mundo?

— Morta, *majaraani* — respondeu Nor. — É o que Ros me disse.

É no que prefiro acreditar, corrigiu-se em pensamento. Ros nunca falava sobre sua mãe biológica.

A rainha fixou seus olhos de ônix em Nor, que não pôde mais desviar o olhar.

— Oh, *ijiki* — disse suavemente. — Sua *ahma* Ros contou uma grande mentira ao dizer que você não estava pecando. Não se pode esconder nada dos olhos dos Deuses. Ela foi tola, e você também.

Nor respirou fundo, tentando conter o choro que lhe subia pela garganta. A rainha soava tão gentil, como uma pobre mãe que dizia ao filho, com tristeza, que não poderia alimentá-lo aquela noite. Como se tivesse medo de machucá-la com uma notícia ruim, mas óbvia.

A rainha sentou-se e tomou mais um gole do vinho. De olhos fechados, disse:

— Reza pelos Doze, Norina de Tolisen?

Nor não sabia por onde começar. Gaguejou, tentando responder, mas antes que articulasse qualquer palavra a rainha continuou:

— Todos os meus filhos são educados na Doutrina dos Doze, assim como todos os meus bons súditos. Você, *ijiki*, tem um lobo por dentro que consome sua alma e sua pureza de menina. Ele a arruína e a rouba dos Deuses. Seu infortúnio a coloca no mesmo nível de um animal.

Nor ergueu os olhos.

— Otraxes intercede pelos animais.

Houve um segundo de silêncio. A rainha pousou sua taça na mesinha ao lado do canapé, o barulho ecoando pela grande sala. E riu.

— Ao menos sua mãe ensinou-lhe *isso* bem! Não me diga que ora para ele?

O rosto de Nor ferveu.

— *Nei*... Oro para Siemes, *majaraani*.

— A deusa das donzelas. — A rainha sorriu, pousando a mão sobre o peito. Depois seu sorriso apagou-se e ela falou como quem confessa um segredo: — Sinto muito, Floquinho de Neve, mas ela não pode escutar você.

Nor fitou os olhos da rainha e o sorriso bobo em seus lábios, como se esperasse que ela desse risada e confessasse que estava brincando.

Mas nada aconteceu.

As palavras ecoaram por sua mente: *ela não pode escutar você*; e Norina percebeu que se Siemes não podia escutá-la, nenhum dos outros Deuses podia.

Algo dentro de Nor pareceu morrer.

Todos esses anos rezando... Pedindo bênçãos, liberdade, orando por algo impossível.

Todos esses anos, e ninguém nunca estivera realmente lá para ouvi-la.

— Mas a minha *ahma* disse...

A rainha levantou a mão.

— *Ijiki*, eu sou a filha de Siemes e de seus onze irmãos e estou lhe dizendo que os Doze odeiam Indomados. Quis protegê-la dessa informação, Floquinho, mas mentir só a machucará mais. Não nego que a sua *ahma* Ros tenha se afeiçoado a você ao longo dos anos, mas isso a levou a dizer uma porção de baboseiras! Logo estará me dizendo que sua mãe acredita na Fé Lunar, como os selvagens em Gizamyr!

Nei, quis responder Nor, *minha mãe não acredita em deus nenhum*. Mas tinha contado a Nor sobre eles e, embora a garota não soubesse ao certo no que acreditar, sempre sentira conforto em rezar para os Doze, para as Luas, para o que quer que fosse. E sua *ahma* sempre lhe dissera que, se ela acreditava, então eles a ouviam, simples assim.

Nor sentiu uma lágrima escorrer pelo rosto. Sua mãe mentira para protegê-la, mas a filha dos Doze estava destinada à verdade. Não havia opção senão aceitar suas palavras sagradas, por mais dolorosas que fossem.

Viira agachou-se diante de Nor, erguendo o seu rosto com as mãos, como uma mãe preocupada.

— Esqueça tudo o que aprendeu, Floquinho — disse ela, baixinho.
— Escondeu-se da verdade por tempo demais. Ainda há salvação para você, fora o fogo, se me deixar mostrar a verdadeira Doutrina dos Doze. Deixe-me guiá-la.

— Isso... Isso trará minha mãe de volta, *majaraani*?

Viira sorriu, levantando-se, e não respondeu.

— Floquinho, sabe por que chamamos o que vocês, Indomados, têm dentro de si de lobos? — indagou.

Nor virou o pescoço para acompanhá-la. A rainha devolvia a taça vazia a um escravo silencioso, que tinha entrado sem que a menina percebesse; ele reverenciou a Rainha das Rainhas e deixou a sala, não sem antes roubar um olhar curioso na direção de Nor, que desviou o rosto.

— Não, *majaraani* — admitiu.
— Oh, a explicação é muito espirituosa. — A rainha andava de novo para lá e para cá, e Nor levantou-se, indo atrás dela para escutá-la melhor.
— Como deve saber, a maior cultura de Indomados vive em Gizamyr, onde eles se recusam a ficar livres de sua selvageria. E os gizamyrianos seguem a Fé Lunar; dizem que, assim como os lobos, eles uivam para as Luas.

Nor conhecia a Fé Lunar. Sua mãe tinha contado um pouco sobre ela, assim como contara sobre a Doutrina; a Fé pregava que cada uma das três Luas era uma deusa: a maior era a Criadora; a menor e a oeste, a Guerreira, e ainda menor e ao leste, a Sacerdotisa. Aqueles que seguiam a Fé Lunar acreditavam na intercessão e no poder das três deusas acima de tudo. Não acreditavam que um ser humano pudesse ser filho dos Deuses, como Viira era, e, por isso, eram considerados hereges. Acima de tudo, acreditavam que era um desejo das deusas que mantivessem os seus dons intactos e que o real crime era livrar-se deles.

Sua mãe tinha uma relação conturbada com todo e qualquer deus, mas não negava a sua crença na importância do lobo dentro das pessoas. Queria proteger o de Nor, e essa escolha a colocara em grande perigo durante toda a sua vida.

— Gizamyr tem sido um grande problema para mim durante todo o meu reinado. Logo completarei mil anos no trono de Tergaron e não os conquistei ainda. Não pude. Há uma grande diferença de valores entre Tergaron e Gizamyr; eles simplesmente não se renderão à Doutrina dos Doze. Estão cegos, seguindo suas falsas deusas e morrendo sem salvação. Sabe quanto isso é perigoso, *ijiki*? Os Deuses perdem milhares de filhos para uma religião falsa; quando morrem, os seguidores da Fé Lunar não conhecem um céu. Sem a luz dos verdadeiros Deuses, estão fadados a retornar à sua forma mais grotesca, mais primal. Não devo passar adiante histórias de camponeses, *dohi Iatrax*, mas alguns dizem que eles voltam como lobos... Como os verdadeiros animais, quero dizer... E por isso choram para as Luas, em busca da salvação que nunca conseguirão. Afinal, não passam de bolas de luz no céu!

O coração de Nor iluminou-se de entendimento súbito.

— Quer salvá-los.

A Rainha das Rainhas inclinou-se para a frente, concordando.

— *Saa*, criança — disse, suavemente. — É o que sempre quis, desde que me foi dada a imortalidade.

A expressão no rosto da rainha era tão sincera, tão pura, que duvidar de suas intenções era um pecado em si. Viira parecia sofrer ao falar sobre os hereges do outro lado do Pequeno Mar, como se ela mesma estivesse perdendo seus filhos no lugar dos Deuses.

Como se a mesma ideia passasse pela sua cabeça, a Rainha das Rainhas desviou o olhar para a parede dos retratos. Observou as imagens das crianças e dos jovens, suas mãos entrelaçadas na altura do peito e os olhos estudiosos concentrados. Nor se aproximou devagar. A rainha sorriu para ela brevemente e retornou sua atenção para as pinturas.

— Bonitas — murmurou Nor.

A rainha pareceu brilhar por um segundo.

— Que pensa dessa daqui? — Ela apontou uma obra bem no centro, uma das maiores, de uma menina de traços tergarônios e longos cabelos pretos, enrolados como os da mãe, e olhos tristes e escuros; devia ter aproximadamente a idade de Nor.

Nor tentou balbuciar uma resposta, mas a rainha não esperou.

— É a minha menina mais velha dessa geração. Gilia, é como a chamo, filha do *ahmiran* Stefanus. Vive no sul agora, no vice-reino de Almariot, com três de seus meios-irmãos. — Viira pôs uma das mãos sobre o ombro de Nor, e a garota sentiu um calafrio percorrer seu corpo. — Eu adoraria que ela se unisse ao herdeiro do trono de Gizamyr em matrimônio e tornasse nossos reinos irmãos. Por muito tempo, meus esposos só me deram varões... Quando os Doze me abençoaram com uma menina, eu sabia que essa era a resposta, e, agora que ela já teve seu sangue, nada me soa mais *correto*. Essa é a resposta que estive procurando... A aliança enfim trará os gizamyrianos para a luz dos Doze. Minha Gilia está justamente em idade de casar, e eu pretendo que ela faça exatamente isso.

Nor não entendia por que a Rainha das Rainhas estava lhe contando aquelas coisas, mas algo a incomodava. Apesar do clima ameno dentro do Monterubro, sentia um calafrio percorrer sua coluna; era como se seu próprio sangue corresse gelado dentro das veias.

Ela tomou cuidado com seu tom de voz quando perguntou, não podendo mais evitar:

— *Majaraani*... Quer que uma *sharaani* de Tergaron se case com um Indomado?

Viira não respondeu. Em vez disso, olhou para o retrato da princesa por mais alguns segundos, em silêncio; Nor compreendeu que ela tinha ouvido e esperou.

— Está vendo o retrato ao lado do dela?

Nor fez que sim. Era menor, havia ali uma menina mais ou menos da idade de Norina. Pele dourada e cabelos negros, mas os mesmos olhos escuros da rainha.

— Essa é Ismena. Nasceu um ano depois da Primeira Princesa Gilia, e vive com ela em Almariot, entre outros meios-irmãos da princesa. Ela é uma coisinha ambiciosa; puxou a mim, suponho. — Viira sorriu. — Pode ser chocante para você, e para qualquer outro, mas há muitas pessoas ansiosas para desposar um Indomado, pelas razões certas... Ismena é uma delas. Não é segredo para ninguém que ela espera que sua meia-irmã falhe e que assim possa tomar o seu lugar. Outras filhas minhas anseiam pelo mesmo, ainda que não tenham chegado a idade de se casar. Então, veja bem, Floquinho, há muitas coisas que uma mulher faria por uma coroa... Inclusive casar com um Indomado.

Viira deixou que Nor contemplasse os retratos por mais alguns segundos; um calafrio desceu pela sua espinha enquanto seus olhos varriam as centenas de rostos da dinastia Viasaara, todos eles intimidando-a até que a Indomada entendesse que era essa a intenção da rainha.

Por fim, a Rainha das Rainhas desviou os olhos, sorrindo, e colocou uma mão fria nas costas de Nor, guiando-a para fora da sala.

— Por que não me acompanha? — disse, e as duas deixaram o quarto dos retratos para trás.

4

Como fazem em Gizamyr

A Rainha das Rainhas ia na frente, descendo as escadas de pedra lisa com a lamparina próxima dos olhos, e Nor seguia atrás, em silêncio, os olhos se ajustando à pouca luz. Tinha as mãos livres e aproveitou para roçá-las pelas paredes; percebeu algo duro e liso contra a sua pele, recuando com horror ao chegar em um ponto mais áspero e perceber que eram feitas de ossos. Durante todo o percurso podia ouvir o barulho de uma respiração regular, familiar como a sua própria; a cada passo, seu coração batia mais forte. Por vezes, parecia se aproximar, e a esperança aumentava, mas então virava à direita ou à esquerda, e o som tornava-se mais fraco, fazendo Nor perder qualquer certeza que ainda se permitia ter.

Ao longo da descida até as criptas, Viira Viasaara não disse nenhuma palavra. Guiou Nor pelas escadas infinitas daquele palácio majestoso, através de passagens menos ocupadas, túneis de servos e atalhos, mas não conseguiu evitar completamente o encontro com um guarda ou dois. Além de uma servente que carregava uma cesta de frutas, quase a derrubando ao ser surpreendida pela visão de sua rainha. Para eles, a rainha também guardou o silêncio, passando direto como um gato desinteressado levando uma presa na boca. Nor tampouco ousou quebrar o silêncio — não perguntou aonde iam em nenhum momento e, em vez disso, concentrou-se em controlar o ritmo da própria respiração.

Enfim pararam diante de uma grande porta de madeira, como a da visão que Nor tivera. Do outro lado só havia o barulho insistente de uma goteira. Um guarda postado ali saudou a rainha quando ela chegou e fez menção de abrir a porta. Viira mandou que esperasse.

— Você sabe, *ijiki* — disse ela, inclinando a cabeça —, às vezes me impressiono com a minha própria morbidez. Essa noite, sonhei que os ossos dos mortos se levantavam ao som de música e saíam dançando de seus túmulos.

Nor não soube o que responder.

— Já teve pesadelos assim?

Já tive pesadelos piores, quis responder Nor, mas não ousou. Mesmo que fosse verdade, ela teve medo. Sentiu os joelhos bambos e fechou os olhos com força.

— Ora, quando isso acontece — continuou Viira —, pondero sobre eles e vejo que meus pesadelos não têm fundamento algum; isso sempre me acalma.

Ela fez um sinal e o guarda abriu a porta, ajoelhando-se. Viira passou na frente, bloqueando a visão de Nor; tudo o que podia ver era a moldura da porta e a cauda do vestido azul meia-noite, os fios de ouro refletindo a pouca luz de uma ou outra tocha acesa ao longo do corredor.

Uma vez dentro da cripta, a rainha virou-se para Nor, convidando-a a segui-la. O guarda manteve a porta aberta, e Viira não a quis de outra forma.

— Venha, *ijiki*. Venha conhecer o meu maior tesouro.

Nor aproximou-se e, assim que viu o que havia lá dentro, sentiu-se engasgar e perder o equilíbrio.

Em cima de cada um de dois grandes blocos de pedra havia um cadáver. Dois corpos, frios e imóveis como pedras, mais estátuas do que humanos. Um deles era de uma mulher mais velha que ela, branca como neve e de cabelos longos e prateados. Seus olhos estavam fechados, mas Nor sabia que tiveram uma variação de azul, verde ou cinza em vida, porque ela claramente era uma Indomada. O cadáver ao seu lado era o de uma criança de não mais de um ano, com poucos fios loiros de cabelo cuidadosamente penteados sobre a cabecinha, a pele ainda mais branca que a da mulher ao seu lado.

A Rainha das Rainhas acendeu as velas ao redor dos túmulos com o fogo da lamparina e virou-se para Nor para observar sua reação.

— Parecem vivas... — disse a garota.

Ela pensou na mãe e em sua proximidade com aqueles cadáveres, presa em alguma das celas da masmorra ali embaixo, e o horror fez a bile subir até sua garganta.

A mulher e a criança deitadas sobre as criptas poderiam ter morrido há horas: não exalavam odores e sua pele e seus cabelos ainda tinham um brilho impossível de ser adquirido no ambiente escuro e abafado da cripta.

— Lindos, não? — admirou Viira. — E estão aqui há quase dezesseis anos...

Nor arregalou os olhos.

A rainha riu.

— Ah, não, *ijiki*, não é magia nenhuma — esclareceu ela. — Mandei que meus melhores sacerdotes e necromantes trabalhassem nelas para que seus corpos fossem preservados. São banhadas uma vez por semana com óleos especiais, expostas a mantras e à fumaça de ervas. O trabalho foi feito há anos e se mantém inalterado para que eu possa descer e observá-las sempre que quiser.

Viira estendeu a mão e acariciou a cabeça fria da criança, correndo o indicador com suavidade sobre a testa macia de bebê. Com seu vestido de cetim branco, ela estava mais bem-vestida do que qualquer criança que Nor já tinha visto na vila de Tolisen, mas os pezinhos descalços faziam com que quisesse pegar a bebê no colo e aconchegar contra o peito para aquecê-la. A mulher ao seu lado também trajava branco e estava descalça; tinha um colar de esmeraldas no pescoço que por algum motivo ninguém retirara, com gemas do tamanho de punhos fechados. Porém o que mais chamava atenção em suas vestimentas era a mortalha: um grande pano vermelho, ricamente bordado de dourado com motivos florais, que a cobria da altura da barriga até as canelas e caía pela lateral do bloco de pedra.

— Lembra-se de quando perguntei se sabia como se curvar à moda gizamyriana? — perguntou Viira. — Se não sabe, é por isso que precisa aprender. *Ela* é o motivo para que aprenda: Mirah de Ranivel, uma vez rainha de Gizamyr, morta pelos próprios súditos durante o cerco de seu palácio. E sua filha, é claro... A princesa Rhoesemina de Ranivel.

Viira passou a mão pela mortalha.

— Eles a chamavam de Mirah do Manto Rubro, e ela veio para nós com ele, a pobrezinha. Uma providência dos Doze, com toda a certeza. Estávamos destinados a tê-la... Pelo menos, neste reino, a tratamos com mais civilidade.

Nor observou-a; parecia serena, como se estivesse dormindo. Se era uma rainha do outro lado de Farkas Baso, como é que tinha terminado ali, nas criptas escuras de Monterubro?

Não precisou perguntar. A Rainha das Rainhas parecia saber exatamente o que ela estava pensando e explicou:

— Um cerco. Questões políticas, imagino. Um povo com fome não precisa de muito para se revoltar, e não é difícil que isso aconteça em Gizamyr, onde o solo frio é como arsênico para as plantas. E, depois, houve a questão do aumento dos impostos... Por Iatrax, eu não finjo saber o que acontece do outro lado de Farkas Baso, mas o povo fez jus ao seu nome em resposta às injustiças e caçou o rei e a rainha como lobos. Era um Dia dos Deuses, você vê...

As pernas de Nor vacilaram. O cadáver diante dela e sua mortalha vermelha tornaram-se um borrão e, de repente, o rosto na mesa era moreno e magro, os olhos estavam abertos, marejados.

Norina, por favor...

— Ela foi inteligente o suficiente para correr e levou a princesa. Não sei se a teriam matado, a menina não tinha direito à coroa. Além de Farkas Baso, só varões podem governar. Uma regra típica de selvagens: as fêmeas reproduzem, os machos lutam pelo poder. — Viira balançou a cabeça, espantando um pensamento que se formava, tão volúvel quanto fumaça. — Mas estou divagando. O importante é que a fuga da rainha foi bem-sucedida apenas até certo ponto. De algum modo, ela e a princesa morreram no meio do mar. Uma tempestade, suponho.

Nor nunca ouvira aquela história antes. Sua mãe não lhe falava muito sobre as coisas que aconteciam além do mercado, e ela também havia aprendido a não perguntar. Ademais, as moças da charneca tinham medo de tudo o que tinha a ver com os Indomados, e simplesmente era improvável esperar que contassem tais histórias.

— Seus corpos foram carregados pelo Rio de Vidro até o meio de Farkas Baso, onde foram retidos por uma represa natural. Fui avisada por um dos cavaleiros da guarda real e viajei até a floresta pela primeira vez em anos... Estavam estendidas, de lábios azuis, na margem do rio, cercadas de cavaleiros da guarda e lordes da região. Não havia dúvidas sobre sua identidade; meus informantes já tinham me contado dos rumores sobre o massacre, mas eu não fazia ideia de que a rainha buscara refúgio em nosso reino, deserdando Gizamyr. Mas ali estavam, Mirah e a filha, as duas encharcadas até os ossos de água salgada, brancas e duras como mármore.

Nor não conseguia evitar pensar que o destino da rainha Mirah lhe servia bem. O que estava *pensando* ao ousar fugir para terras tergarônias? O que achou que encontraria desse lado do mar que não encontrou no próprio reino? Perdão? *Acolhimento?*

Observou enquanto a rainha Viira retirava a mão da cabeça da criança e a passava pelos cabelos longos e prateados da rainha Indomada, descendo sobre suas pálpebras fechadas até o pescoço frio e para a borda de sua mortalha. Ela hesitou, por um segundo; o silêncio era absoluto. Antes que Nor pudesse entender a causa da hesitação, no entanto, a Rainha das Rainhas retirara a mortalha do cadáver, antes o majestoso manto real pelo qual era conhecida, e colocou-o sobre os ombros magros de Norina, abotoando-o com zelo e dando um passo para trás a fim de admirá-la.

— *Saa* — disse a rainha Viira —, você servirá.

Era como receber um abraço da própria morte. Nor sentiu o peso dos fantasmas que aquele manto carregava, tão real quanto o peso do próprio tecido. Sua pele parecia pinicar, repelindo cada centímetro daquela veste que ela não merecia.

— Eu nunca me preocupei em contar aos selvagens que nós tínhamos achado o corpo de sua rainha e, é claro, nem o da princesa. Não fiz isso porque sabia que eles se arrependeriam de suas ações irracionais, depois que alguns anos tivessem se passado, e pediriam os corpos de volta para velá-los... E eu estava certa. Não há nada como um governante realmente ruim para fazer um povo voltar a venerar o passado.

Viira parecia entediada. Olhava fixamente para a chama de uma vela queimando sobre o local de descanso da rainha Mirah, como se seu pensamento estivesse longe.

— Depois do cerco, uma nova família assumiu o controle de Gizamyr. Uma família com gosto por grandes festejos e com pouca sabedoria para a administração da moeda; sussurros chegam aos meus ouvidos relatando que a atual miséria do reino faz a fome de vinte anos atrás parecer cócegas. — Ela riu. — Estão se comendo vivos, mas um povo com fome não tem força para lutar contra os seus governantes. Os Doze sabem que uma guerra interna os destruiria. Eles estão esperando por um milagre.

A chama das velas brilhava dentro dos olhos escuros da Rainha das Rainhas.

— Você será o milagre, Norina de Tolisen.

Uma corrente de ar entrou por uma fresta na porta, fazendo dançar os cabelos claros de Nor e seu vestido simples. Ela olhou para trás no mesmo instante, tentando adiar uma resposta; agora que começava a compreender, lhe faltavam palavras.

— *Majaraani*, eu não posso... Não sou *digna*, eu...

— Os gizamyrianos nunca abrirão seus portões para a minha filha e, *dohi Iatrax*, eles nunca a casarão de bom grado com o herdeiro do trono. Mas há alguém por quem eles esperam há anos, uma pessoa por quem escancarariam os portões do reino!

A rainha se aproximou, colocando os dedos elegantes sobre os ombros de Nor; um calafrio imediatamente chacoalhou seu corpo todo.

— Eles presumem que a princesa está morta, assim como a mãe, mas o desespero acende as tochas da esperança no coração dos tolos e dos crentes. Não é segredo para o rei de Gizamyr que seu povo espera a volta da rainha e de sua filha até hoje; os sacerdotes profetizam sua chegada em segredo, dizendo que o reino prosperará no dia em que retornarem. São crenças sem fundamento, mas amplamente difundidas no reino. Lendas sussurradas nas grandes cidades, histórias contadas nos campos, canções cantadas nas tavernas. Crenças que podemos usar em nosso favor. — Ela apertou os ombros de Nor, feito um gavião apertando as garras sobre a presa. — Presumo que já tenha entendido. Você tem a idade e a aparência para se passar pela princesa perdida de Gizamyr. Se acompanhar a minha filha, será a garantia de abertura dos portões a ela. Chame a atenção do rei; consiga uma audiência, convença-o de quem você é.

A rainha largou-a, virando-se de costas.

— Eles a temerão; uma palavra sua poderá derrubar toda a dinastia, se for convincente o bastante. Há dois resultados possíveis, portanto: eles tentarão casá-la com seu herdeiro, para apaziguar o povo, ou matá-la, antes que as massas tenham a chance de descobrir quem é.

Nor estremeceu. A rainha não viu e continuou:

— Para os dois resultados, duas soluções: se sugerirem um casamento, você deve recusar e oferecer minha filha em seu lugar. O povo estará disposto a ouvir a princesa que retornou, e você deve guiá-los na direção certa, assegurando que uma aliança com Tergaron é o melhor curso de ação. Depois que fizer isso, poderá voltar para casa, para a sua *ahma*, e será perdoada por ser Indomada, podendo viver em sociedade. É a promessa que lhe faço.

Nor caiu de joelhos aos seus pés, agradecendo-a mil vezes. A rainha a afastou, pedindo que se levantasse. Ela não tinha acabado.

— Se, no entanto, você for perseguida, sua jornada será mais difícil. Terá ao seu lado um número de soldados para protegê-la, assim como protegem a *sharaani*, mas isso não será suficiente. Deverá ser inteligente e fazer os boatos se espalharem, de modo que todo o povo saiba quem você é e a proteja até o Dia dos Deuses. E então, quando a força dos selvagens estiver em seu máximo, deverá convencê-los a atacar o rei e sua família.

Norina, por favor...

Lembre-se de quem você é.

Norina...

Ela balançou a cabeça, afastando as vozes.

— Um novo cerco? — perguntou, com dificuldade.

— Se for necessário.

Nor assentiu, respirando pesadamente.

O Dia dos Deuses era no auge do verão, mas nem era primavera ainda. Ela pensou no que implicava aceitar aquela proposta. Até aquele dia, nunca tinha ido a lugar nenhum e agora cruzaria Farkas Baso e o Pequeno Mar até Gizamyr, uma terra de Indomados, de selvagens como ela. E como poderia se passar por uma princesa? Nem ao menos tinha modos para conversar com outro camponês, quanto mais com a realeza.

Não havia outra alternativa, havia? Porém, se aceitasse...

— Se eu fizer isso — disse, respirando com dificuldade —, terei minha mãe de volta? E minha liberdade?

A rainha tocou a testa, nariz e os lábios com dois dedos.

— Os Doze são minha testemunha.

Nor assentiu, inspirando profundamente.

— Farei o que for preciso, então.

5

Um cadáver de pés quentes

Um vento vindo do oeste soprou a pele nua de Nor, fazendo-a tremer. Ela não sabia o que a Rainha das Rainhas dissera às aias para que a tocassem com tanta delicadeza e cuidado, mas havia funcionado. Nor nunca conhecera mãos tão macias. Três delas a cercavam, deixando a água cair pelos seus cabelos emaranhados e esfregando os pés, as costas e a região atrás das orelhas. Depois, secaram-na com toalhas macias, pentearam seus cabelos e passaram óleos por seu corpo. Deram-lhe um vestido de lã verde para vestir, simples e quente, e um par de botas de couro macio.

Sabia que toda aquela gentileza não era para ela, e sim para a princesa Gilia; se fosse acompanhá-la numa viagem, Nor deveria estar, no mínimo, apresentável. Mas fora bom tomar um banho com água quente e colocar roupas que não estivessem velhas e curtas, e as botas tinham sido o presente mais valioso que recebera em toda a sua vida.

No fim, colocaram o manto sobre seus ombros para testar o efeito. Sob a luz do dia, era realmente uma peça magnífica, feita de brocado e rubra como sangue, com um grande capuz na parte de trás. Na frente, fixado ao laço que a atava, havia um broche de ouro no formato da cabeça de um lobo — um detalhe que Nor não reparara antes. As aias a ajeitaram diante do espelho; o manto tinha um caimento perfeito, mas pertencia a um cadáver e, por isso, continuava causando arrepios na Indomada.

A rainha quis inspecioná-la antes de sair, por isso deteve-a na porta da grande sala de banho, segurando-a pelos ombros como tinha feito mais cedo antes de correr os olhos por ela de cima a baixo — duas vezes.

— Ah, sim, *sim*, aí está Rhoesemina, levantada dos mortos! — Ela sorriu. — Deve ir agora; a cada dia que passa nos aproximamos mais do Dia dos Deuses. Não temos tempo a perder.

Nor desejava ver sua mãe uma vez antes de partir, mas não ousou pedir à rainha. Enquanto retornava das criptas, pôde ouvir a respiração da mãe durante todo o percurso, além de suas unhas tamborilando sobre os joelhos. Sabia que ela estava bem, mas queria vê-la. Queria contar que também estava viva, saudável e prestes a ver mais do mundo do que sonhara durante toda a vida.

Suspirou. Talvez fosse melhor assim. Se visse Ros, Nor poderia se lembrar de suas limitações e perderia a coragem para libertá-la.

Ela partiu cerca de uma hora depois, numa carruagem sem janelas. Dessa vez, não foi sozinha. A carruagem era consideravelmente maior, e um guarda a acompanhava, um homem silencioso de maxilar e nariz pronunciados e olhos castanho-claros que a encaravam com severidade. Sir Rolthan Falk era o seu nome e ele era a pessoa mais difícil de interpretar que Nor já conhecera.

Uma comitiva de cinquenta cavaleiros os acompanhavam, junto de seus escudeiros e cavalariços e uma outra carruagem menor, que transportava um pequeno número de aias. Algumas carroças também levavam carne salgada e grãos e uma porção de coelhos e galinhas em gaiolas para abate quando os homens precisassem de carne, pele ou gordura em Farkas Baso.

Viajariam até Fortechama, encontrariam a princesa lá, e então juntariam as comitivas para atravessar Farkas Baso. Uma frota de navios já estava sendo preparada para buscá-los na foz do Rio de Vidro e levá-los até as areias de Gizamyr.

Viajaram por oito dias, parando apenas algumas vezes, em matas à beira da estrada real, para comer, alimentar os animais e tomar fôlego. Nor não dormiu mais que duas horas direto — não tinha sono. Do lado de fora da carruagem, Farkas Baso estava sempre à margem de seu olhar, sempre um pouco antes da linha do horizonte, mas, de alguma forma, eles nunca pareciam alcançá-la, e isso a deixava mais ansiosa. Jamais ficara tanto tempo longe da mãe também.

Ao fim do oitavo dia, finalmente chegaram ao vale, onde as choupanas da parte campestre de Nambekiin já começavam a se espaçar uma da outra. Lá o ar era mais fresco, e o vento, menos agressivo. Quando soprava o rosto de Nor, ela se lembrava da história que a mãe lhe contou sobre os Deuses e recebia a brisa como um beijo. Desde o começo da jornada, os dias tinham sido nublados e cinzentos, mas hoje o sol podia ser visto, mesmo que de leve, entre uma nuvem gris e outra.

Ao descer da carruagem para partir o pão e a carne com as aias que a atendiam, Nor nem se importou com os olhares de reprovação e o silêncio que reservavam para ela, aproveitando a refeição enquanto absorvia a vista ao seu redor.

Olhou para a frente, o mais longe que conseguia, e viu o sol, totalmente descoberto, apenas um pouco acima da linha do horizonte. Pela primeira vez desde a noite anterior ao sumiço de Ros, Nor riu, um riso suave como o de uma criança. Perguntou-se quão longe teria que ir para alcançar o sol — provavelmente até o fim do mundo. Talvez, se houvesse algum lugar além de Gizamyr, poderia ir para perto dele e tocá-lo enquanto ainda estava no horizonte. Depois, o sol subiria até o ponto mais alto no céu e lá ficaria o dia todo, mas no dia seguinte Nor teria outra chance de tocá-lo. Gostou da ideia e ficou se perguntando se um dia poderia levar Ros para que tocassem o sol juntas.

Nor tomou um gole de água do cantil que haviam lhe dado, já um pouco morna, molhando os lábios rachados pelo frio, e deu uma mordida no pão com carne, mastigando vagarosamente, como Ros lhe ensinara, para que o alimento durasse mais tempo na boca e saciasse melhor a fome. *Não devo ter medo*, disse a si mesma, *devo olhar o sol, as matas, as cidades e deixar que meus pensamentos se percam na beleza das coisas que me confortam. É o único jeito de me manter sã.*

Então foi o que fez, observando a campina, enquanto a comitiva ao seu redor trabalhava erguendo acampamento, montando fogueiras, cuidando dos cavalos e preparando a carne. Depois que terminou de comer, deixou-se descansar à frente de todos pela primeira vez; geralmente, recolhia-se para dentro da carruagem ou numa das tendas, quando montavam acampamento. Mas se fizesse isso não poderia observar o movimento à sua volta, e aquela noite desejava vencer seus medos e estar o mais próximo deles que podia. Ainda era desengonçada em conversas e não tinha a naturalidade do movimento suave das outras pessoas; cada tarefa executada pelas suas mãos era estranha e atrapalhada, porque simplesmente não sabia interagir com o mundo à sua volta e qualquer coisinha a assustava muitíssimo. Em uma das primeiras vezes em que haviam feito uma pausa para descansar, uma mariposa quase a levou a um colapso. Nor nunca tinha visto uma antes, e o susto de vê-la levantar voo a centímetros dos seus olhos quase foi grande demais para que pudesse suportar.

Ela suspirou, inclinando-se para trás a fim de deitar de barriga para cima em um dos pontos livres de neve. Toda a vegetação que já existira um dia na clareira estava reduzida a alguns montes de capim seco e folhas caídas das árvores. A terra onde deitou estava úmida e coberta de grama e Nor imaginou se algumas almas ficavam realmente presas a Tergaron quando morriam, pois, quando se deitou, pareceu-lhe que o chão tinha vida. Não sabia se era porque só tinha pisado em madeira e dormido em um colchão de palha a vida toda, mas a terra parecia enviar uma pulsação reconfortante e *viva*, como se a abraçasse. Encheu a mão de terra úmida, arrancando um punhado de grama no processo, e esfarelou-a entre os dedos, deixando-a cair devagar. Nor suspirou, o cheiro da grama a envolvendo; a vulnerabilidade lhe parecia agradável pela primeira vez e ela se permitiu senti-la.

Viu as três aias passarem de braços dados, cochichando entre si; usavam calças de viagem, largas ao longo das pernas, mas apertadas nos tornozelos, porque saias atrapalhavam a movimentação. No entanto, não era permitido que Nor as usasse. As ordens da rainha eram claras: deveria se acostumar a andar de saia como as moças da alta corte; e as mulheres gizamyrianas nunca usavam calças.

As três moças eram as únicas que a tocavam, e sempre faziam isso com caretas e comentários sarcásticos, agora que estavam longe dos olhos da rainha e não mais se sentiam obrigadas a tratá-la com alguma dignidade. A mais velha tinha pouco mais de vinte anos e cabelos pretos como uma nuvem ao redor do rosto redondo; sempre tentava reproduzir nos cabelos de Nor as próprias tranças, mas quando estavam limpos eles ficavam lisos demais para manter aquele penteado, e, eventualmente, a moça desistiu de tentar deixá-la mais parecida com uma tergarônia. Já a aia mais nova, uma moça com grandes olhos e mãos trêmulas, sempre se atrapalhava na presença de Nor, errando os laços de seu corpete ou puxando a escova com força demais pelos seus cabelos; também tinha o costume de chorar quando pensava que ninguém estava olhando. Nor sabia que a menina a temia. Talvez alguns dos outros homens sentissem o mesmo e por isso a respeitassem mais do que ela esperava. Ou talvez fossem os animais que os seguiam à noite, ainda que com alguma distância, de olhos brilhantes escondidos na mata, vigilantes.

Era curioso como se sentia mais solitária agora, cercada de pessoas, do que antes, quando não havia ninguém além de sua mãe. Sempre ouvira vozes a distância, mas agora quem falava estava em seu campo de visão e ainda assim não se dirigiam a ela. Nunca. Quando os olhos escuros dos cavaleiros cruzavam com os seus, brilhavam com ódio ou com medo; os mais ousados cuspiam no chão aos seus pés e riam, ou assoviavam para chamá-la como a um cão quando as refeições eram servidas. Pela primeira vez, o mundo sabia de sua existência e essa notícia não fora recebida de maneira positiva.

Talvez fosse por saber disso que, quando Sir Rolthan se aproximou, ela se assustou, esperando que ele a esbofeteasse por estar deitada no meio do acampamento ou talvez que simplesmente dissesse alguma obscenidade. Em vez disso, no entanto, ele simplesmente sentou-se ao seu lado, bufando, os joelhos na altura do queixo. Usava a armadura completa exceto pelo elmo, uma vestimenta prata-azulada que brilhava intensamente contra a sua pele escura. Na placa do peito, um grande pássaro com olhos de ônix erguia voo; havia outro pássaro no broche que segurava sua capa negra.

O cavaleiro notou que ela encarava e sorriu; uma fileira de dentes brancos brilhando mais que a armadura. Nor virou o rosto na direção oposta. Estava sentada agora, com os joelhos elevados, assim como ele, mas não conseguia mantê-los quietos; estava constrangida demais.

— Eles me enviaram aqui para matá-la, sabia? Caso tentasse alguma gracinha.

O sujeito não olhava para ela, mas para a frente, para os homens indo de um lado para o outro montando o acampamento, assim como ela tinha feito segundos atrás. Nor notou pela primeira vez que ele trouxera sua espada — a lâmina tinha o comprimento do seu braço e a largura de dois, feita do aço mais escuro que já tinha visto, e ela sabia que não suportaria seu peso se tentasse levantá-la algum dia. Não conseguia tirar os olhos dela agora, e isso fez Sir Rolthan rir de novo, uma risada baixa e seca.

— Não espero que isso vá acontecer, é claro — comentou. — Olhe para você.

Norina obedeceu. Suas mãos estavam sujas e havia terra sob as unhas; o rosto ainda era pálido e incapaz de absorver o sol, e estava mais magra — a comitiva era grande, e a divisão do alimento, rigorosa; ninguém se preocupava em separar porções para a Indomada e às vezes lhe davam apenas as sobras. Longe dos olhos da rainha, ninguém se preocupava muito em tratá-la bem. Sir Rolthan estava certo: mesmo se ela tivesse um motivo, se tentasse fugir, não iria longe.

— Eu não pretendo tentar escapar.

— Esperta — respondeu ele. — Assumo que não pretenda atacar nenhum de nós também, não é?

Nor sentiu como se tivesse sido golpeada; desviou o olhar e numa voz fraca disse:

— Não sou um animal.

— Bem, a tratam como um — retrucou Sir Rolthan. — E você permite. Mesmo que esteja a caminho de se tornar uma princesa, mesmo que as ordens da rainha para a guarda real e todo membro desta comitiva tenham sido para tratá-la com cortesia.

Ele não esperou por uma resposta dessa vez. Gritou o nome de seu escudeiro, e um rapaz jovem e ansioso foi ajudá-lo a retirar sua armadura, os olhos dançando do cavaleiro para Nor incessantemente.

Por duas vezes ele hesitou, perguntando com os olhos arregalados se deveria prosseguir. Todos os outros homens mantinham suas armaduras perto da Indomada.

— Desapareça, Coron. — Sir Rolthan bufou, empurrando-o para longe na terceira vez que suas mãos pararam o trabalho. — Vá se juntar ao seu bando de covardes.

— Sir...

— Vá, *dohi Iatrax*! — Ele concluiu a tarefa sozinho, esforçando-se para tirar as últimas peças, e Coron juntou-as nos braços, voltando, atrapalhado, para dentro de uma tenda recém-armada.

Sir Rolthan esticou as pernas diante de si, suspirando. Por baixo da armadura, usava uma camisa simples de algodão, calças de couro macio e botas que seu escudeiro havia trazido, também de couro. Ele parecia mais gentil agora, de alguma forma, mesmo que Nor tivesse acabado de presenciá-lo gritando com o rapaz.

— Não é... algo sobre o qual eu tenha controle, sir. Os ataques — explicou Nor, devagar. Sir Rolthan ajeitou-se para ouvi-la. — Tenho certeza de que conhece as lendas. É verdade que os impulsos são mais fortes nos Dias dos Deuses e também quando sou tomada pelas minhas emoções, mas eu não posso escolher os meus momentos de força ou fraqueza. Quando digo que não sou um animal... quero dizer que se é verdade que meus ancestrais são bestas e que este sangue corre pelas minhas veias, a herança deles deixa a desejar. Uma mãe loba pode proteger seus filhotes com garras, dentes e sua agilidade imbatível, mas Indomados... Sir, digamos que o medo dos homens é infundado.

Sir Rolthan coçou a barba hirsuta, contemplando Nor com o que lhe pareceu malícia.

— Admita, no entanto — sussurrou ele. — Admita que mataria a todos nós se pudesse ter controle sobre o que os outros acham que tem.

Nor balançou a cabeça com convicção.

— Sir! Nunca!

— Talvez não todos. Apenas os mais brutos? Os que cospem no seu prato de comida, ou que perambulam nas margens do rio quando está se banhando? Admita.

Nor abriu a boca, mas as palavras não vieram. Era verdade que por vezes eles a enfureciam, mas o que podia fazer? Ela *precisava* deles, tanto quanto precisava da rainha. Sem eles não poderia encontrar a princesa nem chegar a Gizamyr, e, se não fizesse essas coisas, não teria sua mãe de volta.

Por outro lado...

Por outro lado, se tivesse o poder de controlar sua maldição, não precisaria fazer nada disso, para começar. Poderia ter atacado a rainha e seguido a voz e o cheiro de sua mãe, libertando-a da prisão para sempre. Poderia ter fugido com ela para Gizamyr e nunca olhado para trás. Não haveria perigos na floresta que ela não fosse capaz de enfrentar, se o poder que tinha todo ano no Dia dos Deuses lhe fosse concedido todos os dias. Não haveria ninguém, humano, animal ou Indomado capaz de detê-la.

— Sir, eu...

— Foi o que pensei.

Nor afastou os olhos. Queria se levantar e sair, mas sentiu que não devia, não enquanto um membro da guarda real a observava tão de perto.

Sir Rolthan suspirou, passando a mão pelos cabelos crespos.

— Você tem um nome?

— Norina, Sir.

— Nunca ouvi esse nome antes. — Rolthan fungou. — *Norina*. Que imagem devo construir de você? Meus olhos me dizem que é apenas uma menina assustada, mas todo o restante me diz o contrário. Se é verdade que não tem controle de si mesma, então representa um perigo ainda maior. A opinião da rainha pode ser outra, mas eu não confio em Indomados. De hoje em diante, estarei ao seu lado como uma sombra. Não só na carruagem, mas por toda parte e a todo momento. Não haverá um segundo de seu dia em que lhe será permitido o conforto da liberdade; não se isso pode nos custar o preço da segurança da boa guarda da rainha.

Ele falava com uma naturalidade espantosa, como se não estivesse ameaçando-a. Toda a comitiva tinha sido dura com ela no tempo em que estivera ali, e, no entanto... As palavras duras de Sir Rolthan, que retirara sua armadura diante dela e sentara-se ao seu lado, *como um igual*, de algum modo a machucavam muito mais do que qualquer outra coisa que lhe tivessem feito.

— E-eu... Não ofereço perigo algum para o senhor ou para qualquer um da comitiva, posso jurar pela minha *ahma*.

— Acredito, Indomada — insistiu ele —, que não tenha entendido bem minhas palavras. Não lhe foi oferecida uma escolha. A decisão foi tomada e a única forma de contorná-la é escolhendo a morte.

Os dois sabiam que até essa opção era ilusória. Indomados não tinham direito a uma morte limpa e rápida.

Sir Rolthan não disse mais nada; levantou-se e desapareceu dentro de uma das tendas, gritando o nome do escudeiro. Do lado de fora, um cavalariço escovava a crina da montaria do cavaleiro, um alazão preto gigantesco, tão ameaçador quanto seu dono.

6

Imprudências

Ele fez uma promessa e a cumpriu. Rolthan era teimoso; sempre fora, desde que se entendia por gente. Mas a característica agora o salvava; a *Indomada* também era teimosa, que os Deuses tivessem piedade dele.

Ela tentara fazê-lo desistir, parando tantas vezes para aliviar a bexiga na mata quanto lhe era permitido, com o intuito de que ele se cansasse de acompanhá-la; tinha percebido quanto ele se irritava com barulhos repetitivos, e tamborilado as unhas sujas na parede da carruagem por horas a fio, só parando quando adormecia. Recusara-se a se banhar na sua presença, mesmo que ele tivesse duas irmãs e não se interessasse nem um pouco em ter uma mulher, quanto mais uma Indomada, e se negara a comer enquanto estivesse na sua presença. Tinha feito todas essas coisas porque descobrira que Rolthan não era dado a castigos físicos — nisso ele insistia —, e a única punição que cairia sobre ela seria o desconforto perante sua resiliência. Jogavam um jogo no qual os dois eram muito bons, mas Rolthan tinha ganhado, por ora.

Os únicos momentos em que a deixava sozinha eram os períodos em que precisava dormir. Deixava-a então com Sir Kennan, um homem de sua confiança, ou com seu escudeiro. Mesmo nessas horas, às vezes vagava acordado pelo acampamento que haviam montado aquela noite ou pelo prado em que tinham feito seus leitos, inquieto, sabendo que a Indomada estava bem acordada dentro da carruagem, com as aias que a temiam e a odiavam assim como todos os outros. Imaginava-a enfurecendo-se, olhando para a floresta ao redor e lembrando-se de onde vinha. Imaginava seus dentes mastigando carne humana, insaciáveis, e os olhos crescendo e tornando-se rubros de ira, como aquele par de olhos que Rolthan tivera o desprazer de encarar um dia.

No entanto, os únicos olhos vermelhos que via eram os que ela exibia a cada manhã, depois das horas de choro antes do sono. Ele não fazia nenhum comentário, e ela parecia grata pelo seu silêncio respeitoso. Os outros homens pareciam seguir toda ação de Rolthan agora que ele assumira o controle sobre a Indomada, e, se ele fingia não ouvir seus soluços toda noite, seus companheiros o acompanhavam, tornando-se surdos. Era fácil manipular homens que viviam para obedecer cegamente.

* * *

Aquelas eram as piores condições em que Rolthan já viajara.

Eles o chamavam sir depois que assumira um compromisso com a guarda real, mas Rolthan não era como aqueles cavaleiros quaisquer que ganharam títulos sujando-se de sangue e apostando o pouco que tinham em justas e duelos para elevar sua posição social. Ele já nascera um lorde. Seu irmão era Thanor Falk, chamado de Primeiro *Ahmiran* de Viira, por ser seu consorte preferido. Rolthan tinha contatos importantes, e era, mesmo que indiretamente, um membro da família real; seu sobrinho Willame tinha um pouco do sangue sagrado da Rainha das Rainhas, e um pouco do sangue de sua família, também.

Ele suspirou, olhando os arredores. *Dohi Iatrax,* repetiu para si mesmo, *sou um lorde!*

A que ponto tinha chegado?

Norina interrompeu seus pensamentos:

— Estou grata que tenhamos assumido um relacionamento mais cordial, Sir Rolthan.

Ele olhou para a Indomada. Estavam viajando naquela carruagem detestável, não sozinhos, mas apertados no meio das três aias, sacolejando pelo declive da estrada como se fossem descer até o inferno. Rolthan sentia falta de Bravo, seu alazão; Coron o montava agora, o imprestável.

Não estava particularmente de bom humor.

— *Dohi Iatrax*, deixei-a mijar enquanto virava de costas, só isso — cuspiu ele.

— O que apreciei muito.

Ela estava nervosa, Rolthan podia notar. Sua mandíbula estava tensa, e as mãos, trêmulas sobre a saia do vestido de lã. A cada dia que passava, estavam mais a leste do continente, e mais frio sentiam. Ela só usava lã agora, e Rolthan, que se aconchegava com um manto de pelo de urso, imaginava se era o suficiente para aquecer os ossinhos frágeis e a pele fina. Ela franziu suas sobrancelhas claras, quase inúteis na paisagem do rosto, e continuou:

— Não que suas ações não me confundam, sir. Há um minuto estava me fazendo ameaças de morte.

Rolthan não conseguiu impedir uma risada. Uma das aias sorriu também, os olhos fixos nele, enquanto outra franziu o cenho, remexendo-se desconfortavelmente no assento. Norina fechou o rosto.

— Qual é a graça?

— A graça — disse ele, rindo — é que você acha que elas caíram por terra.

A aia mais nova e mais bonita choramingou:

— Ora, sir, por favor...

— A menção da morte a incomoda, menina? Ou está com tanto medo assim da rata que é obrigada a alimentar e vestir todos os dias que ouvir sua voz lhe causa arrepios?

Ela corou. As outras duas aias riram, recostando-se em seus assentos.

— Quanto tempo até Fortechama, milorde? — perguntou uma delas, ansiosa. — Certamente alguém informou o senhor, que é cunhado da Rainha das Rainhas.

Rolthan sorriu. Norina tinha se retirado da conversa, o rosto virado para a parede da carruagem, os dedos tamborilando em um ritmo irritante contra a madeira. Ele respirou fundo.

— Dois dias, eu diria. Ansiosa para conhecer a *sharaani* Gilia, menina?

— Ah, milorde, sonho com isso todos os dias. É o que torna meu trabalho tolerável — respondeu olhando para Norina, que nem se moveu. Rolthan sabia que, com o seu tipo, não havia chance de ela não ter escutado. — Lendas sobre a beleza e a bondade de sua sobrinha Gilia viajam por toda Tergaron.

A aia conhece bem o protocolo, pensou Rolthan. *Na verdade, só está aqui porque estaria morta se não tivesse obedecido às ordens diretas da rainha, mas os Deuses sabem quantas vezes ele lava as mãos depois que encosta na Indomada e quanto preferiria estar na segurança da própria casa.*

— Eu não posso de chamá-la *sobrinha*, menina. Como sabe, a *sharaani* Gilia é filha do consorte Stefanus, não de meu irmão, Thanor. Meu irmão não deu nenhuma filha à rainha, só um varão... O *sharaan* Willame, nascido no fim do outono. Tenho certeza de que se lembra.

— Ah, *saa*, sir, me perdoe. Servi a rainha durante a sua mais recente gravidez, não haveria de me esquecer. O *sharaan* é uma linda criança.

— Que não herdará nada de importante, coitadinho. Meu irmão é o Primeiro *Ahmiran*, o consorte favorito, mas demorou demais para dar um filho à rainha Viira. Os vice-reinos estão todos em posse dos filhos do consorte Cassius. Emeric governa a grande ilha de Almariot, Amphicus tem Dovaria, a oeste, e Tib reina sobre Ikurian, a terra além-mar que faz fronteira com Gizamyr... E Gizamyr pertencerá à meia-irmã deles, Gilia, *que os Deuses a abençoem*. Até Ismena tem mais chances de conseguir algo de valor do que meu sobrinho. Se Gilia falhar, ela é a primeira mulher na linha de sucessão para o trono de Gizamyr, ou ao menos esse é o plano de Viira. Até a *sharaani* que vive na sombra da primeira princesa recebe mais atenção que meu sobrinho Willame!

Um silêncio se fez na carruagem. Rolthan sabia que não deveria ter dito nada daquilo, mas eram apenas verdades que todos já conheciam, e ele estava irritado o suficiente para ter a coragem de proferi-las em voz alta.

— Talvez a rainha lhe dê a Ataláia dos Rubis, milorde — disse a aia mais velha, uma solteirona de trinta e cinco anos. — Ou Penabranca. São castelos magníficos. Meu pai diz que...

— *Saa*, *saa*, são lugares encantadores, dignos de um grande lorde, mas meu sobrinho é um *sharaan* de Tergaron. Meu irmão é o Primeiro *Ahmiran* da rainha e trabalhou por isso. Ele trabalhou por anos para subir na corte e galantear Viira, trabalhou para receber convites aos seus aposentos, para receber a sua intimação e casar-se com a rainha. Esforçou-se para ser reconhecido entre os consortes, para ganhar mais noites em sua companhia, para virar seu favorito. Depois, os *anos* até a concepção do *sharaan*... Três anos em que Viira teve dois outros filhos e um ano sem que quisesse visitas dos *ahmirans* homens. Então, os Deuses nos abençoaram com Willame, e eu obtive uma promoção da guarda da cidade para a guarda pessoal da rainha... Para quê? Para que Willame receba *Penabranca*? — Rolthan bufou, passando a mão pelos cabelos crespos. — Gilia foi a primeira menina nascida em trinta anos, filha de um consorte improvável. A Primeira Princesa, como eles a chamam. — Rolthan roncou. — Agora ela é o centro do mundo, e nada mais importa. Surpreende-me que o pai de Gilia não tenha se tornado Primeiro *Ahmiran*, roubando o lugar de meu irmão; toda a família de Stefanus, pai de Gilia, tem terras no Vale de Hwen, mais ouro do que conseguem contar e terão ainda mais quando a menina tiver seu primeiro bastardinho Indomado com o príncipe do outro lado do mar. Se os filhos do consorte Cassius não tivessem o controle dos vice-reinos antes do nascimento de Gilia, eles certamente pertenceriam a ela e à sua família também, a maldita Primeira Princesa. Tudo pertencerá a ela... e se Willame tiver *sorte*, conseguirá o castelo de *Penabranca*!

As aias não sabiam o que dizer. Norina tinha parado de tamborilar. Seus olhos estranhos e azuis observavam o guarda com cautela.

Rolthan encarou Nor e as aias por mais segundos do que podia suportar e sentiu vontade de cuspir. Ele bateu com o punho fechado contra a porta, três vezes, e exigiu que a carruagem fosse parada.

— Sir Kennan, assuma o meu lugar — gritou para o companheiro, que obedeceu prontamente, entregando a montaria a um cavalariço.

Rolthan expulsou Coron de seu cavalo, mandando que montasse o de Sir Kennan, e reassumiu a montaria, acariciando o pescoço do alazão negro numa tentativa de se acalmar. Não montou ao lado da carruagem, como costumava fazer antes de virar a sombra da Indomada; em vez disso, deixou que os homens o ultrapassassem até que ele ficasse na parte de trás da comitiva, com as carroças e os animais.

Eu e minha maldita boca, pensou. *O que aias e uma Indomada têm a ver com os negócios da família real? Pelos Deuses, que isso não chegue aos ouvidos da rainha...*

Rolthan não se importava de perder os favores da rainha; sabia que tinha sido promovido a uma posição na guarda real por causa do irmão, mas perdê-la significaria apenas que teria que reassumir o plano original de seus pais, casando-se com a filha mais velha dos Alton — o que não era ideal, mas a garota não era feia e Rolthan acreditava que poderia suportar uma vida com ela, se tivesse um amigo íntimo ao seu lado para aliviar as tensões do dia a dia. O que não suportaria era ver seu irmão, o consorte Thanor, cair das graças da rainha e ser mandado de volta para Eldalorn, o castelo da família, depois de se esforçar tanto para tudo o que tinha conquistado. E agora, havia o menino... Thanor não suportaria ficar longe de Willame, sem poder vê-lo crescer.

Rolthan meteu a mão na bolsa de juta anexada à sela de Bravo, encontrando o cantil de hidromel, e virou a bebida em goles largos, segurando-se bem na sela para não tontear. Não podia pensar nessas coisas agora, não podia. Não com tudo o que já estava em risco.

Estava mais próximo dos trinta anos do que dos vinte, mas o estômago se remexia dia a dia com a ansiedade de um adolescente de dezesseis. No dia em que partira com a comitiva, duas semanas antes, Thanor lhe lançara aquele olhar familiar e apertara seu ombro, mandando que voltasse inteiro. Rolthan sabia o que isso significava. Sabia que o irmão não queria dizer "volte vivo", ou teria usado essas palavras.

Havia um pedaço faltando nele há anos — seis, exatamente — e Thanor sabia disso. Quando mandou que o irmão voltasse inteiro, quis dizer que deveria voltar com Blayve, aquele a quem seu coração pertencia.

Sua maior culpa seria, para sempre, não ter partido mais cedo. Não ter partido quando *ele* partiu. Dizia a si mesmo todas as noites, enquanto vigiava Norina durante o sono, que não podia ter partido sem um álibi, mas, se fosse sincero consigo mesmo, sabia que só estava dando desculpas para calar as vozes que o condenavam dentro da própria cabeça. A verdade é que, há seis anos, Rolthan era um garoto e achava que podia esquecer Blayve e se casar com a donzela perfeitamente respeitável e Domada que seus pais haviam escolhido para ele.

Isso não acontecera.

Bem, o que ele esperava? Blayve e eles haviam sido criados juntos. Tinham a mesma babá, o mesmo quarto, os mesmos brinquedos. A aproximação e criação de laços eram inevitáveis. *Não esquecê-lo* era inevitável. E não esquecê-lo era também uma maldição.

Sabia que não poderia se casar com Blayve. Só camponeses se casavam por amor: não tinham de se preocupar em deixar suas posses aos cuidados de uma prole, e assim estavam livres para deixar que seus corações seguissem o caminho que quisessem. Rolthan, no entanto, tinha uma herança, bens para distribuir, e por isso seu casamento deveria gerar descendência.

Bem, pensara ele um dia, *se não posso me casar com quem desejo, não casarei de modo algum.* E indo contra os desejos da família, conseguira uma posição na guarda real, jurando celibato.

Rolthan suspirou. Se fechasse os olhos, ainda podia vê-lo perfeitamente, aquele idiota Indomado com os olhos ligeiramente estrábicos e os cabelos amarelos, sempre malcortados. Blayve o assombrava como um fantasma com contas a acertar — estava em todo lugar, em especial agora. Rolthan o via na brancura da neve, nos ventos frios que sopravam de Gizamyr e, principalmente, no rosto daquela menina Indomada.

Ah, que os Deuses a carregassem! Ela tinha a mesma expressão que Blayve trazia no rosto, um olhar que parecia permanentemente assustado, e, ao mesmo tempo, sempre alerta. Tinha algumas mesmas manias, que Rolthan assumia agora serem típicas de Indomados: o jeito que dilatavam as narinas na presença de madeira nova, a cabeça que se virava procurando sons que só eles podiam ouvir, o olhar focado e intenso quando executavam atividades que exigiam o mínimo de concentração. Ali estava essa menina, que por toda a sua vida tinha sido guardada em segredo do mundo, assim como Blayve.

Rolthan imaginava se a Indomada recebera o mesmo amor que Blayve tinha dentro de Eldalorn, porque certamente não havia recebido o mesmo tratamento ao longo de sua vida. Quando o menino fora trazido pela rainha, ainda aos quatro anos, o pretexto era que Rolthan precisava de um pajem, um companheiro de aventuras. Rolthan, que brincara a vida toda com os filhos da criadagem, não entendia por que achavam que estava sozinho, nem por que o menino rosado falava com ele com tanto medo. No entanto, logo tornaram-se amigos, como acontecia com crianças que conviviam, enquanto seus pais observavam, horrorizados. Estavam de mãos atadas. A rainha tinha revelado a eles suas verdadeiras intenções, e recusar ordens diretas dela era uma sentença de morte.

Entretanto um dia ela exigiu tê-lo de volta, e Blayve afastou-se de Rolthan pouco após seu aniversário de vinte anos para ser levado a Monterubro. Rolthan o visitou depois disso, várias vezes, sob a desculpa de estar indo ver seu irmão na corte; a viagem não era fácil e levava vários dias, e seus pais começaram a questionar seu verdadeiro intento, até que, para o seu desespero, proibiram-no de ir até Monterubro de uma vez por todas. Meses mais tarde, quando finalmente deixaram que retornasse ao palácio, Rolthan descobriu com pesar que Blayve fazia muito havia partido para Gizamyr.

Tinha se conformado nutrindo a esperança de que ele voltaria. Mas então um ano se passara e depois dois, três. E Rolthan fora covarde demais para ir atrás dele, acreditando nas vozes dentro de si, que tinham fé no seu retorno. Mas nem ao menos sabia por que a rainha havia mandado Blayve para a terra dos selvagens ou se, no mínimo, tinha sobrevivido à viagem até lá; Farkas Baso era cruel, afinal, e sem a proteção adequada...

Bravo relinchou debaixo dele, e Rolthan percebeu que, na sua distração, o estivera guiando por um caminho repleto de raízes e pedras afiadas. Ele bufou, acariciando o pescoço do alazão, como se pedisse desculpas, e voltou para a estrada, galopando para alcançar as últimas charretes.

Deuses, ele esperava que Blayve estivesse vivo. Alguma coisa dentro de Rolthan parecia saber que Blayve não tinha morrido; teria *sentido* alguma coisa, não teria? Quando os dois eram pequenos, quer estivessem brincando de fazer tortas de lama quer estivessem treinando duelos com espadas de madeira, sempre tiveram uma ligação especial. Quando Rolthan viajava, deixando Blayve em Eldalorn, sempre podia sentir se algo tinha acontecido com ele: certa vez caíra do cavalo, quebrando uma das pernas, e Rolthan se lembrava de ter se sentido mal a meio caminho de Matarrégia para uma caçada. E, do mesmo modo, quando Rolthan se machucava no treinamento, Blayve sempre era o primeiro a correr até ele, como se soubesse que algo tinha acontecido antes mesmo que Rolthan dissesse o primeiro "ai".

Rolthan não era um homem de sorrisos — não de sorrisos sinceros, ao menos. Suas expressões tinham o intuito de intimidar ou deleitar os olhos de quem as recebia, mas não traziam calor nenhum ao seu peito. Quando estava sozinho, não se considerava necessariamente uma pessoa feliz. Naquele momento, no entanto, permitiu-se um leve sorriso, lembrando-se de Blayve e de como ele costumava cavalgar sempre à sua esquerda — porque certo dia Rolthan havia dito que preferia cavalgar por esse lado.

Blayve era um grande filho da mãe.

Confortava-se com o pensamento de que finalmente ia vê-lo de novo enquanto observava as ameias de pedra vermelha que davam nome ao castelo na beira de Farkas Baso. Neve nova ainda caía, pingando ritmicamente dos galhos das árvores desnudas, e os outros homens se agasalhavam com mais pelos, peles e mantos de lã. Rolthan, no entanto, olhou para o que o esperava no horizonte e sentiu uma gota de suor escorrer.

7

O PODER DO SANGUE

Eles chegaram de madrugada. Doze corcéis negros montados por cavaleiros de armaduras da mesma cor — os dois da frente carregavam estandartes, grandes cobras douradas bordadas contra um fundo escuro, anunciando a chegada da princesa Gilia do forte onde estava esperando os outros até a estrada de Farkas Baso —, uma grande parada para um caminho de poucos quilômetros, tudo em nome da ostentação.

Havia duas carruagens, ambas douradas e enormes. Nor sabia que a da Primeira Princesa era a carruagem de trás, cujo enorme coche era levado por seis cavalos escoltados por uma tropa dos espécimes mais belos de todo o reino, animais altivos e espertos que pareciam conhecer a importância de seu trabalho tanto quanto os cavaleiros que os montavam. Sem dúvida era aquela. A outra carruagem não recebia nem a metade da proteção.

Não houve nenhum anúncio formal. Na clareira em frente a Fortechama, o senhor comandante da guarda real de Almariot, que liderava a tropa, desmontou do cavalo, deixando voar atrás de si a capa dourada que o distinguia como superior. Andou até a carruagem da frente, bateu na porta e esperou uma resposta. Uma voz veio de dentro, falando uma língua que Nor não conhecia; depois de alguns segundos, a porta se abriu.

Um cavaleiro sem elmo desceu e imediatamente caminhou até a segunda carruagem, ignorando o senhor comandante da guarda. Ele bateu na porta, como o outro havia feito, e disse algumas palavras antes de abri-la, estendendo sua mão para dentro. Em nenhum momento virou-se na direção da comitiva que trazia Norina, e assim ela não pôde ver seu rosto, só o cabelo avermelhado e a pele castanha. Não teve muito tempo para observar, porque Sir Rolthan a puxou para baixo junto com ele, e logo estava encarando a terra abaixo de seus pés e as formigas que caminhavam nela.

— Ajoelhe-se, *djakar* — sussurrou ele. — Ajoelhe-se na presença do príncipe Emeric, *sharaan* de Tergaron e Almariot.

Nor piscou, perplexa. *Aquele* era o príncipe regente do maior vice-reino de Tergaron? Ela mal podia acreditar. Parecia um guarda real comum, como todos os outros... Agora que observava os demais, porém, percebia que todos os homens estavam ajoelhados, com exceção daqueles que faziam a segurança da princesa.

— Se é mesmo o príncipe, por que se veste assim? — perguntou Nor tão baixinho quanto pode. Lembrava-se da rainha e de suas vestes magníficas, da riqueza de seu palácio, das mil cores dos seus adornos e do trono cheio de joias. Aquele era um rapaz usando uma armadura comum: ele nem tinha a capa dourada do comandante da guarda, apenas uma capa simples e negra.

Sir Rolthan chiou.

— Não se deixe enganar pela vestimenta; o *sharaan* de Almariot não é tão humilde quanto se esforça em aparentar. Ele me mataria por dizer isso, mas para o inferno com ele. Veja, se tentar, até uma Indomada como a senhora poderá enxergar o que todos veem. Deve olhar além dos trajes dele.

Ela seguiu sua sugestão, erguendo a cabeça levemente para o *sharaan* de Almariot com mais atenção, mas ainda não pôde entender o que Sir Rolthan queria dizer. Ele parecia ser um bom homem. Estava armado para proteger a irmã, isso não era admirável? O príncipe Emeric auxiliava a descida das damas de companhia da princesa, moças ruivas de pele dourada com lindas tranças e belos vestidos de veludo. Em toda a sua vida, Nor nunca tinha visto pessoas tão diferentes de si mesma ou de tergarônios. Queria ter a chance de ver como aqueles cabelos brilhavam à luz do sol, mas àquela hora a luz era pouca e fraca.

    Os únicos homens ainda de pé se ajoelharam na grama alta da clareira quando a princesa desceu, finalmente. Gilia, a Primeira Princesa. Sua mão apareceu primeiro, uma mão negra que segurou com firmeza a mão enluvada do príncipe. Então surgiram o sapato de tecido macio e a barra da túnica, de um violeta intenso, balançando contra o vento. Usava os trajes no estilo de Tergaron, não no da grande ilha de Almariot, com as calças de algodão tingido por baixo e o lenço de cetim da mesma cor cobrindo os cabelos. Ela ficou nas pontas dos pés para alcançar o meio-irmão e saudou-o na frente de todos no estilo da Doutrina dos Doze: um beijo entre os olhos, um na ponta do nariz e o último nos lábios, rápido como as bênçãos.

    — Irmã! — exclamou ele, por fim. Tinha um sotaque pronunciado, e agora que Nor podia ver seu rosto, constatava que era belo. E como não, filho da Rainha das Rainhas, a mais bela de todas as mulheres? Os olhos, porém, diziam tudo, e agora Nor julgava entender o que Sir Rolthan dissera. Dourados e cruéis, como os de um gato, aqueles eram olhos incapazes de esconder inveja ou despeito.

    — Meu príncipe — respondeu ela na língua comum, também com um forte sotaque antes de se virar para uma rápida reverência.

    Chamavam-se de irmão e irmã, mas Nor sabia que não podiam ter o mesmo pai. A fisionomia de Gilia começava a perder os traços da infância. Como os da mãe, os olhos dela eram escuros e as maçãs do rosto mais marcadas, emolduradas por cílios extraordinários e sobrancelhas altas. Os cabelos eram bem negros, com tranças apertadas formando caminhos no topo da cabeça, desenhos sinuosos que lembravam Nor das serpentes que representavam a casa dos Viasaara. Estava claro que o retrato que a rainha guardava dela no seu palácio tinha pelo menos alguns anos; ela ainda era uma menina, mas pessoalmente era mais óbvio o desabrochar da bela mulher que seria.

    — Então, onde está ela?

Nor estivera tão compenetrada observando a princesa que não registrara o que tinha sido dito até que sentiu mãos fortes machucando seus braços e colocando-a de pé. Uma dupla de cavaleiros da comitiva da princesa começou a arrastá-la bruscamente em direção aos Viasaara; ela sentia os calcanhares doendo enquanto roçavam as pedrinhas da relva, mesmo através do couro das botas, e a humilhação era quase maior do que podia suportar. Os olhares de todos estavam sobre ela: nem as aias, que por tanto tempo ansiaram ver Gilia, ou os carniceiros e mercadores que acompanhavam a comitiva e nunca na vida tinham se encontrado com a realeza, olhavam para o príncipe e para a princesa. Em vez disso, tinham os olhos fixados na Indomada sendo arrastada até seus superiores, como uma fera contida sendo apresentada para contemplação em uma feira, ou como presente para um lorde importante. Seu rosto queimava, todo o corpo queimava de vergonha; ela não ousou encarar os olhos daqueles que a aguardavam e resignou-se a ser carregada como a besta que achavam que era.

No meio do caminho, no entanto, sentiu um cheiro familiar, e ouviu passos vindo na sua direção. *Ah, Sir Rolthan, é claro que é o senhor*, pensou Nor, inspirando o couro e os cravos que ele costumava mastigar após cada refeição para manter o hálito fresco. Ela sentiu o aroma intensificar-se mesmo a vários pés de distância, quando ele gritou:

— De pé, Indomada!

Os cavaleiros que a levavam fizeram uma pausa e olharam para trás, e Sir Rolthan os alcançou.

— Soltem-na. A menina sabe andar.

Nor lançou-lhe um olhar rápido de gratidão, sentindo o coração encher-se de algo quente e reconfortante, mesmo que apenas por um segundo. Prendendo a respiração, ela andou tropegamente até os irmãos Viasaara. Ouvia os cavalos batendo os cascos contra o chão, impacientes, e um riacho nas proximidades. Ouvia o barulho dos pássaros trinando enquanto pairavam em círculos preguiçosos sobre a cabeça deles, como se soubessem que algo estava para acontecer. Entre os homens, no entanto, reinava um completo silêncio.

Se alguém duvidasse de que o príncipe e a princesa eram realmente filhos de Viira, decerto pararia de duvidar assim que estivesse a três pés de distância dos dois. Ambos eram de estatura mediana, um pouco mais baixos que a média dos tergarônios, assim como sua mãe, mas a postura era altiva como a dos felinos, e isso confirmava sua filiação quase instantaneamente. Havia um ar que os sondava — uma mistura entre algo aristocrático e cru, como se conhecessem todos os segredos do Universo, segredos que estavam nos seus olhos, nas suas mãos de dedos elegantes, nos seus queixos erguidos. Era algo místico, quase cruel, o poder de atração que tinham até sobre a mais desatenta das presas.

— Sharaan. Sharaani — disse Nor, apressada, pondo-se de joelhos na terra e manchando o vestido de algodão. A testa desceu até o chão, e os lábios secos e rachados beijaram, devagar, as botas do príncipe e os sapatos macios da princesa.

O príncipe regente de Almariot levantou-a, erguendo-a pelo braço como uma boneca.

— Levante-se — latiu ele. — Levante-se e olhe para a sua princesa. Mostre a Gilia o rosto de quem lhe dará o trono dos selvagens.

Nor obedeceu. Estava limpa depois do serviço duro das aias, o cabelo penteado caindo liso como uma queda-d'água pelas costas, mas a sua pele estava cheia de machucados roxos e amarelados provocados pelos cavaleiros que a transportavam com brutalidade de um lado para o outro, e ela sabia que sob seus olhos havia olheiras escuras. Ela era um rato; um pequeno animal assustado e covarde, um anão diante de gigantes.

A princesa analisou-a como um dia a rainha tinha feito, seus olhos varrendo-a com interesse curioso. Nor se intimidara com eles a princípio, mas agora via algo a mais dentro daqueles olhos, algo que a deixava ao mesmo tempo intrigada e aliviada. De perto, os olhos negros não eram nem de longe tão cativantes quanto os da Rainha das Rainhas, porque dentro deles havia *incerteza*. Nor deu um passo para trás, com o intuito de confirmar o que via. A princesa parecia quase tão desconfortável quanto Nor, e, devagar, o misticismo que a cercava parecia se esvair como a cerração no começo da manhã.

— Ela parece uma lagartixa! — exclamou o príncipe, e os cavaleiros ao seu redor riram, delirantes. — Ou um bezerro que ainda não foi desmamado. Vejam como é desengonçada.

— Um periquitinho recém-nascido, depenado — acrescentou outro cavaleiro, fazendo o príncipe cacarejar ao colocar a mão sobre o peito lustroso da armadura.

A princesa não parecia estar ouvindo. No seu sotaque quente e bem pronunciado, ela disse:

— *Ahma* disse que você enxerga dentro das pessoas.

Não era uma pergunta. Diante do silêncio hesitante de Nor, ela continuou:

— Eu quero que me mostre.

Nor gaguejou, surpresa.

— *Sharaani*, eu não...

O príncipe parou de rir e virou a cabeça de uma vez a fim de acompanhar a cena. Seu rosto já estava corado como os cabelos devido aos risos, e foi imediata a transformação de sua expressão para perfeita ira, capaz de assustar até o mais bravo dos homens.

— Você a ouviu! Mostre à minha real irmã as suas peculiaridades, *monstro*. Entretenha a Primeira Princesa — gritou ele.

Os homens ao redor se remexeram, desconfortáveis. Nor ouviu uma das aias cochichar dentro do ouvido da outra e viu a terceira choramingar, escondendo o rosto em um retângulo de seda. Um burburinho formou-se rapidamente, enchendo a clareira de som outra vez.

A voz de Rolthan foi ouvida acima das outras. Ele aproximou-se, pôs-se de joelhos diante dos membros da família real e começou a falar, quando lhe foi permitido.

— *Sharaan* Emeric, ah, Fogo do Sul, Príncipe dos Príncipes! Se não for seguro, seria melhor que nos abstivéssemos de uma demonstração, pelo bem da princesa e pelo seu bem, oh, Lareira de Sal... — dizia suas palavras bajuladoras com uma dureza protocolar, mas o olhar estava direcionado a Nor, como em um interrogatório. Ela acenou com a cabeça levemente, dispensando os medos de Rolthan, mas mantendo os próprios. Era mais seguro obedecer do que se abster; os riscos eram menores, ela bem sabia.

O príncipe ignorou os clamores de Sir Rolthan, mandando-o embora com um aceno preguiçoso de mão. Ergueu as sobrancelhas vermelhas para Nor, impaciente:

— E então?

Gilia também aguardava, uma expressão neutra no rosto, mas Nor ouvia o ritmo das batidas do coração da princesa e imaginava quantos anos ela tinha levado para dominar as manifestações de sua ansiedade.

— Mostre-me — insistiu a *sharaani*, dando um passo à frente e ficando perigosamente perto de Norina.

Nor tremeu. Sabia que, quando as ligações eram feitas contra a sua vontade, tinha pouco controle sobre elas: nessas ocasiões, Nor não era só a observadora, mas também a pessoa observada; as visões eram janelas de vidro, permitindo que as duas pessoas se vissem e explorassem uma à outra. Teve medo, sem saber ao certo o que a princesa veria dentro de si, mas sabia que não tinha escolha. Flexionou os dedos, estalando-os, e, devagar, estendeu as mãos trêmulas para a Primeira Princesa.

— Segure-as, *sharaani*, Salvação do Reino. — Tinha aprendido as expressões corretas com as aias e nunca estivera tão grata por sabê-las.

A princesa olhou para as palmas alvas das mãos de Nor e para o seu rosto por um instante, antes de lançar um olhar inquisitivo para o irmão. *Será que devo?*, diziam seus olhos, e a incerteza mais uma vez tomou conta de seu rosto, despindo-a novamente da ilusão que a compunha.

Nor explicou:

— Se não as segurar, *sharaani*, não verá nada. Eu posso ver o que quiser dentro de quem quiser; se a princesa desejar ver o que vejo, deve confiar em mim e segurar as minhas mãos. É o único modo.

Gilia hesitou por mais alguns segundos, olhando em volta. A comitiva a observava, todos questionando se ela realmente ousaria; até o seu irmão a olhava com uma espécie de curiosidade violenta, respirando sobre seu ombro. E Nor imaginou que, se ela desistisse agora, o príncipe Emeric a castigaria mais tarde pela covardia.

No instante em que a princesa viu os rostos esperando sua decisão, no entanto, assumiu mais uma vez sua postura real, erguendo o queixinho antes de estender as mãos negras, tomando as de Nor nas suas e apertando-as com segurança.

A princesa fechou os olhos ao mesmo tempo que Nor, e arfaram juntas quando as visões invadiram as duas.

* * *

Ela não queria ir embora — não queria. Era quente, confortável e seguro nos braços da mãe. Sabia que ninguém teria uma voz tão suave ao cantar melodias para ela antes de dormir. As mãos eram gentis sobre os seus cabelos crespos, ao contrário das escovas duras e violentas das aias que tentavam domá-los em tranças e penteados que pesavam sobre a cabeça. Ela não queria ir embora, não queria.

Sabia que não deveria chorar ou espernear quando a levassem, mas não pôde evitar. Quando a babá, a senhora Muriel, com seus cabelos alaranjados e o corpo gordo a tirou do colo da mãe, ela chutou-a bem na barriga e lutou para voltar, derramando lágrimas quentes. A babá lhe deu um beliscão no braço e achou que fora seu gesto que a calara, mas estava errada; o que a silenciara fora ver a mãe, completamente indiferente, levantando-se da poltrona na qual estivera aninhando Gilia e saindo do quarto, acompanhada de duas damas de companhia.

Chorou em silêncio ao longo de todo o caminho até Almariot e ao chegar lá também, cega para as coisas à sua volta, cega para a visão do mar e a areia branca, cega para a praia e para o castelo e para a visão de seus novos irmãos. Tudo o que enxergava era a mãe, em todo lugar. Seu peito doía de saudade. Quem eram aquelas pessoas com cabelos alaranjados e pele marrom, que língua era aquela que falavam? Ela queria ir para casa. Ela queria ir para casa. Ela queria...

* * *

Norina queria ir para casa. Quem era aquela mulher estranha de cabelos escuros que chamavam de sua mãe, que lugar era aquele pra onde a tinha levado? Tudo dentro dela era saudade, mas ela não podia chorar. Não podia fazer barulho.

Sentia falta dos braços macios que a seguravam, daquele cheiro... Que cheiro era aquele? Ela nunca conseguira identificar o perfume, mas supunha que vinha das flores brancas.

Ali não havia flores brancas, apenas barulhos assustadores da noite e uma mulher estranha segurando-a. E ela queria ir para casa... Só queria ir para casa.

* * *

Ela via água, água até onde a vista alcançava. Água escura, tão densa que não se podia ver nada que estava além da superfície. Por quantos anos pensara que seria melhor pular naquelas águas e nunca mais ser vista, deixar-se levar pelas ondas, pelo espírito do deus dos mares, até a segurança do fundo do mar, onde faria seu próprio túmulo na areia e seria visitada todo dia por peixinhos coloridos que não podem chorar...

Suspirou. Por que tinha pensamentos tão mórbidos? Não levava uma vida ruim.

Mas tinha tanto medo.

Ela era a Primeira Princesa. Tanta coisa dependia de Gilia, e os Deuses sabiam que não era capaz de realizar tudo aquilo que esperavam dela. E agora que finalmente tinha sangrado — dohi Iatrax, agora que podia se casar —, tudo se tornava tão mais real. Ela se apoiava na balaustrada, fitando o mar com olhos vazios. Imaginava-se do outro lado, entre os selvagens, gorda e infeliz, com um daqueles Indomados no ventre. A noção quase a fez vomitar, e ela segurou com mais força, as unhas arranhando a pedra.

O único fator compensatório, é claro, seria ver a mãe mais uma vez. Ela viria para a comemoração do seu primeiro sangue, como era a tradição. Fizera isso com todas as suas filhas, em outras gerações, e Muriel disse que estava certo que a Rainha das Rainhas a concederia o mesmo privilégio.

Ela não se lembrava mais muito bem da mãe, mas sentia saudades do que se recordava. Uma canção há muito esquecida, um colo quente. Uma voz gentil. A mãe não visitava a abafada terra de Almariot desde que entregara ao irmão, o príncipe Emeric, o governo do vice-reino, e isso fazia mais de quinze anos. No seu último aniversário, quando completara treze anos, ficara à espera da mãe — sempre manteve a esperança de que a mãe a visitaria nos seus aniversários —, mas tivera sua expectativa frustrada, mais uma vez. Em vez de agraciá-la com a sua presença, tinha mandado que a corte em Fortessal preparasse uma grande festa e enviara a Gilia um bonito colar de safiras para que usasse no dia da celebração do seu aniversário.

Logo veio o dia da Maturação, uma cerimônia para celebrar sua transformação de menina em mulher, e Gilia se permitiu esquecer do destino inevitável, porque a mãe veio. Pela primeira vez, a mãe veio ao seu encontro, e ela a conhecera, realmente a conhecera. E nada mais importava.

Vestiram Gilia de dourado, e Muriel havia permitido que ela usasse sua tiara de rubis. Gilia quis receber a rainha no porto, mas a babá não tinha permitido; a viagem era longa demais, e a tradição era que se encontrassem no castelo. Desse modo, foram dois longos dias de espera até que Viira chegasse em Fortessal, dois longos dias em que Gilia não conseguiu comer ou dormir de tanto alvoroço. Nesses período, não olhou uma só vez para o mar, mas sempre para a estrada, esperando a comitiva que traria a mãe.

Viu-a pela primeira vez na sala do trono; o trono em si era ocupado pelo seu irmão, e a Gilia coube um dos assentos menores ao lado, junto dos meios-irmãos que tinham o mesmo sangue pa-

terno do príncipe regente, Rayner e Ismena. Mal podia se conter, mas lembrou-se do que Muriel tinha lhe ensinado e mantivera-se em silêncio, muito altiva e composta, mesmo quando Viira foi anunciada e passou por aquelas grandes portas de madeira maciça.

A rainha era gloriosa.

Havia canções sobre ela, milhares de pinturas, centenas de esculturas, mas nenhuma delas fazia jus à sua mãe. A rainha Viira era linda; ela própria parecia uma escultura, só que viva, ah, tão viva, com seu riso jovial e os olhos faiscantes. Estava trajando sedas azuis e parecia uma extensão do mar.

— Ijiki Gilia. Minha princesa — havia dito ela, estendendo os braços. Sua voz era tão suave quanto se lembrava, e Gilia sentiu-se hipnotizada, sem ação por alguns segundos; mas então a mãe — dohi Iatrax, era mesmo ela! — dera-lhe um sorriso encorajador, e Gilia levantara-se, caminhando em direção a ela. Viira inclinara-se, envolvendo-a em um abraço, e Gilia esqueceu-se de fechar os olhos e de retribuir o abraço. A mãe riu.

Depois, quando se afastara, percebera as pessoas que tinham ido com a rainha. Naturalmente o seu pai, Stefanus — a quem recebeu com um abraço caloroso, cheio de saudade e lágrimas, o que Muriel reprovou duramente —, e também os consortes Cassius, pai de Emeric e seus irmãos, e Lady Anachorita, a mais nova esposa de Viira, que Gilia nunca tinha visto. A eles, concedeu reverências, enquanto a mãe se aproximava dos seus irmãos para saudá-los. Também era a primeira vez que a viam em anos e pareciam igualmente abobalhados, o que confortou Gilia.

Nos dias que se seguiram, Gilia não conseguiu parar de admirar a mãe e sua beleza. E embora dissessem por toda a sua vida que ela também era bela, no momento em que vira a mãe, se sentira tão feia quanto as mulheres pobres que iam vender as caças dos maridos nos arredores do palácio.

Além de bela, a rainha fora gentil. Sentara-se ao lado de Gilia durante seu banquete comemorativo, sem se afastar nenhuma vez, perguntando sobre seus estudos nas artes femininas e suas amizades no palácio. Vira o véu bordado da filha e perguntara onde o conseguira, elogiando-o.

— Eu mesma o bordei, senhora minha mãe — respondera na ocasião, enrubescendo.

E Viira o elogiara mais uma vez, dizendo que parecia algo vindo das bordadeiras em Dovaria, e a fizera prometer fazer um para ela também.

— Mande que o enviem no navio com as sedas — dissera, pegando a mão de sua filha mais velha — e borde o seu nome também, do lado de dentro, para que eu saiba de quem veio. Eu o usarei com alegria em Tergaron.

O coração de Gilia havia se enchido de felicidade; passara dias escolhendo a cor da linha, o tecido do véu, a imagem que bordaria. Mas então, no fim de três dias, a mãe tivera de partir, e restou à princesa esperar que o véu que enviou depois para a rainha tivesse chegado a seu destino em segurança.

Não sabia quando a veria de novo, mas esperava que fosse logo. Agora que se tornaria princesa de Gizamyr — a primeira princesa tergarônia de Gizamyr —, talvez a mãe fosse visitá-la com mais frequência, como fazia com os irmãos que eram príncipes regentes de Ikurian, Dovaria e Almariot.

Ou talvez só viesse visitá-la quando ela realmente fosse regente de alguma coisa, quando a entrada de todo e qualquer estrangeiro fosse permitida em Gizamyr — afinal, a sua entrada só estava sendo realizada por causa de um esquema armado pela mãe; quem saberia que outro esquema a rainha teria que armar para poder entrar no reino? Enquanto os pais de seu prometido ainda estivessem vivos e em perfeita saúde, não havia muita perspectiva quanto a uma visita de Viira.

Nos dias que se seguiram, chorou. Chorou e voltou a olhar para o mar, pensando em como seria infeliz, de um modo ou de outro. Estava destinada a ser escrava de suas obrigações, destinada a viver entre um povo com cores e costumes diferentes dos seus, enviada de um lado para o outro como uma mercadoria. Longe de Tergaron para não criar laços com Viira, para que não sofresse quando o ciclo natural da vida chamasse Gilia para os braços do deus da morte, tão precocemente aos seus olhos imortais. Longe de Tergaron para não crescer ambiciosa, para não parecer uma ameaça ao trono no futuro, para que não vire uma pequena usurpadora. Longe de Tergaron para ser o elo entre dois reinos, a partir do momento em que a primeira criança Indomada sair de dentro dela numa cama de sangue, alva e nociva como um lobo da neve. Longe de Tergaron porque uma mulher imortal não precisa de herdeiros, mas continua tendo-os, de qualquer forma; um exército de pequenos seguidores cegamente fiéis, ligados pelo sangue real abençoado pelos Deuses no início dos tempos.

E quem havia de trair o próprio sangue? Eram todos irmãos em Tergaron, literalmente ou não, mas, no fim, a diferença não importava. Até os camponeses pobres demais para comer todo dia, as prostitutas nas cidades e os ratos sem-teto e com pulgas nos cabelos, que dormiam entre poças de urina nas ruas sem calçamento, insistiam em dizer que tinham algum parentesco com a rainha. Alguns acreditavam piamente que tinham, e, se ninguém ousava desmentir ou confirmar, então deveria ser verdade. Se de fato fosse verdade, a obediência vinha naturalmente, porque obedecer era um prazer.

Gilia tinha mais irmãos do que conseguia imaginar, tivera irmãos que nasceram e morreram antes que ela pudesse nascer. Tinha irmãos cujos tataranetos eram mais velhos que ela e dominavam grandes castelos em Tergaron, aconselhando os príncipes regentes em Dovaria, Ikurian e Almariot, virando religiosos para espalhar a glória dos Deuses e da filha deles, a rainha Viira, por todos os reinos em seu domínio. Gilia era a Primeira Princesa, mas seu irmão Emeric era o Fogo do Sul, e outros haviam sido o Valente do Vale, a Piedosa, a Glória de Ikurian, a Beleza de Dovaria, e todos também tinham realizado grandes feitos, todos eles recitados pelos mestres de Gilia em suas aulas particulares, enquanto ela bocejava e olhava para fora, através da janela. Para o mar.

Do que adiantava?

Esperar que a mãe a visitasse mais, uma vez que dominasse Gizamyr, tinha sido uma ideia idiota — ela não passava de uma menininha idiota. A mãe era a mulher mais importante do mundo, a mulher mais ocupada do mundo; tinha quatro reinos e uma porção de filhos com os quais se preocupar. Por que haveria de pensar que, sendo uma mulher, as coisas seriam diferentes? Era uma adulta agora, e as visitas só se tornariam menos frequentes.

Talvez fosse uma mulher, mas sentia-se menina por dentro e não sabia quando deixaria de ser.

Sim, sou uma menina ainda, pensou consigo mesma, enquanto abria o baú com seus pertences, procurando por uma coisa específica.

Ah, aqui está.

Segurou seu véu bordado contra o peito, sentando-se na cama dura da cabine, e chorou como a menina que era.

* * *

Sentada no catre de palha na velha cabana, Nor chorava, as mãos trêmulas. Maldito Dia dos Deuses! Maldito lobo dentro dela, fazendo-a invadir a mente de sua ahma, vendo coisas que não queria ver, coisas que não tinha o menor direito de ver. Maldito Dia dos Deuses, tornando-a violenta e arisca e perigosa!

Deuses, o que tinha feito?

Talvez ela fosse uma mulher agora, era o que sua mãe havia dito, mas se sentia uma menina; talvez sempre fosse se sentir assim. No entanto, na noite anterior, havia sido um monstro. Seus olhos ainda estavam vermelhos.

A mãe chorava também, mas era melhor em esconder isso do que ela. Nor só sabia porque tinha ouvido um soluço reprimido quando prestara atenção.

Ela queria gritar; talvez tivesse gritado na noite anterior, mas não sabia. Não se lembrava. Só se lembrava das coisas que tinha visto na mente de Ros, e das coisas que tinha feito: lembrava-se de ter arranhado a porta e agarrado a maçaneta, querendo fugir, enquanto os olhos ainda estavam cheios de sangue, e a íris, completamente vermelha. Empurrara Ros com violência, fazendo-a cair e bater a cabeça contra a parede, enquanto rosnava de raiva. Atacara-a sem piedade, desferindo chutes e tapas enquanto a mãe tentava segurá-la para contê-la, e a cada golpe sua raiva aumentava. Agora que tudo tinha passado, sentia nojo de si mesma por tê-lo feito. Nunca tinha empurrado a mãe. Nunca tinha encostado sequer um dedo nela antes.

Do que adiantava?, ela se lembrava de ter pensado, e as palavras ainda pulsavam em sua cabeça, estáveis como as batidas do seu coração resignado. Do que tudo aquilo adiantava, se esconder e viver com medo, quando podia atacar todos que a queriam morta e viver livre?

Não, nei, corrigiu-se quando voltou à sanidade. Ela não queria atacar ninguém, mesmo que pudesse; mas naquela noite, sentia ter força para tudo.

E então, quando os dedos haviam encontrado a maçaneta, a mãe havia dito uma palavra... Havia dito algo...

Nor não conseguia se lembrar...

Ros havia dito apenas uma palavra, e Nor soltara a maçaneta. O mundo perdera a cor vermelha, parando de girar. Ela se olhou no espelho — o cabelo estava desalinhado e o lábio sangrava, mas os olhos voltavam à cor normal, como se o vermelho fosse tinta diluída em água. Ros a abraçou, e ela se deixou ser abraçada. Nor se deixou ser abraçada enquanto aquela palavra rodava em sua cabeça, familiar como o abraço da mãe. Pensou de novo no seu confinamento, nos anos escondida, na fragilidade de sua vida, e os gritos que antes a levaram a um frenesi se tornaram um sussurro baixo, afogado:

Do que tudo aquilo adiantava...

A cabeça de Nor girava, e suas mãos estavam suando. Ela soltou a princesa, confusa por um instante. Olhou em volta: estavam de volta à clareira.

Saa, é claro, lembrou ela. Nunca haviam saído dali.

Estava com os olhos cheios de lágrimas. Olhou para Gilia: a princesa tinha uma expressão de ódio no rosto, a mão levantada, pronta para atacá-la.

Norina encolheu-se, pronta para receber o golpe. Ela sabia que o merecia: tinha invadido memórias da princesa, visto sua dor e sua vulnerabilidade. Mas o tapa não veio. Gilia baixou a mão, e sua expressão se suavizou enquanto ela se afastava.

Talvez ela tenha medo que eu a ataque de volta, pensou Nor, e olhou para as mãos trêmulas, repassando o que tinha visto mais uma vez. E por que não teria? *Uma vez um monstro,* pensou, *sempre um monstro.*

8

As flores pelo caminho

Gilia tivera toda a intenção de bater na Indomada por ter invadido memórias tão íntimas, mas não pôde. Não teve a força necessária.

Inclusive, quando a olhou de novo, não conseguia mais ver o ratinho de antes; via tudo, menos aquilo. Por um lado, uma menina assustada, assim como ela, uma criança que chorava nos braços de uma tergarônia; e ela nunca bateria em alguém que já tivesse sofrido tanto.

E por outro lado...

Por outro lado...

Um *monstro*.

Gilia não tinha a coragem necessária para enfrentar uma besta de olhos vermelhos, muito mais forte que ela e sem escrúpulos, capaz de qualquer coisa se fosse lhe dada a razão para agir de forma insensata. Viu o irmão ranger os dentes, olhando da menina Indomada para ela em busca de respostas.

— O que foi? O que foi que a besta lhe mostrou?

Gilia tinha lágrimas nos olhos.

— Mandem-na embora — ordenou na sua língua materna, e os guardas foram pegar a Indomada.

A menina percebeu e disse, antes de ser arrastada:

— É uma faca de dois gumes, *sharaani*. — Mas não havia maldade em sua voz; ela também estava chorando. — Um espelho com dois lados. E eu não tenho controle sobre o que esse espelho vai me mostrar.

Os homens começaram a empurrá-la para a sua carruagem, um coche simples, e Gilia achou que a tinha ouvido dizer *me perdoe* enquanto era levada. Mas enfiaram-na lá dentro rápido, e logo um homem tergarônio entrou atrás dela, fechando a porta e bloqueando a visão de Gilia. O restante da comitiva montou novamente e a princesa foi guiada para dentro da carruagem, para que fossem admitidos em Fortechama.

Descansaram por duas noites na fortificação e, nesse período, ela não encontrou a Indomada, o que atiçou ainda mais seu desconforto. Preferia ter a menina sob seu olhar a todo o momento, porque sentia que ela agora guardava uma parte importante de si mesma, uma parte que nem a própria Gilia se lembrava de ter. Sua cabeça doía; ela sabia que era sua culpa ter pedido uma demonstração das peculiaridades da Indomada, afinal, mas como poderia admitir isso para si mesma?

Partiram pela manhã em direção a floresta de Farkas Baso. A cerração estava densa, e o céu ainda exibia-se em tons de laranja, branco e cor-de-rosa quando foi anunciado que a carruagem do príncipe Emeric estava pronta para partir em direção a Almariot. Ele não os acompanharia pelo restante da viagem.

— Tem certeza de que estará segura, minha irmã? Tem certeza de que não quer que eu a acompanhe e a proteja até essa terra miserável além da floresta dos lobos?

Gilia sabia que ele só falava essas coisas porque os outros estavam ouvindo, por isso respondeu seguindo o protocolo.

— Eu confio na minha fiel guarda, ah, Fogo do Sul, e na valente guarda da senhora minha mãe. Vá tranquilo; o povo de Almariot precisa de você.

O irmão tomou o seu rosto nas mãos douradas e beijou-a rapidamente na testa, no nariz e nos lábios, e, ao final, Gilia fez uma mesura, agradecendo a bênção. Também faziam isso porque estavam sendo observados, porque quando Emeric virou-se para embarcar na carruagem e roçou os ombros com os da irmã, demorou-se por um segundo para sussurrar em seu ouvido:

— Trate de ser esperta e fazer o príncipe selvagem colocar um animalzinho na sua barriga dentro de um ano. Ismena está esperando que falhe para tomar seu lugar, e os Deuses sabem como ela tem mais... *eloquência* para tratar com o sexo oposto. Mamãe não hesitará em substituí-la, você sabe disso.

Gilia rangeu os dentes. Ismena seria sua eterna sombra. Quase tinha sido expulsa da corte de Almariot por colocar um par de escorpiões sob os lençóis de Gilia, mas fora perdoada porque Emeric, seu irmão de sangue paterno e materno, intercedera por ela. A notícia nem ao menos chegou aos ouvidos da Rainha das Rainhas; o príncipe protegeu a irmã e proibiu qualquer um de seu conselho de relatar o incidente à mãe deles.

Ismena a invejava, Gilia sabia. Poderia ter sido a Primeira Princesa, se tivesse nascido antes, mas os Deuses haviam decidido trazê-la ao mundo depois de sua meia-irmã, e ela nunca os perdoara por isso. Gilia podia ver seus olhos negros brilhando no escuro, diante dela, esperando que falhasse — se a Indomada falhasse em interceder por ela e a aliança caísse por terra definitivamente, Ismena teria sua vingança.

Ela não podia permitir isso.

— Eu não serei substituída. Sou a Primeira Princesa; nasci para isso.

Emeric riu em seu ouvido.

— Então trate de *viver* para isso. Suas pernas ainda tremem; arrume a postura. Ismena nunca deixaria que a vissem tremendo.

Gilia lembrou-se do mar, da visão que tinha tido em suas memórias.

Ismena nunca olharia para o mar, tendo aqueles pensamentos. Ela se deitaria com um lobo de verdade e teria uma ninhada de filhotes se isso significasse que poderia ter a coroa de todo um reino para si.

Gilia ergueu o queixo, olhando fundo nos olhos do irmão. Ele estava provocando-a, e ela sabia disso.

— Faça uma boa viagem, meu irmão. Eu o verei novamente no dia do meu matrimônio, se os Deuses forem bons — disse, garantindo que todos pudessem ouvi-la.

Ele sorriu.

— Que Eles te ouçam. — E, sussurrando novamente, com um sorriso malicioso nos lábios, falou: — Boa sorte, Gilia.

E com isso, o príncipe Emeric partiu.

Horas depois eles também viajavam, adentrando a floresta e percorrendo os primeiros quilômetros da estrada secreta que se abria entre as árvores. Não foi uma viagem fácil. Farkas Baso ficava coberta de névoa desde as primeiras horas da manhã até o fim da tarde, e suas noites eram escuras e silenciosas. A carruagem sacolejara a viagem toda até a primeira parada, passando pelos ramos e raízes que haviam crescido no caminho e nunca tinham sido retirados, e Gilia fora forçada a manter a compostura, mesmo que a bile lhe subisse à garganta a cada pulo e tranco da carruagem, que seguia depressa. Pareciam estar fugindo de alguém.

A primeira parada foi rápida e demorou apenas o suficiente para que os cavalos fossem adequadamente alimentados, e a estrada, desbloqueada. Ninguém queria se demorar, não ali, não em meio àquela escuridão, no completo silêncio tão atípico de uma floresta que deveria estar viva. Gilia a imaginara antes cheia de uivos que roubariam seu sono, mas o silêncio era quase pior. Não havia nem mesmo uma cigarra cantando ou uma coruja soluçando; a floresta engolia todos os sons, e nenhum dos homens na comitiva queria esperar para ver o que mais ela devoraria.

Havia bolos, frutas, queijos e vinho na carruagem de Gilia, mas os outros homens estavam tomando sopas frias e comendo pão endurecido. Ela quase se sentia mal por eles, mas não o suficiente para mandá-los fazer uma pausa e montar acampamento. Era sua terceira noite na floresta e ela esperava que fosse a última.

Recostava-se dentro do coche com uma manta sobre as pernas, comendo um naco de queijo e bebericando uma taça de vinho dovarino, quando sua dama de companhia favorita afastou a cortina da carruagem, apontando para fora.

— Olhe, *sharaani*. As três Luas estão cheias — disse a jovem.

Gilia pousou a comida, inclinando-se para ver. Era verdade. Brilhavam belas como joias no céu, três pérolas perfeitamente redondas: uma maior e alvíssima, acima de todas, outra menor embaixo, com seu brilho azulado, e a terceira, a menor de todas, uma pequena pérola cinzenta. O céu estava vazio por causa do brilho das Luas; as estrelas se escondiam, envergonhadas por não possuírem a mesma beleza.

A princesa, contudo, sentiu um arrepio terrível percorrer o corpo e colocou o lenço de seda sobre a boca, sufocando o vômito. Visões dos olhos vermelhos da Indomada vieram à mente, e ela fechou os olhos, tremendo.

— Milady!

As damas de companhia seguraram os braços de Gilia, tentando estabilizar os tremores, e passaram a mão pelo seu rosto frio.

— Ah, *sharaani*, eu a desagradei... — Chorou a dama que tinha lhe mostrado as Luas e se pôs a fechar as cortinas de modo apressado.

— Não, deixe-as como estão — pediu Gilia, a voz fraca. — Deixe-as e ouça.

A dama de companhia obedeceu, e as três ficaram em silêncio, olhando para fora. Uivos suaves cresciam à distância, em uníssono. Se pertenciam a dois ou a duzentos lobos, Gilia não sabia dizer.

— *Dohi Iatrax*. — Benzeu-se uma delas, e as outras a imitaram, tocando testa, nariz e lábios.

Gilia pousou o lenço nas pernas ainda trêmulas.

— Chamem a Indomada.

— O quê? *Sharaani*...

— Malditas sejam, senhoritas! É uma ordem! Parem a carruagem e tragam-na agora mesmo até mim.

Elas acataram a ordem da princesa, e Gilia viu que tremiam também, penduradas umas nos braços das outras como irmãs muito fiéis. A menina foi trazida, e Gilia ordenou que a viagem continuasse com a Indomada dentro de sua carruagem pessoal, sob os olhares chocados dos homens da guarda. Dispensou as damas de companhia e fez com que dividissem a carruagem da Indomada com o cavaleiro que insistia em acompanhá-la para todo lugar.

— Não esta noite — disse Gilia. — Esta noite gostaria de ficar a sós com ela.

— Com todo o respeito, *sharaani*... — respondera o cavaleiro, hesitante. Gilia não queria ouvi-lo.

— Se tem respeito por mim, se me ama e me teme como sua boa princesa, seguirá as minhas ordens. A Indomada viajará comigo esta noite.

E então a menina estava diante da princesa, sentada com as mãos entre as coxas, incapaz mesmo de olhar para cima. Não tremia como Gilia, mas talvez estivesse se controlando. Tinha uma postura terrível e um mau hábito de evitar olhares direcionados a ela.

— Como é que a chamavam em Tergaron, Indomada? — perguntou Gilia na língua tergarônia, chamada língua comum.

— Norina. Norina Tolisen.

Gilia assentiu.

— Norina. Deixe que a chamem bastante pelo nome enquanto estiver aqui. Quando pisar em Gizamyr e for chamada de Rhoesemina de Ranivel, sentirá falta dele.

Norina assentiu, ainda evitando seu olhar.

— Olhe para mim.

Norina demorou um momento, mas obedeceu; era um perfeito cordeirinho. Agora que Gilia tinha se acostumado às suas cores estranhas e parara de dar ouvidos aos comentários maldosos da comitiva, podia ver que ela era uma menina bonita, e lhe dissera isso. Era pequena e frágil como um passarinho, e, apesar de mais velha, era mais baixa que Gilia e terrivelmente magra. Mas a pele livre de sardas e os olhos azul-miosótis compensavam sua estrutura magricela, e os cabelos, depois de lavados e desembaraçados, eram uma linda moldura para o rosto de aparência assustada.

Norina não era tão bonita que ofuscasse a própria beleza de Gilia, e de fato parecia querer esconder o rosto na maior parte do tempo, de modo que, uma vez que estivessem em Gizamyr, seria uma companhia apropriada. No entanto, quando fosse o momento de se declarar princesa para as autoridades gizamyrianas, a natureza humilde e a timidez poderiam causar problemas.

— *Inni a myr eskya laak almarinz?* — indagou Gilia.

A menina pareceu congelar.

— Eu... — gaguejou, arregalando os olhos bonitos.

Gilia suspirou.

— *Nei?* Ora, é claro que não. — Ela balançou a cabeça. — Perguntei se fala a língua almarina; prefiro conversar na língua da terra em que fui criada. Ah, esqueça, não há problema, eu sei a língua comum.

Ela estava irritada. Nunca tivera que disputar a atenção de ninguém, nem mesmo quando estava com Ismena. A irmã a invejava, mas Gilia não podia evitar sentir uma pontada de felicidade toda vez que a filha do consorte Cassius fazia um comentário amargo sobre o destino de Gilia do outro lado de Farkas Baso, do outro lado do mar. Agora, entretanto, estava na presença de uma camponesa Indomada que seria tratada como uma verdadeira princesa assim que pisasse em Gizamyr, e sabia que seria desprezada por não ter um lobo idiota dentro de si. Não podia evitar sentir raiva da menina; estivera esperando por esse momento por toda a vida, o *seu* momento, e seria ofuscada por uma pobretona qualquer vestida com sedas. Mais que isso, *dependia* dela, ou talvez não houvesse momento algum para chamar de seu.

— Por que não se lava para o jantar? — sugeriu Gilia. A menina fedia a cavalo e suor e estava começando a contaminar o interior da carruagem.

— Há uma bacia em cima da mesinha e um jarro com água limpa, com lenços do lado. Não se esqueça do cabelo, deve estar cheio de pulgas de cavalo. Suas aias vêm-na negligenciando desde que entraram em Farkas Baso; estão congeladas de medo como todos os outros, suponho.

Norina obedeceu, indo silenciosa até a mesinha e enchendo a bacia. Gilia bufou.

— O que aconteceu com a sua voz? — disparou. — Não fala a língua almarina nem a comum?

A menina passou a mão pelo rosto molhado e virou-se, corando.

— Perdão, *sharaani* — murmurou ela, dobrando os joelhos. — Eu não... Não é do meu feitio.

— Tagarelar?

A Indomada torceu o lenço cheio d'água no balde, evitando o olhar de Gilia.

— Estou acostumada ao silêncio, *sharaani*.

Gilia sentou-se na beira da cama, perto de Norina.

— Isso terá que mudar. Compreende, não? Uma das funções de uma princesa é a diplomacia. — Ela refletiu por um instante. — Nada ao nível das rainhas e dos reis, ah não. De fato, na terra em que será princesa, seu nível de articulação nem se precisa se equipar ao do mais baixo intendente; eles julgam as mulheres muitíssimo inferiores que os homens, como suponho que seja com os animais, e não esperam muito de nós. Mas, de qualquer forma — continuou ela, sem notar que Norina apertava o lenço com força —, terá ao menos que ser carismática. Charmosa. Encantadora. E não pode fazer isso se murmurar toda vez que se dirigirem a você. Chega a ser rude. Menos do que gritar ou falar alto demais, mas ainda assim... *rude*.

Norina tinha acabado de limpar o rosto e estava começando a lavar o cabelo, um pouco sem jeito.

— Venha cá — chamou Gilia e a fez se ajoelhar de costas na sua frente, colocando o balde entre os joelhos. — Incline o pescoço, assim.

Não estava acostumada a lavar os cabelos de outra pessoa tanto quanto estava acostumada a ter seus cabelos lavados, mas tinha uma ideia de como era feito e, de qualquer modo, a Indomada nunca conseguiria sozinha. Pegou a escova e começou a desembaraçar os cabelos de Nor enquanto despejava água morna sobre eles, Norina tamborilando nervosamente nas coxas. Estava assim há um tempo quando a Indomada disse:

— O que mais devo saber?

Gilia se surpreendeu, parando de escovar os cabelos da menina. Não esperava ouvir a voz dela novamente.

— Idealmente... — começou, tornando a escová-la. Começava a ver agora a cor real dos cabelos, um loiro quase branco, que ficava mais brilhoso a cada passada da escova. — Deveria ter estudado desde pequena, como eu fiz. Saber ikuriano e almarino, ter alguma habilidade com as letras e as somas, conhecer a política de Gizamyr tão bem quanto suas danças tradicionais. Conhecer as casas mais influentes, desenvolver sua habilidade de conversação e as artes femininas, saber cavalgar e cozer, falar e calar-se nos momentos certos e sempre se manter tão bela e delicada que ninguém ousaria erguer a voz contra você. Mas, como temos pouco tempo — Gilia suspirou —, irei vesti-la com uma bela roupa e lhe ensinar sobre a família da princesa Rhoesemina, e, suponho, que *você* terá que se bastar.

Ainda inclinada, Norina ergueu os olhos, assustando Gilia.

— Ensine-me, então.

Gilia ergueu as sobrancelhas.

— ... *Sharaani* — concluiu Norina.

A princesa terminou o seu trabalho e fez com que Norina tirasse a roupa de algodão, já toda manchada, para jantar. Deixou que ela usasse uma de suas túnicas, embora nenhum dos espartilhos ficasse justo o suficiente no corpo ossudo. Enquanto a ajudava a amarrar os laços, perguntou-lhe, com certa irritação:

— Ao menos sabe para onde está indo? Quero dizer, sabe como é Gizamyr?

Norina hesitou.

— Foi-me dito que é uma terra de selvagens — começou ela —, de seguidores da Fé Lunar. São como eu, Indomados. Orgulham-se disso, como se fosse o correto.

— *Saa*. Eles vivem em uma terra fria, que faz fronteira com Ikurian ao norte e com um deserto gelado ao sul. Têm castelos como nós, um rei e uma rainha, sacerdotes e camponeses... Mas são selvagens pela natureza de sua alma. — Gilia hesitou. — Tive medo... por muito tempo tive medo de viajar por causa das lendas que me contavam. As coisas que viu, as minhas incertezas... Ora, são bobagens, bobagens causadas por uma mente fraca, influenciada por rumores. É isso o que são: rumores. Lendas. Eu deveria ser mais forte e saber diferenciá-las da realidade.

Norina se virou.

— Lendas, *sharaani*?

— Dizem que os do seu tipo são imprevisíveis — explicou ela, e amarrou os laços do vestido com força, o que fez Norina soltar um gemido abafado. — Eles contam histórias sobre as coisas terríveis que acontecem quando "o lobo acorda". E os lobos estão acordados esta noite. — Gilia parou de laçá-la, dando um passo para trás. — Foi por isso que a chamei.

— *Sharaani*, eu nunca a machucaria. Eu nunca machucaria ninguém...

— Eu sei o que vi, Norina.

A menina baixou a cabeça, fechando os olhos com força.

— Eu sei o que vi e sei que você deve se lembrar, mesmo que tente esquecer. — Os olhos escuros de Gilia tornaram-se tempestuosos; ela mesma pôde ver quando olhou de relance para o espelho. — A senhorita não é diferente de nenhum dos outros Indomados, mesmo que tenha sido escolhida para se passar por uma princesa. Nem as verdadeiras princesas daquele lado são dignas de seus títulos. Veja o que aconteceu à Mirah e à sua filha.

— Elas morreram no mar — disse Norina numa voz fraca. — Fugindo de um cerco. Fugindo de pessoas que tentavam machucá-las. Eu vi seus corpos.

— Eles *dizem* que chegaram mortas ao litoral por causa das condições da viagem, mas, honestamente, os boatos falam de brigas entre os membros do clã Ranivel. Acho muito provável que Mirah tenha atacado a própria filha. Elas fugiram no Dia dos Deuses, afinal.

Norina se remexeu, desconfortável.

— Uma mãe não faria isso com a própria filha.

— Mães fazem coisas terríveis com os filhos, às vezes.

Gilia deixou-se cair no assento da carruagem. Os lobos ainda uivavam lá fora, e ela havia convidado uma menina que tinha um deles dentro de si para viajar com ela em seu coche; o que é que estivera *pensando*?

— Eu não contei o que vi aos outros, *sharaani*.

— O quê?

Norina pediu permissão para sentar-se, e a princesa a concedeu.

— E não pretendo contar. Não gostaria de ter visto nada, mas a *sharaani* insistiu. — Nor ficou em silêncio por um segundo e depois continuou: — Foi por isso que me chamou, não foi? Mas eu lhe disse, princesa, que a visão era um espelho com dois lados.

Sim, pensou Gilia, *depois que já tinha visto tudo.*

— Se está tentando me convencer de que a sua natureza não é tão terrível quanto os outros acreditam, Norina, falhará miseravelmente. Lembre-se de que eu também vi as suas memórias. Lembre-se: sei que não é inocente. Posso não saber de tudo, mas eu sei o que vi, e as lendas se confirmam. Atacou sua mãe como uma fera selvagem; se é capaz de fazer isso com ela, o que poderia fazer conosco?

Ela esperou que Norina protestasse, mas a menina apenas fez um muxoxo, balançando a cabeça.

— A *sharaani* só viu as consequências dos meus atos, quando o pior já tinha passado. Se tivesse visto tudo, não teria me deixado acompanhá-la dentro de sua carruagem.

Seu semblante era sério, o que tornava impossível que Gilia duvidasse de suas palavras. Estava tentando causar-lhe medo?

Norina continuou:

— *Saa*, são verdade, todos os rumores. É verdade quando me dizem que sou uma besta e um monstro, uma criatura Indomada e perigosa. É por isso que me resigno ao ser chamada dos mais diversos nomes, é por isso que não levanto a voz para retrucar. Mas as minhas intenções são benevolentes, *sharaani*, e minha alma, se é que tenho uma, luta contra o lobo dentro de mim. Estou tentando dizer — ela suspirou profundamente — que vi dentro da senhora e me reconheci na sua saudade e no seu medo.

— Está me comparando a um Indomado?

— *Nei, sharaani*. E nem estou me comparando a uma humana ou a uma princesa. Mas não é verdade que até as lebres sentem medo quando perseguidas pelos linces, assim como um humano sente medo pelas mais diversas razões? E não é verdade que uma leoa protege suas crias porque as ama e sofre quando estas morrem, assim como as mães de crianças doentes quando as perdem para os Deuses? Em questão de sentimentos, *sharaani*, não há diferenças entre nós.

Os uivos dos lobos do lado de fora cortaram as palavras que se formavam nos lábios de Gilia, e ela viu naquele momento que Norina também estremeceu com o som. A princesa teve vontade de chorar.

— Não peço que goste de mim, princesa, mas devemos ser aliadas. Nenhuma de nós conseguirá o que quer se não nos ajudarmos.

— O que diz é verdade, Indomada — admitiu Gilia. — A estrada já é escura e medonha como está e tudo é nebuloso. Devemos achar maneiras de encontrar flores pelo caminho ou nunca chegaremos ao fim.

Norina concordou, o rosto suavizando. Então as duas recostaram-se em seus assentos em silêncio, quando uma nova onda de uivos invadiu o coche.

9

O DESPERTAR DO LOBO

Chegaram ao Rio de Vidro pouco mais de dois dias depois da primeira noite de Nor acompanhando a princesa em sua carruagem. Abençoada terra, aquela no fim da densa mata de Farkas Baso, onde o silêncio e as árvores já não mais os engoliam!

Abaixo podiam ver com clareza o ponto onde o rio se entregava ao mar; avistavam as gaivotas sobre as pedras e ouviam o barulho das ondas batendo contra elas, as aves grasnando e dando voos sobre a água.

As placas de gelo que davam nome ao rio flutuavam preguiçosamente sobre ele; era imenso, e não se via o seu fim, não de onde estavam. Nor desceu da carruagem antes da princesa e admirou-se com a vista e o aroma suave a sua volta; *as flores pelo caminho*, pensou, absorvendo tudo.

Tinha ansiedades que não cabiam mais no peito, vinham em ondas de náusea e tremores. Agora que estava perto, tão perto do seu destino, sentia-se abobalhada e temerosa; atravessar a floresta tinha sido difícil, mas estivera ao lado de tergarônios, de homens da rainha que tinham a missão de levá-la a Gizamyr em segurança. No entanto, assim que desembarcasse naquele novo reino, as coisas seriam diferentes. Estaria na presença de pessoas como ela, Indomados que observariam cada um de seus movimentos, reis que esperariam que ela soubesse agir como uma princesa, quando Nor não sabia nem mesmo se portar adequadamente como humana.

E... havia a possibilidade de que não a deixassem entrar. Ora, ela estivera até então contando com certezas; mas e se a descobrissem como uma grande farsante e a mandassem de volta? O que seria dela, então? O que seria da mãe?

Nor balançou a cabeça; não pensaria naquilo. Não *podia* pensar — tinha vindo de muito longe para desistir agora. A mãe precisava da sua ajuda e a rainha contava com ela. A rainha *confiava* nela. Se a filha dos Deuses havia colocado sua fé em alguém, isso significava que os Deuses, seus pais, também a estariam ajudando. Se os Doze estavam ao seu lado, não tinha o que temer, mesmo que indiretamente.

E, considerando onde estavam, tais pensamentos chegavam a ser hereges. Pela primeira vez na vida, Nor estava diante do trono do deus das águas, e era um pecado duvidar da força dos Deuses diante de um. O rio ouvia cada um de seus pensamentos, e deveria honrá-lo, não o ofender.

Nor fechou os olhos, deixando que o burburinho da água guiasse sua respiração, e depois abriu-os de novo, devagar. Quando as vozes dentro de si calaram, ela pôde apreciar a vista, verdadeiramente, pela primeira vez. Tropeçou, desajeitada, enquanto olhava o rio, profundamente hipnotizada pela correnteza, que levava o gelo em direção ao mar, onde se desmanchava ao encontrar as ondas, quebrando-se em mil pedacinhos. Levou a mão ao peito inerte — não percebera que prendia a respiração.

Notou Sir Rolthan ao seu lado, estável e sereno. Não estava de armadura, não naquele dia; usava um bom gibão cinza-claro e um casaco de pele de urso, mas a espada estava pendurada na cintura, a postos.

— Sir Rolthan. — Nor o cumprimentou, tentando manter a compostura, mas não conseguia fechar a boca: a beleza da paisagem era surpreendente. — Ah, é tão lindo!

Ela esperou que o homem fosse repreendê-la, mas ele riu, seguindo seu olhar.

— Sua pequena tola, você me diverte. Somente a senhora conseguiria achar beleza em Farkas Baso, quando todos os homens tremem de frio e praguejam ao seu redor.

Nor olhou em volta — nem os tinha notado, de tão absorta, mas era verdade. Metade da comitiva partiria com eles para Gizamyr, a fim de proteger a princesa e Nor, e para ter a certeza de que conseguiria uma audiência com o rei; a outra metade retornaria para Tergaron ou Almariot. De qualquer modo, os dois grupos estavam ocupados preparando a partida, e o frio, que fazia os músculos se contraírem e deixava o pensar mais lento, fazia todos protestarem, preferindo serviços mais leves.

Mas ela conseguia ignorá-los com facilidade e continuou a fazer isso, olhando para o rio. Era a maior concentração de água que já tinha visto na vida, e o som... Nor suspirou. Era constante e tranquilizador como um sussurro, nada parecido com as desordenadas batidas de seu coração naquele momento.

Ah, Deuses, obrigada, agradeceu mentalmente, sem se importar se eles podiam ouvi-la ou não. Tinham criado algo tão bonito e a guiado até lá; não conseguia acreditar que tivessem concedido tal honra a uma Indomada. Perguntou-se por que as pessoas preferiam morar longe daquele lugar; se pudesse, moraria ali mesmo, no meio de Farkas Baso, para ver o rio desaguar no mar todos os dias.

Pensou na mãe e imaginou se ela já o tinha visto.

Nei, é claro que não, concluiu Nor depois de considerar. *É preciso mais do que uma vista bonita para convencer um camponês a desperdiçar seu tempo e viajar.*

Nor decidiu que, algum dia, depois de conquistar sua liberdade, mostraria o mar à mãe. Como nas lendas, ela poderia ver em primeira mão como era belo, como era imenso. E, observando o trono do deus das águas, poderiam até esquecer que já tinham estado separadas. Era quase impossível pensar em outra coisa diante daquela vista.

* * *

Depois que metade da comitiva partiu, a outra metade montou seu último acampamento para esperar a chegada do navio que os levaria até Gizamyr, num ponto onde o chão era mais firme que nas margens da água, com suas placas de gelo. A princesa Gilia estava recolhida com suas damas de companhia dentro da carruagem, para espantar o frio, e Nor sabia que poderia estar entre elas, se desejasse. Mas também sabia o tipo de olhar que receberia das damas se escolhesse passar a noite ali. E como queria absorver tudo ao seu redor, escolheu dormir em uma das tendas.

No entanto, não dormiu. Em vez disso, passou a noite em claro, os braços cruzados sobre o corpo para espantar o frio e os olhos fixos no mar. Apesar de belo, ele parecia violento. As ondas vinham bater nas rochas com força, e o próprio ar parecia mais pesado, carregado com o cheiro de maresia. O céu estava encoberto por um véu espesso e escuro de neblina, e as Luas estavam tão escondidas atrás das nuvens que Nor tinha a impressão de que nunca as veria novamente.

Rolthan estava ao seu lado, sempre monitorando-a, sempre alerta. A falta da armadura era apenas uma ilusão, ela tinha aprendido isso há muito tempo. A mão dele estava sobre o cabo da espada, como se esperasse um ataque, e os olhos se perdiam no horizonte. O vento era forte, e os cabelos de Nor voavam no rosto, bloqueando parcialmente sua visão.

— Há outros montando guarda — Nor comentou. — Sir Kennan está me observando há horas, encostado naquela árvore. Descanse um pouco.

Mas ele ignorou-a ou talvez não a tivesse ouvido realmente; permaneceu imóvel como uma estátua, olhando fixamente para a frente.

Nor suspirou; não ficaria sozinha tão cedo. Talvez nunca mais tivesse um momento sozinha, pelo restante da vida. Deveria ser grata por estar fora do casebre em que crescera, fora das quatro paredes que ao mesmo tempo a criaram e a sufocaram por quinze anos, e poder estar sob o céu, sob as Luas e as estrelas, sabendo que, Indomada ou não, podia apreciar aquela vista como qualquer um. Acima de tudo, tinha descoberto um novo conforto no ato de estar ao ar livre, sabendo que, onde quer que estivesse, a mãe e ela encontravam-se sob o mesmo céu.

Ela sentia saudades.

Pensou no que prometera a si mesma mais cedo e tentou imaginar como seria se a mãe estivesse ali, ao seu lado. Mal conseguiu abafar o riso — *ahma* certamente teria ralhado com Nor por ter trocado a tenda pelo relento; diria que ela corria o risco de pegar um resfriado. Além disso, não teria permitido que ela dormisse com a cabeça nas pedras, como pretendia fazer. Teria ficado acordada e oferecido seu colo para que Nor tivesse um lugar macio e quente onde se deitar.

O devaneio distraiu Nor do mundo real por muito tempo. Antes que percebesse, seus olhos se embaçaram e o coração acelerou: estava tendo uma visão.

Sentiu uma angústia implacável, uma dor no peito e um desespero intenso, como se estivesse se afogando e não pudesse se salvar. Estava sendo arrastada para baixo, velozmente, e, quanto mais lutava, mais o desespero a dominava. Viu o rosto da mãe diante de si, corado e contente enquanto dormia com serenidade; estava mais gorda, mais jovem e mais bela, roncava suavemente, uma touca de dormir protegendo os cabelos. Tudo à sua volta era amarelo brilhante ou dourado: teve a sensação de que estava dormindo dentro do próprio sol. Sobre o corpo estava um tecido também dourado; Nor sentiu náuseas — o pano bordado era tão rico e elaborado que mais parecia uma mortalha do que um lençol. Não pôde enxergar bem o cômodo em que ela estava. Pareceu-lhe estranho que a mãe dormisse com tanta serenidade em um lugar tão ofuscante como aquele.

Depois viu outro rosto, o da rainha Viira, aproximando-se de sua mãe, e começou a se debater com força, tentando ser notada.

"*Nei*", murmurou. "Não, deixe que ela durma. Não vê como ela está em paz? Deixe que durma."

Mas a rainha aproximou-se mesmo assim, uma nuvem escura movendo-se em direção ao sol; um eclipse. Tocou no rosto de Ros, tão levemente que foi quase imperceptível, enquanto Nor se debatia, pedindo que ela ficasse longe.

Ros acordou, sentando-se ofegante sobre a cama; Viira tinha sumido. Ela olhou em volta ao mesmo tempo que Nor — tudo em volta dela tinha perdido aquele brilho ofuscante, derretendo-se em tons vermelhos, como tocos secos de uma vela queimada. Ela puxou a mortalha até o queixo, tremendo, e viu que também era vermelha. Então gritou.

O grito fez o cômodo vermelho, a mortalha e Ros sumirem, e Nor encolheu-se como uma criança enquanto era puxada pelo lobo dentro de si em outra direção, chamando pela mãe. Deuses, onde *ahma* estaria? Tinha acabado de vê-la, no entanto... Aquela não era... Não *podia ser*...

— O que está fazendo, o que aconteceu? Indomada!

Sir Rolthan a chacoalhava enquanto a visão sumia e ela retomava o foco. O mundo girou e ela sentiu-se fraca.

— Indomada! — exclamou com a voz distante. — Norina!

E então tudo ficou escuro.

— Chame-a, quero vê-la.

— Você não faz exigências por aqui, Indomada.

— Ah, é? Teste-me, sir. Quero vê-la neste instante ou, eu juro, pularei no mar com pedras nos bolsos antes de embarcar neste navio para ajudá-la.

Então eles a trouxeram. Nor pediu espaço a Sir Rolthan, e, pela primeira vez, foi ouvida. Ele se afastou, reverenciando a princesa, e juntou-se a Sir Kennan para observá-la sob o sol tímido do fim da tarde.

Nor observou as ondas rolando, umas por cima das outras, coordenadas em sua desordem. O barulho que produziam era um mero ruído perto do som que ecoava em sua cabeça, uma memória persistente e sombria. Ela fechou os olhos.

— Eu nunca ouvi minha *ahma* gritar, *sharaani* — disse ela. — Você já? Já ouviu a rainha gritando?

— *Saa*, quando ela deu à luz Ismena, e Alianora tempos depois. Eu era pequena, mas me lembro.

Nor assentiu.

— Esses são gritos da dor enviada pela deusa da maternidade e das mulheres, e são quase sempre seguidos de felicidade. Por isso são respostas inválidas para a minha pergunta, mas não inesperadas. — Nor olhou para a água. — Eu nunca ouvi minha mãe gritar, princesa. Nós duas sempre falamos baixo uma com a outra para não sermos descobertas; qualquer outro tom de voz era inconcebível até o momento em que deixamos nosso casebre para trás, há semanas, contra a nossa vontade. Mesmo naquele dia horrendo em que... — Nor engoliu em seco — em que a ataquei... ela resistiu e seus gemidos eram baixos. Mas esta noite — ela fitou os olhos escuros de Gilia, buscando fazê-la compreender — eu a ouvi gritar pela primeira vez.

A princesa franziu as sobrancelhas escuras.

— Não entendo o que quer dizer, senhorita Norina.

— Eu a vi gritando, Gilia. Eu a ouvi gritar e ela usava uma mortalha. Sua *ahma* foi a pessoa responsável pelo sofrimento da minha mãe, eu sei disso, *eu sei!*

— Está enlouquecendo, Indomada. Minha *ahma*...

— Que toque foi aquele, que tipo de bênção ou maldição ela jogou sobre minha *ahma* com aquele roçar de dedos? Responda-me, sei que você sabe! Minha *ahma* está em perigo e você espera que eu acredite que a rainha a manterá a salvo?! Eu *sei* o que vi, eu sei, eu sei...

As lágrimas deixavam seu rosto quente, e ela ouviu Sir Rolthan sussurrar algo para Sir Kennan e colocar a mão no cabo da espada, o leve impacto da luva dele contra o material duro da arma fazendo um barulho perceptível apenas para os bons ouvidos de Nor e para nenhum outro. Não prestou atenção.

— Ela quer que eu acredite que é boa. Faz tanta questão disso que formulou toda essa jornada como se eu tivesse escolhido empreendê-la, mas que escolha tive? Se ela tivesse me obrigado, eu teria que cumprir suas ordens do mesmo modo. Poderia ter me forçado a ajudá-la mesmo sem minha mãe sob sua custódia e eu teria obedecido; como poderia ter dito não?

Nor levou as mãos à cabeça, massageando as têmporas. Aquela viagem, aquela missão, tudo aquilo a estava deixando louca.

— Eu quero protegê-la. É tudo o que eu *sempre quis*. Como farei isso se estiver longe demais para ajudar?

— Cuidado, Indomada; está descontrolada e à beira de cometer uma ofensa gravíssima. Está insinuando que minha *ahma*, a Rainha das Rainhas, faria mal à sua *ahma*, indo contra sua própria palavra. Insinuando que ela não é fiel ou honrada. — A princesa rangeu os dentes. — Outros já morreram por menos.

— Mate-me, então. Veja quanto tempo sobrevive do outro lado do mar sem mim.

Slap. O tapa veio certeiro, interrompendo as lágrimas imediatamente.

Nor ouviu o barulho das espadas sendo retiradas das bainhas ao mesmo tempo que ouviu o grito da princesa reagindo aos olhos vermelhos da Indomada.

10

Parva Fi'itroop

Nor acordou num misto de confusão e esgotamento. Sua cabeça doía, os olhos ardiam, e ela sentia gosto de sangue na boca. Sentou-se. Estava dentro de uma das tendas, o tecido grosso e amarelado bloqueando a luz do sol e tornando o tempo difuso; podia ser o começo da manhã ou o meio da tarde.

Olhou para as mãos, que tremiam violentamente. Havia sangue sob suas unhas.

Não estava sozinha. Sir Kennan encontrava-se no canto da tenda, de pé, com a espada desembainhada.

— Sir Rolthan — disse ela, numa voz fraca. — Chame Sir Rolthan.

Sem se mover, o homem gritou, chamando por Rolthan, e em segundos o cavaleiro entrou, também com a espada desembainhada. Dispensou o companheiro com um olhar, e, assim que ele foi embora, fincou a espada no chão com violência.

— Quer me explicar o que foi aquilo? — perguntou ele entre dentes.

— A *sharaani*. Ela está bem?

— Se a resposta que eu der for positiva, sua culpa será aliviada? Responda-me você primeiro!

Nor tentou se levantar, mas não pôde. Estava tonta demais.

— Minha mãe está em perigo.

— E você achou que a melhor maneira de consertar as coisas era atacando a princesa almarina? Está completamente fora de si? Ou só tem um desejo suicida? Pois se a morte é o que deseja, ela pode ser providenciada com facilidade.

Rolthan cuspia; Nor nunca o tinha visto tão zangado, nem no dia em que ele mesmo havia insultado a princesa, defendendo o príncipe Willame, seu sobrinho. Isso a fez perceber que o cavaleiro não odiava a princesa, não de verdade. Só odiava a dinâmica de poder dos Viasaara.

E ela estava começando a entendê-lo.

— Minha mãe está em perigo, sir, eu *sei* que está. Eu a vi. E está assim por causa de Viira.

Nor pôde ver Rolthan retesar os músculos, cauteloso.

— Eu duvidei da palavra da rainha, e a princesa se sentiu ofendida. Não me lembro muito bem do que aconteceu depois; por isso, sir, me diga, pelo amor dos Deuses, *se ela está bem*.

Bufando, Rolthan ajudou-a a se levantar.

— Ela está bem; Kennan e eu estávamos prontos. Mas está assustada e falou às damas de companhia sobre desistir. Você a atacou, afinal.

Nor notou, pela primeira vez, que o rosto de Rolthan estava riscado, da sobrancelha esquerda até o queixo, pela marca de unhas, e brilhava com sangue seco. Ela olhou as próprias unhas de novo — se esse era o maior estrago que tinha feito, estava aliviada. Suspirou.

— Ela não pode desistir — falou baixinho. — Não pode. Ou minha *ahma*...

Lembrou-se da visão de Ros dentro daquele recinto amarelo, com a rainha como única companhia, causando-lhe dor. O que era aquilo? Estava mantendo-a sobre alguma espécie de transe, fazendo-a ver miragens? Ou talvez tivesse mesmo a confinado em um quarto ofuscante no seu palácio cheio de riquezas com o intuito de confundi-la? Talvez tivesse o poder de fazê-la se esquecer dos últimos quinze anos. Esquecer Nor, esquecer sua vida antes, na charneca... Talvez a fizesse lembrar algumas vezes por dia, para causar-lhe dor. Talvez fosse isso o que Nor tinha visto.

— O *Parva Fi'itroop* se aproxima; em algumas horas atracarão. Gilia não vai desistir, não se tem alguma honra. Tudo o que disse às suas damas foram as palavras desesperadas de quem acaba de ver uma besta de olhos vermelhos diante de si. Ela sabe o que está em risco, sabe que reinos inteiros dependem dessa viagem. Mas, Norina... se a princesa achar que a vida dela está em risco, pode ser que não seja tão diplomática.

— Perdoe-me. — Nor chorou. — Ah, Deuses, perdoem-me! Eu quase coloquei tudo a perder.

Fez menção de sair da tenda para refrescar a cabeça à beira d'água, mas Sir Rolthan segurou seu braço com força.

— *Nei*, não pode sair, não assim. — Sua voz era firme, mas gentil. Ele não parecia o mesmo homem que a tinha insultado segundos antes.

— Deve esperar que o lobo vá dormir. Depois, embarcaremos. Será a primeira, de modo que a princesa e os homens não a vejam no convés e não percam a coragem.

Havia uma bandeja de prata suja encostada numa mesinha dentro da tenda, vazia e esperando polimento. Nor tomou-a nas mãos para analisar sua expressão: os olhos ainda estavam profundamente vermelhos, e não havia nenhum indício do azul que cercava suas pupilas. O rosto também estava suado e afogueado, e os cabelos, desordenados. Ela largou a bandeja e caiu sobre uma pilha de almofadas, onde geralmente dormia algum soldado. Teve vontade de chorar, mas as lágrimas não saíam.

— Chamarei suas aias para ajeitá-la e deixá-la apresentável de novo. Seus olhos devem voltar ao normal em alguns minutos. Por enquanto, mantenha-se dentro da tenda — avisou Sir Rolthan ao partir, suave, e recolheu a espada, colocando-a de volta na bainha.

Nor não entendia como ele era tão gentil nos momentos mais inesperados. Ela mesma temeria a própria figura, se não a conhecesse tão bem, e não conseguia fitar por mais de dois ou três segundos seus olhos injetados de sangue. Mas Sir Rolthan não: ele não só conseguia encará-la durante todo o período, como praticou o ato com tranquilidade. Ele não estava fingindo quando dizia que não a temia. Nor imaginou se aquele era o primeiro ataque provocado por um Indomado que o homem continha; certamente não parecia ser o caso.

* * *

O navio era uma baleia de madeira escura, as velas púrpuras cortando o céu da manhã arrojadamente e sem piedade. Era no mínimo apropriado, considerando que *piedade* era o que Nor pedia aos Deuses quando a embarcação surgiu no horizonte. Por um instante, chegara a pensar que seria deixada para trás, como castigo por ter atacado a princesa e, pior, por ter maldito a rainha Viira, um dos maiores pecados que alguém poderia cometer. Seu acesso de raiva fora imprevisível e sem precedentes: não sabia de onde toda aquela ira tinha vindo, mas agora fora embora, e só lhe restava esperar não ser punida. Sir Rolthan falava a verdade, e os homens estavam apenas esperando o lobo dentro de Nor dormir para que pudessem embarcar depois dela, e, logo, zarparam rumo a Gizamyr.

Nada podia tê-la preparado para aquilo. As viagens a pé e dentro da carruagem de modo algum tinham antecipado a sensação instável do mar indiretamente sob seus pés e o sacolejo suave da nau. As florestas e as montanhas que vira em nada se comparavam com o mar infinito à sua frente, as águas tão frias que gelavam o corpo de qualquer um no convés, e tão claras que exibiam todas as criaturas que habitavam lá no fundo, coloridas e amistosas. Nor quase entendia a atração da princesa Gilia pelo mar agora, embora não a tivesse visto fora de sua cabine nenhuma vez desde o embarque.

Ela mesma saía raras vezes, instruída por Sir Rolthan a deixar a cabine apenas quando fosse estritamente necessário. Tinham-lhe dado um bom espaço com um catre e cobertores quentes, e as aias traziam suas refeições, de modo que passava quase todos os dias aninhada entre as mantas, olhando para o teto e pensando na visão que tivera da mãe, tentando decifrá-la. Por mais que tentasse, no entanto, não conseguia entender. Seria aquela uma memória da mãe em Canto de Tylla, na juventude abastada, ou uma visão do presente? Talvez fosse apenas uma miragem criada pela própria mente. Talvez estivesse certa no que pensara antes, ao confrontar a princesa; podia estar simplesmente enlouquecendo.

Respirou fundo, e, finalmente, deixou a cabine pela primeira vez em três dias. Se estivesse mesmo sucumbindo à insanidade, isso aconteceria ainda mais rápido se ficasse enfurnada num quartinho daqueles. Era noite, e ela foi até a popa do navio de camisola, sabendo que ninguém se aproximaria.

Sentou-se sobre um tonel de vinho, virada para trás, para a terra que estava deixando. Sobre a cabeça, mil estrelas fervilhavam, e os seus olhos, além dos do capitão ao leme, eram os únicos a espiá-las na escuridão.

Ao menos ela assim pensava, mas estava errada. Ouviu passos suaves, alguém usando um sapato macio, ficando mais altos conforme se aproximavam. De repente, a Indomada não estava mais sozinha.

Nor ergueu a cabeça quando a viu chegar, porém não se levantou. Reverenciá-la agora seria ridículo. A princesa juntou as saias do vestido que usava e sentou-se ao seu lado no tonel, em silêncio.

— Eu não a culpo.

— O quê? — disse Nor, surpresa.

Ela olhou para a princesa, tentando decifrá-la antes que dissesse outra palavra. Seus olhos negros brilhavam pela primeira vez em muito tempo e os dedos escuros tamborilavam na lateral do tonel, como se expusessem alguma ansiedade que o rosto aristocrático e orgulhoso se negava a revelar.

— Eu não a culpo porque compreendo. Sua mãe, como humana, está acima de você. Você não a merece. E, no entanto, ela crê no contrário e a mantém sob proteção. É justo que você queira fazer o mesmo por ela. Mesmo que as duas devessem queimar no fogo, por tudo o que fizeram... Por tudo o que são.

As palavras para se defender subiram tão rápido à língua quanto o sangue ao rosto, fazendo-a ferver num misto de vergonha e ansiedade. Em um só fôlego disse:

— *Ahma* só fez isso porque....

— *Nei* — interrompeu Gilia. — Não se justifique. Não quero saber quais seus motivos ou os dela. Só vim dizer que compreendo, que a perdoo... E que não a *temo*. Veja, o senhor meu pai ensinou-me uma ou duas coisas na vida em suas visitas a Almariot, e uma delas foi que há apenas três engrenagens que movem o mundo: elas se chamam *ouro*, *poder* e *amor*. Um homem não faz nada senão na esperança de conseguir uma dessas dádivas, ou talvez por medo de perdê-las. Se é verdade que faz isso por amor, então uma força incrível reside dentro de seu peito, Indomada. Uma força que alimenta o seu lobo e a torna feroz. Por isso tentou atacar-me no Rio de Vidro. Mas veja, ao contrário do que possa pensar, os meus motivos são similares aos seus, e isso me torna igualmente forte, Indomada, com lobo ou sem. Devo dizer que sou mais forte, até. A ausência de um espírito animal me torna mais racional e, por isso, mais sagaz. — Nor já tinha ouvido isso milhares de vezes. A princesa continuou: — Não luto por ouro, porque dele já tenho muito, ou por poder, como muitos pensam; luto pelo amor que tenho à minha mãe, a Rainha das Rainhas, e por ela conquistarei o trono de Gizamyr. Para isso, contudo, necessito que você esteja ao meu lado.

Nor fitou os olhos escuros da princesa, o rosto tão maduro e tão infantil ao mesmo tempo. Estava mudando, isso era claro desde o primeiro momento que a tinha visto. Nor lamentava. Era ainda tão cedo para que ela se tornasse mulher...

Admirava as palavras de Gilia e as tinha deixado criar raízes no seu coração, devagar. Não podia esquecer as coisas que vira dentro dela, a saudade, o sofrimento e o *amor* que sentia, tão intenso que machucava. Era verdade que teria preferido uma vida como a dela, que tinha um palácio e comida na mesa todos os dias, mas havia aprendido a amar as quatro paredes de casa, de um modo ou de outro, e por isso era grata. E encontrara outras semelhanças. Assim como Gilia tinha apego aos presentes e às palavras da mãe, Nor também tinha achado amor nas pequenas coisas do cotidiano. Aprendera que tábuas do chão evitar pisar para que o assoalho não rangesse quando estava sozinha em casa e havia tomado gosto pela porta carcomida, que tinha de ser aberta aos empurrões — quando Ros voltava de uma jornada de trabalho, esbaforida pelo esforço de entrar em casa, Nor sorria, confortada pelo doce som de sua respiração.

Por tantas noites quentes sentaram-se lado a lado no chão, pernas cruzadas e tigelas de sopa fria de beterraba nas mãos, conversando sobre como fora o dia. Ros contava-lhe da vila que havia visitado e a casa com muitos quartos de uma freguesa, os lagos e as pontes e as árvores que vira pelo caminho, a música nova que tinha ouvido dos jograis da cidade, o preço das ameixas no mercado e as notícias sobre a gravidez de uma vizinha. Nor, por sua vez, lhe mostrava os bordados do dia e o novo jogo que havia inventado para passar o tempo, e, às vezes, alguma fofoca sobre a vida em Tolisen, sussurros que tinha ouvido através das paredes das outras casas, com seus ouvidos de lobo.

Durante as noites frias dormiam abraçadas no catre, o cobertor fino sobre as duas e mais uma porção de vestidos não terminados acima dele, numa tentativa de aquecê-las. A luz da lareira tornava o sono difícil, mas Ros cantava em seu ouvido as canções que tinha aprendido quando jovem, com as mulheres do prostíbulo ou durante sua infância em Canto de Tylla, e Nor logo adormecia.

Eram felizes juntas, e, se lhes faltava alguma coisa, essa coisa não era amor.

Ros tinha lhe dado isso; tinha lhe dado uma *família*. Nor não podia duvidar de suas intenções.

E, no entanto...

As duas deviam queimar no fogo, por tudo o que fizeram... Por tudo o que são.

Não era a primeira vez.

— Serei sua aliada, *sharaani*. Estou aqui para servi-la.

A princesa ronronou.

— Bom. Muito bom de fato, e, no entanto, isso é apenas o que eu esperava ouvir. — Gilia se levantou. Era mais alta que Nor, mesmo sendo mais nova, e, quando erguia o queixo daquele modo, parecia uma gigante. — Eu quero mais, Indomada. *Norina*. Quero uma promessa de que controlará seus impulsos animais, de que agirá como um ser humano quando estiver perto de mim. De que não usará os seus ouvidos para ouvir as conversas que tenho com minhas damas de companhia nem seus bons olhos para espiar o que não deve. E, principalmente, de que não tocará em ninguém com a intenção de vê-lo por dentro, como fez comigo.

— *Sharaani*, eu nunca...

— E quero que prometa — continuou — que, quando tudo isto acabar, se entregará em sacrifício na pira incendiária para pagar pelos crimes de sua mãe.

O coração de Nor parou de bater por alguns instantes, e ela também se levantou. A rainha havia sido boa e prometido sua liberdade junto à da mãe; por que a princesa era tão cruel?

— *Ahma* acredita que o lobo é uma dádiva. Acredita que, se nós nascemos com ele, é bom que façamos proveito dos dons concedidos por ele. *Sharaani*, por favor... É ético condenar alguém por ter valores?

— Com toda a certeza, se são valores da Fé Lunar.

— Minha mãe não tem fé em deus nenhum, sejam eles os Doze ou as deusas das Luas — rebateu Nor. — E ela é humana como você, mas é filha de um homem que descende dos gizamyrianos. Por isso seus traços são como os dos selvagens, como os meus... e por isso tem algumas das crenças do Oriente. — Nor olhou para as Luas acima delas, pensando em como era absurdo que alguém acreditasse em deuses que viviam ali. — Não estou dizendo que concordo com ela. Gostaria de poder não ter nascido Indomada e andar livre por Tergaron. Mas não é assim que as coisas são. Eu não tive escolha, e *ahma* também não; ela só foi misericordiosa. Esse é o crime que ela cometeu.

A princesa franziu o cenho.

— Parece não se importar com o fato de que as crenças da sua *ahma* prejudicaram você.

Nor balançou a cabeça.

— É justamente o contrário. Não fosse por Ros e suas crenças, eu estaria morta. Ninguém adota filhas de prostitutas, muito menos se são Indomadas.

Gilia calou-se.

— Princesa, por favor, deve entender, pois me parece que está tão restrita em suas liberdades quanto eu. Minha *ahma* era jovem, e podia ter conseguido todas as coisas que eu e você tanto desejamos, mas desistiu da possibilidade de um futuro melhor para me criar em segurança. Não tenho medo da morte, se ela vier naturalmente, mas sei que se eu morresse antes da hora causaria grande dor à *ahma*; por isso devo implorar para que mantenha o acordo original que fiz com a rainha e me deixe ir em liberdade com a minha mãe assim que assumir o trono. Não a deixe ser punida pelo crime da minha existência; ela já sofreu o suficiente.

A princesa hesitou por alguns segundos, olhando as Luas. Depois de um tempo, disse, devagar:

— Está ciente de que, se os selvagens a descobrirem como uma farsa, será morta no mesmo instante, não está? Que posso poupá-la agora, mas talvez os Indomados não sejam tão misericordiosos?

As mãos de Nor estavam trêmulas.

— É um risco que escolho correr, *sharaani*. É a melhor chance que tenho.

A única chance que tenho.

Elas observaram as estrelas por alguns minutos, em silêncio. Da popa, conseguiam ouvir o barulho dos marinheiros bebendo e jogando cartas no convés e o som das ondas batendo contra o casco de *Parva Fi'itroop*, enquanto o navio avançava em direção a Gizamyr.

— É nova demais para dar sua vida por amor, Indomada — sussurrou Gilia, e havia algo a mais em sua voz que Nor não conseguiu identificar.

Em termos de longevidade para uma Indomada em Tergaron, Nor sabia que era praticamente uma idosa, mas respondeu:

— Esperemos que não chegue a tanto, então.

11

Mandatos

Era a primeira noite em dias que Rolthan ouvia risadas. Quando estiveram na presença da Indomada até então, tinham medo demais até para sorrir, e Farkas Baso tinha sido uma provação inclusive para os homens mais bravos, com seu silêncio perturbador e o uivo dos lobos nas noites de lua cheia. Mas depois viera o ataque à princesa, e embora tivessem sido necessários cinco homens para conter Norina, todos puderam concluir naquela tarde que a enfrentar não era pior do que enfrentar uma briga em uma taverna contra um adversário mais forte — bastava estar preparado. Depois daquele episódio, eles haviam adquirido nova coragem e agora estavam no mar e podiam beber à vontade entre os marujos, o que elevou muito os espíritos.

Rolthan tomou um gole longo de sua taça, deixando o sabor doce do vinho descer, suave como seda, pela sua garganta. Separava a espinha de um peixe antes de colocá-lo na boca; os marinheiros riam ao seu redor, comendo com as mãos, sem dar atenção às espinhas ou ao restante das escamas do peixe mal preparado. Eles riam com os soldados em estardalhaço, conversando aos gritos e sorrindo como se fossem velhos conhecidos. Todos eles pareciam homens experientes, com longas barbas e fios brancos na cabeça; perto deles, Rolthan era apenas um rapaz jovem e ingênuo.

De pé no longo banco de madeira, bem na ponta, um marinheiro desdentado tocava uma viela de roda, cantando a história sobre um monstro marinho e uma donzela feia. Nenhum deles parecia estar seriamente envolvido com sua missão de transportar a princesa seguramente até o seu destino; eram apenas um bando de foliões fazendo um navio real de taverna.

Rolthan pigarreou. Estivera esperando o momento oportuno desde que embarcara.

— Cavalheiros, algum de vocês saberia...

Sua voz sumiu no meio da festa e da gritaria.

Não adianta. Nunca me ouvirão desse jeito.

Pigarreou novamente.

— Cavalheiros! Eu estava me perguntando se...

Ninguém lhe deu ouvidos, nem poderiam. A voz polida de Rolthan era baixa demais para ser ouvida até pelo homem ao lado dele, que se divertia batendo palmas ao ritmo da canção de seu companheiro.

Rolthan se desarmou pela primeira vez na frente deles, tirando a longa espada de prata da bainha e fazendo um grande estardalhaço com o gesto.

O som da viela cessou e, junto com ele, cessaram as palmas e a conversa.

Ele pigarreou mais uma vez.

— Homens, agora que consegui a atenção dos senhores — disse na língua almarina, satisfeito, enquanto devolvia a espada ao coldre —, por favor, quem poderia me dizer se existe aqui um cavalheiro com mais de cinco anos de experiência nesta tripulação?

Os marinheiros caíram na risada.

— Do que riem? — Rolthan irritou-se. — A maioria de vocês deve ter pelo menos isso em anos de serviço!

O homem ao seu lado tomou um gole de vinho, espirrando parte do líquido para fora da boca, enquanto tentava conter a risada.

— De serviço — disse ele, recompondo-se —, é claro. Mas ninguém fica na tripulação de um navio real por mais de um ano.

— Ah é? — surpreendeu-se Rolthan. — Posso saber por quê?

Um dos homens mais velhos, quase totalmente desdentado e com olhos cansados, explicou, sério:

— Ordens da Rainha das Rainhas, é claro! As tripulações são rotativas. Assim, nunca há tempo suficiente para que um rebelde comece um motim.

Rolthan esfregou a barba com as costas da mão.

— Rebelde?

— Mas o menino não sabe de nada, é? — disse o velho, irritado. — Escute, garoto, sempre há uns e outros que, por causa do trabalho, têm contato com aqueles Indomados nojentos. Alguns começam a ter ideias, e o pior é que se espalham como a praga: logo toda uma tripulação está maldizendo a nossa rainha. Como se pudessem fazer um trabalho melhor que a filha imortal dos Doze! — Ele balançou a cabeça, como se fosse a maior heresia que já tivesse ouvido, e provavelmente era. — É por isso que trocamos. Antes que alguma semente do pecado ganhe raízes no coração de outro marinheiro.

Revolucionários, é?, sorriu Rolthan, curioso. *Domados que tiveram contato com Indomados. Pessoas como eu.*

Rolthan não acreditava que sua filosofia tivesse se alterado depois dos anos passados com Blayve e da viagem passada com Norina; ele nunca tivera uma filosofia, para começar. Sua religião e crença mais profunda permaneciam sendo o ceticismo. No entanto, um marujo qualquer poderia começar a alimentar ideias revolucionárias em sua cabeça se tivesse um primeiro contato com um Indomado e visse que, afinal, ele não era tão ruim assim. A fé é uma das coisas mais fáceis de ser abalada quando uma ideia mais atraente surge diante de um fiel indeciso.

— *Você* já teve algum contato com esses Indomados, sir?

— Não me chame de sir, garoto, eu nunca fui condecorado — bufou ele. — Eu sei a resposta que quer ouvir... Mas não me misturo com esse tipo, nem em mandatos oficiais. E você também não deveria.

Em silêncio, os outros marinheiros ouviam a conversa, apreensivos. Os cavaleiros da guarda real tinham se entediado, porque não entendiam a língua, e haviam voltado a conversar e a comer.

— Que tipo de mandatos?

— Ora, por que quer tanto saber dessas bobagens? Mal saiu das fraldas, garoto! — O velho balançou a cabeça. — Reze para que os Deuses tenham piedade da sua alma. Esse tipo de pergunta é o que leva os rebeldes a ficarem do jeito que são.

Os outros marinheiros olhavam para ele de modo hostil.

Rolthan pôs a mão no peito e riu, balançando a cabeça.

— Sou um eterno curioso, só isso. Minha fé está nos Doze até o final, senhor, e em sua gloriosa filha, nossa rainha, também. Não há nada que me dê mais prazer do que servir aos Deuses e à Magnífica.

O velho resmungou, e o silêncio tomou conta do convés.

Depois de alguns segundos, ouviu-se um sussurro tímido:

— Essa espada é de aço negro de verdade?

O convés foi novamente tomado de murmúrios e olhares direcionados ao quadril de Rolthan, de onde pendia a espada, segura em sua bainha. Ele sorriu, retirou-a novamente e a pousou sobre a mesa.

— Divirtam-se — disse ele.

Os marinheiros avançaram sobre ela, brigando entre si para experimentá-la primeiro.

Quando Rolthan já se virava para partir, frustrado, ouviu a voz do velho às suas costas, chamando-o:

— Se quer saber sobre os mandatos — resmungou ele —, pergunte à Anouk, a imediata do navio. E não diga que fui eu quem o mandei ir vê-la. Ela não gosta de visitas à noite, a não ser de seu esposo, o capitão.

Rolthan virou-se, acenando com a cabeça em agradecimento, e partiu para encontrá-la.

* * *

A noite no barco era escura no convés, iluminada apenas pelo brilho das Luas, refletidas nas águas cor de anil do mar e no cabelo vermelho-fogo da imediata, mas ela não parecia se importar. Bebia rum direto da garrafa, apoiada no mastro, e não parecia estar fazendo esforço para se lembrar de um Indomado chamado Blayve. Seu olhar relaxado estava longe, além das ondas, enquanto Rolthan tentava fazê-la se lembrar do rapaz, exigindo mais esforço.

Ela suspirou, fechando os olhos.

— Lorde Rolthan, eu realmente não me lembro...

— Por favor, milady, tente de novo. É importante.

Rolthan não estava interessado em rebeliões. Não precisava que o mundo virasse de cabeça para baixo, que a rainha perdesse o poder, que os Indomados fossem queimados. Nem mesmo sabia se de fato acreditava nos Doze Deuses. O que sabia é que Blayve tinha ido a Gizamyr em um dos barcos reais, em mandato oficial, como todos os outros Indomados enviados para a rainha.

Esse tipo de transporte não era frequente. Pelo contrário, era extremamente raro e feito às escondidas quando necessário. Aquele velho marinheiro devia saber sobre cada um deles, já que as tripulações eram rotativas — os marinheiros haviam de espalhar histórias depois de dividir a embarcação com um Indomado.

E o marujo dissera que Anouk saberia sobre eles.

— Por quê? Pretende virar um deles? Sinto lhe dizer que é tarde demais para isso. — Anouk balançou a cabeça, fazendo suas trancinhas ruivas chacoalharem. Olhou para ele com impaciência. — Escute... Como é mesmo o seu nome? *Rolthan.* — Ela respirou fundo. — Escute, Rolthan, eu sei por que mandaram que me procurasse. O meu esposo foi capitão de todos os navios responsáveis pelo transporte de Indomados. Mas estou proibida de falar sobre o assunto.

— Achei que as tripulações fossem rotativas.

— As tripulações, sim. Mas não o capitão; *Majaraani* escolheu o meu Ryruin anos atrás por causa de sua integridade. Ele *detesta* os Indomados, e, honestamente, eu também, porém o que o torna um bom capitão é a sua falta de curiosidade. Ele faz o seu trabalho e obedece sem fazer perguntas. Antes de ser capitão, meu Ryruin promoveu a limpeza de toda a costa de Almariot. Sozinho, queimou mais de duzentos Indomados; é apaixonado pela causa. — Anouk tomou outro gole de rum. — A rainha confia nele. E eu não colocarei tudo a perder para que você vá à procura de um Indomado. Se eu quisesse, poderia denunciá-lo assim que chegássemos a Tergaron.

Rolthan não conseguia acreditar na audácia de Anouk; ele era um lorde, o irmão de um dos esposos da rainha, e ela, uma mulher de marinheiro. Deveria dobrar a língua antes de tratá-lo daquele modo.

Disse entre dentes, como justificativa:

— Você não entende; fomos criados juntos.

Anouk bufou alto.

— Ah, então o Indomado que procura é mesmo um dos escolhidos... — Sua pele exalava um forte cheiro de álcool, mas ela falava com lucidez, e Rolthan sentiu algo se revirar dentro de si. — E você está envolvido no plano da grande conquista.

Ele franziu o cenho. *Que grande conquista?*

Pigarreou, percebendo que tinha hesitado.

— Obviamente — respondeu ele, sem ter ideia do que Anouk dizia.

— Não deveria saber mais sobre o paradeiro do seu precioso Indomado, então? — perguntou a imediata, franzindo as sobrancelhas.

Rolthan engoliu em seco.

— E-eu... eu era jovem. Jovem e tolo. Não sabia que viria a procurá-lo um dia, e não tive interesse de saber exatamente para onde estava indo à época de sua partida.

Ela assentiu, retorcendo os lábios.

— Não sei por que tem interesse agora, Lorde Rolthan. Esqueça-o. É um a menos.

Rolthan cerrou as mãos em punhos, irritado. Não podia dizer nada que o comprometesse ou destruiria sua única chance de obter mais informações.

Respirou fundo.

— Ele é um Indomado, verdade, mas sempre soube o seu lugar e não hesitou em cumprir as ordens da rainha. Iatrax é minha testemunha, não conseguirei descansar até saber o que foi feito dele.

— Nobres como você são mimados. Mimados e teimosos; não sossegam os traseiros dourados até conseguirem o que querem — resmungou Anouk. Desencostando-se do mastro, espreguiçou ruidosamente e continuou: — Você sabe, há muitos de vocês por aí. Tergarônios que abrigam Indomados sob ordens da rainha, às vezes por semanas, às vezes por anos... A diferença é que a maioria se sente aliviado quando eles vão embora. Mas você parece bem ansioso com a perspectiva de vê-lo novamente.

Rolthan franziu o cenho. Sempre tinha assumido que sua família fora a única a abrigar um Indomado por ordens da rainha. Lembrava-se de bailes, banquetes e torneios em que trancafiaram Blayve na sua câmara, para que não houvesse perigo de ser encontrado por vassalos convidados. Lembrava-se da mãe, Lady Falk, dizendo: "Não fale sobre o Indomado com ninguém, nem mesmo com os cavalos, nem mesmo com os Deuses quando orar de noite. Nem ao menos *pense* nele. Com sorte, a rainha nos livrará desse sujeito em breve." Tivera tanto medo de que pudessem ler seus pensamentos durante a infância que era uma tortura a cada vez que via Blayve. Mas então a rainha deixou que semanas, depois meses, e então anos se passassem até chamá-lo ao palácio para que desaparecesse para sempre, e, nesses anos, Rolthan teve tempo o bastante para perder o medo de se aproximar.

E agora descobria que os Falk não eram a única família a ser submetida à companhia de um Indomado. Talvez os próprios vassalos de quem escondiam Blayve tivessem seus próprios lobinhos como agregados, por ordens da Magnífica.

O que ela estava tentando fazer? Não era dito que os Doze odiavam os Indomados? Eles não eram queimados em piras com a finalidade de purificar suas almas selvagens? Rolthan não conseguia descobrir as intenções da rainha e isso o deixava inquieto.

— Conhece a história, milorde, todos nós já a ouvimos milhares de vezes — continuou ela. — Sabe que a rainha, que os Deuses a salvem, vem tentando domar aqueles pecadores em Gizamyr desde a Conquista.

— *Saa*, meu velho tutor em Eldalorn não me deixava esquecer. Dizia que era imprescindível para os estudos de religião.

Rolthan ainda se lembrava de estar sentado de um lado da grande mesa de mogno na biblioteca do castelo de sua família, com o tutor, Mestre Tolly, sentado do lado oposto, gesticulando grandiosamente sobre os livros abertos, os olhos arregalados e a voz rouca de velho se elevando acima dos suspiros entediados de seu aluno. Rolthan sempre preferira a espada e os cavalos e se dedicara a eles durante toda a infância, convencendo os pais a se livrarem do tutor depois que dominara as letras e as somas. No entanto, quando o seu irmão mais velho se casou com a rainha, o velho Mestre Tolly foi imediatamente chamado de volta pela senhora Falk para que o educasse em competências que classificou como "essenciais" para um cunhado da rainha.

Até suas irmãs, Tiphyna e Ariana, tinham aprendido a ler depois disso, e a primeira mostrara tanto interesse pelas artes religiosas que todos já sabiam que se tornaria uma sacerdotisa. Rolthan sorriu. Ela agora tinha vinte e dois anos e servia num templo nas montanhas, para lá de Atalaia dos Rubis, quase na fronteira com Dovaria. Escrevia cartas para Rolthan e para a irmã mais nova com regularidade e sempre perguntava pelos pais, por Thanor e pelo velho mestre. No entanto, lembrou Rolthan com certo incômodo, nunca lhe tinha ocorrido mencionar Blayve, mesmo que tivesse convivido com ele desde o dia em que nascera.

Ariana, contudo, se casara havia dois anos com o lorde de Taewe, cujo irmão, Lorde Theodric Taewe, era um esposo da rainha; por isso ela visitava Monterubro com frequência, e Rolthan era grato por isso. Pelo menos a irmã estava sempre em contato com Thanor, e não se sentia sozinha.

Rolthan fechou os olhos com força e tornou a abri-los. Ele tinha se distraído, e Anouk notara.

— Está prestando atenção, Lorde Rolthan?

— Falávamos da Conquista.

O fato é que era mais agradável pensar no rosto das irmãs sorrindo do que em histórias milenares, que lhe davam dor de cabeça, mas ele se forçou a se lembrar mesmo assim. Mestre Tolly dissera que tudo começara quando Tergaron era uma terra sem nome, assim como Dovaria, Almariot e Ikurian, e Gizamyr nem sequer existia. Dividiam-se em pequenas aldeias governadas pelos patriarcas e construíam os primeiros fortes e castelos, um tanto toscos, para se protegerem de invasões de outras tribos.

Uma delas era a tribo mais forte, que migrara diretamente do Deserto de Rokhar até a península ao norte e construíra seu castelo. Diziam que o sol do deserto os deixara mais fortes; os Viasaara tinham nascido como verdadeiras serpentes da areia, descendentes de uma aldeia extinta de Baía das Ostras que, na esperança de conquistar terras a leste, haviam ganhado nada mais que o deserto e perdido as terras privilegiadas que já tinham em nome da ambição exacerbada. Não possuíam nada, viviam em choupanas e lutavam apenas para sobreviver, até que seu líder, o nome apagado e esquecido pelo tempo, decidira guiá-los ao norte. Atravessaram as Costas de Miandos e a Brenha de Knann — na época em que ela se estendia até as montanhas e a Passagem de Karin ainda não existia, de modo a evitar as tribos do leste, porque não tinham recursos para lutar — e chegaram até a península. Escalaram o promontório e lá montaram as suas choupanas, escolhendo o seu nome e erguendo os primeiros estandartes do leste.

Com sua sobrevivência não mais ameaçada, puderam começar planos de expansão. Possuíam pouco, não mais do que uma família de comerciantes, e a venda de bens não era uma opção, pois já não os tinham. Os cavalos, as mulas e os camelos haviam sido vendidos, assim como as relíquias herdadas de sua família ancestral: armaduras, joias, tecidos e todo tipo de artefato religioso. Na época, glorificavam as Luas: eram todos lobos naquele tempo.

Não possuíam riquezas, mas tinham algo ainda mais cobiçado: beleza. O sol do deserto havia dourado suas peles, tornando-as marrons e belas, e escurecido seus olhos e cabelos. A Criadora os tinha feito curvos e elegantes como as árvores retorcidas do deserto, e os seus movimentos eram suaves como os das serpentes que adotaram como emblema. A filha do Lorde Viasaara era a moça mais bonita que já surgira no mundo. Chamava-se Lady Viira, e os boatos sobre sua beleza se espalharam rapidamente quando os lordes das outras casas começaram a fazer visitas de reconhecimento ao território dos Viasaara.

Não demorou muito até que as primeiras propostas de casamento aparecessem. Lordes de todas as partes ofereceram o seu amor, e, na tenra idade de treze anos, Viira estava casada com o primeiro esposo, que pagou pela construção de um palacete modesto no promontório. No entanto, ela não tinha irmãs ou primas, e os Viasaara precisavam de outro modo de acumular riquezas.

Rolthan não se surpreendia pelo fato de alguém ter considerado o assassinato do marido de Viira, com o intuito de liberá-la para um casamento novo. Não se sabia quem tinha expressado a ideia em voz alta, mas os boatos viajaram até os ouvidos do tal esposo, e foi quando ele forjou um acordo com os Viasaara. Temendo pela própria vida, ele liberou-a para se casar com outro lorde, com a condição de que continuasse sendo o Primeiro Esposo, porque a amava e não estava disposto a perdê-la. Foi realizado um segundo casamento, e a beleza de Viira era tão grande que o novo marido não se importou em compartilhá-la. Mudaram-se para o palacete no promontório para que não houvesse competição direta entre os esposos, e Viira tornou a ser chamada Viasaara, pelo mesmo motivo.

O acordo funcionou tão bem que seus pais começaram a casá-la com todos os patriarcas das aldeias mais influentes, e em poucos anos a casa Viasaara cresceu em proporções absurdas. Com a riqueza acumulada, construíram Monterubro e asseguraram o domínio sobre todo o reino, estabelecendo as primeiras casas e unificando o reino de Tergaron.

Depois disso a história começava a ficar nebulosa. A versão mais aceita dos fatos que se sucederam foi que, reconhecendo o poder dos Viasaara, Iatrax, o pai dos Deuses, desceu à terra e confiou a Viira o presente da imortalidade, para que continuasse a cuidar do reino nos anos que se seguissem. Ele ensinou a ela a nova religião e clamou que, agora que se uniam como irmãos, todos tinham direito à vida após a morte. Disse que agora estavam libertos e que não seriam condenados quando morressem, porque haviam deixado de agir como animais; a eles foi concedida vida eterna após a morte. Os primeiros sacerdotes surgiram, recebendo instrução da própria Viira, e tudo parecia bem, não fosse um grupo rebelde. Metade da população, querendo manter sua força sobre-humana, recusou a salvação, preferindo manter-se Indomada, e estes foram colocados do outro lado de uma floresta, Farkas Baso, numa terra gelada e infértil, como punição.

— Tudo teria sido muito mais fácil se os malditos gizamyrianos tivessem se entregado à salvação da rainha — refletiu Rolthan.

— Deve se lembrar de que uma floresta e um mar separam os dois reinos. As lendas dizem que só foram enviados para lá depois, mas eu duvido; Gizamyr é uma terra velha. Se moravam lá, não tinham laços com Viira, e ninguém os havia ensinado a glorificar os Doze. Não tinham por que se submeter à nossa rainha.

— Está os defendendo, Anouk? — Rolthan franziu o cenho. — Ikurian e Dovaria também são reinos além-mar e se humanizaram como nós tergarônios. Não entendo por que tenha sido diferente em Gizamyr. Não agradava a Mestre Tolly falar sobre esse reino, e eu nunca obtive uma explicação satisfatória.

Anouk tomou um longo gole de rum e olhou-o demoradamente.

— Eles eram o único outro reino que tinha um líder — explicou. — Um líder que, a propósito, era um Ranivel.

— Não reconheço o nome.

— Pois deveria. A Indomada será chamada por esse nome quando chegarmos à terra dos selvagens.

Rolthan fitou-a e depois olhou para a garrafa em suas mãos. Anouk percebeu e passou-lhe o rum, que ele aceitou de bom grado.

— Lady Anouk, é sobre Blayve que quero falar. Os negócios da Indomada não me interessam. Não é por ela que viajo, não de verdade.

Anouk pegou a garrafa de volta.

— Depois da Conquista — disse com rispidez, as sobrancelhas vermelhas franzidas —, Gizamyr fechou-se para comunicações com qualquer outro reino. Desde então, a rainha organiza os mandatos. Poupa a vida de um ou dois Indomados, dependendo do ano, mandando-os para Casas como a sua, onde obterão proteção, alimento e uma educação básica. Depois, quando estão prontos, envia-os para Ikurian para atravessarem a fronteira e se infiltrarem em Gizamyr. Como se parecem com os gizamyrianos, por causa de seus ancestrais, geralmente não são descobertos. Sem desconfiar de que os enviados são estrangeiros, os gizamyrianos passaram a confiar neles... Assim, podemos ajudá-los. Domá-los.

Rolthan puxou a barba; estava começando a ficar longa demais. Talvez conseguisse uma navalha com algum dos marujos e daria um jeito naquilo.

— Em teoria.

Anouk suspirou.

— Bem, essa é a intenção, ao menos. — Passou a mão pelas trancinhas, fazendo as contas que as prendiam tilintarem. — A rainha Viira tentou de tudo por intermédio de seus enviados tergarônios: sangria, ingestão de sangue humano, venenos fracos para matar apenas os lobos e não os que os carregam. Mas nenhum dos enviados foi bem-sucedido, pelo menos não até agora.

— Onde estão eles? — perguntou Rolthan. — Os enviados que falharam?

Anouk examinou o rótulo da sua garrafa, distraída.

— A maioria está morta. É um plano muito antigo, sabe? — Ela bocejou. — Mas alguns ainda vivem em Gizamyr. Sei que grande parte acabou presa quando foi descoberta tentando domar os gizamyrianos, e que outros fugiram para morar em comunidades de Indomados escondidas em Ikurian e no deserto de gelo. Alguns morreram no mar, tentando voltar até Tergaron, e os que chegaram de fato foram caçados e mortos pela rainha. Não sei de detalhes; realmente não é da minha conta.

O coração de Rolthan começou a saltar dentro do peito. Era verdade que as palavras de Anouk traziam pouca esperança, mas havia *alguma*. Blayve nunca fora um tolo; teria encontrado uma maneira de sobreviver, se tivesse chance.

Havia esperança.

Sabendo que Blayve poderia estar vivo, Rolthan quase conseguia vê-lo à sua frente, congelado no tempo, seus cabelos ridiculamente brancos caindo sobre os olhos enquanto praticava esgrima, seus olhos sorrindo, focados em seu amante. Conseguia sentir as mãos geladas dele no seu rosto, e os músculos tensos dos braços toda vez que Rolthan o tocava escondido dos olhares da família. O calafrio subindo-lhe pela espinha, o coração aos pulos.

Ele está vivo, pensou Rolthan. *Eu tenho certeza.*

— Não sei o que a rainha pretende fazer desta vez, mas sei que tem um plano, e ele não para no casamento da *sharaani* com o Indomado. Há algo maior, posso sentir... Fiz parte de mandatos suficientes para saber que ela não pararia de tentar agora. Conquistar o reino de Gizamyr será fácil com a Indomada em um manto vermelho; o verdadeiro desafio virá depois. A rainha não vai querer governar uma terra de selvagens, e se acredita nisso, você é terrivelmente ingênuo. Estou certa de que a Magnífica tentará domar a nova família da filha. Talvez os súditos também. — Anouk virou o restante do rum de uma só vez e atirou a garrafa ao mar. — De todo modo... Os Doze sabem há quanto tempo Viira vem tentando anexar Gizamyr ao seu domínio. Resta-nos torcer para que a tentativa, qualquer que seja, dê certo.

— Assim espero — murmurou Rolthan, com um sorriso discreto nos lábios, mas o pensamento distante.

12

Danças na tempestade

Estar perto da princesa de Almariot era um trabalho por si só. Nor percebia que as duas estavam constantemente alternando-se entre papéis de caça e caçadora, e sentia-se ameaçada quer estivesse de um lado, quer do outro. Aliadas, era isso que eram agora — o que deveriam ter sido desde o início —, mas agora a vulnerabilidade inicial no coração das duas havia sumido, ou fora suprimida, substituída por um estado constante de cautela e vigília. A confiança que Nor tinha pedido à princesa no momento em que a viu por dentro pela primeira vez havia sido completamente quebrada quando a atacara, às margens do Rio de Vidro.

Todas essas preocupações ocupavam tanto a mente e o tempo de Nor que ela mal percebia as nuvens de chuva se aproximando de *Parva Fi'itroop*, à medida que o navio avançava. Foi só quando o vento começou a bater nas velas com violência e o capitão ficou agitado que ela percebeu que algo estava errado.

A chuva caiu de repente, gotas abundantes e grossas; Nor as viu antes de senti-las, observando como batiam no oceano enquanto atravessava o convés em direção à popa do navio, o lugar onde havia construído seu porto seguro em alto-mar. Mal alcançara a balaustrada quando viu que a chuva tinha engrossado, o vento cuspindo água salgada sobre os seus cabelos e o vestido, e uma grande nuvem negra pairando sobre o barco.

Ouviu um grito:

— *Yiaran koshten!*

E, logo em seguida, a voz de Rolthan:

— Abaixar velas! — Quando o cavaleiro dos Falk a viu, seus olhos se arregalaram: — Para o galpão com as outras! *Agora*, Norina!

Ela correu, recolhendo as saias, sem poder ver um palmo à sua frente por causa do vento e da água que caíam nos olhos.

A tempestade foi violenta e repentina; Nor ouvia a chuva, o vento e os gritos dos homens quando adentrou o galpão, e, assim como as outras, tremeu, alarmada pelo barulho.

O galpão do andar inferior era mais seguro do que as cabines de dormir porque não tinha escotilhas e era mais espaçoso. Era também onde a maior parte dos mantimentos eram guardados: barris de vinho, sacos de biscoito de centeio, além de lentilha, cebolas e sal. Era entre eles que se sentava a princesa, o pânico visível nos seus olhos negros, as mãos de dedos longos como as da mãe segurando o queixo trêmulo.

Anouk andava de um lado para o outro com panos de limpeza na mão, tentando cobrir todas as frestas para que a água não entrasse e estragasse os mantimentos. Recusara toda a ajuda que lhe fora oferecida, e, quando acabou, não se sentou, e sim pôs-se a contar o número de sacas de alimento. Nor observou um rato entrando em seu esconderijo entre dois sacos de cebola, juntando-se a outros dois companheiros.

Anouk, Nor e a princesa estavam tão absortas nos próprios pensamentos que qualquer ideia de conversa era impensável. Até mesmo Gilia, que nunca perdia a compostura, abraçava os joelhos e mantinha um olhar perdido para a porta fechada. O silêncio dentro do cômodo tornava tudo mais difícil: lá fora, o rugir dos trovões e dos homens fazia Nor tremer.

— Acho que eles esperam que rezemos — murmurou a Indomada, os olhos passando de mulher em mulher. Gilia e Anouk olharam de volta, e, constrangida, Nor baixou a cabeça. Não esperava que a escutassem. — Talvez seja o que deveríamos estar fazendo. Sinto-me tola aqui, tremendo de medo da chuva e do mar, sem poder ajudar em nada.

Anouk olhou para a porta, como se pudesse ver através dela, e seus olhos adquiriram um brilho estranho, uma mistura de fascínio e medo.

— Não temo o mar — disse. — Ele me trouxe a liberdade que procurei durante toda a vida. A Magnífica é filha de todos os Doze Deuses, mas se eu fosse filha de um, seria apenas dele; é um dos poucos que amo. — Ela virou-se de novo para Nor, as contas nas suas trancinhas fazendo barulho. — Não posso dizer o mesmo do meu Ryruin. Ele é teimoso, orgulhoso demais; não se curva à *Sjokar* como deveria e por isso preocupo-me toda vez que luta contra ele.

Isso era algo que Nor não entendia. Como os Doze podiam estar ao lado de alguns e contra outros? Entendia que eles estivessem contra ela, uma Indomada; mas o capitão Ryruin era Domado, assim como todos no *Parva Fi'itroop*. Por que os Deuses atacariam os próprios filhos?

Foi quando Nor chegou a uma conclusão tão dolorosa quanto uma flecha contra o peito. Seus olhos se encheram de lágrimas, e ela se virou para Gilia, dizendo:

— *Sharaani*, por favor... Me perdoe.

Gilia franziu o cenho, confusa.

— Do que está falando? O que você fez?

Nor desviou os olhos para Anouk, como se esta já soubesse do que ela estava falando. Não queria alarmar a princesa, de jeito nenhum, não agora que a confiança entre elas tinha se rompido e tentava desesperadamente se estabelecer de novo. Mas sentia que seria pior se não dissesse nada, se não pedisse perdão.

— Ora, não vê? Fui eu quem causou esta tempestade.

Anouk acocorou-se diante dela, rindo levemente. Nor não entendia o que era engraçado.

— Está sendo boba, Indomada — retrucou a imediata. — Só os Deuses podem causar tempestades. Você não tem esse poder.

— É uma punição do deus dos mares — insistiu Nor. — Este barco carrega uma Indomada, uma selvagem, e, por isso, os Deuses querem derrubá-lo. Sua ira... é tão grande que não pouparão nem mesmo a Primeira Princesa, eu sei. Testaram-me em Farkas Baso, no Rio de Vidro, e eu deveria ter me rendido enquanto podia, agora é tarde demais. Todos estão em perigo e é minha culpa, é minha! — Estava chorando agora, pela primeira vez em semanas.

A princesa gritou:

— Pare de dizer bobagens, está me assustando!

— A *sharaani* está certa — ralhou Anouk, se levantando. — Está sendo tola; *Parva Fi'itroop* já carregou outros Indomados e continua firme. Os Deuses não estão contra você.

Nor ergueu os olhos marejados para Anouk, rangendo os dentes.

— Então por que são tão cruéis?

A imediata suspirou, cruzando os braços.

— Não acha que é o mínimo que merecemos? — indagou. — Afinal, fomos maus por muito tempo.

Era uma verdade que Norina não podia negar, principalmente quando se lembrava da história da Conquista, que sua mãe tinha lhe contado. *Os Indomados são brutos, sanguinários e lascivos*, pensou ela; *eles mereciam todo o castigo que estavam recebendo*. *Nós merecemos todo o castigo que recebemos*, corrigiu-se. *Era por isso que a rainha os mandava para a pira*.

Um silêncio caiu entre as três moças enquanto Nor refletia, Gilia rezava e Anouk andava de um lado para o outro, roendo as unhas sujas e franzindo o cenho. Os gritos no convés viajavam para os seus ouvidos, retinindo desconfortavelmente em seu labirinto e aumentando a ansiedade. Por vezes havia o barulho estrondoso de um trovão, depois o ruído de madeira estalando, e o *Parva Fi'itroop* pendia para um lado ou outro, fazendo um gemido escapar dos lábios de Gilia e algo se remexer dentro de Nor. Conseguia distinguir os palavrões, mesmo que não fossem gritados na sua língua, a cada vez que isso acontecia. Anouk os repetia, baixinho. Depois de horas, os dedos da imediata já estavam em carne viva e o que lhe restava das unhas sangrava. Nor observou-a, tentando distrair-se da própria ansiedade. O barco bamboleou de novo, uma onda fazendo barulho ao chocar-se contra o casco.

Dessa vez não houve gemido da princesa. Em vez disso, Gilia bufou e voltou-se para Anouk, seus olhos flamejando:

— Isso é um absurdo! Um completo absurdo! — bradou. — Não pense que minha mãe, a *rainha*, não ouvirá sobre as condições em que tive de viajar. Marinheiros mal-educados, um comandante incompetente... E, agora, essa tempestade! Quantas horas terei que ficar entre ratos porque vocês, incompetentes, escolheram uma rota perigosa?

Anouk virou-se imediatamente, seus olhos ainda mais perigosos do que os de Gilia, os lábios comprimidos em uma linha fina. Na iluminação precária do galpão, seus cabelos alaranjados adquiriam um brilho quase místico; uma auréola de cobre, uma coroa de fogo. Ela não era alguém que Nor gostaria de irritar.

— Cale a boca — disparou ela.

Gilia arregalou os olhos escuros.

— O que disse? — falou, levantando-se. Suas mãos estavam fechadas em punhos, o belo rosto franzido. — Não creio que tenha escutado direito; esqueceu-se de que está falando com a sua princesa?

— E você está falando com a imediata Anouk, mestre de navios de Almariot apontada pelo príncipe-regente Emeric em pessoa — respondeu Anouk, sem hesitar. — *Sharaani*, não me tome por tola quando ouso repreendê-la. Tenho mais anos de experiência no mar do que você tem de vida, e talvez faça-lhe bem escutar minhas palavras, mesmo que me julgue uma "marinheira incompetente": a *Primeira Princesa* é minha subordinada neste navio, e não o contrário. — Embora suas palavras seguissem o protocolo de cortesia, estavam no limite da sensatez para uma súdita se dirigindo a um membro da realeza. — Durante toda a vida, tudo o que pessoas como eu fazem é servir; seja aos Deuses, à rainha, suseranos ou aos príncipes e princesas, é isso o que fazemos até o dia de nossas mortes. A jovem *sharaani*, que pouco sabe sobre o mundo, tem minha misericórdia, mas também minha garantia: *irá* aprender a servir nesse navio assim como todos nós. — Gilia gaguejou alguma coisa, mas foi completamente ignorada.

Anouk andou até um dos baús e tirou uma garrafa de trás dele.

— Não há um deus ou uma Rainha-Mãe para servir no velho *Parva Fi'itroop*, entendeu? Há somente a que vos fala, o capitão Ryruin e o mar. Se quiser desafiá-lo, ele não faz distinção entre princesas e plebeus. Portanto, *sharaani*, ouça um conselho desta velha marinheira: engula o seu orgulho e *lute* como nossa igual. — Anouk abriu a garrafa com os dentes, cuspindo a rolha, tomou a bebida em goles longos e repassou o restante para Gilia.

A princesa hesitou diante da garrafa. Seu rosto estava vermelho, e a boca, levemente aberta, em choque. Seus olhos estavam marejados e arregalados como os de uma coruja.

— Beba, vai lhe dar coragem. Está tremendo como se nunca tivesse visto chuva — incentivou Anouk, num tom mais suave.

Então a princesa Gilia tomou um pequeno e tímido gole, corando profusamente. Depois, tossindo, passou a garrafa para Nor, ao seu lado.

A Indomada observou como as pernas tremiam, embora não estivesse frio, e seguiu o exemplo da esposa do capitão, bebendo goles longos da bebida.

"Vai lhe dar coragem", Anouk havia dito.

Eu preciso de muita para o que enfrentarei daqui em diante.

Um novo trovão veio, o som retumbante fazendo um calafrio percorrer sua espinha. Depois dele, uma grande onda balançou o barco para estibordo, fazendo a água do mar e da chuva vencer os panos que bloqueavam as frestas e molhar o pequeno galpão. A água gelada bateu contra os joelhos de Nor, apoiados no chão, e encharcaram a barra de seu vestido.

A princesa Gilia escondeu o rosto nas mãos. Toda a exaltação da discussão com Anouk esvaída, substituída pelo medo. Sua postura se desfez, um tremor atravessando o corpo frágil — era uma criança novamente.

Nor lembrou-se de como ela própria tinha medo das tempestades quando pequena. Se fechasse os olhos, podia claramente ver uma lembrança da jovem Norina, tremendo e soluçando no colo de Ros. *Ahma* balançando-a para a frente e para trás nos braços quentes, cantando baixinho no ouvido da filha as canções da própria infância, até que a menina caísse no sono e parasse de chorar.

Mas a princesa não era uma criança para ser pega no colo, e Nor sabia que ela não gostaria de ser tocada de novo por uma Indomada. O fato é que não sentia mais raiva da princesa. Como poderia? Ela era apenas uma menina, uma menina com medo e que precisava ser confortada. Mas mesmo que quisesse confortar Gilia e sua demonstração de afeto fosse aceita pela princesa, Nor não sabia como confortar ninguém, não de verdade. Ela sempre fora a pessoa a ser confortada: a mãe sempre fora uma presença constante em sua vida, estoica e silenciosa, e eram raros os momentos em que Nor a vira chorar. Não se lembrava de nenhuma ocasião em que a mãe mostrara sentir muito medo, tristeza ou solidão. Às vezes ficava cansada do trabalho, voltando com pilhas de tecidos nos braços e o rosto suado e queimado de sol, e nessas ocasiões Nor havia ajudado a despi-la, passado um pano em seu rosto e auxiliado na roca. Mas nunca houvera um episódio em que Nor a tenha ajudado em questões emocionais... Se fora negligente a ponto de não perceber como a mãe se sentia, depois de conviver com ela, e somente ela, sua vida inteira... Não conseguia suportar a ideia.

Sem pensar muito nas consequências, pegou uma das mãos da princesa Gilia e com a outra pôs-se a acariciar seus cachos escuros, puxando-a para si, quase maternalmente. A princesa assustou-se por um momento, retesando os músculos ao toque de Nor. Pareceu refletir por alguns instantes, tensa, mas logo depois permitiu-se relaxar e encostou a cabeça no ombro da Indomada, como se nunca a tivesse confrontado.

13

Uma terra de selvagens

A TEMPESTADE DUROU POR MUITOS OUTROS DIAS, ENCONTRANdo seu fim ao anoitecer do quinto.

Quando enfim veio a bonança, navegaram por mais dois de dias até avistarem uma pequena ilha, aparentemente inabitada, onde atracaram para fazer os reparos necessários, e isso os custou mais uma semana de trabalho e de atraso. Quando zarparam novamente, não levou muito tempo até que o capitão Ryruin anunciasse ter visto terras: Gizamyr, enfim.

Surgiu em forma de um monte azul. Pelos dias que se seguiram, Nor chegou muito perto de montar acampamento na proa, observando com ansiedade enquanto o monte se aproxima. Só deixava seu posto quando a princesa se aproximava, sabendo que a primeira noite da tempestade, quando Gilia tinha permitido ser confortada, havia sido uma exceção, e agora tinha que a evitar para que não houvesse atritos. No mais, permanecia grudada no balaústre da proa, fascinada com a terra gelada que via à distância.

— *Ai'iatari reik sjok!* — anunciou o capitão Ryruin no dia em que chegaram tão perto do litoral que já não era mais possível navegar, e seus companheiros trataram de baixar os botes na água. O primeiro, que comportava quinze homens, foi reservado para os marujos comuns. O segundo levava Nor e a princesa, além de Sir Rolthan, mais o capitão Ryruin, a imediata e tradutora Anouk, e Sir Sevenster, o melhor guerreiro do *Parva Fi'itroop*. No último, iam os demais: marujos com menos anos de serviço, os lavadores de convés e os escravos.

A tripulação remou junta, mas a princesa foi a única que não fez nenhum esforço: supervisionou a atividade dos demais, sentada bela e docemente no seu vestido azul e na capa quente de pele de arminho, como lhe cabia. Nor, no entanto, remou com fervor, como era o seu papel. Sentir-se útil a deixava contente.

A água estava coberta de enormes placas cristalinas de gelo, torres imensas de neve, maiores que o casco do navio, e era difícil de navegar. A respiração de todos podia ser vista em forma de fumaça branca, arfadas de névoa cuspidas no intervalo de respiração, como a chaminé de uma casa no auge do inverno. As mãos brancas de Nor estavam geladas, como não estiveram em muito tempo, e o nariz e as orelhas chegavam a doer. Gizamyr era uma terra gelada, disso ela já sabia há muito, mas não conseguia conceber a ideia de frio mais intenso do que já tinha experimentado do outro lado de Farkas Baso, e agora se surpreendia.

Pôde ver terra após um tempo, a boa terra da praia coberta por uma camada grossa de neve, de cerca de um pé e meio de altura, suja de pegadas e excrementos de pássaros. Um grupo de trinta ou quarenta homens esperava a chegada dos botes, todos em armaduras prateadas e capas brancas, com espadas nas bainhas e olhares severos.

— Quem são? — perguntou Nor, para ninguém em particular.

No bote, à sua frente, Sir Sevenster segredava algo ao capitão Ryruin, que assentia devagar, os olhos fixos na princesa Gilia.

— A guarda real de Gizamyr — respondeu Lorde Rolthan, apontando com a cabeça para eles. — A insígnia.

— O desenho no peito? — indagou Nor, e Rolthan assentiu. Havia um desenho em alto-relevo entalhado no peito da armadura de cada um deles, a cabeça de um animal.

Um lobo.

Nor chacoalhou a cabeça, como se pudesse afastar os pensamentos negativos com um gesto.

— Parecem-me tolos — comentou. — Que tipo de clã escolhe capas claras como essas para homens que marcham, cavalgam e lutam?

— Certamente querem passar a ideia de pacificidade. Se derramassem sangue, não ficaria bem em armaduras de prata tão clara e capas brancas. É uma escolha sensata, senão esperta... De qualquer modo, foi calculada.

As faces dos cavaleiros eram duras e brancas como esculturas de mármore, e os olhos, indecifráveis daquela distância. Era verdade que a rainha dissera que Nor tinha as feições de uma gizamyriana, mas agora que realmente podia vê-los, a semelhança era gritante.

Os homens diante de Nor tinham os cílios claros que faziam seu olhar parecer sempre frio e inexpressivo, sem a suavidade conferida pelos cílios elegantes e escuros, e assim também eram suas sobrancelhas e seus cabelos, quase tão claros quanto a neve. *Floquinho*, a rainha a tinha chamado, por causa das mesmas características. Os cavaleiros tinham as faces extremamente ruborizadas, o vermelho agressivo contra o branco da pele. Nor repousou os remos por um segundo e tocou a própria bochecha. Sabia que sua aparência era igual.

A garota desviou o olhar para o colo, como se a visão dos cavaleiros pudesse queimar-lhe os olhos.

— Suponho que isso seja um bom sinal — murmurou, retomando os remos.

— Devem ter ouvido a chegada de *Parva* e vão querer explicações. Mas depois de vê-la, *princesa Rhoesemina*, farão o que você quiser. O único serviço deles será escoltar você e a *sharaani* até os portões — tranquilizou-a Rolthan. — Não deve se preocupar; quando a virem melhor, não terão suspeita alguma.

De fato, estava vestida como uma verdadeira princesa. Gilia havia lhe emprestado um de seus magníficos vestidos, um traje azul-escuro de veludo, mais simples que o da princesa, mas ainda assim espetacular. Seu cabelo fora preso em duas tranças grossas, que caíam sobre os ombros, e a capa vermelha completava a ilusão. Os gizamyrianos queriam de volta sua princesa e teriam.

O primeiro bote chegou à areia antes dos outros: Nor pôde ver os marujos saltando dele e encontrando-se com os guardas. Trocaram algumas palavras, que ela não conseguiu ouvir.

Então os marujos sinalizaram para o segundo bote, que carregava Nor, Rolthan e a princesa. Tudo o que Norina conseguiu ouvir foram as palavras "acordo" e "rei"; depois, viu os guardas sinalizando que não. E cada um bateu o pé direito em uníssono.

Uma violenta dor de cabeça acometeu-a no mesmo instante, fazendo-a largar os remos e fechar os olhos. Nor nunca tinha sentido algo como aquilo; seus ossos pareciam ter virado água, e a língua pesou dentro da boca. Estava tonta de dor.

Gemeu, incapaz de pedir ajuda.

— Isso não é nada bom — disse Rolthan, remando com vigor para compensar o par de braços a menos. Mas olhava para a areia, para os guardas e os marujos, e não para a Indomada.

Nor abriu os olhos, sua visão turva, e, como num sonho, pôde ver duas imagens distintas alternando-se diante dela. Sua mente trocava o foco entre as duas realidades: em uma, a praia com neve suja de sangue, gritos angustiados, espadas e homens caídos; na outra, uma matilha de lobos, esperando, olhando para ela, olhos faiscantes na escuridão. Nas suas bocarras, retalhos de tecido escarlate.

Nor piscou com força; a dor estava fazendo-a ter visões. Viu lobos lutando entre homens, uivos em meio aos gritos.

— Norina!

Sentiu um puxão no braço, e logo se deu conta de onde estava: no meio de uma batalha que se formava. Ali não era lugar para devaneios e distrações, mas a vista enevoada lhe causava vertigens, e ela seguiu trôpega até um lugar seguro, em cima de um monte de areia. Alguns dos marinheiros a protegiam atrás de escudos de madeira.

— Atrás deles, Norina! Agora! — gritou Rolthan, empurrando-a mais para o centro da formação, atrás dos escudeiros mais altos.

Pelas frestas, podia ver os soldados gizamyrianos correndo em direção aos marinheiros do *Parva Fi'itroop*, espadas em punho e gritos na garganta. Nor tremeu; à sua frente, estavam o capitão, além do Sir Sevenster e mais cinco espadas. Os soldados gizamyrianos tinham honra o suficiente para não atacar as mulheres que eles protegiam, pelo menos por enquanto.

Nor olhou para o lado e viu Gilia ali. A princesa tinha os olhos bem fechados e murmurava preces, gritando toda vez que sentia a aproximação de um inimigo, e Nor considerou imitá-la. A dor de cabeça passava pouco a pouco, excruciantemente devagar, mas isso não impediu que seus joelhos bambeassem quando dois soldados se aproximaram, as espadas cortando o ar. Foi um susto, mas não uma ameaça real; com dois golpes rápidos de Sevenster e Ryruin, a dupla estava no chão aos seus pés, o sangue jorrando do pescoço.

Sentiu a bile subir à garganta e a vista escurecer. Segurou a mão de Gilia, como tinha feito nas noites de tempestade, e apertou com força seus dedos frágeis.

— O que aconteceu? — perguntou, a voz fraca e incerta.

Quem respondeu foi o capitão Ryruin, na língua comum cheia de falhas, o sotaque almarino quase forte demais para que ela pudesse compreendê-lo.

— Não aceitam princesa no reino — disse, olhando para Gilia. — Nenhum estrangeiro entrar. Você não entrar. Não é princesa, eles dizer. É tergarônia. — Entre um fôlego e outro, o capitão empurrou mais um soldado para a areia, fincando a lâmina da espada na sua barriga. Era um dos poucos que ousavam se aproximar: o restante dos guardas de branco lutava contra os marujos e levava a vantagem.

Nor viu um marinheiro com quem tinha trocado algumas palavras no *Parva Fi'itroop* cair de joelhos, as mãos na lateral do corpo, e desviou os olhos, tentando focar no capitão Ryruin.

— Atacar é ordens do rei — continuou ele, também numa tentativa de ignorar o companheiro caído. — Eles dizer para nós voltar. Dizer que não ia atacar se nós voltar para Almariot.

— Então por que estão lutando? — perguntou Nor, exasperada. Ao seu lado, Gilia gemeu.

— Ah, não foram eles. — A resposta veio de Sir Sevenster, surpreendentemente fluente. Não era de todo inaudito; cavaleiros andantes tinham boa fluência de todas as línguas, e talvez esse fosse o caso de Sir Sevenster antes de se juntar à guarda almarina. Ele tirou o cabelo ruivo da testa suada com um movimento rápido, girando a espada com a mão livre. — Nós atacamos. Lutamos contra uma tempestade feroz para chegar até aqui e entregar a princesa sã e salva, e os Deuses sabem que a Magnífica — *dohi Viira!* — nos punirá severamente se voltarmos com a princesa. Enfrentá-los é mais seguro.

Nor tornou a olhar para o campo de batalha e viu Rolthan, sua pele escura contrastando fortemente contra o restante dos combatentes, os cabelos flutuando ao vento enquanto ele investia e desviava com voracidade. Lutava contra dois cavaleiros ao mesmo tempo; Nor o viu sendo atingido no rosto por uma lâmina duas vezes maior que a própria e xingando. Ele investiu ferozmente contra o soldado que tinha feito o talho no seu rosto. Outro guarda segurou Rolthan por trás com um braço e, com o outro, preparava a lâmina.

— Não! — gritou Nor, enquanto tentava empurrar os marujos que faziam a sua segurança. — Sir Rolthan!

Ele ouviu-a gritar e virou a cabeça em sua direção brevemente, como também fizeram os guardas que lutavam contra ele, distraindo-se por alguns segundos. Rolthan, voltando a atenção para a luta mais rapidamente que os dois, ganhou a vantagem e cortou a jugular do guarda que o atacava. Chutou o outro homem na barriga, fazendo-o se abaixar, e forçou o seu corpo contra a neve, com o rosto para baixo. Enfiou a lâmina pelas suas costas e voltou para a luta.

— O que está fazendo? — gritou Sir Sevenster quando percebeu Nor afastando-se, indo em direção a Lorde Rolthan. — Volte imediatamente!

Ele a agarrou pela capa, fazendo-a voltar para onde estava. Nor bufou, exasperada, mas não tentou escapar novamente — precisava se manter viva e, no fundo, sabia disso. Não podia morrer em batalha, não ela, não agora, não tão cedo; Ros dependia dela. Então *ficaria viva*.

Observou seus companheiros do *Parva Fi'itroop* tombarem um a um na neve, o sangue fresco, mais negro do que escarlate, sujando o branco perfeito e criando pequenos riachos que lembravam artérias. A visão grotesca a fez soluçar, enojada. Virou-se para a princesa. Gilia já tinha os olhos fechados há muito, e o corpo tremia tanto que Nor achou que ela não se aguentaria de pé.

Pôs-se a orar com a princesa, citando todos os nomes de Deuses que lhe vinham à mente. Pedia que fizessem a batalha parar, que a deixassem viva. Quase não se importava com que lado sairia vencedor: só pensava em como queria que a batalha acabasse, que o cheiro de sangue deixasse de subir às narinas, que todos parassem de gritar.

Então ouviu um grito terrivelmente próximo. O capitão Ryruin gritou o nome da esposa, e sua voz falhou como se ele fosse um garotinho assustado, engasgando-se com uma palavra maior que ele. Nor olhou em volta, tentando compreender.

Então sentiu todo o ar ser sugado de seus pulmões de uma vez; alguns metros adiante viu Anouk, em meio ao sangue e às lâminas, estirada na neve e ofegando, espada ainda em riste. Uma de suas orelhas estava cheia de sangue escuro, assim como a barriga, e ela gemia, na tentativa de se levantar. Encarava a luta com raiva, tentando levantar-se e continuar em combate, mas o esforço era inútil. A cada vez que se movia para tentar se pôr de pé, gemia, fechando os olhos. Ao mesmo tempo, Norina viu o soldado que se preparava para desferir o golpe final na imediata, não com a espada, mas com a própria crueldade e com a força de seu corpo. Pisava com a ponta da bota na ferida de Anouk, pressionando com mais força ainda.

Nor sabia que tudo o que bastaria seria um pisão forte e o suplício de Anouk acabaria. Levou as mãos à boca para não gritar; só os braços dos marujos segurando o seu corpo a impediram de correr até a imediata, num impulso.

Debateu-se, chamando por ela. Seus olhos encheram-se de lágrimas, e a besta no seu interior rugiu, enquanto os marinheiros a seguravam. Lembrava-se dela no convés, esbravejando ordens e marchando de popa à proa com confiança. Lembrava-se da coragem da imediata quando falara com a princesa Gilia sem medo algum e sem intimidar-se, quando confrontada, e da calma que manteve durante o caos causado pela tormenta. Lembrava-se de todas as vezes em que repartiram o pão uma do lado da outra; de quando Anouk lhe ofereceu coragem em forma de vinho; Anouk, no dia da tempestade, capaz de agir em meio ao caos. Como Norina a admirara!

Agora via tudo desmoronar. Um pisão foi tudo o que bastou: Nor ouviu o barulho terrível de ossos sendo esmagados, e em seguida, o cheiro de sangue infestou o ambiente. Era tarde demais. Anouk arfou, buscando mais ar desesperadamente, e, quando expirou, a poça de sangue sob seu tronco cresceu, manchando a neve. Os olhos se arregalaram e, em seguida, se fecharam.

— NÃO! — gritou Nor, e os que podiam se viraram para ver, acompanhando o seu olhar.

Foi o início do caos: o controle e a calma se foram com Anouk, e os homens enlouqueceram, furiosos. Ryruin viu sua estabilidade esvair-se de uma só vez; consumido pelo ódio e pelo luto, abandonou o monte de neve de onde protegia Norina e Gilia com seu escudo para investir contra os soldados no campo de batalha, juntando-se aos seus subordinados com um fervor inigualável. Com habilidade assustadora, ceifou a vida de um, dois, três cavaleiros da guarda real gizamyriana, movido unicamente pela fúria. Aproximou-se do soldado que atacara Anouk e o jogou no chão com dois socos, investindo contra ele com as próprias mãos. Tampouco usou a espada para matá-lo: agarrou o seu pescoço e o fez estalar, sem hesitação. Nor cobriu a vista tarde demais, e viu os olhos do homem saltarem e a boca gorgolejar sangue.

Em seguida, Ryruin recolheu o corpo sem vida de Anouk, tomando-a em seus braços. Carregou-a até o local onde Norina e os outros estavam e disse em almarino, arfando:

— Coloquem-na... Coloquem-na no bote. — Não havia lágrimas em seus olhos, e suas mãos ensanguentadas tremiam de adrenalina pura. — Remem de volta para o *Parva Fi'itroop*, com o auxílio de Garret e Hui. Fiquem lá até que a batalha acabe. Não acontecerá com vocês o que aconteceu com Anouk, eu lhes prometo. — Ele colocou a esposa nos braços de Garret e virou-se bem a tempo de se defender de um inimigo que se aproximava, conseguindo machucá-lo o suficiente para distraí-lo enquanto terminava de dar suas instruções. — Se o pior nos acontecer, partam sem nós. Deixo Hui no comando; o Mestre do Navio deve tomar a posição na falta do capitão... e da imediata — falou estas últimas palavras com alguma dificuldade, como se tentasse negar a verdade diante de si.

Tudo está acontecendo rápido demais, pensou Nor, ainda ouvindo o barulho dos homens se enfrentando na orla de Gizamyr.

— *Khapitten...* — tentou protestar a princesa Gilia.

— *Antris yaminen, prinkhiesse!* — *Faça o que mandei, princesa*, gritou Ryruin em resposta, e correu de volta para a batalha.

Nor entendeu que o capitão tinha ordenado que partissem, porém as vozes na sua mente gritaram mais alto do que o capitão Ryruin, e ela escolheu ouvi-las. Sabia que não podia voltar para Tergaron, não sem antes cumprir seu propósito, e algo dentro dela dizia para ir adiante, para lutar com seus companheiros com a arma que possuía. Estava perto, tão perto, e Ros a esperava do outro lado do mar. Não havia casa para a qual voltar sem sua *ahma*.

Dois homens já preparavam o bote, tentando serem rápidos o bastante para que os cavaleiros gizamyrianos não os vissem escapar. Gilia estava com eles, já sentada no bote, e olhava apreensiva para a batalha. As amarras finalmente foram soltas e vários homens começaram a embarcar, enquanto os outros dois, com a água fria nas canelas, empurravam o barco.

— *Inniet!* — *Esperem!*, gritou Gilia. — A Indomada! Norina!

Nor ignorou os chamados, concentrando-se no campo de batalha. A dor na cabeça ia e vinha, o que a deixava mais fraca, mas os seus pensamentos eram claros, assim como as vozes que ouvia.

Gilia observava Nor de olhos arregalados. Percebendo o que a garota estava prestes a fazer, gritou:

— O quê? Não! — A princesa se levantou. — Idiota! É uma mulher, o que sabe sobre batalhas? Nem ao menos tem uma arma. Ordeno que volte conosco! Volte ou morrerá em meio aos selvagens.

Nor engoliu em seco.

— Eu *sou* uma selvagem também, *sharaani* — disse ela. — O lobo dentro de mim fala, e preciso segui-lo. Permita que eu vá agora mesmo ou eu...

— Ou o quê? — gritou Gilia em resposta, agarrando o seu braço. — *Djakar*, sua Indomada idiota! Não faça isso, não é prudente.

Nor encarou-a e franziu as sobrancelhas, decidida.

Que Iatrax leve consigo a prudência.

Soltou-se da princesa com um puxão e correu para o meio do campo. Os cavaleiros de Gizamyr, perplexos ao vê-la, não a atacaram.

Uma confusão de cores e sangue foi a primeira coisa que os olhos de Norina absorveram. Sir Kennan e Sir Rolthan estavam de costas um para o outro, duelando com seus respectivos inimigos, e, apesar de banhados de suor e cheios de hematomas, não apresentavam nenhum ferimento grave. Logo à sua frente, Nor viu o capitão Ryruin saltar de volta para a batalha.

Ouviu-os gritar ao longe apesar da proximidade, como em um sonho:
"O que está fazendo?"
"*Esk amyr, ianni amyr!*"
"Está louca?"
"Volte para o bote! Vá!"

Mas as vozes na sua mente diziam para ir adiante e, novamente, Nor escolheu dar ouvidos a elas. A realidade estava se alterando de novo: a névoa lhe subia dos pés à cabeça, mostrando a visão dos lobos entre os homens. E ela sabia o que o lobo dentro dela falava: era em direção à matilha que deveria ir.

Os seus instintos pareceram apontar exatamente o caminho a seguir, direcionando seu olhar para além da batalha, onde olhos de humanos não enxergavam. Havia um homem observando tudo sobre uma grande pedra, não muito longe dali. Estava sozinho, mas levava uma espada na cintura. Era como Nor, de pele clara e cabelo quase branco; uma porção de rugas marcadas na pele que afundavam ainda mais enquanto ele observava a ação da luta, seus olhos azuis disparando de um lado para o outro, acompanhando cada investida e cada retraída dos soldados. Estava vestido de amarelo dos pés à cabeça, e o brocado das suas túnicas brilhava como o sol.

Determinada, Nor foi até ele, correndo, trôpega. Ainda ouvia os gritos de Rolthan, de Ryruin e da princesa Gilia ao longe, como se pertencessem a uma memória distante, e ela quis dizer a eles que estava mais segura ali do que estaria em qualquer outro lugar no mundo. Não sabia explicar, mas sabia que era verdade.

O homem virou a cabeça na direção de Nor enquanto a Indomada se aproximava, surpreso, mas não hostil. Tinha a mão no cabo da espada, mas não a segurava com firmeza, e Nor sabia que ele não iria puxá-la.

A capa vermelha tremulava atrás de Norina, e ela pôde ver no rosto do homem que ele sabia o que era e o que significava. Os dois tinham a expressão séria: estavam se observando, se avaliando, como lobos que farejam um ao outro.

Ela aproximou-se ainda mais, sabendo que não havia perigo, e ele fitou seus olhos, a cabeça inclinada, numa confusão quase infantil. Murmurou alguma coisa, mas a voz era tão distante que Nor não conseguiu ouvi-lo.

A garota ergueu a mão direita na altura dos olhos e depois esticou-a em direção ao gizamyriano, suavemente. Ele não se retraiu. Ela continuou, colocando a palma da mão contra o rosto do homem, e sentiu os resquícios de uma barba malfeita que lhe espetou os dedos. O rosto do Indomado era frio, como seus olhos azuis, tão claros que eram quase translúcidos. Ele fechou os olhos quando Norina o tocou, e ela fez a mesma coisa.

A visão levou-a como as ondas do mar durante uma tempestade, e Nor deu por si em um lugar sereno, em um lugar longe do sangue e dos gritos, distante da praia. Imagens queimaram em amarelo brilhante diante de suas pálpebras, forçando-a a abrir os olhos.

Viu-se dentro de uma espécie de forte ou castelo, as paredes altas de pedra clara por toda a sua volta, uma escada em caracol à sua esquerda e três portas pesadas de madeira à sua direita e atrás dela. Primeiro, pensou em subir a escada para explorar a torre, mas logo decidiu ficar onde estava. Podia ouvir um som terrível vindo de trás de uma das portas, um guincho agudo e sofrido, e logo entendeu que era o grito de uma mulher.

Ela tentou abrir a porta. Estava destrancada, e, assim que abriu, confirmou o que desconfiava. A moça estava na cama de sangue, suando profusamente, o rosto vermelho por causa do esforço. Três mulheres estavam ao redor, limpando seu suor e esperando a criança com panos na altura dos seus joelhos.

— Mais um empurrão, senhora — disse uma delas —, e ele estará aqui.

— Ela — corrigiu a moça, arfando. — Eu rezei... rezei às Luas por uma menina.

A moça tomou um fôlego curto e empurrou de novo, inclinando-se para a frente, seus gritos preenchendo o quarto, e, ao fazer isso, olhou na direção de Nor, como se pudesse vê-la. O coração de Norina palpitou, alarmado. *Isso é só uma memória, ela não deveria poder me ver...*

Mas então Nor percebeu que, atrás dela, estava um garotinho de quatro ou cinco anos, os olhos arregalados diante da cena. Tinha os mesmos olhos claros e frios do homem na praia, e assim Nor soube que os dois eram a mesma pessoa. Era para ele que a moça olhava enquanto trazia a criança ao mundo.

A moça resfolegou uma última vez e caiu para trás, recostando-se numa pilha de almofadas; seu olhar, no entanto, percorria o quarto, nervoso. As mulheres ao redor sorriam; uma carregava o bebê ensanguentado nos braços, limpando-o com um pano.

— Muito bem, Lady Grissel — disse uma delas. — *Acaba de dar à luz a próxima rainha de Gizamyr.*

A mãe fechou os olhos e suspirou, aliviada.

— Mamãe? — chamou o menino, timidamente, atrás de Norina.

Uma das mulheres acomodou a recém-nascida nos braços da mãe.

— *Venha conhecer a sua irmã, Destrian* — disse a mãe com uma voz cansada, e o menino se aproximou. — *Venha conhecer Mirah.*

Quem eram aquelas pessoas? Quem era aquele homem? Seria ele o irmão da rainha, morta tragicamente no cerco e varrida pelo mar até Tergaron? Estaria Nor presenciando o nascimento dela, depois de ter visto seu cadáver frio nas criptas de Monterubro?

Estava prestes a se aproximar quando a visão seguinte veio, mais rápida que o ar entrando em seus pulmões.

— *Ah, ahma, temos mesmo de matá-lo?* — perguntou a menina diante dela, segurando o coelho magro de pelos tão brancos quanto seus próprios cabelos.

Eu me lembro disso, pensou Nor com pesar. Não era uma visão daquele homem, mas uma memória que pertencia a ela. A menina desolada era ela — ou havia sido, algum dia, muitos anos atrás.

— *Está à beira da morte de qualquer jeito, ijiki* — respondeu sua mãe, olhando-a com solidariedade. — *Veja como está magro. Se o soltarmos, será comido pelos lobos antes que consiga ganhar forças para fugir. E nós logo estaremos à beira da morte também, se não nos alimentarmos.*

A criança concordou sem insistir — seu estômago doía mais que o coração. Comeu o animal aquela noite, mastigando sua carne com voracidade e lambendo seus ossos, mas não se esqueceu de onde ele viera: da floresta, do mundo exterior. E estivera vivo, vivo e respirando, seu corpo quente e trêmulo em suas mãos brancas. Um pequeno fragmento da natureza, do mundo ao qual ela era proibida de pertencer. Depois do jantar, a mãe a segurara contra o peito diante do fogo enquanto ela chorava, sem entender direito o porquê.

E então Nor estava de volta dentro de uma câmara, observando a mesma moça de antes, na cama de sangue, ofegando enquanto segurava a mão de uma aia, e uma outra esperava próxima aos seus joelhos, para ajudá-la a dar à luz. *Nei...* Não estava certo. Aquela não era a mesma moça de antes, mas de fato se *parecia* muito com ela e também olhava para a porta, através de Nor, no momento em que uma menininha veio ao mundo.

Mirah, *Norina constatou. Estava olhando para Mirah novamente, parindo a filha, do mesmo modo que tinha visto Lady Grissel dando à luz a Mirah antes.*

— Uma menina — disse ela, e estava chorando. — *Tudo isso por uma menina, meu irmão. O rei ficará furioso.*

O homem andou até ela e pediu para segurar a menina. Era um bebê como todos os outros, vermelho e sem um fio de cabelo sobre a cabeça, os olhos profundamente azuis. O sujeito suspirou; seus olhos também estavam marejados, mas ele controlou a voz quando disse:

— *Eu nunca permitirei que isso aconteça, Mirah, e você sabe disso. Ela é linda, minha irmã.*

E isso fez a moça sorrir.

— *Já escolheu um nome, senhora?* — perguntou uma das aias, recolhendo a menina do colo de Destrian.

— Nossa mãe, *Lady Grissel*, escolheu. "Rhoesemina, se for uma menina", *foi o que ela disse.*

Destrian acariciou o cabelo longo e prateado da irmã, que se grudava à testa com o suor do parto. Sua recém-nascida sobrinha repousava nos braços da aia, serena.

— *Princesa Rhoesemina de Ranivel.*

* * *

Nor ouviu aquele grito terrível de novo, o mesmo grito que tinha ouvido aquela tarde, às margens do Rio de Vidro. O grito de sua mãe, que fez sua coluna gelar. Não pôde ver nada — não viu o quarto dourado nem Viira, não viu ninguém. Só pôde ouvir seu grito profundamente agoniado, mas agora não sozinho. O gemido que se erguia para juntar-se ao de sua mãe era ainda mais terrível, cheio de dor e de sofrimento; Nor fechou os olhos, sem poder suportar, e, quando os abriu de novo, teve vontade de vomitar.

Mirah estava ajoelhada diante de um cadáver, chorando amargamente. O corpo estava coberto por uma mortalha dourada, de modo que Nor não pôde ver quem a rainha velava.

Uma mortalha dourada. Exatamente igual à que Nor tinha visto sobre a sua mãe na visão em Farkas Baso.

Atrás de Mirah, Destrian chorava vestido em uma armadura, mas a expressão no seu rosto era de ódio.

* * *

Quando Nor e o gizamyriano voltaram à realidade, a batalha havia cessado, como se nunca sequer tivesse acontecido. Todos os homens, tantos os gizamyrianos quanto aqueles que compunham a tripulação do *Parva Fi'itroop*, abaixaram as armas e estavam olhando na direção dos dois, com expressões estupefatas. Nor, entretanto, não os viu e não percebeu o fim da batalha, porque estava fitando os olhos do homem com quem partilhara sua visão, e ele a encarou de volta, embasbacado.

— Eu disse a eles que você voltaria. Disse que as deusas a trariam de volta das terras da morte — declarou ele, pousando as mãos sobre os ombros de Nor. — Minha pequena princesa. Minha sobrinha!

E a abraçou num gesto protetor e desesperado, segurando sua cabeça contra o peito e acariciando seus cabelos como um pai.

14

A QUESTÃO DE ÁGUACLARA

A LUZ DA PRAIA CAÍA SOBRE A CIDADE COMO UM VÉU, ANUNciando timidamente o fim do inverno. Na claridade, o mundo não parecia tão intimidador quanto Nor havia imaginado; era, afinal, a primeira vez que observava uma cidade com atenção. Lorde Destrian Delamare, o homem com quem Nor havia dividido uma visão e que insistia em ser chamado por ela de "tio", a guiava pelas ruas com a animação de uma criança mostrando um brinquedo novo.

Ali estavam as casas dos comuns, simplórias mas firmes, com azulejos pintados à mão e telhados cobertos de neve. Das janelas, moças esvaziavam penicos na rua, batiam velhos tapetes empoeirados e observavam o movimento, os braços cruzados para se proteger do frio. Nor, Lorde Destrian e seus guardas cavalgavam pelas ruas estreitas e movimentadas, os cavalos pisando sobre a mistura de barro, estrume e neve, observados por curiosos de todos os lados.

A cidade cheirava fortemente a urina, carne temperada e lenha queimada, e para qualquer lado que Nor olhasse, algo estava acontecendo: crianças corriam com túnicas rasgadas e rostos sujos, atrapalhando transeuntes; homens e mulheres passavam com grandes cestas debaixo dos braços ou vasos de barro cheios de vinho ou água, cabeças baixas para que o vento não cortasse suas faces; mascates ofereciam seus produtos; prostitutas de seios fartos rebolavam seus quadris e conversavam com homens de bochechas vermelhas, mexendo nos cabelos para seduzi-los; títeres e jograis dançavam e cantavam, as mãos esticadas pedindo moedas.

— Aí está Myravena para você, doce criança — disse Lorde Destrian, rindo. Não parara de sorrir desde que a abraçara na praia, nem quando ordenou aos guardas que levassem os tergarônios para as masmorras do palácio, como se até aquilo fosse uma grande alegria. — Não é de todo ruim; esse é só o lado feio da cidade. Não se preocupe, vamos passar pelo centro, onde há calçamento e uma bela visão do palácio. E depois... iremos para casa.

Mas Nor não via o que era feio ali. A neve uniformizava o caos de maneira agradável aos olhos, as ruas cheias de pessoas e movimento pareciam vivas. De todos os lados vinham sons de carroça, conversa, música e sino; ela nunca tinha visto tanta coisa acontecendo de uma vez só. Estava encantada.

— A *sharaani* passou por essas partes? — perguntou a ele. Gilia tinha partido antes, e Nor sabia que ela não ficaria tão impressionada com aquele cenário, depois de ter crescido em um palácio.

— *Sharaani*... Quer dizer a princesa? Espero que não — respondeu Lorde Destrian. — Ou nos achará ainda mais *selvagens*.

Os cascos do cavalo de Nor encontraram calçamento; estavam entrando em uma rua ampla, com casas melhores e ainda mais movimento. Uma carroça os ultrapassou pela direita, xingando.

— Gostaria que ela pudesse ter ficado conosco — murmurou Nor, sem esperar ser ouvida. — Assim como Sir Rolthan.

Sentia um aperto no peito ao lembrar da princesa Gilia sendo levada por homens estranhos em uma carruagem, sozinha. Nem as damas de companhia puderam acompanhá-la; foram mandadas para as masmorras com o restante da tripulação sobrevivente. Estava completamente sozinha, e, afinal, era apenas uma menina longe de casa. Nor não tinha dúvida de que a princesa sentia medo assim como ela, por mais que tentasse esconder. Mas Lorde Destrian havia sido firme; nem o seu amor incondicional pela sobrinha o tornava cego para questões políticas. Nas poucas horas em que estavam juntos, Nor já o tinha reconhecido como um homem sentimental, porém firme e astuto. Ele mesmo havia lhe contado que, com a morte da irmã Mirah, o novo rei o havia chamado para integrar o conselho, a fim de manter uma relação cordial entre eles e evitar revoltas; não fora o rei quem matara sua irmã, afinal. Ele aceitara o convite e desde então dedicava-se ao conselho e às questões de Estado ainda mais que o próprio rei. Se ele determinava que Gilia deveria ficar longe da capital, então assim seria.

— Você tem um coração puro e bom, como sua mãe Mirah tinha — observou Lorde Destrian. — E isso é admirável. Mas minha irmã nunca foi muito prudente. Você fez bem em me ouvir e deixar a menina, a *princesa*, ir. Quanto ao rapaz, sir Rolthan... Entendo que tenha formado laços com tergarônios quando estava do outro lado de Farkas Baso, mas dificilmente posso permitir que esses vínculos se mantenham. Pelo seu bem. Se desejar, poderá vê-lo mais uma vez no próximo torneio. Será oferecida a ele a chance de lutar pela sua liberdade, assim como aos outros. Somos um povo justo. — Ele sorriu.

Lorde Destrian falava e agia como se tivesse convivido com a princesa sua vida toda; não hesitava em dirigir-se a ela, e mostrava uma distinta familiaridade, como se a tivesse visto crescer. Como se estivesse separado da princesa Rhoesemina há dias, não anos.

— Eu não me lembro do senhor — disse Nor. — Era muito nova para me lembrar de qualquer coisa. É como se o conhecesse pela primeira vez. Mas milorde parece conhecer-me melhor do que eu mesma. — Ela não conseguiu evitar sorrir. Sabia que a menina estava morta, mas Lorde Destrian não sabia, e achava bonito quanto ele ainda a amasse, mesmo após tantos anos.

Lorde Destrian também sorriu, as rugas se pronunciando. Não podia ter muito mais do que quarenta anos, mas sua aparência cansada dizia o contrário.

— Eu a vi pela primeira vez no colo de uma aia, frágil e branca como uma bonequinha de pano. Quando a peguei, senti um calor nos braços, e sorri; sua mãe teve tanto medo de que eu a derrubasse que só me deixou continuar a segurá-la depois que me sentei. — Seus olhos estavam distantes, se lembrando. — E, na última vez que a vi, estava no colo de sua avó Grissel. Na época, eu era capitão da guarda e não a via com frequência, mas você me reconhecia e não chorava quando a passavam para o meu colo, mesmo quando eu estava dentro de uma armadura dura e fria. Foi o caso daquela última vez em que a vi. Colocou a mãozinha no meu rosto, assim — ele imitou o gesto, muito sério —, e me mostrou sua mãe através de uma visão. Também não via Mirah com muita frequência, mas eu sabia que você a amava por causa da visão que me mostrou do rosto de sua mãe. E quando mostrou-me o rosto de novo na praia, Rhoesemina, eu sabia que era você.

Ele estava sorrindo com os lábios, mas não com os olhos; estes eram tristes e enevoados, e Nor teve vontade de consolá-lo, só não sabia como.

As visões são espelhos com dois lados. Lorde Destrian não percebia que ele mesmo havia produzido aquelas imagens, aquelas memórias? Nor nunca poderia resgatar lembranças de uma mulher que nunca tinha visto na vida.

Continuaram a cavalgada em silêncio. Nor, enfim, pôde ver o templo, na grande montanha azul, erguendo-se majestoso e imponente sobre a cidade com seu grande domo banhado a ouro, e, abaixo dele, despontando discretamente, as torres do palácio. Lorde Destrian aproximou-se com seu cavalo e sorriu:

— Ele aguarda por você.

* * *

Assim que chegaram à propriedade de Lorde Destrian, Nor pôde sentir o cheiro da mata que margeava o lado esquerdo da estrada até onde a vista alcançava, um odor fresco, muito diferente do da cidade, de pinho e terra molhada e fria. Inspirou profundamente, olhando os arredores: as árvores, afetadas pelos ventos frios de Gizamyr, estavam nuas de folhas e flores, mas ostentavam milhares de estalactites de gelo, cada uma um cristal que compunha um rico colar para as árvores das quais se dependuravam. O riacho que tangenciava a propriedade estava completamente congelado, firme o suficiente para que se andasse sobre ele sem medo de quebrar o gelo, e, na frente dos portões do palacete, dois homens os esperavam a pé: um cavalariço e um homem mais bem-vestido, quase tão branco quanto Lorde Destrian, e mais velho.

O cavalariço imediatamente ajudou Nor a descer do cavalo, antes mesmo de ajudar seu senhor, mas o outro homem lançou um olhar questionador a Lorde Destrian que Nor fingiu não notar. Lorde Destrian devolveu-lhe um olhar duro, confiante, que dizia "não me questione, falaremos sobre isso mais tarde". E foram guiados para dentro da propriedade.

O Palacete Águaclara era exatamente igual ao que vira nas memórias de Lorde Destrian, um belo lugar onde ele e sua irmã, a falecida rainha, haviam crescido juntos. O sol estava a pino, mas tão escondido entre as nuvens cinzentas que seu brilho equivalia ao de uma vela à noite. No mormaço, o palacete de pedras do rio parecia ter luz própria, os vitrais pintados produzindo sombras coloridas no átrio. A propriedade se estendia até onde os olhos de Nor podiam alcançar, e ela nunca tinha visto lugar mais belo, nem mesmo o grande e escuro castelo de Viira em Monterubro. Pensou em sua verdadeira casa, o pobre casebre de madeira, e desejou tanto que a mãe estivesse lá para ver onde estava que doeu. Ros teria gostado dali.

— Seja bem-vinda, minha Rhoesemina — sussurrou Lorde Destrian, enquanto a guiava para dentro, uma das mãos na parte inferior de suas costas.

Seguiam o castelão que os recepcionara, Lorde Fyodr. Lorde Destrian havia garantido que explicaria tudo a ele uma vez que as coisas tivessem se assentado.

O cavalariço e os espadachins de Lorde Destrian percorreram uma estrada estreita, descendo a margem do rio em direção aos estábulos, e Nor quase gritou que a esperassem, que deixassem que ela os acompanhasse. Embora cansados, eles se divertiam como meninos aproveitando os últimos minutos da liberdade antes de voltar para casa depois das brincadeiras na rua, e Nor achava que a companhia deles era muito mais adequada que a de dois lordes. Mas lá estava ela, seu vestido de veludo e a capa vermelha arrastando atrás de si, os olhos cansados e a boca ainda aberta em um atordoamento infantil, andando em direção a um castelo que ameaçava engoli-la. Tão pequena ela era, e a propriedade, tão grande. O dia se dissolveu ao seu redor como se a evitasse — a realidade não a alcançava, não ali, e Nor estava mergulhada em um sonho frio.

* * *

Pela janela, Nor via mais sol do que mundo quando despertou na manhã seguinte, confusa e atordoada. A claridade invadiu a câmara, violenta e intrusa, forçando-a a acordar. O brilho matutino àquela altura do inverno logo na sua primeira manhã em Gizamyr parecia uma espécie de presságio divino.

Levantou-se devagar. As criadas de Lorde Destrian haviam trançado seu cabelo e a vestido com uma camisola branca na noite anterior, felizes por poderem auxiliar em tarefas longe da cozinha e dos penicos. Eram todas risinhos e olhares furtivos, porque o lorde ainda se recusava a fazer qualquer anúncio, e, por isso, julgavam que Nor era uma espécie de cortesã.

As memórias do dia anterior, distantes como num sonho, vieram. Lembrou de um banho quente, com perfumes, velas e óleos especiais, todos os cheiros doces e suaves, tão diferentes dos cheiros fortes e vivos de sua terra; lilases, baunilha e incensos, gentis às narinas, no lugar das tangerinas e do cravo tergarônios. Depois, o jantar, o glorioso jantar na suntuosa mesa de mogno de Lorde Destrian, compartilhado por seus filhos e por Lorde Fyodr e sua família, no qual o pudor parecia ter deixado completamente o recinto, e os olhares e sussurros direcionados a Nor eram descarados. As memórias da carne quente e tenra e do vinho doce na sua língua, a melhor refeição que tinha feito em toda a vida, e, depois, um copo quente de leite de cabra para mandá-la para a cama — não sozinha, não. Lorde Destrian havia enviado uma moça para acompanhá-la, uma das filhas de Lorde Fyodr, e colocado um guarda à sua porta para protegê-las.

Norina havia dormido como nunca antes, cansada da longa viagem até Gizamyr, e agora despertava; era o começo da manhã. A filha do castelão ainda dormia no catre aos pés de sua cama, como um cachorro de guarda, os cabelos castanhos tão pálidos quanto madeira velha e seca. Ela, assim como todos os gizamyrianos, tinha pouca cor. Tudo neles era de uma discrição tão impecável quanto os próprios dias de inverno, apologéticos e claros, quase translúcidos, como nuvens se desmanchando em um céu de primavera. Ao mesmo tempo, no entanto, afiados como estalactites, faltando aos seus rostos a suavidade de cílios escuros — fazendo com que seus olhos sempre parecessem alertas, arregalados — e a familiaridade das peles escuras que exalam calor.

E havia, é claro, o palacete. Ah, a grandiosidade do lugar tornava sua locação reclusa ainda mais suntuosa, a própria existência ridicularizando a criação de Nor naquele casebre pequeno e miserável do outro lado do mar. Quantas dezenas de torres brancas despontavam dele, elegantes e orgulhosas? E o grande átrio com a fonte e as esculturas lupinas, a hera escalando as pedras de rio, culminando nas janelas envidraçadas e formando nas sombras coloridas estranhos padrões, nós e desenhos projetados lá embaixo, onde brincavam as crianças de Fyodr e os bastardos favoritos de Lorde Destrian. Do lado de dentro, cada parede cheia de regalias e quadros ancestrais e novos, e, em destaque no vestíbulo antes da sala de jantar, o retrato da moça que aparecera nas visões do lorde: sua irmã, a rainha, solene, séria e bela. O burburinho do rio correndo e dos pássaros piando e mergulhando para beber água, enchendo os ouvidos de Nor em todo corredor, todo quarto, e os barulhos da floresta, além dos estábulos, a mata particular de caçadas de Lorde Destrian com as presas tão barulhentas que pareciam estar jogando-se às flechas, convidando o lorde a capturá-las. Aquele esplêndido, soberbo castelo do qual Nor agora era convidada de honra; ela, a pequena Indomada criada por uma mãe pobre e cansada que nunca tinha feito nada além de sobreviver — e que agora precisava dela para tal mais do que nunca. Ela não merecia tudo aquilo; não merecia que seus olhos fossem presenteados com tal beleza, nem que seu corpo fosse envolto pelas roupas ricas que lhe davam para vestir, nem que seus ouvidos recebessem palavras gentis de servos do falso tio. Ela era uma impostora, mas, pior do que isso, era uma besta. Todos eles eram. Não percebiam? Não mereciam luxo, e sim fogo para limpar suas almas. E no entanto, ali estavam, naquele mundo gelado, fingindo que mereciam o que tinham, e começando a trazê-la para o seu universo grandioso e assustador.

Fora sortuda o suficiente para ter um teto sobre a cabeça e uma pessoa que a amava, uma pessoa que podia chamar de mãe; sempre soube que os Deuses desaprovavam e que não era merecedora. Como poderia acostumar-se com a grandeza do seu novo mundo, ainda que fosse uma situação temporária? A culpa a consumia, de dentro para fora. Sentia-se pequena e descabida. Sentia-se queimar, o peso em sua consciência ardendo em chamas dentro de si, de dentro para fora. Sentia-se...

— Quem é você?

O resmungo fez Nor dar um salto, cruzando os braços sobre seus seios de menina, visíveis sob a camisola naquela luz.

— Perdão? — disse ela, virando-se para a filha de Fyodr.

— Pode falar, estamos sozinhas agora. — Bocejando, a menina sentou-se. Os cabelos desordenados lhe davam um charme infantil e a faziam lembrar da princesa Gilia.

— Sou uma convidada de Lorde Destrian — respondeu Nor, aproximando-se. A menina queria mais detalhes. — Não acho que ele queira que eu me apresente, não ainda...

— Eu vi a sua capa — disparou a menina, num tom acusador. — Você é *ela*, não é? Papai me disse que era uma impostora, mas eu não acredito nisso. Me dê a sua mão.

A menina levantou-se aos tropeços, as mãos esticadas, *deixe-me ver, deixe-me ver*. Nor retraiu-se, dando um passo para trás.

— Lorde Destrian explicará tudo.

— O que há? É algo que não quer que eu veja? Porque eu já vi coisas bem ruins dentro das pessoas. Está tudo bem, de verdade. — Ela arfou, tendo uma ideia, e seus olhos esverdeados se arregalaram. — Ah! Não me diga que se lembra da morte da rainha! É essa a memória? Mirah está mesmo morta? Ou vive, e estava escondida, como você? Onde ela está?

Nor virou-se de costas, indo em direção à porta.

— Lorde Destrian explicará — repetiu. E realmente esperava que fosse verdade.

Correu para fora do quarto, tropeçando na barra da camisola, e virou o corredor para não ser seguida. Ninguém havia se dirigido a ela no dia anterior, tratando-a como se não passasse de um objeto curioso a ser observado, e, à noite, quando estivera sozinha com a filha de Lorde Fyodr, fingira estar dormindo até o momento em que realmente caiu do sono, para evitar ter que mentir para sanar seus infinitos questionamentos. Agora, no entanto, não seria poupada de perguntas; a curiosidade dos outros não permitiria que guardasse seu silêncio.

— Agora é tarde demais para fazer qualquer coisa, Destrian. O senhor deveria...

Nor ouviu a voz masculina vinda de trás de uma das portas de madeira maciça; era apenas um pouco mais alta que um sussurro.

Não deveria; sabia disso assim que se aproximou, mas não pôde evitar. Identificou rapidamente de onde vinham os sussurros e encostou-se na parede ao lado da porta, para escutar melhor.

— Deveria tê-los legitimado há anos, é o que quer dizer. — Era a voz de Lorde Destrian. — Lorde Wymar, sabe que tentei, mesmo que tenha custado meu orgulho, mas o rei se recusa a me ouvir a cada vez que peço.

— Meu filho faria tudo pela sua Casa, Lorde Wymar, o senhor sabe disso assim como nós. — A terceira voz era feminina. — É a família real que nos impede de nos proteger. Estão constantemente nos boicotando, lançando boatos, impedindo que formemos alianças e prejudicando as conexões que já existem.

— Não é possível — retrucou Lorde Wymar. — Não há nenhum primo distante? Nenhum parente, em parte alguma?

Houve alguns segundos de silêncio e depois Lorde Destrian falou, com cautela:

— Há os parentes de Norina.

Nor congelou.

— Destrian — pediu Lady Grissel.

— Não, mãe, deixe-me contar ao lorde Wymar; sabe que eu teria dado todas as minhas terras a ela, antes do cerco. Sabe que eu teria lhe dado o mundo. E agora... bem, é justo que seus parentes as tenham, quando eu morrer. Ela tem família no sul, Ma; moram com algum conforto, mas também com modéstia. Seriam felizes aqui, e tenho certeza de que não se importariam em abrigar meus filhos.

Uma família... no sul? Do que ele estava falando? Quem eram aquelas pessoas?

— Não. Não, Destrian, sabe o que eu penso sobre isso. Sabe o que eu pensava sobre... *ela*. Perderemos as terras antes de a entregarmos na mão de sua família, e essa é a minha palavra final.

— Devo concordar com Lady Grissel, Destrian. O senhor poderia deixar um caos ainda maior para trás se entregasse Águaclara nas mãos de uma família sulista. Recomendo que a deixe nas mãos de uma das famílias vassalas à Casa Delamare por meio de um decreto, e torceremos para que não haja disputas. Só há uma certeza: se não houver decreto algum, haverá uma batalha por Águaclara.

— Isso é uma questão para muitos anos ainda, Wymar. Não me faça pensar que veio até aqui para assegurar que sua família seja a vencedora da disputa.

— Insulta-me, milorde. De modo algum! — Nor pôde ouvir uma cadeira sendo arrastada. — Quero somente garantir a segurança do senhor e do restante do vale. Veja, seu nome é cada vez mais arrastado pela lama dentro da corte, e a lealdade dos seus vassalos está se movendo para a casa Starion rapidamente. Estão ganhando força a cada dia que passa. Em pouco tempo, eles não o respeitarão mais, e será o fim da Casa Delamare. — O homem sussurrava agora. — Se não resolver a situação de sua sucessão, Destrian, haverá uma disputa feroz pelas suas terras, e então o caos se instalará no vale; mas, se tiver um sucessor para limpar o seu nome e assegurar a estabilidade de sua casa, talvez venham a respeitá-lo novamente.

Nor ouviu Lorde Destrian suspirar.

— Não deixarei que tomem a minha casa. Evitei pensar nesta possibilidade por anos, mas, se for necessário, para proteger meu nome e minha família, eu... me casarei de novo. Norina me odiaria por isso, eu sei, porém me odiaria mais ainda se eu perdesse tudo o que jurei defender. Terei herdeiros legítimos. O que for preciso para assegurar a segurança dos meus filhos bastardos e da minha Casa.

Houve novamente um instante de silêncio.

— É tarde demais para isso também, milorde. Há um boicote por parte da coroa para impedir o seu casamento. Nem as moças do mais baixo escalão aceitarão se casar com o senhor até que o rei e a rainha parem de espalhar boatos e aterrorizá-las com ameaças. Um companheiro, um rico comerciante, me ofereceu a filha quando minha esposa faleceu há três meses, e, quando a recusei, perguntei por que o pai dela não tinha tentado oferecê-la ao senhor antes, que vivia sozinho. Achei que ele me diria que ela não estava à sua altura, mas era justamente o contrário. "Não entregarei minha única filha nas mãos daquele lunático", foram essas suas palavras; "as Luas sabem que ele só integra o conselho real para que aparente ter uma relação de cordialidade com a família que matou sua irmã, mas o rei o odeia, e a rainha também. Se eu a fizer se casar com Destrian, ela será punida em todos os círculos sociais. Será tão odiada quanto uma cortesã vulgar". A menina, por sua vez, disse: "Há fantasmas em Águaclara" e explicou que não seria feliz vivendo aqui.

— Ora...

— São as palavras deles, milorde, não as minhas. O problema é que todos já desvendaram tudo antes do senhor. Se tiver herdeiros legítimos, sua Casa sobrevive e a situação é controlada. É o caos que eles querem, o caos enfraquece o norte.

— E se eu lhe dissesse, Lorde Wymar — começou Destrian, devagar —, que eu tenho, sim, um herdeiro?

Nor ouviu os passos de alguém no início do corredor e teve que se afastar para evitar ser flagrada, caminhando na direção oposta. Era uma criada de Lorde Destrian, que tocou seu ombro e a guiou de volta aos seus aposentos, inconformada com suas vestes nada modestas. Nor, que tinha crescido apenas na companhia da mãe, não sabia o que ela queria dizer. Logo aprendeu que não deveria deixar a câmara de camisola e que deveria tocar o sino ao lado da cama para ser atendida por uma das aias.

Foi trocada e penteada, e, depois do desjejum, avisaram-na que Lorde Destrian desejava vê-la.

Os filhos de Lorde Destrian não podem herdar seus títulos e suas terras porque são todos bastardos, pensou ela. *Mas Rhoesemina é sua sobrinha; se estivesse viva, poderia salvar a Casa Delamare, a Casa de sua mãe e de seu tio.*

Se estivesse viva...

Até onde Lorde Destrian sabe, ela está.

Mas não era Lorde Destrian quem desejava vê-la, não de verdade. A aia entregou-lhe a ele no topo das escadas do átrio, e o senhor de Águaclara lhe ofereceu o braço, guiando Nor escadaria acima até uma das torres mais altas. Ele havia contado a ela o que pretendia fazer, e seu estômago tinha se revirado de nervoso: era a hora de conhecer Lady Grissel Delamare.

— Entre, pequenina, eu não mordo.

Nor escutou a voz antes de poder vê-la e se enganou terrivelmente na primeira impressão. O timbre dela era suave e fraco, mas, quando a porta da câmara foi aberta completamente, o que esperava do outro lado era, em todos os sentidos, oposto à voz que a pertencia.

Lady Grissel era uma senhora de sessenta anos que, no entanto, não tinha a fragilidade como marca dos invernos que atravessara. Pelo contrário, sua face enrugada e branca era dura, e os ossos sob as sobrancelhas quase inexistentes eram duros e baixos como os de uma coruja zangada. Seus olhos eram grandes e questionadores, muito azuis, e a boca, uma linha comprimida e seca, que não exibia o sorriso que se esperava pelo seu tom de voz. Seus cabelos longos e completamente grisalhos eram penteados por uma jovem aia, enquanto Lady Grissel se ocupava de despetalar uma flor de marzipã, comendo-a pétala por pétala, muito devagar.

Não era difícil enxergar o lobo dentro dela.

Nor se aproximou, intimidada pela presença daquela mulher. Enganá-la seria uma tarefa impossível; Nor esperava que Lorde Destrian pudesse ser mais persuasivo que ela, pois não via como trazer memórias antigas em sua mente funcionaria para convencê-la, como tinha acontecido com ele.

A velha senhora a encarava sem pudor, seus olhos de safira examinando Nor, que, desconfortável, procurava qualquer outro canto do quarto para olhar. Não sabia onde pôr as mãos, o que dizer. Deveria fazer uma mesura? Beijar a sua mão?

Mas a senhora apenas inclinou a cabeça, piscando inquisitivamente.

— E quem é você, jovenzinha? — disse ela, na sua voz firme e suave.

Lorde Destrian foi para o lado de Nor, pousando as mãos sobre seus ombros.

— Ma... Não a reconhece? — indagou ele. Sua fé em "Rhoesemina" era inabalável; ele confiava cegamente que sua mãe, Lady Grissel, pensaria o mesmo assim que visse a menina. Nor, no entanto, era mais prudente, e não tinha tanta certeza de que isso fosse possível; baixou, portanto, a cabeça, antecipando o fracasso.

Isso nunca funcionaria.

Lady Grissel não se abalou com a pergunta do filho.

— Eu deveria? — indagou, mastigando a última pétala. — Não, criança, levante a cabeça, deixe-me vê-la. Venha até aqui, pelas Luas, parece um animalzinho assustado!

Ela fez um sinal para que Nor se agachasse, e a garota obedeceu, ajoelhando-se ao lado da cadeira de Lady Grissel e ficando na altura de seu olhar. A mulher tomou o seu queixo em uma das mãos com uma aspereza hábil, os dedos melados de açúcar, e ergueu seu rosto a fim de vê-la na luz. Virou-a de um lado a outro, inspecionando o formato ossudo das bochechas, as orelhas vermelhas, a cor dos olhos. Depois, soltou um resmungo, retorcendo a boca fina em um sorriso, e soltou-a, erguendo as sobrancelhas para seu filho e suspirando longamente.

— Um dia, querido, perceberá que sua velha mãe não caminhará por esta terra para sempre, e, então, se arrependerá de todas as vezes que brincou com o seu coração.

Nor se levantou, afastando-se. Olhou para Destrian: o lorde esfregava a testa, suspirando.

— Ma...

Lady Grissel, no entanto, já tinha engolido o sorriso e pedia assistência à sua aia para se levantar.

— É por causa dela que se humilhou na frente de Lorde Wymar, e que está disposto a se humilhar na frente de todo o norte, de toda Gizamyr? Você é tolo, meu filho, *tolo*, e sinto todos os dias pela morte de sua irmã. Se Mirah estivesse aqui para guiá-lo, nunca teria se entregado aos sentimentos dessa forma. Ela teria colocado algum juízo nessa sua cabeça oca, coisa que eu nunca consegui fazer. Teria o tornado mais esperto, menos suscetível aos golpes desses plebeus ambiciosos. — A aia apoiava seu braço, ajudando-a a sair do quarto. A mulher parou e dirigiu-se a Nor desta vez. — Você se parece com ela, minha criança. De fato, se parece muito com a minha filha, e com a mulher que a filha dela se tornaria... Diga-me: quanto a pagaram para falar bobagens a Lorde Destrian? Uma moeda de prata? Duas? Darei a você cinco moedas de ouro para voltar para os seus pais e não dizer nada sobre o que viu e ouviu nos últimos dias.

Nor sentiu-se ofendida. Olhou Lorde Destrian, esperando que ele a defendesse, mas o senhor de Águaclara tinha o olhar perdido para além da janela, uma tempestade formando-se nos olhos claros e nos dentes bem cerrados. Cabia a Nor sua própria defesa.

— Não vim por dinheiro, milady — respondeu ela, flexionando os dedos. Não acreditava ter sido tão insultada. — Vim do outro lado do mar com a princesa Gilia Viasaara.

Explicou como tinha se dado a viagem e contou como Destrian a tinha descoberto. Ao fim do relato, sentia-se tão cansada quanto nos momentos em que vivera todas aquelas coisas, e, sem pensar no que estava dizendo, acrescentou, o coração pesado com a veracidade das palavras que não tinha ousado proferir até o momento:

— Só quero ir para casa.

Lady Grissel hesitou, gesticulando para que a aia que a ajudava fizesse uma pausa, e espiou Nor de cenho franzido, como se a visse pela primeira vez.

— Veio de Tergaron? — perguntou.

Nor confirmou. Sua confissão trouxe lágrimas aos seus olhos, e ela resistiu ao desejo de esconder seu rosto, erguendo o queixo e forçando-se a encarar Lady Grissel. *Só quero ir para casa*, dissera ela, e nunca tinha proferido uma frase que resumisse tão bem o seu anseio. Seu coração pulsava com o desejo de estar de volta na velha cabana na floresta, cada batida enchendo-a de uma saudade mais intensa. Passara tanto tempo querendo deixar aquelas paredes, mas agora sentia falta delas protegendo--a; como sua mãe havia garantido, aquele mundo era hostil com os que se aventuravam por ele, e Nor não queria experimentar mais daquela crueldade.

Mas os Delamare tinham interpretado a frase de outro modo: para eles, era o que uma princesa afastada de sua terra natal diria, não uma menina que sentia falta da mãe e do reino onde fora criada. A sinceridade dolorosa de Norina não deixava espaço para nenhuma desconfiança. Acuada como um bicho, ela já tinha provado não ser boa atriz quando se aproximou de Lady Grissel. Sua comoção não poderia ser nada além de sincera.

Lady Grissel lançou um olhar a sua aia, dispensando-a com não mais do que uma piscada dos olhos bem azuis. Quando a moça saiu do quarto, Lorde Destrian pôs-se a andar ao redor da velha mãe, as mãos atrás do corpo, e, como se lançasse um argumento inquestionável, ergueu a voz alguns tons acima do que previa o decoro e disse:

— Ela tem a capa, senhora minha mãe. O manto vermelho de Mirah. O brocado exatamente do jeito como nos lembramos, nenhum ponto fora do lugar, nenhuma linha num tom diferente. Exatamente o tecido que papai, que as Luas o tenham, encomendou. Eu reconheceria o trabalho do tecelão que o falecido senhor meu pai contratou em qualquer lugar; ninguém além dele faz meus mantos.

Lady Grissel observou o filho por um instante, sua expressão tão indecifrável quanto à de uma estátua de mármore. A menção ao marido fizera seu rosto endurecer-se ainda mais, fechando-a para sugestões absurdas. Ela cerrou os olhos, balançando a cabeça.

— Qualquer endinheirado é capaz de fazer uma réplica — retrucou, andando de volta até sua cadeira. Seus passos eram lentos, mas a postura era impecável. Ela já ouvira discursos similares antes, vira moças como Nor antes; seria preciso muito mais para abalá-la.

Destrian riu.

— Ah, você julga essa menina uma endinheirada? — Ele fez um gesto na direção de Nor, os olhos arregalados em euforia. — Por favor, conte à minha mãe em que condições foi criada, senhorita.

Grissel Delamare fez uma careta, comprimindo os lábios, de uma maneira que mostrava ao filho que, apesar de contrariada, estava disposta a ouvir o que ele tinha a dizer. Recolheu as saias e tornou a se sentar, oferecendo a Norina a cadeira ao lado.

Aquela senhora severa mantinha os olhos espertos, seguindo Nor a cada movimento. Era alerta e inteligente, e o pior de tudo: cética. Sua mente já tinha decidido não acreditar em Nor, e, por isso, estava mais do que apta a identificar e derrubar quaisquer mentiras que ela tecesse. Então, Nor, relutante, decidiu contar a verdade.

Contou que não conhecera seus pais, mas que fora criada por uma boa moça Domada em uma vila ao norte de Tergaron, próximo da capital.

— Não tínhamos muito, mas tínhamos uma à outra — disse Nor. — E isso sempre foi o suficiente.

Lady Grissel pegou outra flor de marzipã no prato ao seu lado, e, concentrando-se nela, perguntou:

— E quando deixou de ser?

— Perdão?

A matriarca pousou o doce, e seu olhar frio atravessou o peito de Nor como uma estaca de gelo.

— Abandonou-a para vir até nós e tentar nos convencer de que é Sua Alteza Sereníssima. Obviamente, a mulher que a criou deixou de ser o suficiente para você.

Lorde Destrian não tentou defendê-la dessa vez. Cruzou os braços, olhando-a com a mesma curiosidade da mãe.

— De modo algum! — defendeu-se Nor, sentindo-se insultada. — De fato, foi por ela que vim.

— Ah? — Lady Grissel ergueu as sobrancelhas, mordiscando sua flor de marzipã.

Saber do rapto de Ros prejudicaria o relato de Norina e faria vir abaixo todo o propósito de sua missão em Gizamyr. Não deveria, de modo algum, insultar a Rainha das Rainhas, fazendo os gizamyrianos terem uma impressão ruim dela. Por isso, disse apenas:

— *Ahma* foi um incentivo necessário para que eu finalmente partisse em busca da verdade. Se ela não estivesse na minha vida, talvez eu tivesse me conformado em crescer escondida de Domados durante todo o tempo, sem saber de onde vim e sem nenhum interesse pela minha ascendência. Sou grata a ela por ter me dado a vida que conheço, mesmo que não tenha sido confortável ou com o mínimo dos luxos que encontro deste lado do mar.

— Está dizendo, pelo que eu entendo, que foi sua *ahma* tergarônia quem colocou essa ideia esdrúxula na sua cabeça, que poderia ser a nossa Rhoesemina? — Lady Grissel inclinou a cabeça, a luz do sol que entrava pelas grandes janelas refletia nos cabelos grisalhos como aço polido.

— Não, de modo algum. Minha *ahma* nem desconfia do que acontece fora de Tergaron e tampouco tem interesse. Ela tem uma certa... ignorância camponesa e teima em não receber qualquer tipo de educação — declarou com suavidade.

— E não a senhorita?

— Eu tenho sangue de lobo, milady; a ignorância para mim seria um presente bem-vindo.

Com essa declaração, Lorde Destrian gargalhou, pousando uma das mãos sobre o ombro de Nor.

— Com certeza se faz feroz como um lobo, criança! Diga-me se não é como se Mirah estivesse de novo entre nós, Ma! Ela é exatamente como a mãe!

Lady Grissel ignorou o comentário. Em vez disso, perguntou se Nor tinha descoberto a própria ascendência.

— *Saa*, milady. Há poucas semanas, me dei conta de quem era. — Foi a primeira vez que mentiu durante todo o relato e sentiu as bochechas queimarem. Olhou para baixo; seus olhos não convenceriam Lady Grissel, mas talvez tivesse mais sorte com a voz. Não podia por tudo a perder; não podia arriscar a vida da mãe. Mudara em partes a história, mas ainda tinha de se passar por Rhoesemina. — Ros me encontrou no litoral de Tergaron com a capa ao redor de mim, e a escondeu para que eu não perguntasse nada que ela não soubesse responder. Mas eu a descobri há algumas semanas e, no mesmo instante em que a vi, as memórias de minha infância, da minha *ahma*, vieram à tona, como se estivessem sufocadas por muito tempo. Escondida, fiz a viagem até Monterubro e consegui uma audiência com a rainha Viira, que permitiu que eu viajasse para encontrá-los, junto com a princesa Gilia, que também tem negócios a resolver por aqui.

Lorde Destrian sorria de orelha a orelha, como um bobo. Andou com passos largos até a mãe, ajoelhou-se diante dela e pegou suas mãos.

— Então você entende, Ma? — Entusiasmou-se. — Entende como pode ser verdade? Aqui está ela, Rhoesemina, como sempre esperamos que viesse, mais bonita do que esperávamos e mais forte também. Tem o nosso sangue, mãe, isso está claro. Mostrou-me coisas que eu há muito não lembrava... mostrou-me Mirah! Ela se lembra, Ma, realmente se lembra, e mesmo que não tenha presenciado as coisas que me mostrou, por não ter caminhado neste mundo antes de as catástrofes acontecerem, viu

Mirah na minha mente e imediatamente soube quem ela era. Soube que era a mãe dela e a identificou em cada uma das memórias que eu tinha. Diga-me, Ma, se essa não é nossa Rhoese! Diga-me se essa menina, que trouxe a capa vermelha sobre os ombros, os olhos do pai e os cabelos da mãe, e que nos fala com tanta reserva, assim como fazia o avô, não é nossa Rhoesemina!

Lady Grissel respirou fundo.

— Está se precipitando, Destrian — murmurou ela, lançando-lhe um de seus olhares gélidos. — Cuidado...

Mas nos seus olhos havia um brilho que não estivera lá antes, um brilho que Nor não deixou de notar. Sentiu um aperto no peito: ela nunca mentira antes daquele dia.

Ah, se eles soubessem a verdade, pensou ela, *se soubessem que a princesa e a rainha dormem pela eternidade nas catacumbas de Monterubro!*

Ela continuou, o coração acelerado:

— Não posso forçá-la a acreditar em nada, Lady Grissel, e não posso provar minha ascendência porque eu mesma nunca falei com a mãe que me carregou no ventre. O que posso fazer é jurar-lhe, perante aos Deuses tergarônios e às deusas-Lua, que minhas intenções são verdadeiras e das mais puras. Não há malícia em meu coração, eu juro à senhora.

— Se o que você diz é verdade, criança — respondeu a matriarca dos Delamare —, não tem nada a temer. E não vai se importar de passar por uma provação ou duas, para que não haja incertezas.

— Ma, eu realmente não acho...

— Cale-se, Destrian, não tem que achar coisa alguma. Primeiro, minha menina... Oh, como a chamavam naquele reino desprezível?

— Norina, milady — respondeu.

Lorde Destrian sorriu sob a barba amarelada.

— Veja, senhora minha mãe, é uma outra evidência...

— Bah! *Evidência*. Sua credulidade extrema o coloca em maus lençóis outra vez, meu tolo, tolo filho! Está pensando na dama de companhia de Mirah, não está? Na menina sulista, a estranha na corte. Lady Norina Lovell, sim, eu não esqueceria o nome daquela pobre criatura. Eu nunca soube quem a amou mais, você ou sua nobre irmã Mirah.

A menina sulista. Destrian dissera algo mais cedo para Lorde Wymar sobre a família sulista de Norina. Estivera se referindo a ela o tempo todo?

— Não pode estar me dizendo que é apenas coincidência que a *mãe de Mydred*...

— Tenha o mesmo nome que a criatura diante de nós? Sim, estou. Em vida conheci tantas Norinas que até tomei desgosto pelo nome. Certamente não se esqueceu de Norina Deverelle, a filha do intendente em Vilafria? Gostou muito de sua temporada no oeste, pelo que estou lembrada, e não me esqueço da existência de netinhos sulistas, gêmeos Deverelle que nasceram sete meses após o seu retorno a Águaclara, mesmo que você finja não se lembrar. Se estou certa, eles estão brincando no átrio agora mesmo, enquanto nos falamos. E essa mesma mãe de gêmeos tinha uma prima, Norina Coterel, que por sua vez tinha uma aia a quem chamavam Nor Selwyn, a vesga. — Lady Grissel balançou a cabeça. — Está tão desesperado para acreditar, meu pequeno ingênuo, que aceita qualquer informação como prova dessa sua fantasia.

Lorde Destrian tentou argumentar, mas foi imediatamente interrompido pela mãe. Lady Grissel voltou-se para Norina e, umedecendo os lábios, disse:

— Pois bem. Norina... Disse que as suas intenções são puras, e eu gostaria de dizer que acredito em você, mas a verdade é que já aceitei há muito a morte de minha filha e de Rhoesemina. Destrian agora me pede, e não pela primeira vez, que eu acredite que as Luas a pouparam e a trouxeram para mim, e eu não pretendo acreditar nisso. Nem um pouco; se estou lhe dando uma chance de provar é para mostrar a ele que estou certa e fazer com que desista dessa bobagem. Oh, Destrian, não resmungue como uma criança, você sabe que é verdade! Aceito, Norina, que talvez você realmente ache que é a princesa — disse Lady Grissel, com o rosto retorcido em descrença profunda. — É uma esperança natural vinda de uma camponesa que nunca conheceu os luxos de uma vida nobre, e almejar essas coisas não a torna uma pessoa ruim. O que não aceito é que Lorde Destrian acredite nessa bobagem.

Nor engoliu em seco, procurando por palavras que não vinham. Lorde Destrian tinha as bochechas vermelhas e o cenho franzido, como uma criança contrariada.

— Querida, pode tentar provar o contrário, se quiser, mas isso só lhe causará cansaço. Eu não serei convencida. — Ela suspirou. Estalava os dedos e concentrava-se nisso, como se lhe doesse erguer os olhos para Nor. — Deixe-me lhe contar uma história nada agradável, pequena.

Lady Grissel ajeitou-se na cadeira. Seu olhar era sóbrio, mas não duro e impenetrável como antes. Havia algo no jeito como a nobre senhora ajeitou-se, como se ela se preparasse para algo muito maior do que o simples relato de uma história. Ela suspirou uma, duas vezes; depois engoliu qualquer coisa que estivesse entalada na sua garganta — talvez os próprios medos — e piscou longamente, erguendo o pescoço comprido e cheio de rugas.

O brilho de algo conhecido correu diante dos olhos de Nor, fazendo-a estremecer e perder as primeiras palavras de Lady Grissel. Por um segundo, viu naquela cadeira uma mulher muito mais jovem, com longos cabelos loiros, coroados por lírios, caindo sobre o pescoço altivo e empinado como o de um cisne.

O cheiro de flores brancas invadiu suas narinas; Nor sentiu braços macios e quentes ao redor de si e teve vontade de chorar.

Ela queria ir para casa.

Só queria ir para casa.

Piscou com força e viu de novo a velha senhora, sem a coroa de flores, sem cor nos cabelos longos e espigados. Ela disse, sem notar qualquer alteração em Nor:

— No dia do cerco, estávamos no Trino, Destrian e eu. Escondíamo-nos no fosso, enquanto Mirah estava nos seus apartamentos com Rhoesemina e Jan; tinha insistido e gritado como louca para que nos escondêssemos, mas recusou-se a nos acompanhar, dizendo que deveria ficar ao lado de Rhoesemina, e nós não conseguimos fazer nada para convencê-la a se esconder conosco. Ainda ouço sua voz, clara como se sussurrasse em meu ouvido; ela dissera, teimosa, que antes de ser minha filha e irmã de Destrian era a rainha, e que nós, apesar de sermos seu sangue, éramos seus súditos e deveríamos obedecer a ela e respeitar o seu desejo de ficar ao lado de sua outra família. O que poderíamos dizer contra esse argumento? Ela estava certa, pelas Luas. Há muito tempo minha Mirah tinha deixado de pedir minha bênção e de beijar minha mão, ao menos em público. Nos últimos tempos era eu que fazia isso, dobrando meus joelhos para a criatura que havia saído do meu ventre, vermelha e furiosa como um animalzinho. — O leve traço de um sorriso passou pelo rosto de Lady Grissel. — Ela era *forte*, a minha Mirah. Ainda mais nos últimos tempos, quando tinha finalmente cumprido seu propósito como esposa do rei e lhe dado uma filha; a criança a transformara numa tigresa. Ela se fortaleceu. Antes abalada por qualquer vento que lhe soprasse o rosto forte demais, Mirah passou a ter coragem. Falava em viagens, falava em revoluções: "Por que minha filha não há de herdar o trono como rainha sem que haja um homem ao seu lado?", dizia ao pequeno conselho enquanto Rhoesemina dormia nos braços de alguma ama. "É assim do outro lado do mar."

"Ah, não posso lhe dizer quanto os ataques de seu gênio me preocupavam e quanto enfureciam Jan. Ele passou a visitá-la todas as noites, tentando desesperadamente fazer-lhe outro filho, um menino, dessa vez. "Se tivéssemos certeza de nossa sucessão, a senhora minha esposa não falaria tais bobagens. A cada qual o seu papel, é o que eu sempre digo, e talvez ela se dê conta disso quando gerar um herdeiro capaz de carregar o nome da família, e deixe Rhoesemina ser o que foi destinada a ser: a boa esposa de um bom lorde, e nada mais." Eu concordei, é claro, mas em um ano nenhuma semente vingou. E, a cada tentativa frustrada, os boatos sobre a... *potência* do rei se espalhavam. Jan ficava cada vez mais furioso e, quando ficava assim, o povo pagava por isso: era um ciclo maldito, esse. "Trabalham pouco se estão tendo tempo para boatos!", vociferava ele, e aumentava as horas de trabalho e os impostos. Enquanto isso, minha Mirah aceitava que não teria outro herdeiro e discursava sobre o que chamava de "direitos femininos" para o conselho, para os grandes lordes, para os súditos. E o desafortunado casal tornava-se cada vez menos popular.

"Veio, enfim, o dia do saque. Não posso dizer que não esperava por ele, depois dos meses de ira que se sucederam ao ano infértil de Mirah e Jan. Tudo por causa de um maldito filho, ó Luas cruéis. Como eu rezei para que os abençoassem com um varão! Mas quem sabe tenha sido melhor assim. Se Mirah tivesse engravidado e dado à luz outra menina, talvez tivesse sido ainda pior, de alguma maneira.

"Eu pensava em tudo isso quando ouvimos o rei gritar e, em seguida, cair; o som de um corpo tombando é um som que nunca se pode esquecer.

"Depois houve barulho demais. A multidão gritava em polvorosa, e eu rezava para a Mãe e para a Guerreira que poupassem minha filha — que necessidade tinham eles de matar uma rainha viúva, afinal, sem poder para reivindicar? Mas o lobo estava acordado, todos sentiam, e a ira do povo não podia ser contida. Essa era uma mulher que falava em reinar sem um homem ao seu lado, e o povo não arriscaria sua sorte.

"Era o solstício de verão, o Dia dos Deuses, e no dia seguinte comemoraríamos o primeiro aniversário de nossa Rhoesemina. — O olhar de Grissel estava perdido à distância e não havia traço de sorriso em seu rosto. — Mas até o dia seguinte, tínhamos muito a temer. O lobo em mim estava desperto, e eu podia ouvir, ali do fosso, os corvos gritarem no topo da mais alta torre do Trino da Alvorada, podia sentir o cheiro de sangue dos corpos no átrio. Eu rezava como nunca tinha feito antes, mas o povo tinha sede de sangue, e, você vê, no final suas vozes foram mais altas; foram os seus uivos que chegaram às Luas, foi o desejo do povo que Elas atenderam. Queriam minha filha morta e conseguiram."

— E agora os hipócritas choram em sua cripta — disparou Destrian com um tom ríspido. — São todos *um bando* de...

— Não creio que aprendeu a controlar o lobo em Tergaron, não é, menina? — interrompeu-o Grissel, e Nor teve que lhe dizer *não*. — Pois bem: você se torna ainda mais violenta do que o normal no Dia dos Deuses, não é verdade?

Nor estremeceu. Ela se lembrava da febre chegando aos seus membros, aquecendo seu sangue e a consumindo. Lembrava-se de ver seus olhos vermelhos no espelho, horrorizada, e da mãe perdendo o equilíbrio quando a empurrou. Dos seus braços ao redor dela, tentando acalmá-la. Lembrava-se de que ela havia dito uma palavra...

Uma palavra e ela se acalmara.

Ela havia dito...

— *Saa*. Eu sei como são os Dias dos Deuses — disse Nor, interrompendo os próprios pensamentos.

— Pois então sabe como agimos por impulso nesses dias, se antes não nos for ensinado como manter o controle. Sabe que às vezes arrepende-se de ações feitas no Dia dos Deuses. O povo do outro lado de Farkas Baso diz que somos animais. Não é verdade: somos dotados de uma sensibilidade que eles não têm, um poder de nos conectar no nível mais profundo. Foi um dom que as Luas deram a todos nós no início dos tempos, um dom que eles escolheram jogar fora para seguir uma mulher humana — quão fácil os homens são enganados pelas armadilhas da carne! Mas nós resistimos e mantivemos nossas almas incorruptas. Somos todos uma grande matilha; irmãos, porque somos filhos das Luas, dispostos a morrer para proteger uns aos outros. — Lady Grissel suspirou. — Mas nada vem sem um preço, e o nosso é o Dia dos Deuses. Povos de outros reinos adotaram essa data para celebrar *seus* Deuses, mas, querida, esse não é um dia de celebração. Esse é um dia para chorar às Luas por misericórdia. Para lembrarmos que são Elas que nos controlam e que Seus poderes são infinitamente maiores que nós e que foi por Suas vontades que minha filha e minha neta morreram nesse dia, há quase dezesseis anos. Elas guiaram as ações no saque do Trino da Alvorada, e a maioria dos gizamyrianos se arrepende de ter participado desse golpe, mas não podemos culpá-los por isso, por mais que Destrian — e até eu, admito — tenha esse desejo. O povo não estava agindo por livre-arbítrio, por mais que realmente estivesse insatisfeito com o governo de Jan e Mirah. — Lady Grissel voltou-se para seu filho, os ombros relaxando. — Fará bem em lembrar-se disso, Destrian, enquanto Norina estiver sob nosso teto.

O olhar de Nor disparou ao encontro do de Lorde Destrian, e os dois sorriram como crianças animadas.

— Ma, está dizendo...

— Não, Destrian, já lhe disse que não acredito nessa bobagem. Minha Rhoesemina está bem morta, disso tenho convicção. Estou disposta a acomodá-la conosco para que a proximidade com você e com os primos bastardos da princesa acabem por provar, com mais eficiência do que minhas palavras, que essa menina não tem o nosso sangue — declarou Lady Grissel.

O coração de Nor saltou dentro do peito, e Lorde Destrian falou por ela.

— A verdade virá à tona, mamãe — insistiu, aproximando-se da mãe. — Verá como ela fala como meu falecido pai. Como sorri do mesmo modo que Mirah. A convivência com sua família fará suas memórias aflorarem, e depois ela poderá mostrá-las para nós, e não restarão dúvidas.

Lady Grissel se acomodou na cadeira, resmungando.

— Isso veremos — disse ela, erguendo as sobrancelhas. — Por ora, Destrian, mude-a de quarto. Não quero que ocupe os apartamentos antigos de Mirah, e quando descobrir que ela é uma menina comum, sem uma gota de sangue real correndo em suas veias, tampouco você irá querer o cheiro dela misturado ao de sua falecida irmã. Trabalhamos duro para conservar aquela câmara do modo como foi deixada, e não desejo que seja feito de outra maneira. Coloque-a com as suas crianças e dê a ela as roupas dos criados.

— Isso é absurdo — protestou Destrian, balançando a cabeça.

— Isso é necessário para que ela prove que não é só uma pequena sanguessuga, querendo desfrutar da vida nobre — reforçou Lady Grissel. — Será suficientemente bom se ela se vestir com algodão, fizer uma refeição por dia ao seu lado, e nada mais. Pelo restante do dia pode comer pão e tomar leite com os criados e ajudar com as crianças. Estamos sendo bons com ela; sabe que é bem pior em outras partes.

Nor aproximou-se.

— Obrigada, milady. — E fez menção de tomar a mão de Lady Grissel para beijá-la, mas a senhora afastou-se, evitando que Nor a tocasse.

— Não me toque sem luvas. Nós de Gizamyr somos irmãos, sim, mas você foi criada do outro lado do mar. Não tenho nada a dividir com você.

15

A esperança de estrangeiros

Não havia nada honrado na maneira com que os gizamyrianos tratavam seus prisioneiros de guerra. Rolthan sangrava um pouco, mas estava bem o suficiente para andar, e suas feridas haviam sido meramente superficiais; tinha um olho machucado que começava a inchar e um corte mais ou menos profundo na bochecha que se transformaria em uma nova cicatriz, mas a armadura o protegera do resto. Ainda assim, não foi permitido que ele andasse com dignidade até a cadeia como um espadachim vencido; em vez disso, amarraram-no com cordas cheias de farpas e arrastaram-no por quilômetros até a cidade mais próxima. Lá colocaram-no numa carroça junto a mais uma dezena de seus companheiros, todos amontoados como animais, e fizeram o mesmo com todo o restante da tripulação do *Parva Fi'itroop* que não conseguiu escapar, ou que não ousava manchar sua honra fugindo.

Não adiantava o quanto ele gritava, cuspia e ameaçava, aqueles cavaleiros gizamyrianos não eram homens flexíveis. Rolthan não fugiria; tinha sido treinado para aceitar uma derrota com dignidade tanto quanto tinha aprendido a manejar uma espada — mas não aceitava um encarceramento injusto, especialmente não agora, não quando tinha viajado essa distância toda para achar Blayve. Quando aqueles homens desprezíveis puseram as mãos em seus braços de forma brusca e violenta, empurrando-o para fora da carroça e para dentro de uma masmorra úmida, ele gritou:

— SOLTEM-ME, SOLTEM-ME DE UMA VEZ! NÃO SABEM QUEM EU SOU, *DJAKARS*?

Mas a cela apertada foi aberta, o cheiro azedo de mofo e dejetos invadiu o nariz de Rolthan, e ele foi jogado para dentro de qualquer jeito.

Os cavaleiros gizamyrianos, dois homens extremamente brancos que lidavam com ele, estavam manchados de sangue da batalha; seus cabelos estavam desalinhados, mas os olhos não estavam vermelhos. Rolthan suspirou aliviado, lembrando-se de Blayve, lembrando-se do significado daquela cor. Não gostaria de ter que lidar com Indomados no seu pior estado.

Tinha visto Norina tentar atacar a *sharaani* Gilia, mas aquela não tinha sido a primeira vez que presenciara um ataque daquela espécie. Lembrava-se com clareza: ainda nos primeiros anos da estadia de Blayve em Eldalorn, a morte de seu pônei favorito o havia transtornado de tal forma que Blayve tinha sido consumido em revolta. Do mesmo modo que outras crianças chorariam, ele rugiu e bufou como um animal, jogando porcelanas caras na parede, avançando sobre os cavalariços e gritando como um louco. Parecia completamente transformado; numa tentativa de acalmá-lo, Rolthan se aproximara, e o pequeno Blayve o arranhara no rosto e o empurrara, fazendo cair para trás. Era como se não o reconhecesse.

Rolthan se lembrava desse dia mais pela dor de ver Blayve naquele estado do que pelo medo e pela dor resultantes do ataque. E também pelo medo de *perdê-lo*, já que a mãe ameaçara expulsá-lo mais de uma vez. Mas por fim, lembraram-se que era a vontade da rainha que Blayve permanecesse em Eldalorn, então ele foi mantido e incidentes como aquele se tornaram mais raros, tranquilizando a todos.

Rolthan bufou, recostando-se na parede e esfregando o rosto com as mãos sujas. *Blayve*. As memórias o afogavam tanto como a água da tempestade naqueles terríveis dias a bordo do *Parva Fi'itroop*, mas ele não conseguia ver o dia da bonança no horizonte. Se ao menos pudesse ver Blayve mais uma vez, por minutos que fossem... *Segundos...*

Saa, meros segundos compensariam as horas que teria de passar em seguida, preso no lusco-fusco, com fome, com dor e sentindo o fedor da própria urina. Não havia posição confortável para dormir, e assim nem seus sonhos podiam distraí-lo do tédio completo.

Horas se transformaram em dias e, embora os guardas o tivessem informado que iriam poupar sua vida, estava quase preferindo a morte a humilhação e desconforto que estava sentindo. Disseram que não o matariam, *saa,* mas em pouco tempo a própria condição em que se encontrava se encarregaria disso, previa ele.

Era impossível comer. Uma vez ao dia davam-lhe mingau ou água com pão duro, tão incrivelmente sem gosto ou passado que ele preferia jejuar.

Ele imaginou-se como um cadáver frio e fedendo a morte e excrementos, com moscas-varejeiras voando ao seu redor, sendo retirado da cela alguns dias depois de seu óbito, enfiado num saco de estopa e depois jogado numa fornalha, em algum lugar, para que nem mesmo seu corpo ocupasse espaço debaixo das terras gizamyrianas. Rolthan teve raiva de si mesmo. Ora, o que ele esperava? Que fosse marchar para dentro de Gizamyr exigindo ver Blayve e que fosse levado até ele?

Embora não quisesse admitir que tivesse sido tão tolo, subestimara a inteligência dos selvagens.

Rolthan suspirou, encostando a cabeça na parede de pedra. Ele não estava sozinho: havia um homem que dividia o espaço com ele, algum gizamyriano desertor, mas todas as tentativas de contato eram inúteis. Ele era velho, bem mais velho que Rolthan, e não dizia uma palavra. Passava metade do dia dormindo e a outra metade desferindo socos no ar e fazendo flexões, que seus músculos magros não aguentavam mais. Parecia lutar contra fantasmas. Ou talvez visse algo que Rolthan não via, com seus *olhos de lobo.*

Rolthan bufou.

O velho virou-se para encará-lo, o fôlego curto e os olhos estreitos, um punho erguido no ar e o outro junto ao corpo.

— O que é, rapaz? O que está resmungando? — disse, com um pronunciado sotaque gizamyriano.

Rolthan sobressaltou-se. Era a primeira vez que ouvia a voz do sujeito.

— Está atrapalhando minha concentração, estrangeiro nojento — xingou o velho. Depois pareceu reconsiderar, e baixando o punho, sentou-se, apoiando as costas na parede dura e suja. — Ah, para o inferno com isso, eu nunca terei uma chance, de qualquer jeito! Sabe lutar, estrangeiro?

Rolthan sorriu, arrogante.

— Desde que tive idade para segurar uma espada.

O velho riu, jogando a cabeça para trás.

— Posso saber o que é tão engraçado? — exigiu Rolthan.

— Não esse tipo de luta. O de *verdade* — explicou. — O tipo que precisa saber se quiser sair daqui.

Rolthan franziu as sobrancelhas. Sair dali?

— Pensei que a única maneira de sair daqui fosse com a cabeça separada do corpo — confessou ele, aproximando-se.

— Bem... De um modo, sim, se o crime foi grave o suficiente. Ou então para os campos de trabalho forçado em Balerno, no seu caso. É para onde a maioria dos seus é levada. — O velho fez uma careta, avaliando Rolthan de cima a baixo em vez de encará-lo. Ele tinha uma expressão desconfiada no rosto decadente, como se não tivesse certeza se deveria estar contando o que sabia para Rolthan.

— E os Indomados vindos de Tergaron? O que fazem com eles?

O velho rangeu os dentes.

— *Indomados*, ora... Os *homens-lobo* vindo de Tergaron não são bem-vindos. Ninguém vindo de Tergaron é bem-vindo; só os que nos trazem mantimentos, é claro, e até eles não ousam ultrapassar nossa orla. Homens-lobo tergarônios são tergarônios em primeiro lugar, e portanto, traidores. Submissos à puta de sua "rainha". Seus antepassados tiveram a chance de fugir de sua opressão e viver conosco sob as condições adversas dessa terra gelada, mas preferiram ficar, os covardes, vivendo escondidos como ratos. Não há lugar para gente como eles entre nós. São mandados para Balerno assim como os outros desertores e desordeiros... Mas não mortos, isso nunca. Já há poucos demais de nós.

Então é lá que Blayve está, pensou Rolthan, *Balerno*. Subitamente, estar preso não era tão ruim, se isso significava que seria levado para Balerno e encontraria Blayve.

— Que tipo de campo de trabalho?

— Minas, na maioria. Trabalho sujo para estrangeiros sujos. Eles nos chamam de "Indomados"... Bem, aqui domam-se desertores direitinho; ficam tão mansos quanto coelhos, se quer saber.

Rolthan não apontou para o velho que ele também era um desertor; resolveu que o mais prudente era ficar em silêncio, se quisesse saber mais.

— Não é trabalho fácil; a maioria morre depois de três anos, não mais. As minas são escuras e profundas, e só as Luas sabem o que há lá dentro; o meu velho avô era soldado dos Solomer em Pontagris, perto das minas, e com frequência levava novos desertores para lá. Disse que eles só descansavam quando desmaiavam de exaustão e só comiam quando algum dos guardas trazia pão embolorado em troca de rubis. Pode estar achando que é melhor do que a morte, mas espero que não seja tão tolo. Eu prefiro uma morte digna na arena.

Rolthan olhou para a parede oposta, evitando o olhar do velho, e maldisse a rainha Viira. Aquela vadia desprezível e sem coração! Para que destino havia enviado Blayve, sabendo muito bem que não poderia conseguir nada por intermédio dele?

Blayve, no entanto, tinha sido criado por Falks de Eldalorn e não era um homem fraco. Rolthan bem se lembrava de que o Indomado sempre fora melhor do que ele com a espada, mais ágil e mais certeiro nas previsões. Ele era forte e não morreria nas minas de Balerno, Rolthan sabia. Mas sabia que não poderia resgatá-lo se também virasse escravo.

— Há uma maneira de morrer com dignidade, depois de ser enfiado em um lugar desses? — perguntou Rolthan, gesticulando para mostrar à sua volta.

O velho riu baixinho.

— O torneio — respondeu. — Há um se aproximando e, se for corajoso o suficiente, poderá pôr seu nome na lista.

Rolthan sorriu, subitamente animado.

— Não morrerei em um torneio.

O velho suspirou, exasperado.

— Em um torneio tradicional, talvez até eu tivesse uma chance. Mas os prisioneiros têm de lutar contra cinco dos melhores lutadores da guarda real, todos vestindo as melhores armaduras e empunhando o melhor aço. Terá de enfrentá-los de mãos abanando.

Rolthan se levantou.

— Isso é ridículo.

O velho riu, encostando a cabeça na parede.

— Isso, meu caro, é Gizamyr.

— É impossível vencer um torneio em tamanha desvantagem. Se eu tivesse a minha espada, talvez desse conta dos adversários, com alguma dificuldade. Mas completamente desarmado...

— É por isso que eu chamo o torneio de uma chance de ter uma morte honrada. — O velho colocou um pedaço de palha na boca, tornando seu sotaque ainda mais difícil de entender. — Entra-se na arena com a luta já perdida, mas é, ao menos, uma demonstração de coragem. Isso se você não mijar nas calças na frente de toda a plateia, é claro. O rei se divertiria com isso, aquele velho sacana.

Rolthan lembrou-se de algo que seu pai havia dito: *Por que temer a morte? Tenha medo de viver, criança. Isso sim é difícil.*

Mas o que seu pai e o velho não entendiam é que ele não temia a morte, de forma alguma. A única coisa que temia era partir sem escutar a voz de Blayve mais uma vez. E isso não era motivo suficiente para tentar viver, mesmo que fosse uma ação suicida?

— E se a luta não estiver perdida? — perguntou Rolthan. — E se houver alguma chance de vitória?

O velho grunhiu.

— As Luas não concedem milagres a homens que rezam para falsos Deuses.

— Estou falando sério — insistiu. — É uma chance arriscada, um feito complicado. Mas não impossível.

— Não confunda arrogância com esperança, filho. Encare a luta como um suicídio honroso, tente fazê-la bem e fique contente por isso. Se quiser se preparar para a humilhação da derrota, ficarei feliz em lhe dar uns bons socos nesses seus dentes brancos.

Rolthan sorriu, se levantando. Não sabia se teria que viver nutrindo pequenas esperanças pelo resto de sua vida, mas estava satisfeito em fazê-lo se isso significava ver aqueles olhos estrábicos uma última vez.

Ele preparou os punhos e afastou as pernas, dobrando os joelhos levemente. Seus olhos se estreitaram, mirando o velho.

— Vá em frente — disse ele.

16

As mãos do mensageiro

Para a venerável e magnífica Viira Viasaara, rainha de Monterubro e de toda a Jergaron, protetora dos três vice-reinos, filha dos Doze Grandes, saudações de Lady Gilia, sua filha. Com desejos de uma vida imortal e sempre próspera, assim como a contínua propagação de seu glorioso reinado.

Admirável e para sempre amada mãe, da maneira mais baixa e humilde escrevo sabendo que sou indigna da sua abençoada maternidade. É constante a minha vontade de saber sobre o seu bem-estar e o seu bom governo, pelo qual peço dia e noite aos Doze para que cresça e enriqueça cada vez mais, se assim for o desejo de seu tão puro coração.

Informo-a da minha condição, porque sei que à senhora minha mãe, em toda a sua caridade e preocupação, pode agradar ouvir sobre sua filha mais velha. Minha saúde é abundante, benditos sejam os Deuses, e a marca de minha maturidade feminina vem regularmente, como minha tão amada mãe e eu rezamos para que assim fosse.

Adorada mãe, decerto já compreendeu que o principal propósito de minha humilde carta é informá-la da minha chegada ao reino de Gizamyr. Sabendo (como eu sei) que sua incomparável Graça está agora e para sempre ocupada no governo de seu sublime reino, não perturbá-la-ei com grandes descrições prolixas, pois este é o trabalho de um artista, e eu não sou mais do que uma pobre donzela, cega para as belezas importantes e analfabeta para as palavras que podem impressioná-la. Se for seu desejo, querida mãe, mandarei que uma gravura seja feita e enviada à senhora; nesta carta me limito a informá-la de um contratempo, para que não cheguem os falsos rumores aos seus ouvidos antes que possa saber a verdade.

Ouvirá sobre uma batalha que dizimou grande parte da tripulação do navio que me trouxe, venerável mãe, e que levou presa a outra parte. Não é calúnia, embora eu quisesse que fosse. Mas quando lhe falarem sobre ela, Grande Rainha, terá uma informação que faltará às más línguas: não foi a brutalidade dos soldados gizamyrianos que levou presos ou assassinou meus companheiros; tampouco foi a irracionalidade da tripulação inteira. A batalha se deu, gloriosa mãe, por causa de um marujo irracional que fez um comentário infeliz sobre o rei de Gizamyr, visão que, a senhora sabe, não partilhamos.

Mas não houve nenhuma ofensa tomada deles sobre mim, senhora minha mãe, e eu fui acolhida com a mais calorosa das recepções. Levaram-me com gentileza a um castelo ao norte do reino, para que aqui eu passe meu tempo até o dia de meu matrimônio. Paracriavel, eles o chamam. É um belo lugar, Gloriosa, com amplos jardins e um átrio espetacular, repleto de fontes e músicos. As flores amarelas no jardim me fazem pensar na senhora e nas cores de nosso estandarte. Sinto-me tão bem quanto em casa.

Outros rumores chegarão a você, amada mãe, como bem conheço as venenosas línguas dos maus mensageiros, de que a aliança do meu casamento foi desfeita definitivamente, para além de negociação. Peço que não lhes dê ouvidos, nem por um segundo. A menina que enviou serviu seu propósito lindamente e foi levada para morar com o tio da princesa na capital; ele é membro do conselho real, e, em pouco tempo, levará a questão do meu matrimônio para as reuniões, tenho fé. Ela é tímida e esquiva como um ratinho, mas é esperta também, e determinada. Um dia a verá agindo sobre o tio da princesa — o pouco que observei já foi o suficiente para que eu constatasse seus poderes de persuasão. Por meio dele, a menina terá acesso à corte, e ela sabe quanto o povo espera por sua princesa perdida. A palavra se espalhará e farão todas as vontades dela, senhora minha mãe, e sabemos que seu primeiro pedido será para que eu me case com o príncipe-herdeiro.

Se tudo correr bem, sagrada mãe, e se os Doze continuarem mandando suas bênçãos sobre mim, em questão de mês a aliança será selada, e eu cumprirei, enfim, meu propósito.

Que Iatrax, com sua infinita bondade, a abençoe hoje e sempre. Sua humilde filha,

Gilia Mirana dos Viasaara

Gilia soprou sobre a tinta para secá-la, dobrou a carta e selou-a, carimbando a cera com a serpente dos Viasaara, e entregou-a para a castelã, para que ela repassasse ao arauto. Logo suas palavras viajariam até a Rainha das Rainhas, e Gilia só poderia esperar que a acalmassem; a notícia não era de todo negativa, afinal. Era verdade que, por Gilia ser tergarônia e uma Viasaara, não lhe era permitido habitar o castelo de Lorde Destrian, o homem que autorizara sua entrada em Gizamyr, mas Nor havia insistido e ele concedera um espaço para ela em Paracriavel, o castelo de uma família vassala à sua. Logo, Nor viajaria à capital, conseguiria uma audiência com o rei de Gizamyr e o faria casar Gilia com o seu herdeiro, em troca do silêncio.

Sentou-se à penteadeira para analisar o rosto cansado. Não havia damas de companhia para Gilia no palácio, apenas um grupo de serviçais pálidas como leite que davam risinhos e esticavam os pescoços quando ela deixava sua câmara, o que não tinha acontecido muitas vezes durante os últimos dias. Arrumava-se para dormir sozinha porque sabia que a aia que estava no fundo do quarto tinha a cabeça baixa, mas olhos curiosos, e procuraria oportunidades de espiá-la.

Em Almariot, e durante sua infância em Tergaron, todos a olhavam com admiração e a chamavam de "a mais bela das princesas". Mas, aqui, os selvagens a olhavam com curiosidade desdenhosa, não com inveja; não se viam como inferiores de forma alguma, e isso confundia Gilia. Não sabiam quanto eram primitivos?

Estava certo que a imaginação de Gilia a tinha enganado. Pensava que encontraria pessoas correndo nuas e florestas intermináveis, choupanas reunidas em círculos e um castelo grosseiro, como fora nos tempos antes da Conquista. Mas estivera errada: as moças usavam vestidos e peles bonitas, e os homens tinham gibões ou armaduras, do mesmo modo que em Almariot ou Tergaron. Vira um bom número de castelos na sua viagem até o norte do reino, através da janela de uma boa carruagem, e eles eram firmes e belos, ainda mais grandiosos do que os de Almariot, embora fossem construídos com topos abobadados e cheios de arabescos, e não pontudos como as torres com as quais estava acostumada. O pessoal do castelo havia sido cortês e polido, embora ninguém tivesse se curvado ou a chamado de *sharaani*. Descobriu, em pouco tempo, que a selvageria deles estava bem escondida, e talvez por isso fosse ainda mais perigosa.

Ela se lembrava das palavras do tio da princesa Rhoesemina, que tinha tornado a Indomada sua protegida e aconselhado contra a sua hospedagem em Myravena, a capital de Gizamyr.

"Não é prudente", dissera ele, "não enquanto os ânimos do rei estiverem agitados como os ânimos de seus homens na batalha. Eu mesmo devo admitir, Lady Gilia, com todo o respeito, que sua presença me inquieta, assim como deveria inquietar a todo gizamyriano. É a reação natural, a senhorita deve entender. Por isso, enquanto resolvemos a questão da volta de minha sobrinha, deve manter-se longe dos olhos do povo".

E assim, com sua autoridade de membro do conselho, ele arranjara em algumas horas para que ela fosse levada para o norte, e lá estava. Aguardando, como tinha feito durante todos os anos de sua vida, pelo chamado para a corte.

Não demorará muito agora, ela garantiu a si mesma. *A espera mais longa já passou. A minha flor vermelha já desabrochou, e a senhora minha mãe encerrou sua busca pela impostora perfeita. É uma questão de tempo até que ela convença o rei a me aceitar na corte.*

Gilia sorriu para si mesma no espelho. Não demoraria muito. Sua hora estava chegando.

Ela tinha sorte e sabia. Tinha tanta sorte em ter nascido filha da Rainha das Rainhas, tanta sorte em ter nascido mulher, para assim poder trazer-lhe a maior das honras que um de seus filhos já havia trazido. Gilia se casaria com Aster Alleine, e os seus filhos seriam os primeiros humanos a ocupar o trono de Gizamyr. E depois, por protocolo, cederiam o poder à Magnífica, e ela enfim teria seu Grande Reino, como estava destinada, e todos glorificariam Gilia até o fim de seus dias.

Ela pensou em como as coisas poderiam ter sido diferentes se tivesse nascido uma comum e se tornado uma marinheira, como Anouk, e estremeceu.

— Lady Gilia? — A voz da aia era suave, mas mecânica; tinha ouvido Gilia do outro lado da porta. Era seu dever garantir o bem-estar da hóspede, mas a mulher não parecia genuinamente preocupada.

— Não foi nada — garantiu-lhe a princesa. — Memórias da batalha, só isso.

A aia andou até ela. *Tola, não deveria tê-la incentivado*, pensou Gilia, mas agora era tarde demais, e a aia se aproximava, entendendo a resposta de Gilia como um convite.

— *Saa*, deve ter sido realmente terrível. Agradeço às Luas que ninguém tenha se ferido gravemente. A Guerreira estava olhando pelos soldados, estou bem certa.

— É verdade que nenhum dos *seus* se feriu gravemente, mas minha tripulação teve baixas consideráveis.

— Sinto muito, milady.

— É realmente uma lástima — resmungou Gilia, irritada.

Era uma lástima. Anouk tinha sangrado até a morte, assim como pelo menos metade dos marujos, e ninguém tivera a decência de enterrar ou queimar os corpos. Quando estava partindo, Gilia olhou para a praia e viu os homens gizamyrianos atirando os corpos ao mar, enchendo as camisas dos marujos de pedras para que não voltassem a boiar. O restante havia sido mandado para as masmorras do Trino da Alvorada; nem os protestos de Lady Norina tinham conseguido safar seu companheiro, Sir Rolthan Falk. Com ele foram Sir Sevenster, em quem Gilia muito confiava, e o capitão, gritando e blasfemando muito.

Estremeceu novamente, olhando-se no espelho da penteadeira. Sentia o sangue frio se lembrando do que havia acontecido naquele dia.

Não devia pensar em coisas mórbidas assim. Estava a salvo. Estava bem.

Sim, estava bem, embora não pudesse deixar de se sentir culpada por todas aquelas mortes, por todo aquele sangue. Nunca tinha visto uma batalha, não uma de verdade. Presenciara os duelos cordiais entre seus irmãos e os torneios durante o Dia dos Doze, mas era a primeira vez que via homens lutando para matar, e a imagem não saía facilmente de sua cabeça. Sangue de todos os lados, pegadas vermelhas manchando a neve, os suspiros angustiados de Anouk e o nome do marido em seus lábios. A espada, frouxa em sua mão, e os dedos azulados, desacostumados com o frio. Seus olhos vidrados, e a última lágrima que verteu, não de tristeza, mas de dor, de puro sofrimento... Gilia gemeu com a lembrança. Não ia pensar nisso, decidiu, não *podia* pensar nisso.

Dispensou a aia assim que pôde. No geral, não gostava de estar sozinha, mas a companhia da serviçal era quase como estar na presença de um fantasma.

Já de camisola, apagou as velas e deitou-se na sua nova cama, fechando as cortinas. Nem mesmo tentou revirar-se ou fechar os olhos; estava desperta, completamente, e não tinha ilusões ingênuas de que conseguiria dormir em paz depois de ver o que tinha visto naquela praia congelada. Gizamyr era um país frio, e, além da lareira, tinham-lhe oferecido cinco cobertores de pele e lã, mas ela ainda tremia, acostumada às noites quentes de Almariot.

Gilia olhou para o dossel, esperando que seus olhos se acostumassem à escuridão. Os ventos frios entravam pelas janelas da câmara, zunindo, como se provocassem a lareira quente e seu crepitar. As flamas trêmulas iluminavam uma parte do quarto, o suficiente para que a imaginação de Gilia fizesse as sombras projetadas na parede oposta ganharem a forma de guerreiros e rainhas, homens e lobos.

Suspirou. Tinha longos dias pela frente.

17

Esmeraldas

Quando Nor era pequena, Ros costumava acordá-la no meio da madrugada e tomá-la em seus braços, levando-a até a janela para ver o mundo exterior. Em Tergaron, todas as noites eram quentes, exceto no inverno, mas ele sempre parecia estar tão distante que as duas nem sabiam se sobreviveriam até ele começar. O inverno era uma memória distante do ano anterior que não afetava Nor tanto quanto deveria e, se afetava Ros, ela não demonstrava. Nessas noites quentes, Ros mantinha os olhos fechados, a fim de sentir melhor a brisa que vinha das montanhas para refrescá-las. Nor, no entanto, piscava para longe o sono e abria bem os seus olhinhos, observando em volta rapidamente, antes que a mãe a escondesse novamente. Havia um limoeiro que crescia perto da janela, e Nor, admirada, às vezes ousava esticar a mão para tocar sua casca manchada de líquen.

Gizamyr não tinha limoeiros. Essa era uma terra gelada, e as árvores estavam tão peladas e repletas de neve quanto os camponeses pobres de Vilafria.

O inverno chegava ao fim, mas só se sabia disso pelo calendário. De frente para a janela, Nor observava o vento rugir sobre as nuvens da manhã enquanto uma das bastardas de Lorde Destrian, Thomasine, tinha os cabelos trançados por uma aia.

Nada mudara. Lady Grissel ainda não havia se convencido; os filhos de Lorde Destrian continuavam sem saber a real identidade de Nor, por pedido de Grissel. Nada seria feito até o dia da audiência no palácio em Myravena.

— O senhor meu pai me levará até Areialva com os gêmeos — comentou Thomasine, enquanto se observava no espelho. — Deveria vir conosco, Norina.

Nor baixou a cabeça, piscando. *Não*, pensou, *não deveria. Meu lugar não é entre vocês e em breve serei expulsa de seu convívio, assim que o rei descobrir que sou uma farsa. Eu enganei a Destrian, que é um crédulo tolo, mas não enganarei a mais ninguém.*

Thomasine se virou, seus longos cabelos loiro-avermelhados escorregando sobre os olhos. A aia se atrapalhou e, largando as mechas, virou-se também para Nor, fechando o rosto carrancudo.

— Lady Thomasine lhe dirigiu a palavra, Norina — disse ela. Era mais velha, talvez quase da idade de Lady Grissel, e não era a aia mais paciente do mundo. Dormia aos pés da cama de Thomasine, e Nor sempre via seus grandes olhos de coruja se revirando durante a noite. Talvez fosse mal-humorada por nunca dormir direito.

Norina se virou para Thomasine, corando.

— Fico grata pelo convite. Mas eu odiaria interromper um passeio entre um pai e seus filhos.

A aia soltou um grunhido satisfeito e voltou a prestar atenção nas tranças. Thomasine esticou a mão para uma tigela à sua frente, na penteadeira, e encheu a boca de damascos secos.

— Na verdade — disse, entre uma mastigada e outra —, é bem o contrário. O senhor meu pai quer conhecê-la melhor, mas não há muitas oportunidades por aqui; ele está sempre tão ocupado... Já é tradição ele nos levar para o norte no início da primavera, mas este ano é a primeira vez que Lettice não vai nos acompanhar, agora que está casada e na corte... Terei apenas a companhia de sóror Lorella, e as Luas sabem como ela me fará treinar desenho das paisagens até minha mão cair. — Thomasine se virou, interrompendo o trabalho da aia. — Ah, por favor, Lady Norina, venha conosco!

— E quanto à Lady Alys? Ela disse que os acompanharia... — comentou a aia.

Thomasine bufou.

— A filha de Lorde Fyodr não é divertida. É por isso que a sóror gosta tanto dela, assim como gostava de Lettice. — Ela apoiou a mão no queixo, sorrindo. — Mas Norina é uma tergarônia.

— Ah é?

— Sim, não sabia? Ela atravessou o mar para vir até nós, mas é a primeira vez que deixa Tergaron. Conte a ela, Norina.

Norina corou e contou-lhe a história que Lady Grissel havia lhe instruído para ocasiões como aquela. Disse que era uma Indomada que havia nascido além-mar e enviada para sua terra natal para conhecer suas raízes depois de anos vivendo com os tergarônios.

— Sou sobrinha de Charle Starion, o vassalo mais fiel de Lorde Destrian — mentiu. — Mas não lhe cabia me oferecer abrigo na Fortaleza de Inverno porque sou ilegítima; seu irmão, meu pai, já morreu há muito tempo, e minha mãe fugiu para Tergaron para me dar à luz e por lá ficou. No entanto, o bom Lorde Destrian apiedou-se de mim e me ofereceu estadia em Águaclara. É por isso que estou tentando dizer à Lady Thomasine que a minha companhia nessa viagem não seria adequada.

Thomasine encarou-a por um instante e caiu na risada, o nariz encolhendo e transformando a constelação de sardas em um grande borrão escuro. A aia finalmente pareceu desistir, erguendo as mãos para o alto e soltando o cabelo de Thomasine.

— Eu também sou ilegítima, Norina. Assim como todos os filhos do senhor meu pai. — Ela riu. — Seu lugar é conosco.

Norina engoliu em seco.

— Mas Lady Grissel... — balbuciou.

— Oh! — exasperou-se Thomasine. — Minha avó, o que ela sabe? Esqueça-a, Norina. Meu pai é o homem, o senhor de Águaclara, e membro do conselho. Ela é só uma velha cansada que não pode fazer nada que vá contra a palavra do meu pai, por mais que goste de pensar o contrário. Venha conosco. Não há nada que ela possa fazer para impedi-la.

Isso era verdade; em Águaclara, estava sob o jugo da senhora Grissel. Destrian amava demais a mãe para contrariá-la, e a idade e a experiência que ela tinha lhe conferiam o respeito dos membros da família. Mas se fosse para o norte com Destrian e seus bastardos, as decisões do lorde de Águaclara seriam feitas com base no próprio julgamento e apenas nele.

Lady Grissel era a pessoa mais difícil de se convencer; mas talvez ela não precisasse convencê-la, afinal. Thomasine havia dito, e era verdade: Grissel era só uma senhora idosa, uma vez mãe de uma rainha, mas que agora não tinha poder nenhum, exceto sobre a própria família e alguns dos criados. Era Destrian quem tinha um assento no conselho, e, assim que ele a levasse à corte, estaria um passo mais próxima de ter sua voz ouvida. Com alguma sorte, ou talvez um milagre, conseguiria convencer o rei sobre a sua identidade. Traria Gilia para a corte com seus poderes recém-adquiridos e em breve sua mãe estaria livre.

— Não desejo maldizer sua avó, que tem sido tão boa comigo — disse Norina, vacilante —, mas se é seu desejo que eu vá e se insiste tão piamente em me garantir que não haverá problemas...

O rosto de Thomasine se iluminou.

— Contarei a meu pai agora mesmo — disse e, empurrando a aia, deixou a câmara, saltitando de entusiasmo.

* * *

Tomavam a Estrada Real para Areialva, um caminho aberto em meio aos pinheiros das florestas à base das montanhas, evitando a capital e as cidades em seu entorno. Lorde Destrian cavalgava à frente, com Lorde Esmour Hyll ao seu lado, os gêmeos Deverelle e dois de seus guardas; atrás, na carruagem, iam Nor, Thomasine e, além de sóror Lorella e Lady Alys, a filha mais velha do castelão.

O frio em Gizamyr era imperdoável — Nor nunca tinha sentido um frio tão intenso, mesmo com o vestido de lã grossa que sóror Lorella lhe dera para usar na viagem e o manto de peles que tinha sobre os ombros. Haviam lhe proibido de usar o manto vermelho, e sentia-se estranhamente nua sem ele, agora que se acostumara a usá-lo. Nor olhava pelas frestas da janela fechada, do lado da carruagem; não conseguia dormir, como os outros faziam, e, de qualquer forma, a vista era fascinante. Nunca tinha visto árvores como aquelas, com suas formas de cone, pontudas no topo como as lanças de uma justa.

A estrada de terra fazia a carruagem balançar toda vez que os cascos dos cavalos encontravam pedras ou buracos; por isso, nem encostar a cabeça nas paredes era possível e com o tempo, observar as árvores tornou-se tedioso. Ela estava espremida entre a janela e Thomasine, e suas opções de entretenimento eram limitadas.

Suspirou. Estava cansada de viajar; sentia falta de casa, da *sua* casa do outro lado do mar e de Farkas Baso. Por mais que um dia almejasse ver o mundo, tinha visto tanto dele em tão pouco tempo que mal pudera saboreá-lo, e agora sofria de uma indigestão profunda por tê-lo engolido tão vorazmente.

Pararam quando a primeira Lua subiu no céu, em um palacete que chamaram simplório, mas que era tão grande quanto Tolisen, talvez maior.

— O Forte dos Ursos... A propriedade da família Gifford — explicou Lorde Destrian, ajudando Pyers, um dos gêmeos, a descer de seu pônei. — Lorde Nymos está na capital, mas Lady Tanna e seu filho, Sam, nos receberão por uma noite. E eu quero vê-los... — ele se virou para Barnard, o outro gêmeo, descendo-o também da montaria: — no seu melhor comportamento. Especialmente você, Raposa.

Raposa era como chamavam Thomasine; sua mãe, quando viva, pertencera a uma casa que tinha o animal como símbolo. Ela desceu da carruagem esfregando os olhos, sem dar ouvidos ao pai. Nor a observou enquanto abanava a poeira do vestido verde e lançou um olhar irritado a Destrian, sem que ele percebesse; a garota despia uma de suas luvas enquanto se aproximava de Nor.

— *Especialmente você, Raposa* — zombou Thomasine e, sem aviso, tomou a mão de Nor com a mão recém-despida, rápida como um ladrão que toma a moeda de uma pessoa distraída.

Estavam no interior de um castelo, um pátio frio e escuro, todo feito de pedra cinza e madeira escura. Nevava do lado de fora, os flocos visíveis da única janela, à direita de Nor. Ela ainda sentia os dedos de Thomasine apertando os seus, mas a menina bastarda já não estava do seu lado. Em vez disso, estava de costas, à sua frente, e parecia mais baixa. Ao seu lado, o pai, e, à frente dos dois, sentados a uma grande mesa sobre um tablado, encontravam-se um homem calvo de olhos estreitos e um menino de orelhas grandes e olhar entediado.

— Está me oferecendo uma menina bastarda, Lorde Destrian. Espero que saiba que se ainda está diante de mim neste salão é porque considero a nossa amizade valiosa demais para ser desperdiçada por causa de sua insensatez. E é assim que vou chamá-la, Delamare, porque me recuso a ver isso como um insulto, como o meu bom conselheiro sugere.

— Percebi que não permitiu que ele participasse desta audiência.

O homem calvo grunhiu.

— Não estou sugerindo que confio mais em você do que nele, que as deusas o protejam. Mas a minha casa está juramentada à sua desde o tempo dos primeiros reis, e eu prefiro que continue assim. Sou um homem de tradição, Lorde Destrian, mesmo que Mestre Sym me urja para romper nossos laços. As deusas sabem quanto a família real o odeia e à sua família.

— Mas o senhor é um homem de tradição.

— E seja grato por isso. Em breve seu nome desaparecerá, e meus herdeiros terão que lidar com as consequências da minha fidelidade à Casa Delamare. Os Alleine só mantêm a sua posição no conselho para apaziguar as massas, Lorde Destrian, o senhor sabe disso. Não me diga que tem uma voz real lá dentro.

Lorde Destrian desviou os olhos, rangendo os dentes.

— É como eu pensava — *continuou o homem calvo.* — O tempo está acabando, Destrian, pelas Luas! O período de paz em Gizamyr acaba no instante em que o senhor deixar esta vida; não somos mais os jovens que fomos uma vez, sabe disso. E então o que será de nossos herdeiros? No instante em que sua aliança com a família real for quebrada pelas mãos da morte, todas as Casas vassalas à sua serão vistas como inimigos da coroa novamente. Diga-me, o que acontecerá com minha Casa então?

— Disse que era leal a mim — *relembrou Destrian.* — Devo considerá-lo um traidor, Lorde Nymos?

— Não. Deve considerar-me um homem sensato; a Casa Gifford permanece leal à Casa Delamare enquanto ela existir. Não sou o homem que quebrará nossas alianças depois de anos de fidelidade por parte de nossos ancestrais. Mas não colocarei meus herdeiros em risco, Lorde Destrian.

Não colocarei Sam em perigo, ou Lyesel, ou os filhos que eles virão a ter. Você está envelhecendo, como eu. Ama seus filhos e quer o melhor para eles. Eu também quero o melhor para os meus. E se, quando nós dois já tivermos virado poeira, o próximo rei de Alleine decidir atacar a minha Casa porque o meu filho está casado com uma das sobrinhas de Mirah da Capa Vermelha, nada irá impedi-lo.

— *Não finja que esta é uma questão política, Nymos.* — *Lorde Destrian estreitou os olhos.* — *Nós dois sabemos que é o fato de Thomasine ter sangue ilegítimo que o perturba.*

Lorde Nymos riu.

— *Diga-me, Lorde Destrian, como isso não é uma questão política? Se a sua filha fosse uma Delamare, se seus irmãos fossem Delamare, nenhuma questão precisaria ser discutida: Sam e Thomasine estariam casados assim que a menina tivesse seu primeiro sangue, pelas Luas! E eu estaria sorrindo no meu leito de morte, sabendo que enquanto o nome Delamare vivesse, o povo não deixaria sua Casa ser atacada, nem a minha, por amor à sua falecida irmã, que nasceu sob ele. Mas o senhor fez uma escolha. Deitou-se com todas aquelas mulheres durante seus anos de luto, sem no entanto casar-se com nenhuma, e agora não pode legitimar seus filhos. Isso não é, nem nunca será, um problema com o qual eu terei que conviver. Não a aceitarei para meu filho, Lorde Destrian, e essa é a minha palavra final.*

A pressão dos dedos de Thomasine na sua pele cessou, e, com ela, a visão compartilhada pela garota. Haviam retornado ao presente e aos portões do Forte dos Ursos. Nor estava sem fôlego. Thomasine não perdeu um minuto. Franzindo o nariz, lançava um olhar cheio de ódio para os portões.

— O senhor meu pai ainda quer que eu me case com Sam Gifford, é por isso que estamos aqui, tenho certeza. Por qual outra razão não pediríamos abrigo em Altatorre ou no Alcácer Pedregoso, onde temos vassalos mais leais? *Especialmente você, Raposa*, é o que ele diz. Como se o meu comportamento pudesse fazer Lorde Nymos mudar de ideia. Ele nem mesmo está aqui! E Lady Tanna, sua esposa, também não é persuadida com facilidade. — Ela olhou para os lados antes de continuar, observando os olhos de Nor. — A não ser que eu seja legitimada, não há nada que meu pai possa fazer para que me torne uma Gifford, e devo dizer que estou grata por isso. Uma das vantagens de ser bastarda é poder escolher com quem vou me casar.

A naturalidade com que Thomasine compartilhou uma memória com Nor a assustou. Sempre tratara suas habilidades com prudência; mesmo que as considerasse maldições, sabia que tinha de tomar cuidado. Thomasine, entretanto, não hesitara em pegar a sua mão e mostrar-lhe coisas de seu passado, e agiu com naturalidade ao retomar a conversa após o gesto.

Talvez esse fosse o modo de agir daquele lado do mar, o modo dos lobos. Se eram todos parte de uma matilha, nada mais cabível que conhecessem uns aos outros da forma mais íntima possível. Ao final, estava aliviada que as intenções de Thomasine eram apenas mostrar *suas* memórias, e não vasculhar as de Nor, ou estaria perdida. A Raposa tinha controle o suficiente para fechar a porta de um lado e abri-la do outro, mostrando o que pretendia das suas memórias sem ver o que não queria das memórias alheias — devia isso aos seus anos de treinamento em Gizamyr, Nor supunha, mas ela própria não tinha tido a oportunidade de aprender esse controle sobre suas habilidades em Tergaron.

O castelão do Forte dos Ursos recepcionava Lorde Destrian e Lorde Esmour, acenando para o cavalariço. Os gêmeos pareciam ocupados demais fingindo ser lobos para notar qualquer acontecimento à sua volta: tinham as mãos em concha em torno das bocas e uivavam para o céu, para as Luas.

— Parem com isso! — gritou sóror Lorella. — Parem com isso agora mesmo.

Thomasine os observava.

— Eles acham engraçado. Por causa do seu horário de dormir, eles nunca veem as três Luas no céu ao mesmo tempo, e uivam a toda chance que têm de vê-las juntas, como os lobos.

Eles uivaram mais alto diante da face enrugada da pobre sóror.

— Barnard! — A mulher jogou as mãos para o alto. Lançava olhares exasperados a Lorde Destrian, que estava ocupado demais para ouvi-la.

— Pyers, pare agora mesmo ou, eu juro, em nome das deusas...

— *Auuuuuuuu* — fizeram eles em coro. — *Ah-ah-ah-auuuuuuuuuu-uuuu...*

Thomasine gargalhava. Alys aproximou-se, de braços cruzados. Era uma moça bonita, de traços gizamyrianos e nariz esnobe, que tinha mais orgulho do que sua posição lhe permitia.

— Sentirá falta deles, Raposa? — perguntou, metendo-se entre Thomasine e Nor.

— Do que está falando?

— Quero dizer, depois que se casar com Sam Gifford. Terá que ficar aqui, enquanto nós voltaremos para Águaclara. Bom, isto é, até *eu* me casar, e então terei que ir para as terras do senhor meu esposo... Mas duvido de que o senhor meu pai achará um casamento tão bom para mim quanto o seu.

— Pare de me provocar, não haverá casamento algum, Alys, e você sabe disso.

— Seu pai pretende negociar com Lorde Nymos de novo.

— Lorde Nymos está na capital.

— Esperaremos por ele, eu tenho certeza. Você não sabe porque não faz as próprias malas, mas sóror Lorella mandou que eu preparasse trajes para uma estadia prolongada. O senhor seu pai — sussurrou ela, olhando na direção de Lorde Destrian — não desistirá tão facilmente.

Thomasine balançou a cabeça em negação, mas seus olhos mostravam algo diferente — seria medo?

Enquanto conversavam, o cavalariço veio e foi dispensado, e outros serventes levaram as malas para dentro do forte. Da escuridão, em meio à agitação noturna, surgiu Lady Tanna.

Lorde Destrian virou-se imediatamente. Nor podia ver seu sorriso até na escuridão; ele pegou a mão de Tanna e a beijou.

— Milady.

— Tanna bastará, Lorde Destrian. Sou eu quem deveria me curvar.

— No átrio de sua propriedade? Dificilmente. — Ele sorriu outra vez. — Pyers, Barnard, venham até aqui... Não creio que conheça os gêmeos.

Lady Tanna parecia pouco à vontade. Ela lançou um olhar inquisitivo ao castelão e depois aos meninos, que finalmente tinham parado de uivar.

— Não — respondeu, simplesmente. Ela olhou para as crianças por alguns segundos, em silêncio, até que Alys correu à frente e dobrou os joelhos.

— Milady.

— Ah, eu me lembro de você... Estava no festival da Lua na capital, não estava?

Nor viu um sorriso abrir-se no rosto de Alys, e a menina acenou com a cabeça.

— Eu fui eleita a Filha das Luas de Myravena, milady.

— Ah, é claro, a mais bela do festival. Eu me lembro. — Como se para provar, Lady Tanna tomou a mão de Alys por um segundo, mostrando a lembrança. Então soltou-a e virou-se para a Raposa. — Thomasine.

— Lady Tanna. É um prazer revê-la.

— Igualmente. — A mulher sorriu, cortês, as velas do átrio iluminando seu rosto longo e jovem. — Outra de suas filhas, milorde?

Começou a andar em direção a Nor, que se afastara de propósito dos outros, sentindo-se perdida em meio a tantos lordes e ladies. Tanna fez menção de pegar sua mão, mas Nor recuou, rapidamente escondendo as mãos atrás do corpo.

— Tímida — observou Lady Tanna, estreitando os olhos cinzentos. — Como o senhor seu pai.

— Oh, ela não é... — interviu Thomasine.

— Lady Tanna — interrompeu Lorde Destrian. — Temo que estejamos todos terrivelmente cansados; foi uma longa viagem até aqui.

— É claro. Lorde Jarin os levará a seus aposentos. O jantar será servido em breve.

* * *

A velha sóror Lorella tinha mais idade do que as três meninas juntas, mas, assim que ouvira que Sam Gifford estaria presente ao jantar, tornou-se ágil e alegre como uma donzela.

— Use seu vestido de veludo azul, Thomasine — instruiu, enquanto remexia nos baús. — E a rede de azurita.

— Não vou me arrumar para Sam Gifford — retrucou a menina.

— Se quiser comer, vai — cantarolou a sóror. — E é bom que esteja com uma cara amigável à mesa.

Thomasine bufou. Alys trabalhava no seu bordado e parecia se divertir com a teimosia da Raposa. Ficou evidente que, se fosse ela, não pensaria duas vezes.

— Qual é o propósito disso? — Thomasine revirou os olhos. — Lorde Nymos disse não. A aliança com uma filha ilegítima não protege a família dele; Sam acabará se casando com uma Solomer, ou, melhor ainda, uma Starion, como fez seu pai.

— As mulheres Solomer são feias — comentou Alys, puxando a linha pelo tecido — e as Starion são fracas na cama sangrenta. Lady Jilliana Starion morreu depois de dar à luz uma menina, e a mãe dela morreu no parto. Lorde Nymos sabe disso. Seria tolo em dar uma Starion para o seu filho, mesmo com toda a popularidade da Casa atualmente.

Nor observou-as, pensando que nunca se está realmente feliz na própria pele. Sabia que Alys adoraria uma chance de ser prometida a Sam, ideia pela qual Thomasine tinha repugnância. Ela lembrava um pouco Gilia, ou como a princesa seria em alguns anos.

— Não importa — retrucou Thomasine. — Até uma mulher infértil seria melhor do que uma bastarda, aos olhos de Lorde Gifford. Papai fez a proposta há alguns anos, e ele disse que não. Nada mudou.

Alys pousou a linha e a agulha, erguendo olhos faiscantes na direção de Thomasine.

— Ah, mas *tudo* mudou, Raposa. — Ela sorriu. Não era tão bela quando sorria, Nor concluiu. Seus dentes eram amarelados e tortos, mas não parecia se importar com isso naquele momento. — Agora temos ela.

O silêncio caiu sobre o quarto, e Nor percebeu que Lady Alys se referia a ela. Olhou para aqueles dentes tortos e percebeu que eles a incomodavam mais do que nunca. *Alys deveria manter a boca fechada*, pensou, as mãos tremendo e o corpo tenso. Se a garota dissesse mais alguma coisa, colocaria tudo a perder. Nor sentiu o lobo crescer dentro de si, alerta e apreensivo, e os olhos arderem, tingindo-se devagar de vermelho...

Nor piscou, tentando se controlar. Não, não faria bem perder o controle, não ali, não naquela hora. *Alys não sabe do que está falando*, afirmou para si mesma, e sorriu de leve, tentando transmitir a mesma mensagem às outras.

Thomasine bufou. Sóror Lorella, que se ocupava de fechar seu corpete, tinha parado o trabalho e segurava os laços com firmeza.

— A bastarda de Zanos Starion? — Raposa virou-se para olhar para Nor.

Saa, uma bastarda de um lorde, como você. Foi o que disseram a todos que haviam perguntado em Águaclara. Ele estava morto, afinal; não havia nada que pudesse dizer em sua defesa. E mesmo que estivesse vivo, lordes faziam filhos por onde passavam, sobretudo lordes poderosos como os Starion; a mentira havia sido inventada justamente por ser tão plausível e aceita com facilidade.

Nor levantou-se. Ser notada implicava problemas.

— Eu não sou nada de especial — disse, com a cabeça baixa. — O senhor meu pai não me reconheceu enquanto estava vivo, nem sequer me *conheceu*; por isso, não mudarei a opinião de lorde nenhum.

— Entendo o que quer dizer, suponho, mas Norina está certa. — Thomasine fez um gesto impaciente para a sóror, e Lorella continuou a apertar seu corpete. — Sim, é verdade que a primeira esposa de Nymos era tia de Norina e que Lorde Zanos era seu cunhado. Mas, sendo ilegítima como eu, faria pouca diferença se ela fosse a filha de um pescador. — Ela riu, sentando-se à penteadeira para ter seu cabelo trançado. — Não entende porque teve um nascimento relativamente baixo, Lady Alys. Sim, sua Casa foi influente um dia, mas há anos os seus ancestrais resumem-se a castelões, mestre de armas e cavaleiros. Está claro que você não entende como essas coisas funcionam.

Nor olhou para a filha do castelão, mas ela não parecia insultada. Em vez de olhar para a menina que tinha acabado de insultar a honra de sua Casa, seu olhar estava em Nor, curioso.

— Lady Norina não a ajudará a ganhar o favor de Lorde Nymos, é verdade — respondeu Alys, enquanto Nor nada mais podia fazer a não ser observá-la. — Mas a princesa Rhoesemina seria persuasiva o suficiente.

O coração de Nor começou a bater acelerado. Sentiu os pelos claros dos seus braços e da nuca eriçarem, e fechou as mãos em punhos, respirando profundamente. O ódio por Alys crescia a cada arfada.

A mentira sob a mentira, desvendada pela filha de um castelão.

Thomasine balançou a cabeça, mas olhava para Norina de um jeito novo.

— Rhoesemina está morta — disse, incerta.

Alys andou até ela e pousou uma das mãos sobre o seu ombro. Nor abriu a boca para falar, mas não conseguiu pensar em nada para dizer. *Não sou filha de Zanos Starion, muito menos a filha de um rei*, pensou, em vez disso. *Nasci entre meretrizes e fui abandonada para morrer nas ruas de uma cidade pobre, entre poças de urina e frutas podres, restos do mercado. Mas fui acolhida por uma moça simples, que divide o pão comigo e me guarda dos perigos do mundo no seu casebre. Deixe que acreditem que sou filha de um deus, se for de seu agrado, se ao menos isso me levar de volta à minha mãe.*

— É o que dizem na capital e no sul — concordou Alys. — Mas nós, nortenhos, acreditamos que a verdadeira princesa ainda está viva, assim como nossa rainha.

— Nossa verdadeira rainha — interrompeu sóror Lorella, um olhar azedo nos olhos miúdos, pretos como contas. — É a senhora Octavia, da Casa Galkar por nascimento e Alleine por casamento. Muito cuidado com a língua, Lady Alys.

Alys não se intimidou. Sentou-se ao lado de Nor e, com uma escova, passou a pentear seus cabelos com uma intimidade que nunca lhe fora conferida. Nor retorceu-se, desconfortável.

— Ela diz isso porque é do sul — disse Alys para Nor, alto o suficiente para que as outras ouvissem. — Os sulistas não têm problemas em apoiar usurpadores e assassinos. Estou envergonhada por você, sóror. Uma mulher da Fé Lunar, glorificando gente daquela laia.

Paft. O tapa veio forte e rápido no rosto de Alys, que soltou a escova imediatamente, derrubando-a no chão de pedra com um eco seco. Nor pulou, assustada, enquanto o som ecoava em seus ouvidos; achara por um breve instante que também seria atingida. A sóror olhou para a filha do castelão com frieza.

— Eu glorifico somente às deusas, Lady Alys, e confio cegamente no Seu julgamento. Elas colocaram os Alleine no trono, então eles são meus verdadeiros rei e rainha. — A sóror vergou-se para pegar a escova no chão e a entregou a Lady Alys. A menina esfregava a bochecha, um olhar zangado no rosto, mas aceitou o objeto. — Quero-as prontas no primeiro sino, e é bom que estejam quietas como gatas. Se eu ouvir mais uma de suas bobagens, Alys, me certificarei de que o senhor seu pai tenha a excelente ideia de mandá-la para uma temporada no sul, já que odeia tanto os modos de lá. Quem sabe aprende mais com uma viagem do que eu posso ensinar a você aqui.

E sem mais nenhuma palavra, ela partiu.

Nor correu ao auxílio de Alys, ajoelhando-se diante dela com preocupação.

— Lady Alys... — disse, estendendo a mão na direção da sua bochecha enrubescida.

Alys pressionou a mão de Nor contra a sua face, certificando-se de que a menina não poderia movê-la, e encarou-a.

Os olhos de Lady Alys eram castanhos e profundos, e foram a última coisa a desaparecer.

Quando a visão as envolveu, Nor deu por si em uma floresta. Não uma mata perigosa, como fora Farkas Baso, nem tão grandiosa quanto Matarégia, em Tergaron; aquele era um lugar diferente, um bosque pitoresco e agradável, ideal para a caça. Podia ver uma família de cervos correndo a distância, suas patas fazendo as folhas secas sob seus pés estalarem, um ninho de pintarroxos cantando sobre o galho de um cedro nodoso e, à sua extrema esquerda, um riacho tranquilo no qual tinha certeza de poder encontrar trutas e lambaris. O sol brilhava através da copa das árvores apenas de leve: o céu ainda estava cinzento, e uma brisa gelada soprava sobre o arvoredo, assobiando tranquilamente. Estava muito longe de Tergaron.

Ouviram risadas. Alys correu em direção ao som, uma figura espectral em meio ao realismo concreto e firme daquela floresta, e Nor foi atrás dela, para impedi-la. Não sabia o porquê; sentiu que deveria.

Alcançou-a, pronta para maldizê-la. Em algum lugar distante, sentia a sua mão presa debaixo da mão de Alys, sentia a quentura da face recém-estapeada da garota contra a sua palma e não conseguia se soltar. Mas a Alys da visão tinha os olhos bem arregalados, brilhantes, e a boca aberta, tão fascinada que os dentes tortos e amarelados adquiriram um charme infantil. Nor seguiu seu olhar.

Lady Alys olhava para a fonte das risadas: à distância, duas mulheres riam à sombra de uma amendoeira, perto o suficiente para que Nor distinguisse seus contornos, mas longe demais para ver suas faces. Ter a visão comprometida era uma novidade — era quase como se o espírito do lobo estivesse ausente naquele lugar.

Mas é claro que está, pensou Nor. *Isso é apenas um sonho. Uma visão ou uma memória? De qualquer modo, não é minha; nunca estive aqui antes, não posso ter estado.*

Ela assistiu. As duas moças eram mais velhas que Nor e Alys, mas ainda jovens, e isso era fácil de perceber. Seus longos cabelos dourados flutuavam atrás delas quando corriam, escondendo-se atrás de troncos de árvores e ressurgindo, com risadas sonoras. Divertiam-se como crianças, como se ninguém estivesse assistindo — no entanto, sob as amendoeiras, havia um grupo de senhoras da mesma idade sentadas, observando-as pacificamente, e, mais distante, dois senhores estavam encostados em seus cavalos. Um deles acenava para sua senhora, cabelo e barba tão dourados quanto os da esposa.

— Jan! — gritou, eufórica, quando a outra moça a abraçou pelas costas, apertando-lhe a cintura. Tentava se livrar, rindo, e esticou uma das mãos em direção ao seu senhor. — Jan, diga a ela! Diga!

Jan acenou para que a mulher soltasse sua senhora, com um sorriso desconfortável.

— Tem que *dizer*, Vossa Majestade — disse a moça que a prendia, rindo.

— Isso é ridículo — contestou ele. — Miladies, as senhoras são mulheres casadas... São *mães*, com a graça das deusas...

— Destrian! — gritou então a senhora, entre gargalhadas.

O homem ao lado de Jan cruzou os braços, rindo. Vestia um traje amarelo, como no dia em que Nor o conhecera, na praia. Não conseguia ver seu rosto com clareza, mas não teve dúvida de que era ele e sentiu-se tola por não ter percebido antes.

— Ora, Vossa Majestade, não seja um desmancha-prazeres — disse, mas Jan cruzou os braços e olhou para outra direção, sem se comover. As moças sapateavam, impacientes. Destrian riu. — Tudo bem, tudo bem! *Lady Norina Lovell*, o rei da amendoeira ordena que solte esta senhora agora mesmo.

As duas moças explodiram em gargalhadas.

— Hmmm.... E que pena o *rei da amendoeira* infligiria sobre mim se eu me recusasse? — perguntou Lady Lovell.

A moça que estava presa grunhiu; Lady Lovell afrouxou seu aperto, deixando-a escapar, e foi em direção a Destrian, que não estava mais rindo.

— Decapitação — respondeu ele.

— Deixaria um machado atravessar um pescoço tão belo? Teria coragem? — retrucou Lady Norina Lovell, rindo.

— Ora, aquelas esmeraldas devem ir para alguém que faça melhor proveito delas. — Destrian beijou-a na face. — Mydred, por exemplo.

Ele sinalizou para as senhoras sentadas sob a amendoeira. Nem Nor nem Alys ousaram se aproximar, mas as duas viram a mesma coisa: uma senhora ajudava uma criança de três ou quatro anos a fazer uma coroa de flores, entrelaçando os caules. Uma outra senhora amamentava um bebê, e nos braços de uma terceira, outro bebê quase idêntico levava um colar de pedras verdes a uma boca sem dentes.

Lady Lovell tomou a terceira criança no colo, sem tirar-lhe o colar.

— Os meus maiores presentes.

A primeira moça se aproximou.

— Minha linda sobrinha. Mesmo que não possa herdar Águaclara, ainda terá a propriedade de Tarvilla um dia, eu lhe prometo, e uma corte de serviçais. Quero-as perto da capital. Perto de minha Rhoesemina. — E sorriu.

— Se quer vê-la feliz, madame — disse Lady Lovell —, construa-lhe um palácio aqui mesmo, sob as amendoeiras. Já viu criança mais sorridente?

Nor observou. Estavam todos tão felizes que ela desejou ficar ali para sempre; estava vagarosamente se esquecendo de que aquilo não passava de uma lembrança, uma memória que nem mesmo era dela.

Foi quando ouviu aquele mesmo grito agudo e terrível que escutara desde que havia compartilhado a visão com a princesa Gilia no Rio de Vidro. O grito foi seguido pelo choro sofrido de uma criança, levando consigo as amendoeiras, os bebês e a floresta; a escuridão se fechou em torno dela novamente e, quando abriu os olhos, estava de novo em seu aposento no Forte dos Ursos, tonta e confusa.

Lady Alys encarou-a no fundo dos olhos com um sorriso presunçoso.

— Eu sabia — disse ela.

— O quê? — quis saber Thomasine, levantando-se da penteadeira.

— O que você viu?

Lady Alys se dirigiu aos baús e começou a revirá-los, jogando displicentemente no chão os vestidos dobrados com tanto cuidado por sóror Lorella.

— Vi a rainha — respondeu Alys, ofegando de excitação. — A *verdadeira* rainha, sua tia. Estava nas memórias *dela*.

— Não — negou Nor, sussurrando. — Não pode ser. Eu não me lembro de nada disso.

Havia três crianças, lembrou ela. *Uma era a bastarda de Lorde Destrian, a do colar de esmeraldas. A outra era Rhoesemina, ao seio de uma ama de leite. E a terceira era Alys. Só podia ser Alys. De que outro modo ela se lembraria disso?*

Nor expôs a ideia para Lady Alys, insistindo que a memória pertencia a ela, não a Norina.

— Sua mãe foi ama-seca da princesa antes de se casar com Lorde Fyodr Rowe, papai me disse — confirmou Thomasine. — Era *sua* memória, Alys, não dela.

— Não era! — gritou Lady Alys. — Faça o contato com ela e você verá a mesma coisa, Raposa. Verá o que o senhor seu pai viu. Por que outro motivo ele acolheria a filha bastarda de um vassalo morto, de quem Charle Starion nem ao menos tem conhecimento? Não questiono o fato de que o seu pai é um bom homem, mas até a bondade encontra seu limite na prudência, e Lorde Destrian nunca foi um homem temerário. Ele viu nela a mesma coisa que eu; viu que ela é Rhoesemina.

Thomasine olhou para Alys como se ela fosse louca. Não estava convencida, mas Nor podia ver que ficara abalada pela ideia.

Ela mesma sentia o coração palpitar. *Ah, não viam?* Ela não era princesa nenhuma, e a mãe nunca fora rainha. Estava do outro lado do mar, impotente, porque escolhera criar uma menina com alma de lobo. Aquilo era tudo o que era... E tudo o que seria.

— E ah... *isso.*

Lady Alys finalmente achou o que procurava. A capa vermelha parecia ainda mais especial depois daquela memória e, esticada diante de Thomasine, para que ela pudesse ver, parecia um presságio. Um pedaço escarlate de tecido, arrancado das costas de um cadáver. Quantas lavagens teriam sido necessárias para tirar dele o cheiro de mar e de morte?

— Só há um motivo para que Lorde Destrian a tenha trazido conosco, Thomasine, e não foi porque você pediu.

— Não estamos indo a Areialva... Não de verdade. Ele a está usando para conseguir a ascensão da Casa Delamare de novo — compreendeu Thomasine de repente. — É por isso que está aqui. É por isso que *eu* estou aqui. Estamos conseguindo o apoio de velhos vassalos... Para que *você* suba ao trono.

18

Um outro tipo de fome

— Se não comer, será pior para você, milady — tentou advertir a aia.

Em Paracriavel, a propriedade dos vassalos de Destrian Delamare, Gilia não era autorizada a descer e juntar-se aos Hyll à mesa de jantar. Não era nem mesmo autorizada a partilhar das áreas comuns do palácio, a não ser que estivesse acompanhada da senhora do castelo, Lady Cateline, ou de suas aias. Não podia conversar com as moças da família nem se aproximar das crianças. Era uma prisioneira com uma cama de penas.

Todos os dias mandavam o jantar para seus aposentos, para que fizesse a refeição sozinha. Vez por outra, alguma aia mais gentil se apiedava e sentava-se para comer com ela. Na maior parte das vezes, no entanto, tinham medo de serem repreendidas e deixavam a bandeja sobre a mesa, entrando e saindo sem nenhuma palavra além de um milady sussurrado.

Gilia olhou para o prato intocado. Tinham-lhe enviado um empadão de carne de cordeiro, queijo, uma codorna assada com ervas e mel, pastéis de nata e vinho quente, e, embora estivesse com fome, limitou-se a olhar.

— Não sou sua lady — retrucou, irritada. — Sou a princesa Gilia Mirana dos Viasaara, filha da Magnífica, da Rainha das Rainhas. Deve me chamar de *sharaani*, de Vossa Alteza, nada menos.

A aia riu.

— Milady, a senhora sabe o meu nome?

Gilia fitou-a por alguns segundos. Elas se conheciam? Como todos os gizamyrianos, a moça tinha feições claras; era baixa e gorda, com olhos cinzentos e o cabelo quase branco preso numa trança apertada. A princesa não se lembrava do seu rosto — de fato, não se lembrava do rosto de nenhuma das aias. Não costumava olhá-las quando entravam e saíam, rápidas e silenciosas feito fantasmas, e certamente não costumava dirigir-lhes a palavra senão para dar ordens.

Gilia a encarou.

— Pois bem. Somos estranhas, eu e você. Nem ao menos reconhece a pessoa que lhe traz comida todas as noites e espera que eu a reconheça como minha princesa? — Ela riu. — Não, senhora. Não aceito sequer a filha dos usurpadores Alleine como realeza. A única princesa que reconheço é Rhoesemina.

— Serviria um cadáver antes de mim?

Nunca uma criada olhara para Gilia sem que estivesse com os olhos baixos, mas a aia não se intimidou.

— Com prazer — respondeu, desafiadora, e deixou o aposento antes que Gilia pudesse dizer qualquer coisa, fechando a pesada porta de madeira atrás de si.

Num ato impensado, Gilia pegou o cálice de vinho quente e o jogou contra a porta, num acesso de fúria. Fez o mesmo com a bandeja de comida, rugindo de raiva. Nunca tinha sido tratada daquela forma em toda a sua vida.

Ninguém mais ousou entrar em seu quarto naquela noite, e logo o fogo na lareira morreu, sem ser alimentado. A câmara gelada fez Gilia tremer: os ventos de fim de inverno entravam pela única janela, furiosos, apagando as velas e fazendo as cortinas voarem, mas Gilia não ousou chamar por um criado para acender um novo fogo.

Selvagens, sim, é isso o que são, pensou, enquanto olhava para a porta, tremendo. A comida no chão atrairia insetos, e ninguém viria recolhê-la tão cedo.

Seu estômago roncou. Desejou não ter atirado seu jantar ao chão, mas agora era tarde demais. Suportaria a noite em jejum.

Não era a primeira vez que era destratada pela criadagem. Quando a banhavam, as aias de Lady Cateline eram bruscas e grosseiras, jogando água fria nas suas costas e penteando seu cabelo crespo com violência, arrancando vários fios de uma vez. Irritavam-se com ela por não conseguir ouvir através das paredes de pedra, como elas podiam, e falavam alto demais, como se fosse surda, para tirar sarro de Gilia.

Lady Cateline e toda a família Hyll olhavam para ela sempre com o canto dos olhos, como se a temessem. Ela os perturbava e ela sabia disso, porque evitavam olhar demais em sua direção. As crianças faziam o oposto, a encaravam sem pudor: Wym, um dos netos de Lady Cateline e Lorde Esmour, perguntara o que tinha de errado com a sua pele, e os outros riram.

Se minha mãe e rainha soubesse que estou sendo tratada desse modo, mandaria matar todos eles, eu sei, ponderou Gilia, tentando se consolar.

Do outro lado do mar, aquelas pessoas estranhas de pele rosada e sentidos aguçados eram consideradas selvagens; deste lado, no entanto, a selvagem era ela. Se ao menos a Indomada Norina apressasse o processo de interceder por ela na capital...

A princesa suspirou, andando até o espelho. Tinha adquirido o hábito de se esconder por trás de véus, mesmo quando os seus anfitriões não estavam por perto.

Eles estão conseguindo, pensou, frustrada, *tirar de mim meu bem mais precioso: meu orgulho. Estão conseguindo fazer eu me sentir envergonhada do que sou.*

Afastou um cacho de cabelo da testa, prendendo-o para longe do rosto com um pente prateado, presente de Ismena no seu último aniversário.

Ismena não deixaria isso acontecer com ela. Nunca teria deixado que pisassem em seu orgulho e maldissessem sua terra.

Se tudo dependesse dela, já estaria casada. Sua ânsia tinha de ser o suficiente. Talvez não fosse tão voraz quanto a meia-irmã na busca pelos seus objetivos e talvez não tivesse todo o seu talento para a diplomacia, porém não havia coisa no mundo que quisesse mais do que ser a herdeira do trono de Gizamyr, mesmo que para isso fosse necessário se casar com um Indomado. Se estivesse tão perto da corte quanto Norina, sem dúvida se faria ouvir.

Mas garantir a aliança não dependia dela. Desde que fora impedida de acompanhar Norina em Águaclara, o curso de seu destino tinha sido colocado nas mãos de uma menina simplória de uma vila pobre em Tergaron. Alguém cujos modos se assemelhavam aos de um animal assustado e arredio que não sabia se dirigir nem mesmo a um dos seus, quanto mais a um rei, expondo-lhe a questão do casamento de seu herdeiro com a herdeira de um reino inimigo.

Nada disso dependia dela. E se seu destino estivesse nas mãos de uma selvagem ignorante, o plano de unir os reinos nunca se concretizaria.

Gilia andou até a janela. Não a tinham colocado numa torre particularmente alta — de fato, todas as janelas do seu quarto eram baixas o suficiente para que os galhos de uma árvore de bordo roçassem nos vitrais, fazendo barulhos com o vento e acordando-a durante a madrugada. Além da árvore havia o jardim. Embora fosse grandioso e seu fim não pudesse ser visto no horizonte, era muito menor do que os jardins de Fortessal.

Ela se lembrava de ter tentado fugir uma vez, há anos, depois do incidente dos escorpiões. Passara noites em claro e dias sem comer, mesmo que suas aias provassem de todo prato que lhe trouxessem. Quando cruzava com Ismena nos corredores, uma vontade de chorar tão opressora lhe acometia que Gilia não se sentia mais em casa dentro das paredes do castelo, e sim numa câmara de tortura. Então decidiu fugir. Juntara uma trouxa com algumas de suas joias mais preciosas, com a intenção de vendê-las, e roubou comida das cozinhas. Era vigiada o tempo todo por aias e guardas, mas tratou de ocupar suas sentinelas e as damas de companhia com serviços em outra ala do castelo e conseguiu fugir pelas passagens internas dos serviçais mais baixos, desocupadas àquela hora da noite. Chegou a atravessar os jardins em pouco mais de uma hora, mas foi detida nos portões e forçada a retornar.

Não dessa vez, pensou Gilia. Estava sozinha; aqui, não havia amas ou guardas que se preocupassem em ir atrás dela se fugisse. E por que haveria de ficar? Por que haveria de ficar em Paracriavel, onde a tratavam como uma inválida, uma leprosa? *Não*, decidiu. Iria em busca de seu próprio destino, e dessa vez ninguém iria detê-la.

Não se preocupou com provisões: com sorte, estaria na corte em menos de um dia. Colocou uma capa sobre os ombros, puxando o capuz sobre a cabeça, e apagou todas as velas do quarto. Não foi difícil sair pela janela e acocorar-se sobre os galhos da árvore de bordo. Fizera isso com os irmãos diversas vezes na infância, quando era nova demais para perceber o que era e o que não era adequado.

Correu pelos jardins o mais rápido que suas pernas conseguiam, não em direção aos portões, mas aos estábulos. Observara a rotina do castelo e sabia que, antes que amanhecesse, uma charrete sairia em direção à cidade mais próxima para a compra de lenha e mantimentos, uma tarefa que devia ser realizada a cada dois dias durante o inverno cruel do norte.

Achou-a sem demora e escondeu-se sob o toldo que carregava as sacas da produção da propriedade para serem trocadas. Em algumas horas, partiria em direção à corte.

19

Sob as mesmas Luas

Ele já estava acostumado à dor, mas as costas estavam especialmente doloridas hoje, enquanto carregava as sacas de carvão depois de ter levado chibatadas por mau comportamento no dia anterior.

É que se distraíra com os cavalos.

Não teve como evitar. Os guardas do rei Artor vieram checar o trabalho nas minas de Balerno, como sempre faziam àquela altura do mês, e um deles estava montado em um grande alazão negro. Ele estava trabalhando, como sempre, seguindo a fila de centenas de escravos com sacos sobre as costas, quando o vira, e parara com os olhos brilhando, a mente distante. Cavalos pretos sempre o lembravam de Rolthan.

Blayve sorriu, mesmo em meio a dor. O cavalo favorito de Rolthan se chamava Bravo, um presente de sua mãe quando fizera treze anos de idade. Blayve tivera ciúmes do cavalo em algumas ocasiões, porque este roubava parte da atenção que antes era só sua. Agora ria; *ora, ciúmes de um cavalo!* Mas na época lembrava-se de odiar o animal, e de ver Rolthan galopando pelos prados metros à sua frente, enquanto ele trotava devagar atrás, no lombo de uma mula velha e moribunda.

Imaginava se o cavalo ainda o acompanhava em suas aventuras, ou se ele tinha conseguido um cavalo melhor. Se perguntava se ele ainda *tinha* aventuras, depois que Blayve partira.

Não seja tolo, pensou. *É claro que tem. Provavelmente tem ainda mais histórias para contar e coisas para fazer agora que um Indomado não o prende. Provavelmente se casou com a primogênita dos Alton, como seus pais queriam. Provavelmente está mais feliz agora sem mim. Provavelmente...*

—Ei, Zarolho! — gritou o lorde comandante da operação nas minas. Blayve não sabia seu nome. Só o chamava de Lorde Comandante, e por sua vez, este só o chamava de Zarolho.— Quer levar outra chibatada? Pois então apresse-se com essas sacas antes que eu perca minha paciência!

Ele não se abalou e continuou seu trabalho, tentando não pensar mais em cavalos pretos, em Tergaron, em Rolthan. *Zarolho.* Isso era tudo o que era agora: Zarolho, um trabalhador forçado nas minas de Balerno, não Blayve, protegido dos Falk de Eldalorn, favorito de Rolthan, cunhado da rainha. E a Zarolho não cabiam boas memórias de corridas com os cavalos, brincadeiras à beira do rio e tardes escalando árvores nos jardins de Eldalorn, não; não lhe cabiam lembranças de tardes no palácio com a rainha, praticando o que dizer em Gizamyr, como se portar, como ganhar a confiança dos gizamyrianos.

Viira... ele se lembrava bem dela. A face feminina mais bela que já tinha visto, como uma escultura ou um desenho em um livro antigo. Lembrava-se da primeira vez que a encontrara, e das vezes depois dessa, e de como ela parecera perturbada quando suas técnicas de sedução falharam com ele, deixando-o indiferente. Mas ele a via como era: algo belo, para ser admirado, não possuído. Tampouco a desejava.

O que ele desejava era estar com Rolthan, e isso era algo que a rainha descobrira rapidamente, para seu infortúnio. Usou-o como barganha, dizendo que o teria para si legal e livremente, se completasse sua missão: levar um veneno à família real de Gizamyr, fazê-los consumi-lo e abalá-los o suficiente para que um ataque pudesse ser feito por Viira e seus exércitos a longo prazo. Não precisava que morressem, não necessariamente; mas se o lobo adormecesse dentro deles, Viira teria a vantagem durante um ataque. Seus exércitos lutariam contra exércitos de homens, não de bestas; isso era o suficiente para satisfazê-la.

E então, quando veio a hora, ele se afastou de Rolthan contra a sua vontade. Praticou com Viira o que deveria fazer, e terminado seu treinamento, foi enviado a Gizamyr como um infiltrado. Não esperava ser mais astuto que gizamyrianos, mas desejava que os Deuses estivessem ao seu lado pelo menos para sair vivo daquela missão e retornar para Rolthan, de alguma forma. Se falhasse, poderia continuar vivendo escondido, não poderia? A rainha compreenderia.

Mas não foi o que aconteceu, e quando pôs os pés dentro da corte gizamyriana, disfarçado como servo, foi quase imediatamente descoberto servindo vinho adulterado para o rei; como punição, foi preso e enviado para as minas de trabalho forçado na fria Balerno. E ali estava, depois de anos, tentando sobreviver dia após dia, enquanto a carne sumia de seus ossos e a esperança de seu coração.

Mas qual tenha sido o destino de Rolthan, ele ainda estava vivo, Blayve sabia. Sabia porque o sentia todos os dias, embora não tivesse mais forças para ver dentro de sua mente. Sentia-o no ar que respirava, na sua risada, que parecia ser carregada pelos ventos até os seus ouvidos, calorosa e irônica, no calor do sol e no brilho das Luas que, ele sabia, iluminavam a ambos — estavam separados, mas juntos sob o mesmo céu. Juntos em espírito.

* * *

Rolthan gemeu, esfregando o novo machucado no braço.

— De novo! — gritou o velho, e armou os punhos.

Podia ser velho, mas era forte. Ou tinha se *tornado* forte com as sessões de treinamento que faziam todos os dias, por horas a fio. De um modo ou de outro, Rolthan se fortalecia também, e, a cada golpe do companheiro de cela, tinha menos receio em acertá-lo por ser um senhor de idade.

Um guarda do lado de fora os observava, os braços cruzados. Ele ria a cada golpe, e Rolthan tinha que se controlar para não xingá-lo. Ele era branco como leite azedo e tão intragável quanto; a risada era pavorosa como o grasnar de um abutre.

—Por que ainda tentam? — Ele riu. Rolthan cerrou os dentes. — Os dois morrerão na arena. Assim como todos os outros; ninguém nunca saiu vivo, e os dois certamente não serão os primeiros.

Rolthan desferiu um golpe no velho.

— Ai! Miserável, concordamos que as costelas não seriam atingidas!

Rolthan murmurou suas desculpas; sua mente estava longe. Mais especificamente em Balerno.

Por que ainda tentam?, perguntara o guarda.

Porque, respondeu Rolthan em sua mente, *ainda há alguém por quem tentar.*

Suas chances eram mínimas. Ele sabia, o velho sabia, o guarda e todo o reino sabiam. Mas não eram inexistentes.

E Blayve estava vivo em Balerno. Ele estava vivo, Rolthan sabia... Podia sentir...

— De qualquer forma, não há nada para vocês lá fora — resmungou o guarda, examinando as unhas. — Mesmo que um milagre aconteça, um de vocês é um velho moribundo, e o outro, um estrangeiro sem posses. Cunhado da rainha é o que você diz ser, é? Ela tem outros. Sua morte não fará diferença para ela.

Rolthan sabia disso. É por isso que não tinham feito dele um refém; Viira jamais moveria esforços para resgatá-lo. Até seu irmão, o Primeiro *Ahmiran* Thanor, sabia que era inútil pedir algo dessa dimensão a ela. Mesmo que eles soubessem, Rolthan teria de se virar sozinho. Ainda mais porque toda essa empreitada só se dera por causa da vida de um Indomado.

— Tenho meu título; tenho minhas posses. Terei tudo de volta quando voltar a Tergaron. — Estava blefando; ele nunca voltaria para casa sem Blayve, mas queria ter algo para responder ao guarda, para provar que seu orgulho continuava intacto.

O guarda riu.

— Seu título? Quem o levará a sério depois de saber que foi vencido e capturado tão facilmente por nós, *selvagens?* E que dirá de suas posses? Não tem nem mais o cavalo que lhe servia... Um belo animal. Um companheiro meu agora o tomou por sua montaria, e o levou para ser usado nas minas em Balerno, porque parece ser um animal resistente. Até ele, um mero cavalo, mudou sua lealdade e atende por outro nome.

Rolthan rugiu e investiu na direção da porta de sua cela. O efeito provocado não foi mais do que um barulho estrondoso e um ombro dolorido; Rolthan se afastou, xingando, e o guarda grasnou sua risada terrível.

— Precisará de mais do que isso para sair daqui, companheiro.

20

Filhas

Nor não se considerava uma pessoa de muitos talentos. Não era boa costureira como a mãe, apenas decente em seu trabalho, e se os pontos não ficavam frouxos ou tortos, era porque se demorava em cada um deles, não porque tinha uma habilidade natural. Não sabia dançar como a princesa Gilia, nem tinha uma voz agradável para o canto. Não sabia esgrima como Sir Rolthan ou sequer falava várias línguas, como a falecida imediata Anouk. Sua criação reclusa a privara da chance de aprender um ofício e ter algum valor para o mundo, e sempre esteve tão preocupada em conter sua maldição de nascimento que nunca se preocupara em desenvolver nenhum talento. O seu único dom natural, portanto, sempre fora passar despercebida — branca feito um fantasma e quieta feito uma sombra, sua existência tinha sido um segredo até para os pássaros que sobrevoavam a sua casa, para o vento que batia à porta.

Por isso, tinha o mau hábito de olhar sempre para baixo e, se não fosse esse costume, talvez tivesse notado os olhares de Lorde Destrian durante o jantar, avisando-lhe o que estava prestes a acontecer, pedindo-lhe, somente com expressões faciais, que se preparasse.

— Lady Norina — chamou uma voz distante em sua memória. Ela via a mata com as amendoeiras de novo, as crianças sob suas sombras, e as mulheres que brincavam como se também vivessem nos colos das babás, não nos braços dos amantes. Mydred era o nome da menina que brincava com um colar de esmeraldas... Mydred, a primeira filha de Destrian.

Mydred e sua mãe, sobre quem Lady Grissel falara em seu primeiro encontro: Lady *Norina* Lovell era seu nome.

Os nortenhos de Gizamyr podiam não saber, mas Nor sim, e também toda Tergaron: os corpos de Mirah do Manto Rubro e de sua filha, a princesa Rhoesemina, estavam frios e inertes nas criptas do castelo de Viira. Quanto aos de Norina Lovell e sua filha Mydred, não havia palavra... Destrian e todos os outros achavam que estavam mortas, mas e se...

Lady Norina, chamou a voz, e a moça de cabelos dourados virou-se na direção dela, um sorriso brilhante no rosto. Segurava Mydred no colo. Estava completamente vestida de branco, e no seu pescoço brilhavam as maiores pedras de esmeralda que o mundo já tinha visto.

Nor pensou em Ros e nas suas crenças orientais, na Ros que tinha protegido, a todo custo, o lobo dentro de Nor. Pensou nas mechas brancas dos seus cabelos castanhos, em como brilhavam feito prata à luz do sol, e em como ela era nova demais para tê-las, para início de conversa.

Ros não tinha colares de esmeralda, nem um lorde que a amava. Quando contou a Nor sobre seu passado, mencionou uma mãe prostituta e um pai descendente de gizamyrianos, com um grande castelo em Canto de Tylla.

Não era possível que a mãe tivesse mentido para ela durante todos aqueles anos. No entanto... No entanto, Norina se lembrava daquele Dia dos Deuses, quase um ano antes, e das coisas que vira. Ela se lembrava de *quem* tinha visto. De repente, a história de Ros sobre seu passado parecia uma mentira de proporções tão magníficas quanto a mentira que ela mesma contava a Lorde Destrian, tentando convencê-lo de que era uma princesa.

Havia apenas algumas semanas, Nor fora elevada de filha de uma prostituta a princesa de um reino de selvagens. Tinha sido um conceito difícil de assimilar, mas ela assim o fez, sabendo que aquilo era apenas uma fantasia temporária que salvaria a vida de Ros. Mas agora era diferente. Seria possível que aquele homem diante de si, com olhos cansados e cabelos quase brancos, fosse o seu... *pai*?

Ser chamada de princesa por uma horda de selvagens Indomados era quase como uma brincadeira inofensiva quando ela sabia que o corpo da verdadeira Rhoesemina estava frio sob um castelo do outro lado do mar. *Ser* a filha de um lorde, no entanto, era algo muito diferente.

E se fosse verdade...

Lady Norina, ela escutou à distância. Lady Norina Lovell, não Ros de Tolisen, a costureira, filha de um lorde e uma prostituta. Lady Norina Lovell, de Gizamyr, cunhada e boa amiga de uma rainha. Da falecida rainha.

Nor quase podia imaginar Ros — *nei, Norina Lovell* — fugindo do castelo durante o saque, ou talvez depois, quando a nova dinastia tomara o poder, com uma criança no colo e um colar de esmeraldas pagando sua passagem no barco que a levaria para o outro lado do mundo. Conseguia imaginá-la devastada com a morte de sua cunhada, de sua *amiga*, sabendo que o melhor para a filha era uma vida longe da corte, longe de Gizamyr.

Talvez tivesse pintado os cabelos dourados de negro, com misturas de chumbo e cal, como as mulheres grisalhas faziam. Depois, estabelecera-se em Tergaron, em uma pequena vila, e rebatizara a si mesma e à filha, dando à criança o nome que tivera em outra vida; como se para não se desfazer totalmente das lembranças do passado.

Nor fechou os olhos e tentou se lembrar da sensação de esmeraldas nas mãos, do frescor do vento soprando sobre as amendoeiras, mas não havia nada. A única memória clara que tinha da vida antes da cabana na charneca; ela nem ao menos tinha certeza se lhe pertencia.

— Lady Norina! — falou a voz de novo, e ela piscou, olhando em volta.

Lady Tanna a observava com olhos estreitos, tentando decifrá-la. Ao seu lado, Lorde Destrian sustentava um sorriso ansioso, enquanto estendia uma das mãos em sua direção. Ao redor da mesa, Sam Gifford ria, pedaços de carne de peru caindo de sua boca bem aberta, e Alys e Thomasine tinham seus olhos fixos nela, expressões preocupadas nos rostos pálidos. Estiveram chamando-a todo esse tempo?

— Perdoe-me — disse ela, piscando. — Eu me distraí por um momento.

Lorde Destrian continuou sorrindo.

— Foi criada longe de pessoas como nós... *Homens-lobo*, não é assim que nos chamam do outro lado do mar? — *Nei*, pensou Nor. *Não são tão gentis. Do outro lado do mar, somos chamados de selvagens.* — É natural que experimente uma sobrecarga sensorial perto de outros de sua espécie, ainda mais por terem lhe ensinado a reprimir seus talentos. Entendemos perfeitamente.

Nor sorriu, mas seu coração palpitava. Agora que estava aberta à ideia, a voz de Lorde Destrian lhe parecia estranhamente familiar. Seria possível que ele não tivesse nem ao menos *considerado* a mesma possibilidade?

Ele tomou sua mão, com delicadeza, e se pôs de pé, incentivando-a a fazer o mesmo. Nor se levantou e percebeu os olhares de Alys e Thomasine queimando sobre sua pele.

— Lady Tanna, acho que uma apresentação se faz mais do que necessária — disse Lorde Destrian, sorrindo.

A mulher sorriu, levantando-se também.

— É claro. É sempre um prazer conhecer uma de suas filhas, milorde. Quando foi que a trouxe para Águaclara?

O lorde nortenho apertou a mão de Nor, quase imperceptivelmente, e uma onda de medo a invadiu. Se ele não tinha segurança em suas próprias ações, como ela deveria confiar nele?

— Lisonjeia-me, milady, mas esta não é uma de minhas filhas. — Destrian olhou para Nor. Ela tentou controlar o tremor, retribuindo-lhe o olhar, e engoliu em seco. Todos os olhos estavam pousados sobre ela, inclusive os dos criados que os serviam; jarras de vinho estavam presas, inúteis, nas mãos de serventes que tinham parado de obedecer às ordens para prestar atenção na cena, e mãos distraídas seguravam colheres vazias, servindo aos convidados porções de ar. — Esta é minha sobrinha.

Nor pôde ouvir o barulho de um talher caindo com estrondo sobre um prato. Lady Tanna olhou em volta, para as faces igualmente chocadas dos serventes e para os olhos confusos do filho. Franziu o cenho, considerando, enquanto avaliava Nor de cima a baixo, e, depois, relaxando os músculos da face, soltou uma risada nervosa.

— Sua sobrinha? *Nei*, não está querendo dizer...

Lorde Destrian apertou a mão de Nor com mais força e deu um passo em direção a Lady Tanna, Norina tropeçando atrás dele.

— É exatamente o que estou querendo dizer. Aqui está ela, depois de ter ficado perdida todos esses anos. Sua Alteza Sereníssima, a princesa Rhoesemina de Ranivel.

Do outro lado da mesa, Sam Gifford explodiu em gargalhadas, e Lady Tanna lançou um olhar a ele, mas não o repreendeu.

— Já cometeu esse erro antes, Lorde Destrian — disse ela, devagar.

— Não pergunte-me como sei, rumores correm como o vento no norte. Já deu abrigo a pelo menos duas moças diferentes na sua fortaleza, alimentou-as e vestiu-as, chamou-as de Rhoesemina sem hesitar, até que disseram ou fizeram a coisa errada, e então as dispensou. Deveria ter esperado que fosse mais longe dessa vez, principalmente depois de ter insultado o senhor meu marido, um ou dois invernos atrás.

Nor tentou soltar-se de Lorde Destrian. *Houve outras antes de mim?*, pensou, decepcionada. Ele a segurou pelo pulso, impedindo-a de ir embora.

— Não acredite nas minhas palavras. Sou um homem cansado, que tem saudades de sua família. Deixei-me enganar uma ou duas vezes, é verdade. Mas dessa vez — disse, em um novo fôlego — não há erro. Não acredite nas minhas palavras, se elas não a convencem; deixe que Rhoesemina lhe mostre.

Com uma das mãos na parte inferior de suas costas, Lorde Destrian a empurrou para a frente um pouco forte demais, e Nor sentiu que ele tremia tanto quanto ela, mesmo que sustentasse um sorriso por baixo do bigode amarelado. Ela, porém, não o traiu: esticou a mão em direção a Lady Tanna, com a palma para cima, como se lhe oferecesse algo.

A mulher olhou em volta. Sam tinha parado de rir e seus olhos aguados pareciam questioná-la, como se dissesse *vai mesmo fazer isso?*, mas não de modo arrogante. Seu corpo atarracado sustentava toda a curiosidade de um menino de doze anos preso em um castelo frio, sem novidades ou aventuras para alimentar sua imaginação. Sam Gifford queria acreditar. E, por isso, sua mãe quis acreditar também.

Ela aceitou a mão de Nor, o rosto sério e cauteloso, e, assim que permitiu que seus dedos se entrelaçassem, a Indomada mostrou-lhe as amendoeiras. Por mais que quisesse observar Norina Lovell e a menina das esmeraldas, concentrou-se na outra criança, da mesma idade, mamando no seio de uma ama e abrindo os olhinhos para espiar a mãe vez ou outra. Mostrou-lhe também as lembranças de Lorde Destrian, tentando passá-las como suas. Rhoesemina no colo do tio, mole e aconchegada entre cobertores em seus braços, protegidos por uma cota de malha. Uma mulher de cabelos dourados, em nobres vestes, deitando pétalas de lírio sobre sua barriga infantil, depois na sua testa e no nariz e, então, um espirro. Um riso abafado da mulher, pegando-a nos braços, deixando que as pétalas caíssem no chão. À distância, alguém chamou: *milady!*, e a moça pousou a criança de volta no leito, não sem antes beijar sua bochecha de bebê.

Nor soltou a mão de Lady Tanna; ninguém tinha lhe mostrado aquilo antes.

Não havia tempo para entender o que vira; seu olhar foi diretamente para Lady Tanna. Teria sido suficiente? Ela soltara cedo demais. Havia tantas coisas que poderia ter mostrado à mulher, memórias mais convincentes vindas de Lorde Destrian. Por que lhe ocorrera aquela cena tão banal? De onde viera?

Lady Tanna tinha os lábios ligeiramente separados, e seus olhos estavam fixos em algum ponto da parede oposta. Ela segurou os apoios de braço da cadeira e sentou-se tão devagar que Nor contou pelo menos cinco batidas lentas e fortes do próprio coração. Os outros a observavam, em completo silêncio.

— Muito bem — disse, enfim. Seu olhar flutuou até o filho, e ela sorriu em um espasmo, tão rapidamente e de forma tão incerta que era impossível acreditar que o tinha feito um segundo depois. Depois virou-se para Destrian e perguntou, um tom acima de um sussurro: — O senhor meu esposo tem conhecimento disso?

Lorde Destrian abriu um sorriso brilhante, o primeiro verdadeiro da noite, e recostou-se no assento, relaxando. Nor permaneceu de pé, sem saber o que fazer com as mãos ou para onde olhar.

— Pretendia contar à milady primeiro.

— Enviemos um pombo à capital — disse ela, a voz distante. — Há negócios mais importantes no Forte dos Ursos no momento, eu diria.

* * *

— É verdade o que dizem?

Nymos Gifford desceu do cavalo, tão negro quanto as suas roupas, no átrio de sua propriedade, seus olhos perfeitamente redondos inspecionando ao redor, em busca dela. Seus cavaleiros, tendo ouvido tão bem a mensagem que os trouxera de volta ao Forte dos Ursos quanto o seu senhor, se demoraram um pouco para se retirarem com os cavalos, querendo ficar e comprovar o que lhes tinham revelado.

Lorde Destrian observou-a com o canto dos olhos, sem sorrir desta vez. Estava sério como um rei.

Nor entendeu e andou até o senhor Nymos, fazendo uma mesura rápida antes de lhe estender a mão, em silêncio. Lorde Destrian ordenara que Nor se vestisse de branco para a ocasião, e um véu translúcido cobria seus cabelos — a perfeita figura do recato. Diante da escuridão dos trajes e dos cabelos de Nymos Gifford, os dois eram completos opostos: dia e noite, luz e escuridão. Luto e esperança.

Esperança; era isso o que devia dar a ele, Nor sabia. Convencer uma Casa nortenha a aliar-se outra vez, *verdadeiramente*, à Casa Delamare é um passo em direção a convencer o rei, a rainha e todo o reino.

Sério, Lorde Nymos olhou-a de cima a baixo antes de encarar seu rosto, considerando. Nor não se intimidou. Embora pelo menos duas cabeças mais baixa que ele, forçou-se a olhar para cima com um semblante igualmente sério e não baixou a mão até que ele a pegasse.

Ela lhe mostrou as mesmas coisas de sempre. Um bebê no colo de uma moça de cabelos dourados. As amendoeiras. O colo de Destrian. A risada da rainha Mirah, como tinha ouvido nas memórias do lorde de Águaclara.

Achou que estava no controle, até que o brado agudo e aterrorizado invadiu sua cabeça, e Nor achou que se partiria ao meio. Uma dor excruciante retumbou nos seus ouvidos, e ela gritou, largando a mão suada de Lorde Nymos.

Ela olhou em volta. Por um segundo, o mundo pareceu congelar; os flocos de neve caindo tão devagar que era como se estivessem parados no ar. Prendeu a respiração, inconscientemente. Olhou para o rosto de Nymos, mas o lorde de negro estava inexpressivo, e olhava para Lorde Destrian, que, por sua vez, olhava para Nor.

O que foi que eu fiz?, perguntou-se.

— Milorde — disse Lorde Nymos por fim, e Nor observou-o andar com passos pesados até seu suserano. — Eu estava na corte no dia do saque.

— Eu me recordo — respondeu Lorde Destrian.

Nor observou-o, incerta, mas resolveu permanecer no mesmo lugar. Não havia mais ninguém no átrio. Ela teve vontade de fugir, de chorar, mas permaneceu forte. Se tudo desse errado, apenas Lorde Destrian presenciaria sua humilhação. Era melhor assim.

— Então deve recordar-se do tipo de homem que fui — disse ele. — Um covarde.

Houve um instante de silêncio entre os dois. Destrian media as palavras, Nor podia perceber.

— Não tente negar, eu sei o que fiz — continuou Nymos. — Não peguei na espada para proteger meu rei e minha rainha, como deveria, e isso é algo do qual terei vergonha por todos os dias da minha vida. Mas a minha falecida esposa esperava meu primeiro filho, e eu não a teria deixado sozinha para cuidar de Forte dos Ursos. Foi bom eu não ter arriscado a minha vida, porque, quando deu à luz, Jilliana morreu e me deu Lyesel, que não era o varão que esperávamos e, por isso, não pôde herdar coisa alguma. Minha Casa teria sido arruinada.

Lorde Destrian acenou, com simpatia. Ele entendia muito bem de Casas arruinadas.

— Tive um medo tão intenso da extinção do meu nome, milorde, um medo que logo foi substituído por alívio, após o nascimento de Sam, e nunca mais veio me assolar. Um medo que esqueci, de modo tão diligente que me impediu de simpatizar com a sua causa. Não pedirei perdão, se é isso o que espera, porque o que se sente não é motivo de penitência ou vergonha, só estou lhe dizendo que agora me lembro.

Lorde Destrian andou até Nor e, numa voz sombria, perguntou-lhe:

— O que mostrou a ele?

E Nor tremeu, pensando no grito gutural que entrara em sua mente, doendo como um machado enterrado no crânio.

— Destrian! Não intimide a menina — advertiu Nymos. — Eis o que ela me lembrou...

Ele agarrou a mão direita de Lorde Destrian com ambas as mãos, e os dois fecharam os olhos, em sincronia. Nor observou-os. Os de Nymos estavam fechados com força, e o rosto estava contorcido numa expressão de sofrimento; uma lágrima curta começou a cair pela bochecha de Lorde Destrian, que, de súbito, abriu os olhos, se afastando de Nymos, e interrompeu-o com uma mão trêmula.

— Eu estava lá, Destrian — disse Nymos novamente. — Eu me *lembro*. Ninguém que esteve lá pode ter esquecido.

Nor não entendia. Os dois conheciam aquele som e seu significado. Aquilo era algo *importante*.

— Garanti que ela não era nenhuma farsante — disse Lorde Destrian. Os dois falavam sobre Nor como se ela não estivesse ali. — Sei que sou um crédulo, mas é o que a esperança faz com um homem desesperado por acreditar. E sou grato por isso, ou não teria finalmente a encontrado.

Lorde Nymos assentiu.

— E Mirah?

Lorde Destrian lançou um olhar a Nor e depois fez que não com a cabeça, devagar.

— Ela é tudo o que temos.

Lorde Nymos colocou uma das mãos sobre o ombro de Lorde Destrian, encarando-o com firmeza.

— Ela é tudo de que precisamos, companheiro — garantiu. E depois, abaixando a voz: — Quem mais foi alertado?

— Ninguém, até agora, além do senhor e sua família.

— Honra-me, milorde.

Lorde Destrian sorriu por baixo da barba amarelada.

— De modo algum. Não tenho dúvidas sobre sua lealdade, Lorde Nymos.

Lorde Nymos enrubesceu, pouco à vontade, e, como se para disfarçar sua situação, pediu-lhes que entrassem no forte, para se abrigarem da nevasca que ameaçava o horizonte.

— Por favor, minha princesa. Meu senhor. Devemos jantar todos juntos esta noite, antes de dar a notícia aos nossos companheiros do norte.

Então, Nor entendeu por que Lorde Destrian havia escolhido a Casa Gifford, especificamente, para ser a primeira a saber sobre o retorno da princesa. O casamento de Sam e Thomasine era, é claro, uma vantagem bem-vinda, mas não o objetivo principal de Lorde Destrian.

Lorde Nymos era um homem sóbrio e cético, que não seria convencido com conversas, nem persuadido facilmente a mudar suas lealdades; mas era também um homem são e relativamente jovem, do alto de seus quarenta e tantos anos. Se a palavra se espalhasse a partir dele, as demais Casas vassalas não teriam dúvidas de que a notícia era verdadeira e confiável.

Durante o jantar, Lady Tanna insistiu que Sam se sentasse ao lado de Thomasine, mesmo que, para isso, Lyesel ficasse na outra ponta da mesa, entre os Delamare e longe da própria família, o que a deixou emburrada. Fora isso, o ar era da mais grandiosa celebração. Em vez de desprezá-la, sóror Lorella passara horas perfumando e penteando Nor e alertando para os perigos de manchas nas suas novas vestes de cetim fino. Thomasine tinha um adorno de prata, herdado da mãe, e a sóror pediu-o emprestado para adornar os cabelos de Nor, alegando que era tudo o que tinham mais próximo de uma coroa. Thomasine não se importou e disse:

— Pegue o que quiser, *Sua Alteza*. Só se lembre de mim quando estiver no Trino da Alvorada. Se algo acontecer a meu futuro esposo, posso ser liberada para tornar-me sua dama de companhia e sair do maldito buraco em que estão prestes a me enfiar.

Todos sorriam, até Sam, gargalhando com os gêmeos, exceto por Thomasine. Nor simpatizou com ela. A menina olhava com urgência para o pai, os olhos arregalados de medo, mas ele ignorava seus clamores. Não havia impedimentos para o seu casamento agora.

Os serventes trouxeram um leitão gordo, e, antes mesmo que todos pudessem se servir, Lorde Nymos pediu licença para que seu filho se casasse com a filha de Lorde Destrian.

— Não o negarei de novo, irmão — disse Nymos. — E não farei preâmbulos. Nossos filhos estão em idade para o matrimônio, e faria bem para a sua Thomasine carregar o nome Gifford. Verdade que, com

Sua Alteza entre nós, a Casa Delamare está segura novamente; ninguém ousaria tomar Águaclara enquanto a princesa viver, mas é preciso pensar de modo mais grandioso. É preciso pensar em herdeiros e heranças, na construção de um legado para os seus filhos. Sei que é o que o senhor deseja e acho que é uma decisão sensata também.

Lorde Destrian escondeu seu sorriso satisfeito tomando um gole de vinho e depois respondeu:

— Devo lembrar-lhe, Lorde Nymos, que agora há a possibilidade de legitimação. Se as deusas permitirem que Rhoesemina clame o que é seu por direito e suba ao trono, em um instante ela terá o poder para legitimar todos os meus bastardos, e então eles seriam realeza. Pequenos lordes e ladies. — Ele olhou para Barnard e Pyers, que haviam parado sua brincadeira violenta ao ouvirem a palavra *lordes* e tinham os olhos brilhantes. — Por que eu deveria entregar a futura *Lady* Thomasine Foxe, prima da princesa, a um marido nortenho de uma Casa já aliada à minha, quando posso conseguir para ela alianças mais vantajosas no futuro?

Lorde Nymos remexeu-se no assento, o cenho franzido. Lorde Destrian saboreava o momento como uma criança que se lambuza com um doce, e Nor percebeu quanto poder tinha colocado nas mãos dele, involuntariamente.

Lady Tanna olhou para o marido, esperando uma resposta que os salvasse.

— Para que Rhoesemina suba ao trono — respondeu ele, devagar, parte da boca escondida atrás de mãos entrelaçadas —, milorde precisaria ir à guerra. E, para isso, seu exército não bastaria. Para ganhar dos Alleine, precisaria de aliados. Com a quantidade de filhos que tem, a resposta mais óbvia é o casamento.

— Perfeitamente — concordou Destrian. — Por essa lógica, seria mais vantajoso que minha Thomasine se casasse com o herdeiro dos Starion; eles têm o maior exército. Ou ainda com o filho dos Hyll. Se perdermos a guerra, daqui a alguns anos ao menos Thomasine teria a maior porção de terra do norte.

— Ao contrário dos Starion e dos Hyll, estamos em posição vantajosa — insistiu Lorde Nymos. — Sem contar Águaclara, nosso forte é o mais próximo da capital: dois dias de cavalgada, com o tempo bom, quatro em caso de nevascas.

Lorde Destrian considerou, em silêncio.

— Considere nossos anos de lealdade — acrescentou Lady Tanna. — Não encontrará isso em nenhuma das outras Casas.

Thomasine lançou um olhar ansioso para o pai. Suas mãos delicadas seguravam com força um lencinho de seda, e sua respiração ruidosa podia ser ouvida no silêncio da mesa. Destrian lhe retribuiu o olhar por alguns segundos, sério, pai e filha se comunicando numa linguagem secreta a todos os demais. Por fim, Thomasine desviou os olhos, franzindo o cenho. Lorde Destrian sorriu.

— Devo admitir... O que diz é verdade. Não está na presença de seu conselheiro, Lorde Nymos, mas creio que tem um bem ainda mais valioso ao seu lado. — Ele ergueu a taça em direção a Lady Tanna, que tomou um gole de vinho, em resposta. — Que seja arranjado, então.

Sam olhou em volta, confuso. Do seu lado, Thomasine lançou um olhar furioso a Destrian, os olhos cheios de lágrimas. O rosto vermelho acentuava ainda mais os cabelos acobreados: a Raposa queimava como a flama de uma vela.

Os lordes nortenhos levantaram-se, beijando-se uma vez em cada bochecha para selar o acordo, e propuseram brindes aos noivos. Thomasine não olhou nenhuma vez para o pai durante o jantar, e Sam não olhou nenhuma vez para ela, preferindo, em vez disso, gargalhar e jogar comida nos gêmeos.

21

Pela estrada afora

O PESCOÇO DE GILIA DOÍA. SUAS COSTAS E SEUS JOELHOS TAMbém, depois de horas espremida entre sacas de alimento atrás de uma carroça desconfortável.

— Obrigada, senhor — disse, saltando para o chão pela primeira vez desde o dia anterior. Ele resmungou alguma coisa e virou as costas, ocupando-se em descarregar a carroça.

Ela olhou em volta. Myravena, com seu céu cinza vertendo flocos de neve e as chaminés cuspindo fumaça branca, era tão diferente de Areialva e suas ruas calçadas com pedras redondas, seu cheiro de mar. Esta era a única cidade que Gilia visitara verdadeiramente; lembrava-se de sentar em grandes carruagens abertas com os irmãos e, às vezes, o pai, sendo carregada pelas ruas em uma grande parada enquanto lhe jogavam pétalas de rosa e arroz colorido. Lá, gritavam seu nome. Lá, multidões se espremiam e se acotovelavam para poder ter um vislumbre dela. Lá...

— Ei, menina, preste atenção! — gritou-lhe um mercador. Distraída, Gilia quase o fez tropeçar, derrubando uma bandeja de pães que ele carregava de um lado da rua para o outro.

Havia sido uma jornada longa. Chegara ao mercado numa cidade nortenha, escondida na carroça, quando ainda era madrugada e estava tudo tão escuro que não podia ver as próprias mãos à frente dos olhos. Escondeu-se atrás de uma tenda de maçãs até que clareasse e o mercado começasse a funcionar, e então se misturou aos outros, comprando espetinhos de salsichão apimentado e uma garrafa de vinho quente com um de seus anéis. Manteve o véu sempre sobre os cabelos, e, contanto que mantivesse a cabeça baixa, de modo que não pudessem ver sua pele escura e seus olhos pretos, sabia que estava a salvo. Com o outro anel, conseguiu comprar uma carona até a capital com um mercador de cereais, e depois de um dia e uma noite, lá estava.

Lá Gilia não passava de uma rata de rua. Seu belo vestido de seda branca estava sujo e manchado de terra e de vinho, e ela tinha abandonado os sapatos em algum ponto da estrada, jogando-os para longe quando começaram a apertar os pés. Ninguém a olhou duas vezes no percurso até os portões do palácio e ninguém se dirigiu a ela a não ser para gritar insultos.

O palácio não estava localizado no topo de um promontório ou de uma grande colina, como os magníficos castelos de sua família; em vez disso, estava construído no nível da cidade, à beira-mar. A única real barreira entre os portões e a confusão da vida na cidade era o bosque que o precedia. Havia, no entanto, um braço da fortaleza que se estendia até o coração de Myravena, um túnel para a entrada de serviçais e guardas da cidade do qual ouvira falar no percurso até a capital, e era por ele que se arriscaria. Com essa informação, havia obtido outra: as pessoas comuns que se aproximavam para tomar o tempo dos soldados que guardavam essa entrada, com frequência, eram executadas no ato. Gilia não podia dizer que não entendia, pois já tinha visto o mesmo acontecer em Fortessal. Comuns que se aproximam demais do palácio eram aniquilados, de modo a não perturbar os soldados, que têm de estar sempre atentos a possíveis ameaças; afinal, saques e cercos podiam muito bem acontecer pela entrada de serviçais.

Ela estava ciente do perigo, porém, ainda assim, não temeu se dirigir justamente àquela entrada. Afinal, aqueles homens eram *lobos*; faltava--lhes a racionalidade de homens comuns, mas não a astúcia. Matá-la significaria começar uma guerra contra um império muito superior ao seu, e até um cavaleiro menor saberia as implicações de um feito como esse. Eles não ousariam tocá-la.

Podia ver a entrada de onde estava, um túnel de pedras amarelas, protegido por quatro soldados completamente armados. Eles abriam os portões para um grupo de homens absurdamente vermelhos e suados carregando um veado abatido de membros amarrados em uma carreta de madeira. Depois de trocarem algumas palavras, dois dos homens prosseguiram carregando o animal, e dois dos soldados os acompanharam para dentro do túnel mal iluminado enquanto os demais fechavam os portões. Um casal carregando sacas de cebolas conversava entre si, olhando para dentro do túnel. Precisavam esperar o retorno dos carniceiros para que fossem admitidos e escoltados para dentro com suas mercadorias.

Gilia se aproximou com passos certeiros. Não os temia, não de verdade.

— O que pensa que está fazendo?

Um homem agarrou o seu braço com firmeza, afastando-a dos portões com violência. Ele tinha as mãos sujas de carvão e escondia o rosto atrás de uma barba amarela e imunda. Suas grandes sobrancelhas estavam franzidas. Sua voz, retumbante. Gilia não pôde evitar olhar para ele, e a pele e os olhos, as marcas que a denunciavam como estrangeira, tornaram-se bem visíveis à luz cinzenta da cidade.

O homem olhou-a de volta, confuso. Suas unhas apertaram a carne do braço de Gilia, e ela gemeu, tentando se desvencilhar.

— Largue-me!

— Quem é você? — exigiu ele. — Quem é *você*?

Ela não lhe respondeu. Em vez disso, com toda a força que possuía, enfiou os dentes em suas mãos sujas até que ele a soltasse, gritando, e escapou, correndo até trombar com os mercadores de cebola aos portões do túnel.

— Ei, garota! Olhe por onde vai!

O homem lhe repreendeu, mas era tarde demais. A saca de estopa foi ao chão, as cebolas rolando para longe dos portões, entre os pés de transeuntes desavisados. O mercador olhou para as cebolas e depois para ela, levando as mãos ao ar antes de correr atrás de sua mercadoria. A mulher que o acompanhava deu-lhe um tapa na orelha, forte, e foi ajudar o homem, sem acrescentar nenhuma palavra além de xingamentos baixos.

— Ei, você! Venha até aqui! — chamou um dos soldados que guardava o portão, encarando Gilia de onde estava.

Ela não pôde evitar sorrir. Não tinha planejado as coisas daquele jeito, mas podia adquirir o controle da situação a partir de agora.

Ela obedeceu, andando em direção ao soldado. Notou quando ele colocou a mão na bainha e começou a tirar a espada do coldre, mas foi mais rápida e retirou o véu em um movimento ágil, revelando seu rosto tergarônio.

O soldado parou com a espada em pleno ar, sem mover um músculo. Seu companheiro andou em direção a Gilia, erguendo a viseira do elmo. Seus olhos se estreitaram enquanto ele a analisava, mão na bainha, tentando decidir como proceder. No túnel, os carniceiros retornavam, agora com um saco de moedas em vez de um veado, acompanhados do par de soldados. Eles também ergueram suas viseiras e começaram a correr em direção ao portão.

— Saudações, sirs. Sou a princesa Gilia Mirana dos Viasaara e exijo uma audiência com o seu rei — disse ela.

O soldado não era tolo. A menina estava suja e descalça, mas anéis de pedra preciosa cintilavam nos seus dedos escuros e seus traços não podiam ser dali, afinal.

Ele não se curvou, mas tampouco a desrespeitou. Um tanto abobalhado, ele e seu companheiro se entreolharam, e os dois perceberam que tinham entendido a mesma coisa.

— Por aqui — disse um deles, depois de alguns segundos, e abriu os portões.

22

A CANÇÃO DE INVERNO

A GAROTA NÃO CHOROU. NÃO CHOROU QUANDO SÓROR LORELLA a despiu na frente das grandes senhoras do norte para inspecioná-la antes do casamento nem quando teve que caminhar até o jovem noivo nos jardins de Forte dos Ursos, os pés descalços na neve simbolizando sua submissão a ele e sua fragilidade como mulher. Thomasine estivera terrivelmente quieta desde o dia em que seu casamento fora arranjado, e o dia da cerimônia não mudou nada disso. De braços dados com o pai, a Raposa andou resignada até Sam entre a pequena multidão de lordes e ladies nortenhos, todos vassalos a Lorde Destrian, e a cada um deles lançou um olhar mais gélido do que a própria neve que caía.

As noivas gizamyrianas usavam vermelho para afastar maus espíritos; Thomasine, com os cabelos acobreados e o vestido rubro, parecia envelhecida para sua idade, uma dama em carmesim. Nor sabia o que acontecia com as moças na primeira noite com os maridos e estremeceu. Ela podia estar apenas fazendo o papel de senhora agora, mas logo seria real.

Lorde Destrian anunciou que estava dando Thomasine livremente, e Fráter Sinno, o líder da Fé Lunar em Forte dos Ursos, tomou as mãos da Raposa, levando-as até as mãos estendidas de Sam Gifford, que não se dera ao trabalho de descalçar as luvas de couro.

Era o primeiro casamento que Nor presenciava. Tinha visto a cerimônia entre Iohanna e Yaen, na sua vila em Tergaron, mas do outro lado do mar as cerimônias eram diferentes e não se comparavam ao matrimônio entre lordes e ladies de grandes Casas. Ela se lembrava de ter visto tudo através da janela, atrás das cortinas; acontecera no auge do verão, e o céu estava límpido e azul. Os bons ouvidos de Nor captaram cada palavra: juntas, as noivas haviam repetido os nomes dos Deuses e se ajoelhado diante de figuras de palha que os representavam; nos casamentos da cidade, explicara a mãe, nos de grandes mercadores, dos aristocratas e da realeza, as cerimônias eram realizadas nos templos, diante das grandes estátuas de pedra maciça, esculpidas há um milênio. Depois de terem feito suas preces, Iohanna e Yaen trocaram colares de couro, cada um com doze marcas no comprimento, amarrando-os em torno do pescoço uma da outra. Ros lhe explicara que todos os casais usavam peças similares, mas que, se fossem bem-nascidos, tinham o couro substituído por ouro ou prata, e doze pedras preciosas. A rainha não usava colares, explicou, porque não pertencia aos seus esposos, mas todos eles tinham suas próprias gargantilhas feitas sob medida, pelo o que diziam.

As tradições eram tão diferentes em Gizamyr que Nor sentiu-se compelida a assistir a cada momento, esquecendo-se por um segundo de que tudo aquilo acontecia por sua causa. No entanto, o esquecimento não durou mais que alguns minutos. Logo, notou que os olhares dos senhores e das senhoras convidados não estavam pousados em Sam e Thomasine, e sim nela, e, a partir daquele momento, mesmo com ouvidos aguçados, foi difícil ouvir quaisquer palavras sob as batidas ansiosas do seu coração.

Fráter Sinno estendeu o cálice de vinho para Sam, que bebeu dele, e depois para Thomasine, que fez o mesmo, tragando vários goles da bebida, de modo notavelmente malcriado, e depois limpando os lábios na manga do vestido, um olhar rígido no seu rosto pintado. Ela devolveu o cálice, e o Fráter pigarreou pouco à vontade, pedindo os votos.

— Doce senhora — começou Sam, numa voz monótona, quase cansada. Olhava para o céu, como se as estrelas estivessem sussurrando as palavras para que ele as repetisse. — A partir deste momento, estás sob minha custódia para sempre. Que a Sacerdotisa nos faça ater às nossas virtudes, a Guerreira nos proteja dos maus espíritos e a Criadora nos conceda muitos varões saudáveis e viris. Eu a acolho em minha casa, eu concedo-lhe meu nome, eu confio-lhe a geração dos meus herdeiros.

— Gentil senhor — disse Thomasine depois que Sam terminou, olhando por cima de seu ombro, não para ele, mas para Lorde Destrian. Seus olhos estavam frios, suas palavras, sem emoção. — Eu venho diante de ti, despida do meu nome para tomar o seu e exilada do meu lar para me pôr sob sua custódia para sempre. Que a Sacerdotisa nos faça ater às nossas virtudes, que a Guerreira nos proteja dos maus espíritos e que a Criadora nos conceda muitos varões saudáveis e viris. Eu sou acolhida em sua casa, presenteada com seu nome, responsável pela geração de seus herdeiros. — Os olhos sem vida da garota fitaram Nor, assim como os convidados a encararam quando ela se agachou, beijando os pés de Sam.

Nor desviou os olhos. Sabia que o casamento por amor era para camponeses e bastardos — talvez a única liberdade em uma vida inteira de restrições. Era assim também daquele lado do mar, mas ela tinha roubado aquilo de Thomasine e teria de viver sabendo que a menina não a perdoaria pelo destino a que havia sido condenada.

Depois do casamento, um banquete foi servido no grande salão de Forte dos Ursos. A Nor foi reservado um lugar no estrado, bem ao lado esquerdo de Raposa, onde geralmente se sentava o pai da noiva. Ela notou que os convidados comentavam nas mesas baixas e tentou se concentrar na comida, como fazia Sam, que demonstrava tão pouco interesse pelo próprio casamento quanto os meios-irmãos de Thomasine, que jogavam comida um no outro no fundo do salão e roubavam goles de cevada das canecas de senhores distraídos.

Os senhores nortenhos se divertiam, gargalhando estrondosamente, comendo e bebendo como se vivessem o último dia de suas vidas. Duas moças serventes tinham achado lugar nos colos de lordes de cara vermelha, uma delas com a saia na altura dos joelhos. Nor desviou os olhos. Lady Alys tinha as mãos pousadas graciosamente na frente do corpo e conversava com Lady Lyesel, que fugira do seu lugar no estrado para ficar perto dos garotos Starion. Um certo Lorde Gimas Solomer tocava a balalaica, entoando uma canção sobre os dias do reinado Ranivel. Um grupo de lordes o acompanhava e os homens encaravam o estrado enquanto cantavam. Nor inicialmente pensou que estavam procurando aprovação dos noivos, mas logo percebeu que o olhar deles estava dirigido à esquerda de Thomasine.

— Eles desejam vir até você — sussurrou-lhe Lorde Destrian. — Esperam um sinal para que possam se aproximar.

Nor levou a taça aos lábios e bebeu o vinho amargo, pensando no que Anouk lhe havia ensinado sobre os efeitos da bebida. O líquido desceu queimando.

— Não tenho nada a dizer a eles — murmurou, apreensiva.

— Então receba-os calada, mas deixe que venham. Eles sabem quem é. A semente foi plantada.

Nor perguntou-se o que Lorde Destrian queria dizer com aquilo. Tinha contado a eles o mesmo que contara a Lorde Nymos nas suas cartas? Ou teriam os senhores nortenhos vindo de bom grado, por convite do senhor do Forte dos Ursos, e se convencido de que a princesa vivia por influência de Nymos?

Pousou a taça e fez contato visual com um deles, acenando levemente com a cabeça. *Deixe que venham.*

Então os lordes se aproximaram. O maior deles era gordo como um javali, com pouco cabelo e suíças brancas. Chegou mais perto do tablado com as costas curvadas e os olhos baixos, esperando uma ação de Nor. Destrian instruiu-a a oferecer sua mão, e o lorde a pegou e beijou-a.

— Princesa Rhoesemina. Não sabe por quanto tempo oro por seu retorno.

— Este é Lorde Adham Vosser, da Última Torre — sussurrou Destrian ao seu ouvido. — Ele viajou uma grande distância para vê-la, minha sobrinha.

— É um prazer, Lorde Vosser. — Norina sorriu, torcendo para que ele não tivesse reparado em quanto a sua mão tremia quando a beijara. Não lhe mostrou nada do seu passado; o homem já estava convencido.

Lorde Vosser riu, com uma das mãos sobre a grande barriga.

— Prazer? Mas é claro, era pequena demais, não se lembraria de mim.

— Perdoe-me...

— Oh, princesa, não há nada a perdoar. Eu fui o braço direito do rei Jan. Fui eu quem a apresentei ao povo de Gizamyr, no templo lunar em Myravena, no dia seguinte ao seu nascimento. — Em seu sorriso, Nor notou, havia mais orgulho do que saudosismo.

Nunca me acostumarei com as tradições gizamyrianas, pensou Nor.

— Em Tergaron, onde fui criada — disse —, a rainha Viira apresenta os próprios filhos à corte e ao povo, e se o parto tiver sido especialmente difícil e ela estiver cansada, a tarefa cabe ao pai da criança. Soa-me estranho quão diferente as coisas são deste lado do mar, mas sou grata ao senhor por ter desempenhado esse papel.

Lorde Vosser se remexeu, desconfortável.

— É do mesmo modo lá e aqui, minha princesa. Mas o rei... Ah... Como explicar? Sua Majestade tinha...

— O seu pai decepcionou-se porque esperava um herdeiro varão, Rhoesemina — interrompeu Lorde Destrian. — E se recusou a apresentá-la a Gizamyr porque teve vergonha.

Nor assentiu. Não estava magoada, aquele não era seu pai. A cada segundo passado, crescia em seu peito a certeza de que seu pai era o homem sentado ao seu lado, o homem que se regozijava com seu retorno e que a tratava como alguém da família; como a mãe a tratava. Sabia que ele não se envergonhava dela, não como os Doze Deuses dos Tergarônios, não como a rainha Viira ou o rei Jan.

— Bem, Destrian, eu tenho certeza de que esse não era o caso. O rei a amava muitíssimo, princesa, estou certo disso — garantiu Lorde Adham.

— Se ele enrubesceu na ocasião do nascimento da princesa, imagino que cor ficou a cara dele quando começaram a chamá-lo de Imperador Impotente — zombou um dos homens que acompanhava Lorde Vosser para o sujeito ao lado, que começou a rir descontroladamente.

Nor o observou. O homem tinha os braços cruzados sobre o peito e um rosto bem mais novo do que o de Adham Vosser, os cabelos tingidos de preto contrastando com as sobrancelhas claras.

— Lorde Lyon! Ousa dizer algo desse tipo na frente da princesa? — exasperou-se Lorde Vosser, secando a testa com um paninho de cetim.

— De fato, está dando margens para que questionemos sua lealdade, Lorde Lyon — disse Lorde Destrian, franzindo a testa.

O companheiro dele, ainda rindo, jogou um dos braços peludos sobre seu ombro.

— Perdoe-o, milorde. Está mamado, tonto como uma criança à teta da mãe.

Lorde Destrian suspirou, escondendo o rosto atrás da mão cheia de anéis.

— Voltem quando estiverem sãos. Não partiremos até a primeira luz, terão tempo o suficiente para cumprimentar a princesa com alguma dignidade. Ela irá perdoá-los pela inconveniência, não irá, Rhoesemina?

Lorde Lyon bufou.

— Princesa? Essa menina? — Balançou a cabeça. — Então é verdade o que estão tentando fazer. Tive esperanças de que tudo fosse uma grande brincadeira.

Lorde Lyon Adabryr subiu no estrado, trôpego. Destrian estendeu o braço diante de Nor, criando uma barreira entre os dois, e foi quando Nor notou que Lyon girava uma adaga na mão direita, transpassando-a entre os dedos. O salão tinha se silenciado para assistir à cena, e Nor podia sentir os grandes olhos de Thomasine ao seu lado e a respiração ofegante da garota.

— Cuidado, Lorde Lyon, está falando com sua soberana — advertiu Lorde Destrian, estreitando os olhos. Uma cadeira foi arrastada no tablado. Lorde Nymos se levantou, e os soldados que guardavam a porta do salão se aproximaram, devagar.

Lorde Lyon riu. A faca girou uma, duas, três vezes.

— Minha *soberana*. Essa tergarônia manda tanto em mim quanto a vadia Viasaara e seu harém de homens submissos.

Lorde Destrian se levantou, fazendo os soldados avançarem mais alguns passos.

— Não, parem! — pediu Nor, levantando-se também. Lorde Destrian segurou seus ombros com força, mas ela resistiu, estendendo a mão em direção a Lorde Lyon. — Se não confia nas palavras destes homens, por que não vê por si mesmo?

— Rhoese... — repreendeu-a Lorde Destrian.

— Deixe que ele veja! — insistiu ela.

Lorde Lyon tomou sua mão a contragosto, mas não parecia diferente quando tornou a abrir os olhos. De fato, a única mudança era que ria ainda mais, apoiando-se no ombro do amigo.

— Eu estava curioso, admito — disse ele. — "Dessa vez Lorde Destrian conseguiu enganar todos eles", pensei. Mas creio que foi *você* quem o enganou, não foi, menina?

Nor engoliu em seco.

— Tire-o daqui imediatamente — ordenou Lorde Destrian. Os soldados hesitaram, olhando para Lorde Nymos.

— Se não se importa, Lorde Destrian, eu gostaria de ouvir o que ele tem a dizer — disse o anfitrião.

Lorde Lyon fez uma reverência zombeteira, agradecendo, e virou-se para encarar o resto do salão.

— Milordes. Miladies. Estão todos confiando cegamente em Lorde Nymos, que, por sua vez, parece ter perdido o restante de sanidade que lhe tornava o único suserano influente do norte que ainda a tinha por completo. Pois bem, digo-lhes agora que é uma maneira muito tola de se comportar. Entendo que queiram ir para a guerra com esse maníaco como seu líder. Querem um Ranivel no poder de novo, as Luas sabem. E eu não sou traidor nenhum! Também iria querer, se não fosse impossível. Pelas Luas, homens, estão mais loucos que Destrian se acreditam que essa menina realmente é a princesa. Milorde tem a desculpa da esperança infalível de um homem que perdeu a família. Quanto a vocês... Que vexame. Mil vezes, que vexame!

— Lorde Nymos não é nenhum tolo — disse um homem em uma das mesas, levantando-se. Tinha bigode espesso, cabeça calva e olhos cinzentos. — Como os lobos que fazem parte da mesma alcateia, nós, homens do norte, não temos segredos uns para com os outros. E se Lorde Nymos viu o que a menina tinha para mostrar e reconheceu as memórias...

— Está bêbado demais para raciocinar, Lyon, saia daí! — gritou um outro, impaciente, enquanto gesticulava para chamar uma das serviçais.

— Minha visão pode estar difusa, Lorde Pyros, é verdade — reconheceu Lorde Lyon —, mas isso só vem a meu favor. Se estou deixando de notar alguma semelhança entre a menina e a princesa falecida, pelo menos tal semelhança não interfere na conclusão que tirei ao ver as *memórias* que ela me ofereceu com tanta confiança.

Lorde Nymos apoiou o queixo na mão.

— O que está sugerindo, Lyon?

— Fale logo! — gritou outro homem no fundo, irritado.

A sala inteira estava em silêncio, esperando que ele falasse.

Lorde Lyon desceu do tablado.

— Minha lealdade está no norte, onde sempre estará, e aqueles que ocupam o trono do Trino da Alvorada não são meus reis, nem nunca serão, porque o tomaram com sangue. Mas aqui está um grupo de homens prontos para fazer o mesmo.

— Estamos clamando o que é nosso por direito — argumentou Lorde Destrian. — E, se não concorda com isso, não tem o que fazer aqui.

— Exceto que não tem como clamar o trono se a única herdeira está morta, em algum lugar debaixo das águas frias do Pequeno Mar. Essa menina é uma impostora, uma escória de Tergaron. Negar isso é negar a verdade diante dos seus olhos, Lorde Destrian. É um homem sentimental, não lhe negarei o direito de clamar isso, mas, antes de tudo, é inteligente. E, se seu coração o cegou, duvido de que a voz mais prudente de milady, a senhora Grissel, não lhe faça levantar questionamentos.

Lorde Destrian não respondeu. Lançou um olhar profundo a Nor, analisando-a, e ela sentiu-se gelar por dentro.

— Por que haveríamos de mentir? Vão para a guerra se desejarem, homens, vão para a guerra e tomem o trono, mas tomem-no com a consciência de que a menina que estão colocando naquela cadeira não passa de uma marionete, controlada pelo soberano do norte. Somos todos irmãos aqui, não há necessidade de calúnia.

Nor observou os homens a olhando, desde os pequenos gêmeos Deverelle no fundo da sala até os serventes, os guardas com as espadas e os cavaleiros, os grandes lordes e os pequenos, junto de suas esposas e seus filhos. Eles esperavam que Lorde Destrian dissesse algo em sua defesa, que Lorde Nymos mandasse Lorde Lyon embora. Mas isso não aconteceu.

Então Nor se levantou da cadeira, muito devagar, o único barulho na sala produzido pelos pés do móvel arranhando a madeira do tablado. Alisou a frente do vestido e contornou a mesa, indo até Sam Gifford e lhe estendendo as mãos. Perplexo, o garoto olhou para os dois lados do salão e, depois de engolir um pedaço de coxa de pato, aceitou-as, entrelaçando os dedos gordurosos nos de Nor. Depois, ela mostrou o mesmo para Thomasine, que segurou sua mão com firmeza, de modo quase desafiador, e não fechou os olhos até que fosse inevitável.

Em seguida, desceu do tablado e circulou pelas mesas. Lorde Pyros. Lady Solomer. Seus filhos, Vyr e Haffen. Uma por uma, ela percorreu as mesas de modo a mostrar a todos os convidados o que mostrara a Lorde Destrian para convencê-lo, e o que tinha visto depois disso também. Uma criança no colo de Destrian Delamare. O rei, a rainha e seus serviçais, sob as amendoeiras. Uma moça acalentando um bebê, colocando flores sobre sua barriguinha inchada de leite. E mostrou-lhes também suas próprias memórias. A voz da mãe, doce pela manhã, e sussurrada à noite, levemente rouca do cansaço do dia. O jeito como ela esfregava o nariz no seu, rindo. As canções que entoava, o toque dos cafunés, seus olhos gentis.

Esperou que o grito de sempre viesse cortar as visões agradáveis, mas dessa vez não veio grito algum. Em vez disso, uma voz familiar de mulher cantarolava uma canção agradável num quarto dourado, tão claro que ofuscava, e Nor se entregou ao som, ignorando tudo ao redor.

Quando terminou, tornou a se sentar no seu lugar, ao tablado, em completo silêncio. Ela sabia que não tinha sido criada para fazer discursos como Gilia, e, de qualquer modo, ali não era uma terra onde as mulheres fossem ouvidas.

Um homem no fundo da sala tomou um longo gole de cerveja e se levantou.

— Eu diria que isso resolve a questão — declarou, depois de pigarrear.

— Lorde Yan? — disse Nymos Gifford.

— Uma criança não se lembra de muito dos seus primeiros anos de vida, companheiros, exceto das coisas que mais a marcaram. Não vejo como a menina se lembraria de metade das coisas que nos mostrou; aquelas são as memórias de Lorde Destrian.

Alguns dos outros senhores presentes acenaram com a cabeça, e um burburinho tomou conta do salão.

— Deveras — concordou Lorde Lyon, bebericando o vinho quente e encostando-se em uma das pilastras do salão.

— Esquece-se, Lorde Yan — começou Lorde Nymos —, de que Destrian não estava presente na outra metade das memórias. Certamente se lembrarão de como chamavam Lady Grissel no seu auge... Grissel Lírio-Branco, estou certo? E que tipo de flores cercavam essa menina nas suas memórias?

— Isso não prova nada! — bradou um lorde. — Lírios! A volta de Rhoesemina dos mortos é só uma fábula em que quer acreditar, e, por isso, tudo o que vê se transforma em alguma "pista" a favor da sua ilusão!

— Admita que também quer acreditar, senhor, e raciocine comigo. De quem eram os braços que seguravam esta donzela, senão os de sua avó? Acredito que também sentiram o cheiro inconfundível das flores com que adornava os cabelos. Não acredito que a cética Lady Grissel tenha se deixado tocar pela menina.

— Não, de fato não deixou — confirmou Destrian. — Minha mãe não compartilhou nenhuma parte de si com ela. As memórias que essa donzela tem são dela e dela somente.

— Muito bem — prosseguiu Lorde Nymos. — Acredito que todos nós conheçamos a dona da tão bela voz que entoou uma canção na última memória. E você, menina, a reconhece?

— Minha mãe — respondeu Nor e, pela primeira vez, teve certeza de que não estava mentindo. Sabia tanto quanto sabia qual era a cor do céu e o número de dedos em cada mão que aquela senhora era sua mãe. Não sabia ao certo se era a mulher que tinha dado à luz, a mulher de cabelos prateados com quem sonhara a vida inteira... Ou sua *ahma* Ros, em Tergaron, que conhecia as canções dos selvagens porque o pai lhe ensinara. Nem ao menos sabia se eram pessoas diferentes, Lady Norina Lovell e Ros de Tolisen, ou se eram uma só; tudo o que sabia era que aquela moça era sua mãe. Podia *sentir*. — Era a minha mãe.

— "Um sonho de inverno" é uma canção gizamyriana, como sabem — continuou Lorde Nymos. — A menina não pode tê-la ouvido em nenhum outro lugar. Peço-lhes, companheiros, que analisem a situação com cuidado. Não há necessidade para uma disputa interna neste momento tão delicado. Somos todos irmãos no norte.

Nor viu os homens do salão assentirem. Até Lorde Lyon e Lorde Yan permaneceram calados; Lorde Lyon puxou a gola do vestido da esposa, arrastando-a para fora do salão, e seus filhos pequenos o seguiram.

Percebeu que nem Lorde Nymos Gifford fora capaz de convencer todos eles, mas manteve-se em silêncio. Já se envolvera demais na questão e sentia-se exposta e vulnerável como um cervo na mira de um grupo de caçadores. Resignou-se; tinha o apoio de mais da metade dos homens da sala, incluindo os lordes nortenhos mais importantes, no tablado ao seu lado.

— Haverá uma guerra, então?

A pergunta fora feita por um jovem magrelo de dentes tortos, no canto da sala. Não estava ali sozinho, estava acompanhando o senhor seu pai, o grande Lorde Charle Starion, que permanecera quieto durante toda a conversa entre as Casas, simplesmente observando.

Lorde Destrian estava sóbrio, e sua postura era orgulhosa.

— Se for necessário.

Os homens em volta dele assentiram.

— As casas do norte se erguerão novamente — declarou Nymos e sorriu.

Os outros lordes se davam tapinhas nas costas, se abraçavam, erguiam as serventes e esposas no ar para beijá-las e riam, eufóricos.

Lorde Adham Vosser ergueu uma taça com o mesmo orgulho que erguera a princesa quinze anos antes.

— A Rhoesemina, a princesa que retornou!

E os homens fizeram o mesmo, exclamando em coro:

— A Rhoesemina!

23

Um visitante

Destrian Delamare e sua comitiva não tinham sequer chegado a Areialva. Depois de fazer sua campanha no norte e conseguir o apoio de seus vassalos, o lorde só desejava retornar ao palacete, para decepção dos gêmeos Deverelle. Thomasine fora deixada na casa de seu novo esposo e recusara-se a se despedir do pai quando partiram, trancando-se na sua nova câmara. Destrian não insistira; voltou para Águaclara resignado e orgulhoso, sem sair do lado de Norina nem por um minuto.

Ele estava nervoso. Não havia feito o desjejum, e andava de um lado para o outro de seu palacete, ansioso. A notícia chegara pela manhã: a família real enviaria um visitante para investigar os rumores que circulavam a região de Águaclara desde a chegada de Nor.

Fizera questão de mandar vestir Norina em boas roupas, ainda que não fossem muito elaboradas: um vestido azul que ressaltava seus olhos e uma tiara simples de pérolas nos cabelos. O enviado chegaria no fim da tarde; Destrian desconfiava que mandariam um dos sobrinhos do rei, seus protegidos que moravam no Trino da Alvorada. Embora confiante, não podia evitar sentir-se nervoso; os Alleine eram implacáveis em suas decisões, e, se fosse determinado que Norina era uma farsa, seria o fim para todos.

Beirava o fim da tarde. Lorde Destrian havia planejado um jantar de seis pratos, com chá e entretenimento ao final — ele mesmo responsável pelo piano. Escondera todos os seus bastardos na ala oeste, onde ficavam os quartos, com as babás; nada nem ninguém deveria atrapalhá-los aquela noite. Quando tudo estava pronto, sentou-se para esperar a chegada da carruagem com algum primo Alleine, e pôs-se a discutir com Lady Grissel.

Falavam como se Nor não estivesse na sala. Ela olhou para as mãos, envergonhada, enquanto mãe e filho discutiam.

— Estou lhe dizendo, Ma, isso é um completo absurdo! Investigar-nos, ora...

— Devo dizer-lhe, Destrian, que são mais sensatos que você. E se eu tenho motivos para odiar os Alleine, esse não é um deles, posso lhe garantir. Deixe que venham. Se a menina for quem diz ser, você não tem nada a temer. E se não for...

— Ora, Ma, sabe que eles nunca admitirão que estou certo!

— Quem foi que enviaram para averiguar a identidade da menina?

— E isso importa? São todos iguais! Lixo real, desonesto, fanfarrão, completamente...

Ouviram um pigarro.

Lorde Fyodr, o castelão, estava à porta, e atrás dele havia alguém que nenhum deles conseguia ver. Cumprimentou e anunciou:

— O príncipe Ralf Alleine, milorde. Milady. — E, para Nor, apenas acenou com a cabeça, sem saber como tratá-la.

Lorde Destrian mal teve tempo de reagir quando foi anunciado que o *próprio príncipe* viria julgá-los. Nor, ao contrário, reagiu rápido demais; antes mesmo de vê-lo, afundou os joelhos em uma profunda reverência, desajeitada e nervosa. Ouviu o farfalhar do vestido de Lady Grissel quando ela se levantou da cadeira, mas sabia que a dama não se rebaixaria ao ponto de fazer uma mesura. Quanto a Lorde Destrian, apenas abaixou a cabeça, respeitosamente.

— Alteza.

Numa voz calma e calorosa, o príncipe respondeu:

— Não devem dobrar os joelhos, estão em sua casa. Sou eu quem deve agradecer a hospitalidade.

Norina obedeceu, levantando-se, e finalmente viu o príncipe Ralf pela primeira vez.

Sua aparência chamou-lhe a atenção: ele não era do branco cruel e pristino dos homens aristocratas de Gizamyr; sua pele era de um tom mais agradável aos olhos, uma cor de areia suave, que o sol tímido daquele lugar, de algum modo, havia enriquecido. Mal parecia um príncipe: seu cabelo era cortado curto e rente à cabeça, como o de um cavaleiro, e estava corado, como se tivesse corrido um quilômetro para chegar ali. Na sua face, não se lia nada — Nor queria tocá-lo para descobrir o que estava pensando.

— Seja muito bem-vindo, Alteza — disse Grissel, polidamente. — Sinto que não estamos bem preparados para a sua visita. Esperávamos um de seus primos...

— Não se preocupe, Lady Grissel, tenho certeza de que tudo estará de meu agrado. — Sorriu. — E se não estiver, bem, sou um bom ator.

Nor se surpreendeu com a vontade que teve de rir, mas conteve-se; enquanto isso, Lady Grissel engasgou, e precisou do auxílio de uma de suas aias para sentar-se e recobrar o fôlego.

— Por que não nos divertimos um pouco antes do jantar? — sugeriu Destrian. — Lorde Fyodr, por favor, se puder trazer um daqueles bons vinhos doces da adega...

— Ora, Lorde Destrian, não vamos perder tempo em desnecessárias distrações que aumentam a sua e a minha ansiedade. Vamos logo à questão central. — Sorriu novamente, e Norina sentiu nele um ar sincero e casual. — Devo assumir que a dama diante de mim é a menina que clama ser a princesa perdida Rhoesemina de Ranivel?

Ele se aproximou com passos suaves, e o estômago de Nor se revirou de nervosismo. Tudo poderia estar perdido se ela não conseguisse convencê-lo como fizera com Destrian. Parecia que cada passo era dado sobre uma fina camada de gelo e que um único erro no percurso seria capaz de quebrar a base sobre seus pés e despejá-la para dentro de um lago gelado e fundo.

— Ela não clama, nem se gaba de coisa alguma. Não é uma interesseira nem farsante. Fui eu quem a descobriu e sou eu, com o apoio dos meus vassalos, que acredito em sua verdadeira identidade.

— E suponho que ela tenha sido convencida também?

— Ela...

— A menina sabe falar, não sabe? Lorde Destrian, com todo o respeito. Gostaria de escutar a voz dela.

Nor hesitou:

—Eu... — Lorde Destrian sinalizou com a cabeça para que continuasse, e ela o fez, trêmula. — Eu tinha minhas desconfianças, que se confirmaram quando encontrei Lorde Destrian.

— E agora, suponho que não tenha mais dúvidas?

Norina pensou bem antes de responder. Não podia mentir.

— Sempre há dúvidas, Alteza. Em todos nós, enquanto estamos vivos. Não há outro jeito de existir senão com a mente cheia delas.

— Muito bem. — Ele riu, e virando-se para Lorde Destrian, comentou: — Estou satisfeito com essa resposta curiosa. Podemos jantar agora, Lorde Destrian, se não se incomoda. Achou uma bela menina aqui, com uma boa cabeça. Vou lhe dizer isso, ao menos por ora.

— Rhoesemina sempre foi inteligente — disse Lorde Destrian, e beijou o topo da cabeça de Nor. — Sabíamos disso mesmo quando era um bebê.

E, guiando-a pelo braço, foram até a grande mesa de jantar para serem servidos.

O jantar foi um evento silencioso e constrangedor para todas as partes, e, quando finalmente terminou, todos pareciam aliviados.

Lorde Destrian guiou-os até um salão menor e mais íntimo, e fez menção de sentar-se ao piano, mas o príncipe o parou.

—Porque a donzela não toca um pouco?

Destrian remexeu-se, desconfortável, e Nor corou.

— Não sei tocar, Alteza.

Ele pareceu curioso:

— Não sabe tocar o piano?

— Estamos tentando ensiná-la como tocar cítara primeiro — disse ele. Era verdade; nas últimas semanas, ela vinha machucando os dedos nas cordas duras, e levando tapinhas nas mãos de sóror Lorella toda vez que errava.

"Agora é tarde demais para que você aprenda a controlar seus poderes, minha jovem", dissera ela um dia, enquanto voltavam de Forte dos Ursos. "Mas há coisas mais simples que ainda pode aprender." E se encarregara de ensiná-la, junto a Lady Alys, como tocar a cítara, o clavicórdio, como trançar os cabelos no estilo gizamyriano e a ler. Não estava fazendo muito progresso em nenhuma das frentes, mas ao menos sabia costurar e bordar, e isso deixara a sóror um pouco menos agitada.

— Ora, vamos ouvir — pediu o príncipe.

— Ah, não, eu não poderia, Alteza. Vou desagradá-lo. Sempre erro a ordem das cordas e meus dedos não são rápidos o suficiente para que saia boa música...

O príncipe encontrou o instrumento em cima de uma mesinha e o trouxe para o canapé, onde sentaram-se.

—Não vou forçá-la, então — ele disse, e Nor suspirou, aliviada. E sussurrou para os ouvidos dela: — Sei o que é sentir-se inadequado quando a colocam em uma posição complicada e a fazem desempenhar um papel contra a sua vontade.

Ela corou fortemente, e lançou um olhar a Lorde Destrian; *o que ele estava tentando insinuar?*

Mas então o príncipe começou a dedilhar ele mesmo a cítara, e em pouco tempo estava tocando uma canção, e todos eles se calaram para ouvir. Ele era talentoso e, por um instante fugaz, sua música fez com que Nor se esquecesse de suas preocupações.

Quando Ralf terminou, ela quis aplaudir, mas não o fez. De qualquer jeito, não teve tempo, pois sem perder o fôlego, o príncipe disse, colocando a cítara de lado:

— Queria poder dizer a vocês que tenho tempo para ficar e desfrutar da sua ótima companhia, miladies, milorde, mas a verdade é que tenho de voltar em breve para o Trino com uma resposta para o meu pai. Não é difícil decepcionar um rei, e sinto dizer que, sendo o irmão mais novo, eu constantemente sou colocado nessa posição.

— Alteza... — Destrian tentou racionar.

— Ora, Lorde Destrian, não finja que não entende. Você foi irmão de uma rainha. Sabe tão bem quanto eu como é crescer na sombra de gigantes. — Lady Grissel abanou-se com o atrevimento, indignada. — De qualquer forma, o rei já espera por mais uma decepção.

— Não pretendemos enganar o rei, Alteza — disse Norina, levantando-se quando ele se levantou. — Nem a você.

Ele estendeu a mão na direção dela.

— Me ajude a provar que ele está errado, então — disse.

E Norina mostrou ao príncipe o que tinha mostrado a Destrian, e mostrou também as memórias que tinha visto do lorde.

Quando abriram os olhos, um pouco sem fôlego, o príncipe sorriu do mesmo modo que tinha feito tantas vezes antes, e afastou-se. Virando-se para Destrian, sem desviar os olhos arregalados de Norina, disse:

— Preparem-se para se encontrar com o rei Artor em poucos dias. Aguardo ansioso pelo nosso reencontro, milady. Lady Grissel. Lorde Destrian.

E sem mais uma palavra, deixou-os, andando a passos largos em direção à saída.

24

Antes

MONTERUBRO HAVIA DESPERTADO SOMBRIO E ESCURO COMO os castelos em Ikurian naquele dia. O inverno estava chegando ao fim, mas as rajadas de vento eram fortes e vorazes, movimentando as ondas escuras como piche contra o abismo e as nuvens de chumbo no céu.

— Que tempo atípico — comentou o ancião. — Em toda a minha vida, acho que nunca experimentei frio como esse antes. A essa altura no ano passado, já teríamos as primeiras flores brotando nas matas.

Viira cruzou os braços nus para espantar o frio da cripta.

— Sempre acreditei que o tempo só muda assim bruscamente quando os Deuses querem nos avisar que algo está para acontecer — comentou.

O ancião riu baixo, sentando-se ao lado da Rainha das Rainhas

— *Nei*, não diga isso, não com o tempo assim tão feio. São só superstições camponesas; *majaraani* está bem acima delas.

Viira olhou para o rosto enrugado do ancião querendo confiar nele, mas a própria experiência provava que ela estava certa; não eram só superstições. Quando grandes tempestades chegavam ou o rio subia e inundava vilas inteiras, algo grande sempre ocorria: a captura de um Indomado, a morte de um de seus filhos, doenças que se espalhavam entre camponeses. Era como se os Doze previssem os acontecimentos e reagissem com ventos cruéis, calores escaldantes e chuvas de estrelas cadentes.

No casamento de Viira com sua esposa mais recente, Anachorita, o céu tinha se iluminado com um arco-íris de ponta a ponta do reino; nas festas de apresentação das debutantes do ano anterior, enquanto as meninas saíam de vestidos brancos em direção a Monterubro para serem introduzidas à sociedade, flores haviam brotado de um dia para o outro; e houve, é claro, a neve um dia antes da captura de Ros e da menina Indomada.

— Descanse sua mente de preocupações, *majaraani*. Já as têm em grande número.

Viira observou-o. Sua pele negra tinha manchas de idade, e as rugas marcavam seu rosto profundamente. O ancião tinha setenta e sete anos; ela tinha mil, mas aquelas marcas de idade nunca a atingiriam.

Suspirou, mexendo os anéis nos dedos longos. Estar na presença de idosos a deixava ansiosa. Preferia estar cercada pelos seus jovens esposos e esposas, lindos rostos livres da marca do tempo e abençoados com a beleza.

— Tive um sonho esta noite, Kotta, um sonho terrível, e agora há a questão do tempo. Como espera que eu não me preocupe?

O ancião parecia apreensivo. Ele se levantou, devagar, apoiando-se sobre o cajado.

— O mesmo sonho de antes?

Viira confirmou.

— Sangue por todos os lados. Dessa vez os vi bem na minha frente, Kotta, todos os meus filhos sendo mortos, um por um na minha frente. Um por um... Eles gritavam meu nome. E eu não podia ajudar nenhum deles.

O velho contemplava-a em silêncio. Viira sabia que ele não tentaria acalmá-la desta vez; os dois sabiam o que aquilo significava.

Nenhum dos sonhos de Viira eram apenas sonhos.

— Willame ainda reside com a senhora?

— *Saa*, mas é o único. E não pretendo trazer todos sob minha proteção; os Deuses sabem que o povo falaria. Além disso, três dos meus filhos são governantes de reinos inteiros. Não posso arrancá-los do trono e tampouco posso trazer todos os outros exceto eles. Estou de mãos atadas; se tentar qualquer coisa, dirão que estou com medo. Que estou enfraquecendo. Os boatos se espalhariam para Gizamyr e então...

Ela se levantou, subitamente tonta. O velho botou as mãos enrugadas sobre seus ombros e a puxou para os seus braços, consolando-a.

— Kotta, sabe o que sacrifiquei pela minha imortalidade, pelo poder sobre os reinos. Não posso deixar tudo isso ruir. Ah, tudo começou com aquela menina Indomada! O tempo virando, os sonhos... Se *acontecer*, Kotta, eles terão sido os responsáveis, eu tenho certeza. Virão atrás dos meus filhos para me atingir e em seguida atacarão Tergaron, e então eu não terei mais nada.

O ancião a soltou.

— *Saa*, eu sei o que sacrificou — disse ele com a voz rouca. — A vida do seu povo. A *alma* do seu povo. Fez com que vendessem a parte que os tornava o que eram. E continua repetindo o erro, condenando ao fogo os que ainda restam.

A rainha se virou, alarmada, para verificar se estavam realmente sozinhos.

— Silêncio! As paredes têm ouvidos.

Suspirou profundamente. Desde aquele dia, há um milênio, quando tinha não mais que dezenove anos completos, tudo passara com uma lentidão excruciante; a imortalidade era um peso grande demais para se aguentar, e Viira sentia seus efeitos todos os dias.

Ela se lembrava de tudo, mesmo que fosse apenas uma menina naquela época. Casaram-na com oito homens diferentes, homens que enriqueceram sua família e que fizeram dela a dona das terras para cá de Farkas Baso, então ainda sem nome. No fim, toda vez que saía do palácio, as ruas se transformavam no percurso de uma procissão para louvá-la, e logo carruagens fechadas foram substituídas por liteiras e carruagens abertas para que o povo a admirasse a caminho do templo ou do lago. Ela se lembrava de como via rostos distintos nas paradas: rostos escuros como o seu, ou cor de oliva, ou, ainda, brancos como o leite, todos convivendo em harmonia. Recordava as pessoas gritando seu nome e chorando ao vê-la passar, porque era tão bela. No entanto, não se agachavam para beijar seus pés nem a chamavam de *majaraani*, não ainda. Eles encaravam seus olhos e faziam juras de amor, sem medo.

Era das paradas que ela mais gostava. Viira recebia o sol em seu rosto, sorria para as pessoas, acenava e vez por outra conversava com o povo que ia ao templo. Falava com lordes e ladies, mas também camponeses e mercadores — eram todos iguais naquela época.

Quando retornava a Monterubro, no entanto, vivia seus pesadelos. Os maridos ansiavam por ela e se recusavam a esperar para tê-la, possuindo-a um atrás do outro, ocasionalmente diversas vezes ao dia, em outros momentos vários ao mesmo tempo. Ela os odiava. Odiava suas mãos sobre ela, seus beijos cheios de saliva e as coisas que diziam ao seu ouvido. Ela chorava e, muitas vezes, ficava de cama por dias a fio, incapaz de suportar a dor. Rezava às Luas para que a deixassem morrer, para que aquele suplício acabasse. Sempre se recuperava, no entanto, e quando isso acontecia, voltava a sofrer.

Descartava todos os filhos que lhe faziam, e por tempos acreditaram que ela era infértil. Não conseguia suportar a ideia de gerar o herdeiro de um daqueles sujeitos asquerosos, que não a olhavam no rosto nem lhe dirigiam a palavra nos corredores, mas que tocavam cada parte dela na intimidade de seus aposentos.

Então, um dia, por fim não aguentou mais e jogou-se da torre mais alta de Monterubro, enquanto um de seus esposos dormia, nu, na cama.

Ela morreria... mas Elas a salvaram.

Não sabia bem como, mas de algum modo não caíra nas pedras pontiagudas lá embaixo, e sim nas águas do mar. Sabia que fora salva pelas Luas porque vira o seu reflexo na água durante a queda e, quando percebeu que Elas não a deixariam morrer, chorou amargamente. Teve tanta raiva das Luas que proibiu o povo de segui-las e fez com que renegassem os talentos dados por Elas, alegando que eram grandes demônios de luz que a haviam tentado e a atraído para a morte. Passou a seguir, em vez disso, uma nova religião que já existia em algumas partes do reino, a Doutrina dos Doze, e reformou os templos. Os homens tomaram elixires e meditaram e aprenderam a controlar os instintos de seus filhos para que não os desenvolvessem. Perfuravam os próprios tímpanos para não escutar o que não deviam, cegavam-se com limão e água quente e usavam luvas quando tocavam uns nos outros.

Houve os que se recusaram, e estes cruzaram a floresta de Farkas Baso para não serem perseguidos, encontrando um novo lar na terra congelada de Gizamyr. Com o passar dos anos, seus descendentes começaram a nascer com cabelos e peles brancas como a neve ao seu redor, adaptando-se ao frio, o que tornava impossível seu retorno para Tergaron, mesmo se o desejassem. Aqueles que renegaram Viira, a Rainha das Rainhas, se avistados, eram jogados no fogo.

Quando as Luas perceberam o que parte de seus filhos fazia, seguindo Deuses falsos e renegando a própria natureza para seguir uma mulher que recusara seu presente mais precioso ao tentar se matar, puniram todos eles tirando suas almas definitivamente e também as de seus descendentes. Os homens não precisavam mais se cegar, porque sua visão já não era tão poderosa, e tampouco precisavam meditar, porque a raiva que os tornava extraordinariamente fortes já não existia mais. Eles acharam que tinham alcançado a salvação com seus novos Deuses, quando, na realidade, estavam o mais longe possível dela.

E Viira também recebeu um castigo: ela, que tanto queria que todo o seu sofrimento acabasse, estava condenada a suportá-lo por toda a eternidade. Seria imortal, incapaz de morrer naturalmente. Outros poderiam matá-la, mas quem tentaria? Ela pedira mil vezes a esposos e esposas no passado, mas nenhum ousaria ser o responsável pela morte da Rainha das Rainhas; e, ademais, ela era tão bela, tão *boa*! Ela os guiava na direção certa. Quem poderia fazer algo do tipo?

Também não conseguia dar cabo de si mesma, já tentara de tantas maneiras. Deixara que escorpiões e cobras a picassem e tomara veneno, jogara-se de novo da torre e se mutilara. Mas as Luas estavam assistindo; estavam sempre assistindo. E fechavam suas chagas, limpavam seu sangue, faziam-na purgar o veneno e resistir à peçonha. Tudo para que tivesse uma eternidade de memórias perturbadoras — nunca esqueceria o rosto daqueles primeiros esposos, as noites de dor, a frieza de sua família ao dá-la em casamento múltiplas vezes.

Depois de cinco ou seis décadas, quando todos os seus esposos estavam mortos, começou a colecioná-los de novo. Dessa vez, escolheria cada um e os trataria do mesmo modo como a haviam tratado. Solicitava-os quando os desejava, dispensava-os quando se aborrecia, e, por vezes, esquecia seus nomes ou confundia seus rostos. Eles lhe proporcionavam felicidade momentânea, mas a depressão logo a consumia novamente. Foi assim até que desse à luz seu primeiro filho e encontrasse sua razão de viver.

Mas os filhos também eram seu maior sofrimento; os abusos que tinha sofrido em nada se comparavam com a dor de perder um filho, de vê-lo envelhecer diante de seus olhos. E Viira percebeu, com os anos, que a sua maior felicidade também era o seu verdadeiro castigo.

Ela desviou os olhos do ponto onde os tinha fixado, antes de se perder em pensamentos, e focou-os de novo no ancião, suspirando.

— Todos me seguiram de bom grado, Kotta; não os forcei a nada. Você, entre todos os meus filhos, deveria saber disso.

O velho abaixou a cabeça, o círculo calvo tornando-se bem evidente naquele momento.

— Não estou a repreendendo, *ahma*. Perdoe-me se a ofendi.

Viira assentiu.

— De modo algum. — E o abraçou, beijando sua testa enrugada. Ela se lembrava de quando o tinha pegado nos braços pela primeira vez. O pai dele já estava morto havia anos, mas tinha sido promovido a Primeiro *Ahmiran* depois do nascimento de Kotta, o bebê mais dócil que Viira já tivera até então. Por vezes ela achava que o amava mais que aos outros, que ele era o seu favorito e que sofreria mais quando ele morresse, mas depois se lembrava que era assim com todos.

Houve uma batida na porta. Viira mal teve tempo de se recompor, quando um mensageiro caiu aos seus pés, ofegante:

— *Majaraani*. Príncipe Kotta. A *sharaani* Gilia está na corte dos Ranivel em Gizamyr... sozinha.

25

A Aliança

Nor esperava na varanda, apoiada na balaustrada de mármore para observar os jardins de Águaclara lá embaixo. O dia estava alvíssimo, e as nuvens cobriam o céu tão completamente que não se via um único pedacinho azul ao inclinar o pescoço para cima. A neve pesava tanto sobre os galhos que estes rangiam e estalavam, somando-se aos demais barulhos do início do dia.

Tinham-na arrumado com um vestido branco de saia ampla, no estilo gizamyriano, para que o manto vermelho sobre seus ombros se destacasse. Porém, ela proibira que modificassem os traços de seu rosto com as tintas coloridas. Se mentia em todas as outras facetas de sua vida, ao menos seu rosto seria verdadeiro, decidiu.

Lorde Destrian não queria perder tempo e já planejava cada palavra que diria ao rei. Cada um de seus ensaios era um golpe no estômago de Nor, que se desdobrava de nervoso. Enfim cumpriria o que tinha ido fazer ali.

Não conseguia parar de pensar em Lady Grissel e nas memórias. Se o que desconfiava era verdade e Lorde Destrian fosse seu pai — *dohi Iatrax*, como ela queria que fosse verdade! —, Lady Grissel seria sua avó. E aquelas memórias... Tudo aquilo parecia falso, mas tinha que ser verdadeiro. Não tinha? O cheiro das flores brancas, os braços quentes, as pétalas de lírio. Tudo aquilo apontava que aquela era a avó da garota da capa vermelha. Mas Lady Grissel era teimosa e, mesmo recebendo a notícia de Destrian de que todo o norte havia sido convencido, não dividiria nenhuma parte de si com Nor. Norina tampouco tentaria avançar sobre ela e mostrar-lhe à força, como já tinha visto ser feito antes; não ousava. Não com aquela mulher.

Lírios. Esmeraldas. A capa vermelha. Todos os símbolos da vida que ela poderia ter tido a rondavam diariamente, deixando-a tonta. O que era verdade? O que era mentira? O que eram memórias e o que eram fragmentos de sua imaginação?

Ora, quando se unira à *sharaani* para ver dentro dela, soubera diferenciar suas memórias das dela, porém agora tudo era difuso. Não sabia mais o que eram as próprias memórias e o que eram as das outras pessoas. Todos queriam tanto se convencer de que ela era Rhoesemina que cada lembrança era transformada em uma prova, não importava quão precária — ou quão falsa — ela fosse.

A carruagem veio buscá-la depois do desjejum, e Nor tinha tantas dúvidas e estava tão nervosa que só tomara água e mordiscara um biscoito de aveia, depois de Lorde Destrian insistir muito. A viagem até a capital, Myravena, não levou mais do que quatro horas, mas Nor ficou de olhos fechados ao longo de todo o percurso. Imaginava-se indo para outro lugar, *qualquer outro lugar*, menos para onde estava indo.

— Respire, Rhoese — instruiu Lorde Destrian. — Não deixe que eles ouçam o seu coração batendo acelerado.

Nor fez o que ele tinha dito, mas seu coração não queria obedecê-la e ser acalmado e, em desespero, começou a disparar.

Lorde Destrian cerrou o punho e bateu na parede do coche.

— Pare a carruagem! — gritou para o cocheiro, que freou bruscamente. Nor e Destrian foram jogados para a frente e para trás, num sacolejo que seguiu o ritmo do soluço no peito de Nor.

— Desculpe-me, senhor. Desculpe-me...

— Shh, shh, está tudo bem. Rhoesemina, olhe como respira, pelas Luas! Acalme-se; olhe para mim.

Nor obedeceu às instruções. Esfregou as lágrimas que começavam a brotar nos cantos dos olhos e o encarou, determinada.

Ah, aqueles olhos gentis, aqueles olhos em que estava aprendendo a encontrar tanto conforto! Ele respirava calmamente, e Nor se concentrou para ouvir dentro de seu peito. O coração de Lorde Destrian também estava acelerado, mas batia num ritmo constante, seguindo sua respiração controlada. Ele esticou as mãos e Nor as tomou, sentindo seu calor reconfortante e paternal. Teve uma vontade ainda maior de chorar, mas sentiu o ritmo frenético do próprio coração acalmar quase imediatamente.

Lorde Destrian apertou as mãos dela e sorriu, quando enfim as soltou.

— Ah, assim está melhor. Escute, Rhoese, você não deve temer coisa alguma. Apenas mostre ao rei o que me mostrou, criança, e o que mostrou aos nortenhos. Fiquei tão orgulhoso de você naquele dia; tomou a atitude que sua mãe teria tomado e fez todos a ouvirem. Se o rei também vir o que eles viram, não duvidará de que é Rhoesemina, a verdadeira princesa deste reino.

Eu não lhes mostrei nada de especial, pensou Nor, *apenas as coisas que queriam ver. Eu lhes mostrei antigas memórias, mas são todas de Destrian, não minhas.* Mesmo assim, enquanto pensava isso, via a mulher de longos cabelos prateados e ouvia a voz da mãe entoando uma canção gizamyriana e se perguntava se aquilo realmente era verdade.

Depois disso, Nor tornou a fechar os olhos, sabendo que, se os mantivesse abertos, ficaria nervosa outra vez. Por isso, não viu quando o Trino da Alvorada apareceu diante da carruagem, ao pé da praia e cercado por uma mata, protegido por três muralhas de pedras grossas. Apenas uma, a mais interna, apresentava a hera e o limo acumulado ao longo dos anos. Os outros dois muros haviam sido construídos após o cerco, e, por isso, a pedra branca ainda reluzia, destacada contra as cores da cidade à sua volta, depois da mata. As três torres que davam nome à fortificação se destacavam, mais altas do que qualquer outra construção em todo o mundo, brancas e douradas, com tetos abobadados. Reza a lenda que tinham sido construídas daquele modo na esperança de alcançarem as Luas, mas que o projeto fora cancelado quando uma chuva de estrelas castigou a região do palácio. Os homens alegaram que havia sido um aviso das Luas para que não tentassem alcançá-las e contentaram-se com a altura que já haviam atingido.

Nor tampouco viu os grandes jardins que se exibiam, orgulhosos, quando a carruagem foi autorizada a entrar na fortificação, com os lírios e as violetas, os lilases e as rosas, a multidão de fontes e labirintos de sebe e esculturas de antigos reis e rainhas.

Até quando foi recepcionada dentro do palácio, segurando nos braços de Lorde Destrian, que caminhava ao seu lado, ela não viu nada. Estava nervosa demais para reparar nos arredores, por mais ricos e belos que fossem, e encontrava-se em um transe tão profundo que só voltou a enxergar o que estava à sua frente quando puseram-na diante de uma grande porta de mogno, protegida por dois guardas reais em suas armaduras completas.

Nor apertou a manga do casaco de Lorde Destrian. Estava cansada, percebeu, de ser arrastada de um lado para o outro, de ser colocada em frente a guardas, príncipes, reis e rainhas, de ser exposta e exibida como um animal raro.

Ela inspirou, ajeitando a postura. O manto era pesado, um constante lembrete do que tinha ido fazer lá, de quem deveria ser.

Então ela foi.

As portas se abriram depois de um anúncio cautelosamente genérico, e Nor — *nei, Rhoesemina*, corrigiu-se — foi admitida em um salão estranhamente intimista. Três lareiras estavam acesas, uma em cada parede exceto a da porta, iluminando bem uma mesa de madeira maciça repleta de papéis que ficava no meio da sala. Tapeçarias penduradas nas paredes de pedra tremulavam perigosamente perto do fogo, ostentando figuras macabras da guerra da Conquista. Aquele quarto não parecia combinar com o restante do palácio, e Nor sabia que a haviam levado ali para intimidá-la.

Mas ela não permitiria isso.

O rei de Gizamyr estava sentado numa cadeira em uma das extremidades da mesa, sozinho senão por um criado que lhe enchia o cálice de vinho, e outro estendendo-lhe uma bandeja de queijos e frutas, que ele enfiava na boca e engolia com vinho, quase sem mastigar. Quando os viu, gesticulou para que se aproximassem.

Lorde Destrian se aproximou, mas recusou-se a reverenciá-lo e proibiu Nor de fazer a mesma coisa, segurando seus braços, com delicadeza, mas firme. Isso chamou a atenção do rei.

— Destrian — disse, olhando-o de cima a baixo com os olhos entorpecidos de álcool. Dispensou os criados com um gesto preguiçoso e tomou mais um gole de vinho. — Sente-se. Sente-se com a tergarônia e beba comigo.

Destrian não se sentou.

— Admito, ela é a mais convincente que já me trouxe... Não se cansa da humilhação, velho Delamare? O que pedirá desta vez? Da primeira, clamou seu direito ao trono. Da segunda, talvez mais incerto sobre seu sucesso, exigiu uma vaga no conselho... O que lhe concedi, para que nos deixasse em paz. E, agora, traz uma menina do outro lado do mar, arriscando o que já conquistou?

Nor franziu o cenho, involuntariamente afastando-se das mãos de Destrian.

— As duas primeiras eram novas demais. A primeira, um bebê que não dominava suas lembranças, de modo que confiei na minha visão comum e me deixei enganar pelo luto, vendo uma semelhança entre ela e minha sobrinha. A segunda, trazida a mim por uma antiga aia do palácio, também tinha visto os horrores do dia do cerco e enganou-se com suas visões daquela noite. Esta, no entanto — ele pôs as mãos sobre os ombros trêmulos de Nor —, é Rhoesemina, não há dúvidas. Convenceu a mim e também a toda Águaclara, de meus filhos até os serventes mais baixos. Até a aia sulista de uma de minhas filhas ficou convencida.

O rei bufou.

— Conveniente como persuadiu o pessoal de sua Casa depois de encantar o seu senhor. E quem ousaria contrariá-lo em sua propriedade, Destrian?

— Deixe que ela lhe mostre, Sua Graça.

— E que interesse tenho eu nisso? Usa uma capa semelhante à de sua mãe, é verdade, o que me mostra quanto realmente está convencido. Essa é uma peça cara, a que fez para a tergarônia. Sem dúvida pretende me convencer, mas diga: se a menina realmente for a princesa que sobreviveu, por que traz a questão a mim? Que haverei eu de fazer dela, senão dar cabo de sua vida e completar o trabalho que deveria ter sido terminado há quinze anos?

Destrian sorriu, desafiador, e sentou-se finalmente. Nor não o acompanhou; não era seu lugar. Sabia que era mais objeto que pessoa e não cabia a ela tomar parte na discussão.

— Se fizer isso — disse Destrian —, terá que enfrentar a fúria do povo nortenho, que já a tem como rainha.

O rei riu, mas seu corpo gordo estava enrijecido.

— Está blefando, mas nunca foi muito bom nisso, Destrian.

— Tenho certeza de que foi informado do casamento de minha filha Thomasine com o herdeiro dos Gifford.

O rei enrubesceu, furioso, e bateu um dos punhos contra a mesa.

— Ousou enganá-lo com uma farsante para conseguir um casamento vantajoso para sua bastarda?

— Ora, Vossa Majestade. Eu e o senhor bem sabemos que Nymos Gifford não é um crédulo. Ele a reconheceu pelo que é, como fizeram todos os homens do norte, e, em breve, todos os homens do reino. Reconheça-a também e depois discutiremos os meus termos. Por agora, todo o norte guarda seu silêncio, a meu pedido, mas suas espadas estão prontas para defendê-la ou para vingá-la, se ousar agir com estupidez. Esta *é* Rhoesemina.

— Ah, desafia-me! Está louco, Destrian; vá embora com esta pobre garota enquanto ainda é tempo. Vá embora e perdoarei suas ofensas enquanto ainda estou bêbado demais para dar conta delas completamente.

Destrian estava prestes a responder algo quando Nor se colocou na frente dele, diante do rei, e o desafiou:

— Não. Não partiremos até que faça o que Lorde Destrian lhe pediu. Veja o que ele viu, o que toda Águaclara e os homens do norte viram, e será convencido.

O rei olhou-a de cima a baixo, como se a enxergasse ali pela primeira vez, e depois riu. Riu, mas parecia preocupado, então logo se esquivou.

— Basta, Destrian — disse, levantando-se para ir embora. — Estou farto de suas brincadeiras e artimanhas. Reze às Luas para que eu não me lembre de nada disso quando estiver sóbrio, amanhã.

Nor olhou para Destrian, esperando que reagisse. Viu a fúria e a decepção crescendo nos seus olhos, o vermelho se espalhando, mas ele estava estático. Suas mãos tremiam.

Oh, não.

Nor lembrou-se dos guardas do lado de fora, escutando, à espera.

Ouviu os passos lentos de Destrian na direção do rei, agora de costas e bêbado demais para ouvi-lo, e viu seus olhos completamente vermelhos.

Nor avançou sobre o rei, antes que Destrian pudesse fazer isso, e segurou suas mãos molhadas de suor e vinho, forçando-o a ver o que o lorde e os homens tinham visto.

Ao fim da visão, ele soltou as mãos de Nor depressa, como se queimassem, e olhou para Destrian. Os olhos do soberano também começavam a se encher de sangue, e Nor recuou, protegendo-se atrás do senhor de Águaclara.

— Não tente nada — advertiu Lorde Destrian. — Ou haverá revoltas.

O rei rugiu, levando as mãos às têmporas. Perdeu o equilíbrio e teve que se apoiar na mesa, a cabeça baixa.

— Deveria ter me livrado de você enquanto era tempo, Destrian. Queimado sua propriedade e matado os seus bastardinhos, um por um, antes de decapitá-lo em frente à cidade.

Lorde Destrian encarava os insultos quase como elogios. Ouvia-os de peito aberto e um sorriso orgulhoso estampava sua face.

— Tem ideia do que está fazendo? Tem ideia do que isso significa para mim e para minha rainha? Para os meus *filhos*? — vociferou. — O povo se voltará contra nós com duas vezes mais violência do que no dia do cerco. Eu sempre o tratei com cordialidade, Destrian...

O lorde riu.

— Ora, isso é verdade? Meu senhor, se fizesse metade das coisas que diz fazer, o povo estaria ao seu lado e não se agarraria à esperança do retorno de minha Rhoesemina. No fim, as coisas aconteceram desse modo graças ao senhor.

O rei mandou chamar de volta o servente de vinho e bebeu um cálice inteiro em um só gole, enchendo-o de novo e dispensando o criado em seguida.

— Suponho que pedirá uma aliança — comentou, derrotado.

Norina sabia que o que quer que Destrian respondesse seriam os termos que roubariam sua liberdade e sua mãe para sempre. Mas estava preparada para aquilo e, em vez de deixá-lo falar, saiu de trás dele, erguendo o queixo.

— Não lhe pedimos nada, senhor, além de que case a princesa Gilia com o seu varão mais velho, unindo através do matrimônio os reinos de Tergaron e Gizamyr. Em troca disso, estou disposta a manter silêncio sobre a minha identidade e tenho certeza de que o povo do norte concordará com esses termos também e guardará a verdade, se eu lhes disser que é o melhor a se fazer. Não fui instruída para ser uma rainha; nem menos sei as letras. A *sharaani* Gilia, ao contrário, foi criada para isso, e se tornará uma governante bem melhor do que eu, bem como criará uma aliança há muito esperada, um passo necessário para o futuro de todos os reinos e para que alcancemos a paz, enfim. — Ela respirou fundo. Esteve ensaiando aquelas palavras desde que deixara Monterubro, um mês antes. — Se não concordar, revelarei minha verdadeira natureza a todo o povo de Gizamyr.

Destrian procurou os olhos de Nor, em desespero.

— O que está fazendo? Rhoese, o trono deve ser seu...

— Não, tio. Isso é o que é certo.

Nor notou as mãos nervosas do homem que era seu pai ou seu tio, ou um completo estranho. Sabia que estava indo contra o que tinham combinado, sem ter lhe dito uma palavra sequer antes, e provavelmente lhe causando grande dor. Porém o que mais poderia fazer? Aquele era o único jeito de ter a mãe de volta.

— Não darei uma menina tergarônia ao meu filho — declarou o rei.

— Prefere vê-lo morto num cerco?

Nor surpreendeu-se com as próprias palavras e teve que resistir ao impulso de se desculpar. Elas surtiram efeito. O rei encarou-a com uma carranca por vários segundos e depois suspirou, esfregando as têmporas.

— O povo se revoltaria. Estamos muito acima daquela raça nojenta de além-mar, que reza para falsos Deuses e são castigados pelo sol tão intensamente que nascem da cor da noite. Meu Aster não terá seu sangue misturado ao de uma princesa estrangeira, porque, se fizer isso, aí é que haverá uma revolta.

Nor não entendia os insultos do rei. Era ele quem estava errado; os Deuses eram reais, e as Luas não eram mais do que orbes brilhantes. Acreditar que eram mais do que isso era uma tolice, uma lenda de criança, como acreditar que havia ninfas na floresta ou sereias nos mares.

E o sol... o sol não os castigava, mas os *presenteava* com cores ricas, deixando-os belos e elegantes; por tanto tempo Nor sonhara em ser dourada ou escura como eles, mas no frio de Gizamyr, sua pele só havia ficado mais rosada do que nunca. No final, entretanto, não se importara, porque aquilo era só o que era... *pele*. Ela não entendia.

— Ninguém se revoltará com um acordo de paz — disse Nor. — Além disso, o poder concentra-se no norte; diga se não é verdade.

— Desde os tempos da dinastia Ranivel, que controlava a região, os maiores lordes são nortenhos, é verdade — confirmou Destrian.

— É como meu tio falou. O norte apoiará o matrimônio, e o restante do reino não irá se opor a uma região tão poderosa. Se ousarem, teremos os recursos do senhor e da rainha Viira, mãe da princesa, para proteger a aliança e calar os revoltosos. Não há como perder.

Destrian a fitava com os olhos arregalados. Nunca a ouvira falar de tal forma, tão assertiva, tão inteligente, tão confiante. E quando Nor fazia uma pausa para respirar e avaliar, via que ela também nunca tinha agido daquela maneira.

O rei coçou a barba amarela e assentiu.

— Que conveniente — disse ele — que a princesa Gilia encontre-se sob nossa proteção neste exato momento.

26

Entre lobos

Nor não tinha que usar o manto naquele dia. Não tinha que usar o manto, ou uma tiara, ou joias e outros itens caros. O acordo feito dois meses antes exigia que se parecesse com uma bastarda comum de Lorde Destrian, não com uma princesa; ela se misturava perfeitamente entre Thomasine e Lettice, no seu vestido de musselina azul, simples e esvoaçante. O dia estava fresco e ventoso, e as aias de Destrian haviam prendido o seu cabelo para trás em uma série de tranças grossas, que caíam umas por cima das outras, fazendo sua cabeça pesar.

Nunca tinha entrado num templo antes. O local era imenso, cheio de afrescos e esculturas entalhadas na parede feita de pedra, como se tentassem se libertar; o teto abobadado passava a sensação de segurança. Três entradas em arco, sem portas, rodeavam o templo, cada uma ornada com uma lua acima.

Nor imaginava se os templos de Tergaron e do restante dos vice-reinos eram assim. *Ora, é claro que não*, corrigiu-se. *Eles têm outros Deuses.*

Eles. Era a primeira vez que Nor se referia ao povo do outro lado de Farkas Baso como estrangeiros, como díspares. O mundo que queria queimá-la era tudo o que tinha. A pátria que a rejeitava sempre fora a sua casa. Mas agora...

Ela suspirou. Agora, não sabia mais. Ao seu lado estava Lorde Destrian, que tinha os cabelos prateados penteados para trás com óleos e conversava com Lorde Nymos Gifford, suas vozes acrescentando tons graves ao burburinho do templo. Nor fitou Destrian. Lembrava-se dele nas memórias, segurando-a de armadura, deixando-a brincar com esmeraldas...

Nei! Pare de alimentar falsas esperanças. Esse homem não é o seu pai. Ele não pode ser...

A presença dele a reconfortava, e ela sentia-se conectada a ele de algum modo. Lorde Destrian a viu encarando e sorriu.

Ela sabia o que o seu coração queria. Queria ser filha daquele homem e de Norina Lovell, queria ser irmã daqueles jovens, seus bastardos com outras mulheres. Queria uma família... queria-a de volta. Sua mãe estava do outro lado de Farkas Baso, do outro lado do mar, à espera de Nor. Queria terminar o que havia começado e se ver livre para buscá-la; a traria para viver com ela e Destrian em Águaclara, quer ela fosse Norina Lovell, a amante, ou não — continuava sendo sua mãe, de um jeito ou de outro. Queria ter uma avó e um lugar para chamar de lar. Aí é que morava o perigo: quando seu coração queria algo, tendia a fantasiar e modificar a realidade para tentar satisfazê-la. Sua cabeça e seu coração, todo o seu ser queria acreditar naquilo. Sua esperança desesperada transformava o *talvez* em *sim*, e isso era perigoso. Dera início àquela viagem apenas querendo de volta o que já tinha e, agora, estava ávida pelo que nunca tivera, pelo que aquela ilusão lhe oferecia.

Nor desviou o olhar. Os filhos de Destrian tagarelavam atrás dela e ao seu lado, e ela tentou perder-se nas suas conversas para isolar as vozes na sua cabeça.

— A corte toda está presente — comentou Lettice —, mas porque o rei fez essa exigência. Qualquer homem que tenha algum respeito por si próprio e por sua família permaneceu dentro de seu forte hoje.

Lettice era parte da corte e por isso não sabia dos rumores que circulavam pelo norte, a campanha iniciada pelo pai. Nor procurava ouvi-la; ela era a voz dos que se opunham àquela união. Todos os nortenhos tinham aquiescido com o casamento quando Nor mandou que redigissem uma carta com as palavras que dirigira ao rei. Uma assinatura dela foi o necessário para fazê--los consentir em silêncio, independentemente de suas opiniões pessoais.

Mas Lettice falava a verdade. Alguns lordes nortenhos haviam comparecido em apoio a Lorde Destrian e, secretamente, a Rhoesemina, mas, a maioria, embora tivesse consentido em manter silêncio e segui-los em todas as decisões, tinha escolhido se ausentar. Além deles, uma porção de outras famílias permanecera em seus castelos, o que ficou evidente pelo número de assentos vazios no templo.

No entanto, um grupo de convidados especiais chamava a atenção de todos: uma fileira inteira do templo, em posição de vantagem para a visão da entrada principal, compunha-se de jovens aristocratas, todos carregando os traços da Rainha das Rainhas, todos ostentando enormes joias e vestes inusitadas para o povo de Gizamyr. Os irmãos de Gilia; os primeiros estrangeiros a entrarem em um templo das Luas. Nor desconfiava de que não haviam sido convidados, mas quem haveria de contrariá-los e impedir que assistissem ao casamento da Primeira Princesa? Nor observou-os com atenção e pôde ver Emeric entre eles, sua grande coroa sobre os cabelos acobreados. Não havia humildade em sua apresentação hoje.

Nor ainda refletia sobre aquilo quando ela entrou. Tinha visto um casamento gizamyriano, mas logo percebeu que a princesa não seguiria a tradição.

Percebeu que havia subestimado Gilia no momento em que descobrira que, impaciente, ela fora até a capital sozinha para encontrar o rei. Exigira a aliança antes que Nor fizesse aquilo, mas seus argumentos não foram convincentes. Não podia mentir e dizer que as tropas da mãe invadiriam Gizamyr se o rei não acatasse sua reivindicação — os dois saberiam que era um blefe. Seres humanos nunca seriam páreos para a força de Indomados raivosos, e Gilia estava ciente disso. De qualquer modo, sugerira que Rhoesemina estava entre eles e os convencido a ficar, conseguindo um quarto no palácio — na verdade, uma ala inteira. Tinha sido completamente isolada e só não fora mandada às masmorras para evitar uma guerra com Tergaron. Ninguém podia dizer que a princesa estava sendo maltratada.

Mas no fim, pela intercessão de Nor, saíra vitoriosa e mostrava isso em sua postura. No alto de sua liteira, sorria por trás do véu vermelho que lhe cobria o rosto, enquanto a carregavam em direção ao noivo. O príncipe, por sua vez, foi levado pelo rei e pela rainha pela entrada oposta, e caminhou até o centro do templo sob a luz vermelho-alaranjada do fim da tarde.

Nor se pôs na ponta dos pés para vê-lo melhor e constatou rapidamente que o príncipe Aster era belo. Parecia feito de mármore, tão branco e simétrico quanto uma estátua, e tão rígido quanto uma. Seu cabelo tinha cachos dourados e luxuosos, e seus olhos pareciam poder cortar o objeto de sua mira. Não era nem um pouco parecido com seu irmão, que tinha feições agradáveis e que sorria suavemente para Nor de onde estava, atrás do noivo. Ela sorriu de volta; enfim algo estava saindo como planejara, e estava contente.

A liteira foi levada até a família real e baixada. Aster aproximou-se e abriu as cortinas, recepcionando sua noiva. Era a primeira vez que a via e isso ficou estampado na expressão de nojo do rosto quando tomou a mão dela, guiando-a ao centro do templo. A princesa vestia-se do modo tergarônio, como que para desafiá-los: nada de saias amplas ou corpetes para ela. Em vez disso, usava calça e túnica e o véu sobre os cabelos, que haviam sido adornados ainda mais com uma tiara dourada de cobras entrelaçadas. O príncipe afastou o véu do seu rosto: seus olhos estavam delineados com *kohl* e a boca, pintada com cinabre. Ela parecia perigosamente adulta. Gilia não olhou para Aster, mas para os seus irmãos, e Nor sabia que estava procurando sua aprovação e exibindo sua vitória. Aquele era seu grande dia de glória.

Nor os observou dizendo os votos tradicionais de Gizamyr. Era o casal mais inusitado que já tinha visto em toda a sua vida, unidos em seu ódio pelo o que o outro representava, fazendo juras de fidelidade entre dentes. Nor sabia o suficiente sobre Gilia para adivinhar que aquele era, ao mesmo tempo, o dia mais feliz e mais triste da vida dela.

A cerimônia enfim terminara, e os homens seguiram para o grande salão do Trino da Alvorada para o banquete de comemoração, atrás da carruagem da família real e da liteira fechada de Aster e Gilia. Guardas reais a cercavam de todos os lados. Nas ruas, o povo jogava flores e estrume de cavalo na direção dos noivos, uma confusão entre simples foliões e opositores políticos indignados.

No grande salão do Trino da Alvorada, foi reservado a Destrian um lugar no estrado, mas não a Nor, que se sentou entre os filhos do lorde de Águaclara. Podia ver Gilia claramente, sentada ao centro da mesa elevada com a nova marca de cinabre na testa e uma gargantilha com doze rubis em volta do pescoço; Nor desconfiava de que tinha mantido aquelas tradições para que os irmãos vissem.

Eles não estavam presentes no banquete. Beijaram-na à porta do templo e partiram, sabendo que adentrar o palácio seria um passo grande demais para dar naquela noite. Nor viu Emeric cochichar algo ao ouvido de Gilia, mas não prestou atenção para descobrir do que se tratava — aquilo não lhe dizia respeito. Ouviu apenas algumas palavras chulas, inadequadas para os ouvidos daquela menina feita mulher apenas recentemente, e ignorou-o por completo, sentindo-se mal por Gilia. Mas ela não se abalou e não se abalaria agora, mesmo quando ninguém lhe dirigia a palavra, mesmo quando seu próprio esposo a ignorava. Olhava o salão com grande contentamento e comia o que lhe era oferecido. Se estivesse nervosa, Nor imaginou, não conseguiria fazer aquilo.

Serviçais iam e vinham trazendo a comida pelo salão: grandes presuntos com mel, javalis assados, leitões inteiros, pequenas codornas com alecrim, peras no vinho tinto, tortas de nata e de maçã, bolos de todos os sabores e tamanhos. Havia vinho, cerveja e hidromel e todos bebiam com prazer. Mas o maior entretenimento da noite era a banda, que tocava ritmos rápidos e agradáveis. Era quase possível esquecer-se do mundo lá fora e das implicações daquele casamento enquanto se assistia aos casais dançando, trocando de pares e rindo enquanto batiam palmas ao ritmo da música.

— O que a princesa de Gizamyr faz sentada numa noite como essa?

Nor ergueu os olhos para a figura que lhe falava, o coração disparando de susto. Era o príncipe mais novo que lhe sussurrava. Ralf, o nome mencionado por Fyodr há semanas e já esquecido; mas agora que ele estava diante dela, Nor se lembrou.

— Por favor, não diga isso, Alteza — urgiu Nor, olhando em volta. — Vão ouvi-lo.

— Estão ébrios demais, ou de vinho ou de dança, para prestarem atenção. — Ele sorriu. — Dance comigo.

Ela queria recusar, mas sabia que não podia. Ralf lançou um olhar à Sharaani; ela observava os casais rodopiando ao som de uma bonita valsa enquanto comia uma tortinha de limão, os olhos sonhadores. Nor sabia que também queria dançar.

Levantou-se e fez uma reverência.

— De bom grado, Alteza.

Ela tomou seu braço, e eles passaram pelos casais que dançavam e se reverenciaram. Quando começaram a rodar, Nor tornou-se consciente do silêncio entre eles e olhou em volta, encabulada, para comparar-se às outras. Estava próxima demais do príncipe e teve vergonha. Nunca estivera tão próxima de um homem antes, não desse jeito. Percebia a mão escorregadia sobre o cetim da luva do rapaz, consciente dos olhares sobre ela. Sentiu um frio na barriga.

— Por que não me conta o seu verdadeiro nome?

A pergunta tinha sido feita assim, sem preâmbulos, e Nor pulou, assustada. Seu rosto se voltou para o príncipe, que a encarava com curiosidade.

— O que quer dizer? — indagou Norina. — Rhoesemina é meu nome de verdade. Você mesmo viu.

— É o que eu vi — repetiu. — E é no que eu acredito. Mas você foi alguém antes dela; eles a chamavam de tergarônia. Teve uma vida do outro lado do mar, do outro lado de Farkas Baso, uma vida diferente. Estou curioso. Por favor, diga-me: quem é você de verdade?

Nor não gostava do tom direto e informal que Ralf usava. Tinha a sensação de que o príncipe podia ver todos os seus segredos e sentia-se exposta e tola. Até ali, vivera no interior de uma redoma de vidro turvo, onde poucos podiam vê-la com clareza, e quase ninguém podia tocá-la. Ralf parecia querer quebrar o vidro e alcançá-la, e ela sentiu-se invadida e pouco à vontade.

— Meu nome de criação é Norina — admitiu ela, entre dentes, evitando o olhar do príncipe.

— Ah, agora sim — disse ele, e sorriu. — Você tem a gargalhada de Norina.

Ela franziu as sobrancelhas.

— Mas não me viu rindo.

— Eu imaginei — disse Ralf, apontando para uma das têmporas. — Não é difícil. Por exemplo, veja meu irmão ali. — Norina seguiu o seu olhar até o estrado, onde o príncipe Aster batia palmas fora do ritmo da música com um olhar profundamente entediado. — Imagine-o rindo.

Norina fixou o seu olhar no príncipe Aster, tentando fazer como o príncipe havia dito. Era inútil: Aster era como uma pedra, tinha uma expressão impassível, dura.

— Talvez só você tenha esse talento — murmurou Norina.

O príncipe Ralf riu.

— Tudo bem, não fui justo. Eu mesmo nunca vi Aster rir — observou.

— Sabe, observando com atenção, não é só o seu riso. Você tem olhos de Norina, também. Mãos de Norina, queixo de Norina... Talvez o seu pescoço seja de Rhoesemina, mas só isso. Todo o resto é... Norina.

Nor riu, encabulada.

— *O quê?*

O olhar do príncipe se iluminou, suas sobrancelhas se ergueram.

— Ah, aí está! Eu estava certo. Uma risada de Norina.

Nor sentiu o rosto formigar. O toque de Ralf, mesmo através das luvas, parecia queimar. O príncipe Ralf era estranho; nunca ninguém havia prestado tanta atenção em Norina, apenas em Rhoesemina, e agora ele a examinava cuidadosamente, cada ponto de seu rosto, e tentava saber mais sobre ela, fazendo perguntas e comentários invasivos. Algo no estômago de Nor se revirou, e ela sentiu que enrubescia de vergonha.

— Como descobriu que era ela?

— Perdão?

— Sabe o que quero dizer. — Ele estava sério. — Que informação a levou a chegar a essa conclusão? Qual foi o dia em que concluiu que era Rhoesemina e teve certeza disso?

O príncipe girou Norina, como a dança pedia, e, quando voltou a encará-lo, Nor murmurou:

— Este dia ainda não chegou.

O príncipe parou.

— O que quer dizer?

— Quero dizer que não tenho certeza de quem sou, mas não acho que sou... ela.

E pensava em Mydred, a filha de Norina Lovell, com as esmeraldas sob a amendoeira. Pensava em quanto queria que Destrian fosse seu pai.

Pensava em Lady Grissel, nos lírios e nos seus braços quentes. Na moça de cabelos prateados — sua *ahma*? — que muito a amava, em todas as memórias.

— Você me disse um dia que tinha dúvidas. Mas eu vi dentro de você; não há como não acreditar.

Nor suspirou.

— Todos acreditam quando veem. Eu sou a única que ainda duvida. — Ela desviou os olhos. — As memórias podem não ser minhas, ou talvez signifiquem outra coisa. Às vezes nossos olhos nos enganam. E às vezes a mente também.

Nor não sabia por que estava confidenciando todas aquelas coisas ao príncipe. Deveria manter-se calada, falando apenas o suficiente para agradá-lo e não desagradar Lorde Destrian. Mas, de algum modo, sentia-se *ouvida* pela primeira vez. Desde que a mãe fora capturada, ninguém permitiu que Norina falasse livremente; Rhoesemina tinha tido sua voz, mas nunca ela, e estava cansada de ficar em silêncio.

O príncipe a conduzia pelo salão numa dança de quatro passos simples com um giro ocasional, e Nor o seguia como se fosse a coisa mais natural que já havia feito em toda a sua vida. Aquela dança compassada e coreografada com passos simples a tornava ainda mais propensa a se abrir com o príncipe: mal o conhecia e já estava seguindo-o pelo salão, confiando nas suas mãos fortes — e tão grandes que engoliam as suas — e em seus passos certeiros. Tinha que dar grandes passos para acompanhá-lo, mas nunca perdia o ritmo. Encontrara uma forma de entrarem em sintonia.

— Eu realmente não deveria dizer isso... Mas a senhorita me parece uma pessoa honesta. Apesar de estar potencialmente enganando Lorde Destrian, é claro. E todo o reino. — Ele não falou sério, tinha um sorriso sugestivo no rosto, e Norina riu genuinamente pela primeira vez em muito tempo, sentindo-se maliciosa.

Lá estava ela, enganando os lobos com seu manto vermelho e suas palavras calculadas, os lobos que um dia tanto temera.

27

Norina

Ros acordou com um baque; era sempre assim.
— Norina! — exclamou, por força do hábito.
Seu coração batia acelerado e a mandíbula doía. Devia ter rangido os dentes no sono.

Recostou-se contra a parede da cela, exausta. Não sabia quanto mais poderia aguentar. Cerca de três meses haviam se passado — ela sabia, porque ouvira os guardas —, três meses em que o resto do inverno acabara, e agora a primavera acabava também; três meses em que estava confinada àquela cela, e logo seria o Dia dos Deuses, no primeiro dia do verão.

Ela pensou na filha, em como teria uma chance de escapar no Dia dos Deuses, em como talvez não estivesse viva até lá.

Sua pele bronzeada se esticava sobre os ossos, mais fina do que nunca, e ela não tinha mais forças para se levantar sozinha. Eles a alimentavam precariamente, com pão duro e mingau uma vez por dia, e às vezes lhe davam água também. O lugar tinha um fedor constante e só era limpo quando a rainha ia visitá-la, uma vez a cada quinze dias. Ros sentia sua saúde se deteriorar.

O pior, no entanto, não eram as condições em que estava vivendo. Se morresse, tudo acabaria. O pior era recordar aquele primeiro dia, uma lembrança recorrente, quando a rainha a levou para ver os cadáveres na cripta.

Ela sabia a quem pertenciam aqueles corpos. E estremecia ao se lembrar.

Ela tinha esperança de que a rainha não os tivesse mostrado a Norina.

* * *

— O que está acontecendo? Por que eles estão sussurrando?

Ainda nos braços do príncipe Ralf, Nor via a multidão que tinha parado para observá-los cochichar. Alguns homens franziam os cenhos, algumas mulheres abanavam-se com leques de plumas, e outros tinham grandes sorrisos nos rostos.

Nor largou a mão do príncipe e parou de dançar. Junto com ela, a banda também parou de tocar, e os cochichos cessaram.

Ela girou. Lorde Destrian estava entre eles, ao lado de Lady Grissel; a senhora tinha os olhos injetados, e uma dama de companhia a abanava e lhe servia vinho. O senhor de Águaclara não parecia notar e sorria.

"Rhoesemina...", ela ouviu primeiro.

"É mesmo ela?", escutou depois.

"Foi Lorde Destrian quem me disse, e Lorde Nymos confirmou."

Seu coração parou dentro do peito.

— Ele me traiu — sussurrou Nor, para ninguém em particular.

— O que disse? — perguntou o príncipe. — Do que está falando?

Nor olhou em volta. Todos a olhavam. No estrado, o rei e a rainha começaram a se levantar, devagar. O príncipe Aster levantou-se também, e a princesa Gilia olhava em volta, confusa, sem compreender o que diziam aos sussurros.

— Lorde Destrian traiu minhas vontades. Eu pedi silêncio a ele. Pedi silêncio a todo o norte. — Nor ofegava. Havia um círculo de pessoas à sua volta, lentamente se aproximando, e ela sentiu-se sem fôlego. — Achei que me respeitaria. Como fui tola!

O príncipe gaguejou:

— Norina... Eu não...

Nor empurrou-o, nervosa, e o príncipe afastou-se para se juntar à sua família no estrado. A rainha o abraçou, protetora, enquanto lançava olhares nervosos ao esposo. Não havia nada que pudessem fazer para deter aquela situação.

Um por um, eles se aproximaram de Norina e tocaram suas mãos, seus ombros, seu rosto. Os que não podiam alcançá-la tocaram os ombros dos que estavam diante deles, e, logo, todos podiam ver dentro dela. Nor queria fugir. Queria livrar-se de suas mãos e impedir que a invadissem daquele jeito, mas eram insaciáveis e não havia para onde correr. Estava cercada.

O grito foi a primeira coisa que ouviu e ela estremeceu. Ele reverberava uma centena de vezes agora, mais alto e mais próximo do que nunca. Nor tentou resistir. Tentou lutar, tentou não entregar o que estava dentro dela.

— O que quer de mim? — gritou, sem saber ao certo com quem estava falando. — O que quer para me deixar em paz? Diga-me, e eu lhe darei! O que quer de mim?

Norina tombou de joelhos em meio ao salão, as lágrimas correndo com força pelo rosto pálido, tingindo-o de rosa. Eles não a soltaram. Se houvesse algo no mundo que ela queria tanto quanto a sua mãe, era paz, mas aquilo era ainda mais inalcançável. O mundo se partia e se esfarelava à sua volta, e as pessoas gritavam, ora para odiá-la, ora para louvá-la, e a manipulavam; ela própria não sabia mais quem era: se Nor ou Rhoesemina, princesa ou Indomada, e, quem quer que fosse, sabia que não tinha mais forças para continuar, sabia que não suportava mais.

Eram pessoas demais, e em casos assim era impossível que qualquer Indomado, bem treinado ou não, controlasse seus poderes; Norina viu as memórias de todos eles, em rápida sucessão: nascimentos e mortes, dias felizes ao sol, casamentos, festas, doenças. Mas quando foi sua vez, tudo pareceu passar excruciantemente devagar.

Lembre-se de quem você é, disse a voz de sua mãe. *Hoje e para sempre.*

E ela se lembrou.

* * *

Ros podia senti-la do outro lado do mundo, sofrendo, e teve vontade de gritar. No começo berrou diversas vezes, porém agora não tinha mais forças. Não podia sequer chorar, porque não sabia quando iria beber água de novo.

Sabia por que Norina sofria. Sentia em seus ossos. E quis dizer à filha que a perdoasse, que tudo tinha sido sua culpa...

Ao longo dos meses tentara fazê-la entender, mas já não tinha o mesmo poder de antes. Nos quinze anos anteriores, aprendera a reprimi-lo, e tudo o que conseguira fazer fora transmitir a Norina a imagem de si mesma, mais jovem, no seu antigo quarto dourado em Trino da Alvorada. Como esperava que ela entendesse algo tão abstrato?

Agora Nor descobriria de outro modo. Não queria imaginar como — tinha odiado a perspectiva de que este dia chegaria e se enganara ao longo dos anos quando dissera a si mesma que Ros e Norina era tudo o que eram agora, que seu passado nunca havia existido.

Mas Ros se lembrava.

Lembrava-se especialmente quando olhava para Nor, com o cabelo prateado que ela tivera um dia e aqueles olhos tão jovens, tão inocentes. A filha não conhecia nada do mundo, e às vezes Ros pensava que era melhor assim. Estava protegida.

Lembrou-se do primeiro dia em que percebeu que não seria capaz de protegê-la. Destrian queria lutar, mas ela havia proibido; queria-o a salvo. Então ele fora ao fosso com Lady Grissel, enquanto ela permanecera no palácio com a bebê, de olhos arregalados para o povo do lado de fora, que avançava, os olhos vermelhos de raiva, armas em punho, aos gritos. Naquele momento, compreendeu o que era sentir medo.

O bebê chorava e esperneava em seus braços, e ela tremia, falhando em consolá-lo. Ouvia barulhos no portão e começava a tremer ainda mais. Era chegada a hora.

Percebeu, enquanto colocava a capa sobre os ombros, que não se lembrava de quando abraçara Destrian pela última vez, ou Lady Grissel. Percebeu que era tarde demais para voltar atrás.

Percebeu que não sentia dor no coração quando adentrou os túneis que levavam à cidade e deixou Jan, sem olhar para trás.

Ela rezou às Luas para que não invadissem o fosso, rezou a elas para que a matassem, se assim desejassem, mas que deixassem sua família viver. Ela já enfrentara perdas demais.

Ninguém a viu quando adentrou a floresta que cercava o castelo e escapou pela praia, livrando-se dos sapatos para correr mais depressa. Seus pés queimavam na areia quente, e ela teve vontade de chorar junto com a filha.

Já enfrentara perdas demais.

Lembrava-se dos olhos vermelhos no espelho quando sua dama de companhia favorita morreu, envenenada pelos opositores de Jan. Destrian soluçara a noite toda ao lado de Norina Lovell, quando achou que Mirah não podia escutá-lo, mas ela sempre escutava. Todos eles sempre escutavam. E ela chorou também.

A filha de Destrian e Norina também morrera algumas horas depois, tendo mamado o leite do corpo envenenado da mãe. Quando foram preparar os corpos para enterrá-los, ela os impediu. Não os desnudara, mas vestira-os bem, e colocara no pescoço frio de Norina Lovell o colar de esmeraldas que Destrian havia lhe dado, sabendo que ela gostaria disso.

Mirah embarcou no esquife dos corsários, aguentando o odor forte dos cadáveres que vinha lá de dentro. Deu um boa-noite a eles e levantou o pano que cobria os corpos que seriam transportados; Norina Lovell e Mydred, serenas na morte como um dia foram alegres em vida. *Tarvilla*, pensou, *a propriedade que eu reservava para vocês. Eu a encheria de amendoeiras.*

Ergueu o corpo de Norina Lovell e o envolveu com sua capa vermelha, como tinha planejado. Podia ver fogo no Trino da Alvorada e sabia que os rebeldes tinham conseguido. Conhecia Jan muito bem para tentar alcançá-lo com a mente, mas não havia nada.

Ele já se foi também.

O amargor encheu sua boca e seu coração. Quis tentar ver dentro de sua mãe, Lady Grissel, e do irmão, Destrian, mas não ousou — não suportaria saber a verdade, se fosse muito terrível.

Quando estivessem próximos o suficiente de Tergaron, jogaria os corpos no mar. É o que tinha planejado e sabia que Norina teria feito o mesmo por ela. Corpos eram apenas cascas, afinal, e aquele ato seria mil vezes mais louvável do que um funeral gizamyriano tradicional. Os cadáveres seriam encontrados e identificados como os de Mirah e Rhoesemina, e deixariam de persegui-las. As duas começariam uma vida nova em Tergaron, esquecendo-se dos horrores do passado, e seriam felizes, genuinamente, na companhia uma da outra.

Ros rezaria às Luas para que as protegessem desta vez.

28

A SERPENTE E OS LOBOS

Nor segurou a cabeça, sentindo o impacto daquelas lembranças.
Ela não era filha de Destrian. Era *sobrinha* dele.
Sua mãe era Mirah. Ros era uma rainha, que havia se rebatizado para lembrar-se todos os dias do nome verdadeiro da filha, num passado que parecia mais distante a cada dia.
Rhoesemina.
Essa tinha sido a palavra. Foi desse nome que Ros a chamara no último Dia dos Deuses para acalmá-la, antes de puxá-la para seu abraço quente. Aquela tinha sido a palavra que a acalmara depois de ver os horrores do dia do cerco nas memórias da mãe. Seu nome verdadeiro e o que representava, a vida que poderia ter vivido.
Mas tinha um novo nome agora; sua mãe a chamara de Norina, em honra à cunhada e boa amiga, a moça que havia se sacrificado, sem saber, para salvá-las.
Nor gemeu. Presa no jogo de reinos e rainhas, só percebia nesse instante que estava lutando pela sua mãe de várias maneiras. Se tivesse se dado conta antes...
Sob a capa vermelha ela havia levado um cadáver a Tergaron, para enganar a todos e garantir que ela própria e a filha sobrevivessem. Aquela capa que tanto a intimidava quando a usava sobre os ombros era também o grito de socorro de sua mãe, o resumo de sua jornada. A ligação entre suas duas vidas.

Norina era *ela*. Era ela, a criança; todo o tempo que acreditara estar mentindo.... e era verdade.

Ela era, de fato, a princesa Rhoesemina.

Via a si mesma, ainda um bebê, no colo da mãe — sempre fora uma só, sempre fora *ela* —, não uma criança abandonada numa rua de Tergaron por uma meretriz, mas uma princesa, a princesa de Gizamyr, nascida Rhoesemina de Ranivel, filha de uma grande rainha. Seu pai estava morto, mas sua mãe *vivia*, nas criptas de Monterubro, para além de Farkas Baso... E ela tinha um tio. Tinha um tio e uma avó; primos e primas.

Tinha uma família.

Levantou-se devagar, e as pessoas ao seu redor automaticamente se afastaram. Nor percebeu Lady Grissel entre eles — sua *avó* —, boquiaberta. Ela sabia. Todos eles agora sabiam.

O único barulho audível foi o de seus passos atravessando o salão até seu tio Destrian. *Seu tio.* Ela saboreou as palavras. Até aquele momento, não sabia como era bom o gosto da certeza.

Ela andou até Destrian, e ele estendeu os braços para recebê-la. Ela arfou, enterrando o rosto no seu peito e chorando copiosamente. Não tinha noção se estava alegre ou não; tudo o que sabia era que se sentia segura novamente. Aquele era o irmão de sua mãe. Como ela não percebeu antes? Ele tinha seus olhos e sua maneira afável, seu calor e seu cheiro, quando não o mascarava com perfumes, e Nor sentiu como se estivesse nos braços de Ros mais uma vez. Suspirou, aliviada, enquanto Destrian afagava suas tranças.

Está tudo bem agora, pensou ela, sorrindo e chorando ao mesmo tempo, sem entender direito como era possível. *Minha jornada acabou. Estou indo resgatar minha* ahma, *e Destrian a verá de novo, e...*

Um grito sofrido e longo tomou conta do salão. Norina afastou-se de Destrian, as orelhas zunindo; aquele som não era parte de sua memória, uma lembrança do dia do cerco, e sim algo que acontecia diante dela.

— Norina! — exclamou a princesa Gilia, tossindo.

Nor se virou. A princesa se curvava sobre a mesa no estrado, como se sentisse dores, e a mão sobre a barriga estava vermelha.

Foi quando viu o homem com a adaga na mão atrás de Gilia, um dos guardas de Lorde Destrian que já havia vigiado a porta de sua câmara.

— Não!

Nor olhou para Destrian, em desespero.

— Faça alguma coisa! — gritou.

A expressão de Destrian era sóbria enquanto ele olhava para as paredes, ignorando os gritos de Norina. A corte se remexia, desconfortável, mas não fazia nada para ajudar a princesa estrangeira. Era como se estivessem em um transe, porém pior, porque tinham consciência do que faziam.

Nor correu até o estrado, de onde a família real já tinha sumido, assim como o assassino, e aparou Gilia enquanto caía em seus braços, sem vida. Ajoelhou-se, incapaz de suportar seu peso. Os olhos da princesa se reviraram.

— Norina — disse ela e, quando abriu a boca, o cheiro de sangue espalhou-se pelo ar. — Norina, minha mãe...

Nor teve a sensação de levar um soco no peito.

Ela sabia, enquanto Gilia morria em seus braços, que aquilo significava que as duas haviam falhado.

Gilia tossiu sangue no colo de Nor, sujando o seu vestido, e chorou amargamente.

— Eu... estive tão perto — ofegou. — Eu quase consegui, Norina. Eu quase...

— Shhh...

— Minha... minha mãe, diga a ela...

Mas Nor não ouviu o resto, porque a Primeira Princesa morreu em seus braços.

* * *

— Rhoesemina!

— Pare de me seguir! Deixe-me em paz!

Ela correu pelo castelo sem saber para onde ia. Estivera lá antes, agora sabia, mas como poderia se lembrar que caminhos percorrer lá dentro, se sempre fora carregada no colo de criadas e da avó? Mesmo assim, tentava desesperadamente se lembrar, porque estava sozinha e com o sangue de outra pessoa nas mãos. Queria ir para casa, só queria voltar para casa.

O seu tio era um *monstro*. Havia razão para serem chamados de selvagens e sua mãe estava certa por tê-los deixado. Queria ir embora também, queria deixar aquela terra de pessoas ávidas por poder, que tramavam esquemas e alianças e não conviviam em paz. Em Tergaron, havia paz. As pessoas conviviam em harmonia e seguiam uma rainha milenar, que garantia a estabilidade do reino. Gizamyr, no entanto, era um reino de animais.

Destrian tomou seu pulso ensanguentado, detendo-a no fim de um corredor. Ela tentou se libertar dele, mas não conseguiu, e ele a apertou com mais força.

— Solte-me! Solte-me agora mesmo, eu não quero vê-lo nunca mais!

— Rhoesemina. Deve entender por que fiz o que fiz. O rei estava certo; o seu plano nunca funcionaria.

Os olhos dela estavam cheios d'água, mas Nor sabia que estavam ficando vermelhos por outro motivo.

— Acalme-se.

— Como ousa? Como ousa mandar que eu me acalme depois de matar a *sharaani* a sangue-frio? Ela era só uma menina!

Nor chorava amargamente e sentia a tontura e o enjoo consumindo-a.

Saa. Deixe que meu lobo assuma, deixe-me atacá-lo. Permita-me vingar Gilia.

Mas Destrian a soltou e, ao perceber que não conseguiria acalmá-la, afastou-se, devagar, até deixá-la completamente sozinha no corredor escuro.

Nor gritou, frustrada, o mais alto que conseguia, e deixou que todo o pesar saísse de si com um brado. Sentia o corpo sendo dominado pela fera, e logo ele não lhe pertenceria mais. E ela não se importava.

Do que adiantava, afinal? Com a morte de Gilia, Nor perdera a mãe para sempre.

Ela ouviu passos e virou-se para ver quem se aproximava.

— Príncipe Ralf.

— Princesa Rhoesemina. — Ele fitou seus olhos de lobo vermelhos, de raiva e de choro, e se corrigiu. — ... *Norina*. Eu sinto muitíssimo. Deixe-me ver como está, por favor. As suas mãos...

— O sangue não é meu — rosnou ela.

— Sei que não — disse ele. — Deixe-me vê-las mesmo assim.

Ralf aproximou-se com cautela. Um lobo reconhece os seus e sabe o momento de se retrair. Mas ela permitiu que ele se aproximasse e examinasse suas mãos, e os dois sentaram-se no corredor mal iluminado, ouvindo os barulhos do banquete ao longe. Nor não sabia o que tinha sido feito do corpo de Gilia ou se as pessoas haviam continuado a dançar e a comer depois de tudo aquilo, mas elas ainda estavam lá, e isso a perturbava.

— Odeio vê-la sofrer, Norina.

— Você sequer me conhece.

— Odeio sofrimento em geral. Mesmo lamentando vê-la nesse estado, principalmente sabendo o que o causou, devo tratar de assuntos urgentes com a senhora, assuntos que não podem esperar por sua recuperação.

Nor remexeu-se, desconfortável.

— A *sharaani* acabou de morrer.

— De fato. — O príncipe parecia quase tão desolado quanto ela. Seus olhos estavam arregalados e as mãos tremiam. Nor quis segurá-las, mas isso o traumatizaria ainda mais. — O que significa que seremos os próximos, se não se unir a nós.

— O que disse?

— O povo nunca apoiou este casamento. Quando descobrirem que houve um ataque durante o banquete, não vão querer saber quem o causou e o porquê e terão mais um motivo para odiar a minha família. Deve mostrar que está unida à nossa causa, Norina, e fazer o que seu tio pretendia originalmente, casando-se com o meu irmão para proteger a minha Casa.

Nor balançou a cabeça, descrente. Não sabia quantas informações poderia suportar em uma só noite.

— *Nei*, não. Não farei isso.

O príncipe tinha lágrimas nos olhos.

— Por favor, Norina, pelas Luas, se não fizer isso... Estaremos arruinados. Será como o cerco, há quinze anos.

Ralf tinha medo. Os homens em geral não demonstravam isso. Era a primeira vez que ela o via e se apiedou. Mas tinha outras coisas em mente.

Nor entendia de sacrifícios; sabia que só estava viva por causa deles. Mas também sabia que não podia fazer aquilo por ele, não quando todos os seus motivos de alegria estavam mortos para sempre.

— *Nei*, não me peça isso — soluçou ela. — Não posso ficar nesse reino por nem mais um segundo, não posso.

Recomeçara a chorar. Não sentia mais raiva; o sentimento que a consumia era outro, mas ela não tinha palavras para descrevê-lo. Sentia-se enjoada só de tentar.

O príncipe tomou sua mão ensanguentada sem pensar duas vezes e lhe deu um aperto encorajador. Nor ergueu a cabeça para encará-lo.

— Eu vi o que mostrou aos outros, Norina. A rainha está viva, não é?

Ela fez que sim com a cabeça.

— Destrian foi um tolo. Toda a esperança que nutriu pelo seu retorno ao longo dos anos o levou à loucura. Matou a princesa para liberar meu irmão para se casar com a senhorita, mas pareceu ter se esquecido do poder de sua mãe. É certo que temos uma chance de vencer uma batalha contra os tergarônios, mas há também a chance de nos vencerem. Não podemos pagar para ver, não agora. — Ele inspirou profundamente. — Seremos invadidos assim que ela descobrir, tenha certeza disso.

— Eu não duvido — disse Nor à meia-voz.

— Se o povo gizamyriano estiver dividido durante a invasão, não teremos chance contra o seu exército. Seremos exterminados. Mas, por outro lado, se os derrotarmos, poderemos resgatar sua mãe e restaurar o poder dela. É um preço baixo a se pagar; uma coroa por uma vida.

Nor considerou.

— Tenho certeza de que a minha mãe odiaria voltar a ser rainha; é meu tio quem quer o poder.

— Daremos o trono a ele, então.

— Não foi o que eu quis dizer. Eu aceitaria esses termos, se tivesse a certeza de que iria reencontrar minha mãe viva após a batalha. — O coração de Nor batia num ritmo alucinado. Ela engoliu as lágrimas. — Mas não sei o que será feito dela quando... quando a rainha descobrir o que...

Não pôde mais se conter e foi aos prantos, levando as mãos sujas de sangue até o rosto. Não se importava com a aparência que teria depois. Nada mais importava; tudo estava perdido.

Ralf refletiu.

— Case-se com meu irmão imediatamente, então.

— O quê?

— Meu pai emprestaria parte de seus exércitos para resgatar a sua mãe de Tergaron se estabelecessem uma aliança aqui e agora, tenho certeza.

O fôlego de Nor foi roubado de seus pulmões. Não queria se casar. Especialmente não com Aster.

— Não consigo. Não o farei — disse ela, entre soluços.

— Por favor, reconsidere. Será melhor para todos nós. Se se casar com Aster...

Sua cabeça doía.

— Por que não posso me casar você? — Barganhou. — Eu o conheço. Sempre foi gentil comigo.

— Não estou dizendo que eu também não seria capaz de me comprometer para ajudar minha família e para ajudá-la — disse ele, evitando seu olhar. — Mas se prestou atenção, como sei que fez, compreende que isso nunca os satisfará. É Aster quem será rei um dia, e não eu. Eles não esperam nada de mim; uma aliança comigo será uma aliança fraca. E nenhum de nós está em posição de se arriscar.

Ela pensou em Ros, a mulher que correra na praia descalça e apavorada com um bebê aos prantos no colo, que trabalhava fervorosamente todo dia, sempre pensando em Norina, com o medo constante de que a filha não estivesse mais lá quando retornasse. Pensou que ela havia desistido da família e do marido para salvá-la, que a protegera e alimentara, que a consolara e amara durante quinze anos e que não pedira nada em retorno.

Seu sacrifício não era nada comparado ao dela.

E então, quando o dia clareou, Norina casou-se com Aster no templo das Luas.

29

E OS LOBOS A DEVORARAM

— Diga-me de novo, por favor — pediu a rainha. — Como foi que a mataram?
— *Ijiki*, por favor, não há razão para continuar se torturando dessa forma — disse Thanor.
Viira ergueu uma das mãos, espalmada, para calá-lo.
— Eu quero ouvir. Conte-me.
O mensageiro reportou tudo o que ouvira e, ao fim do relato, Viira estremeceu, como tinha feito todas as vezes anteriores, e chorou sem fazer nenhum barulho, lágrimas grossas e silenciosas escorrendo uma depois da outra no seu rosto de ônix.
— Diga-me, bom homem, ela chorou?
O mensageiro hesitou.
— *Saa*, minha rainha. Dizem que ela chorou.
Viira balançou a cabeça.
— *Djakar*, quando era muito pequena, eu ensinei a ela... Ensinei a ela que não deveria chorar em público. Que não deveria chorar em hipótese alguma.
Viira parecia não se dar conta de que ela própria estava chorando.
Suas esposas a cercavam, afagando seus braços e o cabelo, tentando fazê-la sentar, beber vinho, dormir, qualquer coisa que apaziguasse sua dor, mas ela as afastava como se fossem mosquitos a rodeando. Os *ahmirans* também estavam presentes, em silêncio profundo. Stefanus, o pai de Gilia, encarava uma parede, rígido e imóvel como uma pedra. Não dissera uma palavra desde que haviam recebido a notícia.

— E a menina Indomada? — perguntou Viira entre dentes. — Ela foi a responsável?
— O tio dela, *majaraani*.
A rainha se virou.
— O tio dela?
— *Saa*. Lorde Destrian Delamare.
Viira quis rir, porque sabia que o cadáver da sobrinha daquele lorde estava em sua cripta. Quando começou a esboçar o sorriso, no entanto, viu que o rosto do mensageiro estava sóbrio.
— *Majaraani*... Não lhe contaram?
E tudo o que ainda a mantinha de pé depois da morte de Gilia subitamente desabou quando o mensageiro começou a explicar que a Indomada que ela tinha enviado para o outro lado de Farkas Baso a fim de se passar por uma princesa morta não estava fingindo coisa nenhuma.
Norina de Tolisen é uma princesa. A princesa dos selvagens.
A moça que jazia em sua cripta não fora mais do que uma criada, uma dama de companhia qualquer com joias caras. *E a criança é sua filha, uma bastarda.*
Ah, que truque cruel do destino! Uma peça que as Luas pregaram para me punir ainda mais!
Viira soltou um gemido e só não foi ao chão porque o *ahmiran* Thanor a segurou. Ele acariciou seus cabelos, tentando acalmá-la, e ela deixou-se ser consolada por alguns segundos, abraçando-o no chão cravejado de joias.
— Está tudo perdido — sussurrou. — Tudo, tudo.
Ele a apertou contra o peito largo. Viira sabia que sir Rolthan, o irmão de Thanor, também estava do outro lado de Farkas Baso, protegendo a princesa dos selvagens, mas sobre ele não havia informação alguma, e Thanor sentia raiva e desespero. Se sir Rolthan morresse defendendo-a...
— Mate-a para se vingar. Mate a rainha de Gizamyr e, quando sua filha aparecer, mate-a também. É o mínimo que podemos fazer pela honra de Gilia — sussurrou Thanor ao ouvido de Viira, a ira em sua voz vazando como veneno das presas de uma cobra.
Viira secou a última das lágrimas que escorreu pelo seu rosto bem-feito. Pediu ajuda para se levantar, e suas esposas, Nissa e Anachorita, seguraram-lhe os braços para colocá-la de pé.
— Venham comigo até as masmorras, *ijikis* — ordenou.

30

"Eu a acolho em minha casa"

Durante toda a cerimônia, Nor prometeu a si mesma que não sentiria medo. Manteve a promessa depois que tudo terminou e ela foi levada com seu novo marido em uma liteira até o palácio.

Enquanto eu estiver neste reino, estou conectada à minha ahma, *que um dia foi sua rainha. E enquanto estivermos juntas, eu estarei bem*, pensou ela, sacolejando de um lado para o outro em cima da liteira, carregada por servos do palácio. Sentiu-se terrivelmente parecida com Viira.

Então o príncipe Aster inclinou-se para perto de seu ouvido e, interrompendo seus pensamentos, disse:

— Veja todas essas donzelas. — Os súditos os acompanhavam ao longo do percurso, jogando flores e cantando. Uma porção de meninas na idade de Nor os admiravam com olhares sonhadores. — Donzelas que nunca serão tão sortudas quanto você. Espero que saiba que estou lhe fazendo um grande favor; podia ter qualquer uma delas e aceitei você, mesmo que os seus pais tenham feito o povo passar fome. Mesmo que meus pais tenham dado armas à população para que os matassem.

Nor tinha os olhos vazios, distantes. Começava a descobrir o que teria que aguentar para garantir o sucesso do plano que elaborara com Ralf. Então ficou em silêncio, tentando pensar na mãe e se concentrar no seu rosto e *apenas* no seu rosto.

Após o banquete celebratório, os dois foram deitados em seu novo leito. Algo se revirou no estômago de Norina enquanto as cortinas eram fechadas. Os membros da nobreza e da alta burguesia se curvavam, desejando boa sorte aos recém-casados antes de saírem do quarto. Nor tocou a barriga, os olhos perdidos à distância.

Não devo ter medo, disse a si mesma. *Devo aguentar as provações com coragem, porque minha* ahma *sofreu bem mais por mim.* Mas não conseguia evitar sentir-se enjoada.

— Ela me deixará orgulhoso mais uma vez, tenho certeza. — Era a voz do seu tio do outro lado da cortina, perdida em meio às conversas abafadas da multidão.

Nor queria matá-lo. Teve vontade de levantar-se da cama e arranhar os olhos dele, jogá-lo contra a parede e fazê-lo chorar tal qual ele a fizera sofrer. Mas não podia.

Examinada pelo olhar lascivo de Aster, Nor focou seu pensamento em coisas belas e familiares: enquanto ele a despia, pensou na neve caindo, em como era bonita e na sorte que tinha por tê-la visto de perto uma vez na vida.

Aster tocou seu rosto, e Nor lutou contra o impulso de desviá-lo.

— Que grandes olhos você tem — disse ela, a voz embargada, enquanto ele acariciava seus cabelos. Sabia que deveria ter ficado calada, mas não pôde evitar o comentário, pois sentia-se desconfortável com aqueles olhos azuis gigantes que a devoravam sem pudor.

O príncipe Aster agora tentava desfazer os laços de seu corpete para retirá-lo. Nor achou que ele não tinha escutado seu comentário, mas o ouviu responder:

— São para vê-la melhor, minha princesa.

Norina engoliu a bile que lhe subia pela garganta. Pensou em chuva, na sensação das gotas grossas caindo contra a pele, do barulho da água contra as folhas de uma floresta, em pés descalços pisando em poças na grama curta. Mas não importava em quantas memórias tentasse focar seu pensamento, quantas portas abria em sua mente para tentar escapar, não conseguia evitar os grandes olhos do príncipe Aster, o príncipe da casa dos lobos. Que grandes olhos tinha, explorando-a, intimidando-a, engolindo-a.

* * *

Quando acordou, o príncipe Aster tinha partido.

Passara horas acordada, sem conseguir chorar, dormir ou vomitar, sentindo-se suja e doente. Quando chegaram as primeiras horas da manhã, no entanto, finalmente conseguiu fechar os olhos ardidos, que pinicavam as pálpebras, e mergulhou num sono sem sonhos por algumas breves horas.

Tinha, ao menos, conseguido evitar que ele visse dentro dela. De outro modo, não teria suportado: ele tinha visto seu corpo, sem os corpetes ou as anáguas, mas não a vira por completo. Havia preservado a parte mais importante de si, ao menos dele.

Abriu as cortinas da cama; buscava desesperadamente sair daquele ninho quente e sufocante, sujo de sangue, de lágrimas e suor. Suas mãos tremiam e os pés também, percebeu quando tocou a pedra fria do chão, tentando inutilmente colocar-se de pé.

As amas logo a socorreram. Uma aia de olhos escuros apoiou o braço e os ombros de Norina e mandou que as outras preparassem um banho quente para confortá-la. Estava à sua espera, assim como as outras, apenas uma cortina as separando. Nor não conseguia se lembrar da sensação de estar sozinha. Pediu que apenas a aia de olhos escuros a banhasse e dispensou as outras, que falavam demais e a faziam corar com seus comentários intrépidos. No entanto, antes que se fossem, elas insistiram em checar os lençóis, sob os protestos de Nor.

— Ordens da Rainha Octavia, criança — disse a mais velha delas, com um sorriso duro. — Não há com o que se preocupar se a sua parte já foi feita. Estamos apenas seguindo o protocolo.

Examinaram-no e ficaram satisfeitas.

— Muito bem, princesa — disse a outra, recolhendo-o para que fosse lavado.

E assim se foram, tão rapidamente quanto tinham surgido. Com a partida daquelas duas mulheres que a rondavam feito moscas-varejeiras e faziam perguntas demais, Norina sentiu a vista desanuviar, ao menos um pouco.

— A água está boa, princesa?

— Sim, obrigada — respondeu, de olhos fechados na grande tina de água quente. Pedira que o banho fosse com água escaldante; o calor parecia ter o poder de limpá-la das memórias da noite, tirando-lhe a sujeira do corpo.

Silêncio se fez por um momento, e depois a ama tornou a esfregar suas costas, dizendo muito séria:

— Se me permite dizer... A senhora fez muito bem, Alteza, ainda mais depois daquele banquete. Veja bem, minha família é supersticiosa, disseram que é má sorte casar este ano, depois daquilo.

Norina abriu os olhos, observando o rosto da aia, rubro de embaraço. Sabia que a mulher falara com a melhor das intenções, mas desejava que ela tivesse continuado calada. Respondeu com apatia, enquanto se virava como uma boneca dentro da banheira para que a aia a limpasse.

— Apenas cumpri o meu dever.

Algo queimava dentro de Norina, algo que em nada se relacionava com a temperatura da água. O nojo de si mesma era quase sobreposto por uma outra sensação — um acuamento em relação a tudo ao seu redor, ao castelo e às pessoas dentro dele, à sua cama e às roupas que usava, a Aster e todo o restante da corte. Desejava, mais que tudo, ter algo familiar por perto. Vestiria a capa vermelha, que pertencera à sua mãe; o frio que sentia não seria aplacado por nenhuma outra peça de roupa.

Imaginou se as coisas teriam transcorrido do mesmo modo se tivesse se casado com Ralf, o príncipe que lhe havia falado com gentileza e elaborado um plano para ajudar a mãe dela, quando todos os outros lhe enfureciam.

A aia pediu a Nor que saísse da banheira e pôs-se a vesti-la, depois de seca. Enquanto apertava os laços do corpete, disse:

— Sua Graça, o rei Artor, deu ordens para que eu a vestisse para uma pequena ocasião no porto, no fim da tarde. Toda a família real comparecerá, e também o senhor seu tio e sua avó.

O porto. Isso significava...

— Diga-me, a quem estaremos dando adeus?

— Nada me foi dito, Alteza, mas todos puderam ver os cavaleiros da guarda real indo naquela direção.

Minha mãe. Ah, obrigada, Ralf! Mil vezes obrigada!

* * *

Nor observou a partida da guarda real de olhos marejados. Algo não estava certo, mas ela não sabia definir direito o que era, então resolveu ignorar os sentimentos. Se os levasse em conta, enlouqueceria. Se ao menos se permitisse sentir, enlouqueceria.

— Está tremendo — comentou o príncipe Ralf, ao seu lado.

Encontrava-se entre os dois irmãos, atrás do rei e da rainha de Gizamyr e de Lorde Destrian, todos olhando para os soldados que embarcavam naquela nau gigante de velas brancas, um atrás do outro. Sua capa estava sobre os ombros e tremulava. O povo podia vê-la com facilidade do alto de um morro próximo ao porto, de onde gritavam seu nome e acenavam.

— Tenho medo — admitiu ela — de que não cheguem a tempo. De que não seja o suficiente.

— Nossas naus navegam por rios de gelo; não se intimidarão com água quente. Irão rápido — disse Ralf. — Além disso, os exércitos do sul, do norte e do oeste também se encaminham para libertar a rainha Mirah, portanto, não faltarão homens. Estão esperando uma guerra.

Nor assentiu. O seu novo esposo sussurrava coisas ao seu ouvido, fazendo-a temer a chegada da noite, e ela sabia que Ralf podia ouvi-lo. O príncipe mais novo cerrou os punhos.

Era tão diferente do irmão! Aster tinha sobrancelhas de gavião e aura forte. Estudava Norina como uma cobra prestes a dar o bote em sua presa, mas Ralf era gentil. Ela se lembrava das memórias de Lorde Destrian, tão feliz ao lado de Norina Lovell, e desejava sentir-se como eles. Desejava poder amar o príncipe Aster e esquecer todas as outras atribulações, ou ao menos amenizá-las, mas não havia espaço no seu coração para mais ninguém, não agora. Reservava-o exclusivamente à mãe: todo o seu amor pertencia a ela.

— Não se preocupe, esposa minha. — A voz de Aster ao pé do ouvido interrompeu seus pensamentos, e ela saltou. — As nossas tropas matarão até o último dos homens *sem-alma*.

Alguns chamavam os tergarônios assim em Gizamyr, Nor tinha aprendido. Ela pensava em Viira e não os corrigia.

— Não nos preocupemos com guerras das quais temos a certeza de vitória — continuou. — Concentremos nosso pensamento nas coisas mais importantes.

Ele beliscou a cintura de Nor suavemente, mas forte o bastante para lhe provocar dor, e ela reprimiu um gemido. Ralf interrompeu-o:

— Assumo que esteja se referindo ao torneio em honra do seu aniversário, meu irmão.

— É claro.

O torneio... Sir Rolthan.

"Poderá vê-lo mais uma vez no torneio de aniversário do príncipe", tinha dito Lorde Destrian há tempos, quando passeavam pelas ruas de Myravena pela primeira vez. "Será oferecida a ele a chance de lutar pela sua liberdade."

Seu coração encheu-se de esperança.

— De fato será bom que tenhamos uma distração — comentou Ralf. — Com toda a tensão da guerra, precisamos achar formas de nos divertir. E a princesa Rhoesemina também aproveitará seu tempo nas festividades com as moças nos jardins do palácio...

Nor olhou-o, incrédula. Será que ele ainda acreditava que ela tinha o estômago fraco demais para ver disputas sanguinolentas? Ela já estivera num campo de batalha antes, e tinha presenciado a morte. Apenas alguns dias antes, a princesa Gilia morrera em seus braços.

— O quê? Não. Também quero assistir ao torneio — protestou.

Nor sabia que soava como uma garotinha mimada, mas não podia evitar. Tinha que ver Rolthan. Precisava comparecer ao torneio.

O príncipe Ralf mordiscou o lábio. Seu irmão riu e falou, num tom debochado:

— Ora, que ideia! Uma mulher frágil como você no torneio. Isso é realmente...

— Rhoesemina — Ralf não a chamava pelo seu verdadeiro nome em público, e ela se entristecia todas as vezes que ele deixava de fazer isso —, sabe que *combate* é uma palavra muito inapropriada para o que verdadeiramente acontece nas arenas, não sabe? Criminosos convictos são levados até lá para serem trucidados. Nada do que acontece no torneio é para os olhos de uma mulher....

— Tenho olhos diferentes dos seus, Alteza?

Com isso, ele se calou e voltou a observar os soldados embarcando. Ela suspirou.

— Deixe-me assistir ao torneio, é meu direito.

Aster sorriu.

— Ora, se insiste tanto... Os desejos de minha princesa são como ordens para mim, seu humilde servo.

— Aster. Não é prudente...

— Ela tem sede de sangue, irmão! Deixe que se satisfaça.

E, com esse argumento, os três sabiam quem havia vencido a discussão.

31

Fogo do Sul

Os cavaleiros rondavam o homem maltrapilho de cima de seus cavalos, intimidando-o. Sentada ao lado de Aster, no mirante construído para a família real, com o rei, a rainha e o irmão do príncipe, Nor observava o esposo gritar enquanto assistia à luta na arena. Tinham-no vestido de prata da cabeça aos pés, em comemoração ao seu aniversário, e a coroa na cabeça brilhava com uma centena de diamantes. Ele parecia um espectro em meio aos vivos, um fantasma em plena luz do dia.

— Casa Alleine!

Os cavaleiros estavam todos armados e vestiam suas cotas de malha, mas o prisioneiro não usava nada além da roupa do corpo, na qual havia urinado. Ele era velho; não deveria estar lutando, mas tentava mesmo assim, girando ao redor de si mesmo e procurando uma brecha entre os homens para tentar fugir enquanto eles o rondavam, em uma dança macabra.

— Vamos, imbecis, vamos logo com isso! Façam a justiça do seu reino!

Aster gritou ao mesmo tempo em que o homem resolveu entrar em ação. Correu entre dois dos cavaleiros, tentando escapar. Eles avançaram para contê-lo e o prensaram entre os cavalos, e ouviu-se o barulho de ossos se partindo. Afastaram-se, e o homem caiu no chão de bruços, atordoado; um dos cavaleiros fincou a lança em suas costas e a retirou, rapidamente. Estava terminado.

Norina não estava ali por gostar de assistir aos torneios; estava ali por Rolthan. Odiava aqueles homens e não entendia como todo aquele sangue e brutalidade entretinham tanto aqueles sujeitos com coração de pedra. Mas Aster era fiel às justas como alguns homens eram fiéis aos Deuses; a cada morte dos prisioneiros, gritava e batia palmas com grande estardalhaço.

Lorde Destrian estava parado atrás dela, de pé, como uma sombra. Tentara sugerir diversas vezes a Nor que se retirasse com as moças para as festividades nos jardins do Trino, para comer bons bolos e tomar hidromel, ouvir madrigais e dançar quadrilhas com suas novas damas de companhia, mas ela o havia ignorado, castigando-o com seu silêncio. Era o mínimo que ele merecia.

— Rhoesemina — disse Aster, enquanto o corpo ensanguentado do velho era arrastado para fora da arena —, o próximo combatente veio da terra dos sem-alma com você; tenho certeza de que irá interessá-la.

Ele sorria com malícia, e, por isso, Nor sabia que se referia a Sir Rolthan.

Dois guardas postados na porta do círculo de luta permitiram a entrada de Rolthan e fecharam a saída logo depois. Ele caminhou com tranquilidade até o centro da arena, com o mesmo semblante orgulhoso de quando estavam em Tergaron, mas Nor nunca o tinha visto daquele jeito. Trajava vestes simples de algodão, sujas e carcomidas por ratos e traças, e tinha os pés descalços. A barba havia crescido, desgrenhada, e o cabelo também. Parecia um rato de rua, não um cavaleiro da guarda real.

Ele a viu quando entrou, estreitando os olhos na direção da tribuna, e lhe deu um leve sorriso e um aceno de reconhecimento. Nor queria se esconder. Nunca o tinha visto sorrir, não assim. Olhou para si mesma com suas sedas, a tiara e a capa sobre os ombros e depois para ele, desarmado e descalço entre um círculo de guardas reais. Aquilo era suicídio.

Lorde Destrian aproximou-se dela, franzindo a testa.

— Rhoese, aquele não é o homem que insistiu para que eu salvasse? Ela assentiu com a cabeça, sem responder.

— Mas isso é um absurdo! Sua Graça, a princesa Rhoesemina quer aquele homem vivo. Libere-o.

O rei olhou para Destrian de cima a baixo.

— Quem é o senhor para me dar ordens? Já não me causou problemas o suficiente? — Ele tomou um gole de seu cálice de ouro e virou-se para sua rainha. — Francamente, Octavia...

— É o aniversário de Aster, meu rei — disse ela. — Por que não deixa que ele decida?

O rei grunhiu, sinalizando para o filho, e Lorde Destrian voltou-se para ele. Nor o olhava com expectativa: tinha tentado pedir pela vida de Rolthan antes, mas Aster não a escutara. Talvez o tio tivesse mais sucesso.

— Alteza, por favor — disse Destrian. Aster nem ao menos desgrudou os olhos dos cavaleiros, que se armavam novamente e se dirigiam ao centro da arena, cercando Rolthan. — Se matar esse tergarônio, estará punindo-o por trazer a princesa perdida em segurança. Clamo para que perceba a irracionalidade dessa decisão.

Aster o encarou, franzindo suas sobrancelhas de gavião.

— Eu o puniria por menos; o puniria simplesmente por ser quem é.

— Meu príncipe... — tentou Lorde Destrian.

— Meu caro Destrian, eu o conheço, está na corte desde o dia em que nasci. Eu o desprezo desde esse dia também, pelas Luas. Sei que teria polido o trono com a língua para sua sobrinha, se isso significasse salvar sua Casa da extinção e fazê-la retornar à sua antiga glória, e sei que é exatamente o que fez, de um modo ou de outro. Tudo estava bem até o dia que esse homem *sem-alma* atracou nas areias de Gizamyr trazendo a princesinha com ele; estou punindo-o justamente por isso. Estou punindo-o por trazer uma noiva indesejada para o meu lado, por colocar minha família em perigo, por reinstalar o caos no meu reino. Por ajudar a trazer para cá, novamente, uma rainha que deveria estar morta, uma rainha que se vingará de minha família assim que tiver a chance. — Ele respirou fundo e anunciou: — Que comece a luta!

Nor sentiu um nó se formar na garganta, no coração e no estômago; sabia que tudo estava nas mãos daquela família cruel agora, e que não havia escapatória nem para ela, nem para Rolthan. Não havia mais truques sob sua manga, não havia mais um plano a seguir; estava completamente à mercê dos Alleine. Ela tocou testa, nariz e lábios e fechou os olhos com força. Não queria ver quando Rolthan morresse. Não queria assistir a nada daquilo; não conseguia.

Ela recolheu as saias e virou-se de costas, preparando-se para abandonar a tenda, quando sentiu um leve toque em um dos ombros.

— Deixe-me em...

— Não precisa assistir se não quiser. — Era Ralf. — Só me deixe acompanhá-la, ou a raiva de Aster cairá toda sobre a senhora, mais tarde. Posso compartilhar das consequências de sua fúria ao menos dessa vez. Não tenho estômago para os combates hoje.

Nor balançou a cabeça.

— Não, eu... Esqueça isso. Vou me sentar.

O príncipe Ralf apoiou seu braço com delicadeza.

— Está sentada ao sol; se vir algo chocante, irá passar mal. Sente-se ao meu lado, à sombra.

Norina assentiu.

— Obrigada.

Rolthan cumprimentou seus oponentes com pompa e depois virou-se para saudar os monarcas. Norina olhou em volta: ninguém parecia se importar que ela sentasse ao lado do irmão de seu esposo. O rei Artor dormia, o cálice ainda na mão largada ao lado do corpo; Octavia se abanava com um grande leque e dava mais atenção às damas de companhia que à luta. Somente Aster tinha os olhos fixos na arena e em nada mais. Não podia ligar menos para a ausência de sua esposa.

E então começaram. Nor agarrou os braços de sua cadeira quando o sinal foi dado e os cavaleiros começaram a rodear Rolthan, devagar, lobos intimidando sua presa antes de devorá-la.

Mas, ao contrário dos outros desafiantes, Sir Rolthan não se intimidou.

Começou a alongar os músculos com tranquilidade, andando de lá para cá e gritando profanidades. E ria, depois de cada insulto, jogando a cabeça para trás.

— As mulheres que se deitaram com lobos para dar à luz vocês são pobres coitadas, de fato. — E riu. — Esses seus focinhos gigantes passaram pelas...

Nor viu o povo nas arquibancadas rugir, ultrajado, enquanto alguns riam. Os homens na arena continuavam rondando Sir Rolthan, seus olhos escurecendo e ficando vermelhos.

Está louco, pensou Nor. *O tempo nas masmorras o deixou completamente insano.*

— São chamados Indomados, de onde venho, mas suas mães domaram seus... *pais* facilmente quando mostraram a eles suas tetas. — Os homens fecharam o círculo em volta dele, e Nor podia ver seus olhos quase brilhando, as mãos firmes nas rédeas dos cavalos e as posturas tensas.

— Eles vão trucidá-lo — sussurrou.

Ralf, no entanto, não tinha palavras para confortá-la.

— Venham, venham, feras imbecis, impotentes, incapazes! — provocava Rolthan. — Eu mesmo os arrancaria de seus cavalos, mas não desejo contaminar minhas mãos.

Ninguém mais na arquibancada ria. Todos observavam Rolthan com olhos estreitos; alguns se descontrolavam e rugiam como feras, sendo retirados pelos guardas reais para a segurança dos outros espectadores. Os homens ainda o rondavam; só deveriam atacar quando o rei ou o príncipe ordenassem, ou quando o desafiante tentasse desferir algum golpe.

Rolthan riu de novo, ensandecido.

— Venham, eu disse, ou são covardes demais? São homens-lobos ou cães que ladram sem morder?

Os homens não esperaram mais um sinal do príncipe. Dois deles avançaram sobre Rolthan, galopando, as lanças apontadas em sua direção.

— Não! — berrou Nor.

— Casa Alleine! — gritou o príncipe Aster, seguido pela multidão.

Nor fechou os olhos. *O que ele estava fazendo?*

Não conseguia olhar. Rolthan estava se atirando à morte.

E então ouviu-se um barulho grotesco, guinchos animalescos e dois baques, um seguido do outro. Duas coisas pesadas foram ao chão. Houve um ofegar coletivo, e a multidão toda olhava perplexa para o centro do círculo de luta.

Nor abriu os olhos, com medo do que veria.

Havia dois homens no chão, mas nenhum deles era Sir Rolthan. Dois cavalos também tinham tombado.

Ela ouviu Aster bufar ao seu lado e entendeu. Rolthan os tinha provocado de propósito, para fazer com que corressem desordenadamente até ele e colidissem com os cavalos, indo ao chão.

Sir Rolthan tomou as lanças dos homens derrubados, girando-as nas mãos, e matou-os com golpes secos. A multidão rugiu.

— Isso é tudo o que têm? — provocou ele, rindo para os três cavaleiros restantes.

Nor sentiu o aperto dentro de si se desfazendo. Como pôde ter duvidado dele? Sir Rolthan era um excelente soldado. Ele sobreviveria.

E, se ele sobrevivesse, ela também seria capaz de fazer qualquer coisa.

Um dos cavaleiros restantes, de cabeça calva e olhos que saltavam da órbita, avançou sobre Rolthan, enérgico. Sua montaria parecia compartilhar de sua fúria e investiu com a mesma voracidade.

Rolthan esperou de pé, a lança preparada. Quando o cavaleiro estava próximo o suficiente para derrubá-lo, Rolthan acertou seu cavalo, fazendo-o tombar também. O homem foi ao chão, batendo a cabeça. O tergarônio o matou como havia feito com os outros.

O coração de Nor encheu-se de esperança. Ele conseguiria, afinal. Ele sobreviveria!

Se ele sobreviver, repetiu para si mesma, *eu também resistirei.*

Ela olhou para Ralf, sorrindo, e ele sorriu também. Estavam pensando na mesma coisa.

Os dois cavaleiros restantes continuavam a rondar Rolthan, sem se atrever a atacar. Não estavam em posição para se arriscar, não mais. Rolthan estava satisfeito, o que ficou evidente pelo sorriso em seu rosto. Foi quando o burburinho começou. Primeiro, ouviu-se um cochicho do outro lado da arquibancada. Depois outro, e, no fim, todos murmuravam algo sobre um lugar chamado Balerno e apontavam para o céu, para o ponto bem atrás de Nor.

— O que está acontecendo? — perguntou. — Do que estão falando? O que é Balerno?

Ninguém a respondeu. O rei, subitamente desperto, se pôs de pé e esfregou a testa suada. As pessoas não prestavam mais atenção na luta, mas cobriam as bocas e olhavam para cima. Alguém gritou:

— Os tergarônios malditos!

— Foi Emeric, o filho da serpente! Os almarinos são os únicos que poderiam ter chegado ao leste do país tão rápido, navegando pelo sul!

Nor virou-se e olhou para cima. Fogo.

Havia fumaça em toda parte, fumaça negra como a de Doma. Os pulmões se encheram e ela tossiu. Seus olhos ardiam enquanto ela tentava identificar a origem do fogo. O horizonte inteiro queimava, como se o próprio sol tivesse cuspido raios sobre o leste.

— O que está acontecendo? — repetiu, desesperada. — Destrian!

— Eles finalmente atacaram — respondeu o tio, os olhos vermelhos.

— Como sabe que não foi um acidente?

— Quando se tem uma conexão muito forte com alguém, Rhoesemina — explicou ele —, duas pessoas podem ver uma dentro da outra sem precisar se tocar.

— Eu sei — concordou ela. — A mesma coisa acontece comigo e minha mãe.

— Pois o esposo de Lady Jehanis, sentada aqui mesmo nesta arquibancada, está no leste, controlando os prisioneiros de Balerno. Ele é um homem de confiança, membro do conselho real, e mandou essas notícias a ela. Ele viu os navios do príncipe na praia. E, dado o que vemos no horizonte, não podemos negar o que foi dito.

— Parem a luta! — bradou o rei. Seus olhos estavam vermelhos e a voz, cheia de ira. — Há um incêndio no leste. Balerno foi destruída.

Nor olhou para a arena. Os homens não tinham atacado Rolthan, mas ele parecia estar passando mal. Levara uma das mãos ao peito e estava com o olhar perdido à distância, para além da fumaça. Nor ouvia seu coração, batendo fraca e irregularmente, e sua respiração entrecortada.

O burburinho aumentou. Os cavaleiros pararam de girar, mas não desmontaram.

— Espere, pai — interveio Aster. — É meu aniversário; eu desejo vê-los lutar.

— Meu filho, acha que é prudente nos divertirmos numa hora como essa? — indagou a rainha. — Deveríamos mandar homens para o leste, organizar um ataque a Almariot, reunir o conselho...

— Eu quero vê-los lutar! Podemos cuidar desses assuntos depois — insistiu Aster, e virou-se para a arena. — Homens, prossigam! — E bateu palmas, para que eles continuassem.

* * *

Balerno. Blayve está em Balerno, raciocinou Rolthan, devagar demais. *E as minas ardem em chamas.*

Sentiu-se tonto. De repente, a lança em sua mão pesava demais; deixou-a cair, enquanto o mundo inteiro girava em volta dele.

Olhou para cima: o céu estava negro, como nos dias de Doma em Tergaron, e embora seu nariz não fosse tão bom quanto o dos selvagens, o cheiro de carne queimada era inconfundível.

A bile subiu à garganta. Ele teve visões de olhos estrábicos, de um corcel negro correndo, de uma mula cinza e velha, de brincadeiras a beira de um riacho. Lembrou-se de uma risada, de olhos vermelhos, de um pedido de socorro.

Olhos vermelhos.

Como aqueles que o encaravam.

—*Rolthan!* — Ouviu, mas quando procurou a voz, se deu conta de que ela falava dentro de sua mente. Teve uma visão de Blayve com a cara manchada de carvão, tossindo em meio à fumaça, pisoteado por outros Indomados que corriam do fogo, e por cavalos que puxavam grandes carroças cheias de pedras coloridas.

— BLAYVE! Blayve! — Tentou, mas a voz falhava, e tudo a sua volta parecia ter ficado estranhamente devagar.

Não teve mais visões. Tampouco ouviu a voz de Blayve novamente.

Em sua cabeça, só havia um silêncio terrível, carregando um significado ainda mais pavoroso. Em seu coração, Rolthan sentiu um golpe invisível que doeu mais que qualquer ferida.

Durante toda a vida, Rolthan sentira sua presença. No ar que respirava, nas memórias de seus beijos, no sabor de seu vinho preferido. Sabia que estavam sob o mesmo céu, sob as mesmas Luas, mesmo quando não sabia ao certo onde encontrá-lo.

Mas agora não havia nada.

Onde antes havia a presença de Blayve, restara um grande vácuo. O buraco que só podia ser preenchido por ele agora se encontrava vazio.

Os olhos vermelhos diante dele aumentaram de tamanho. Estavam se aproximando.

Mas Rolthan não reagiu. Não os insultou mais nem tentou atacá-los. Nem ao menos deixou a lança pronta quando os dois avançaram sobre ele. Só esperou que o empalassem, de pé, com uma expressão derrotada no rosto.

* * *

Rolthan foi ao chão.

E Nor não pôde gritar.

A multidão não sabia ao certo se deveria ou não aplaudir. Todos ainda olhavam para o céu. Mas Norina fitou Rolthan caído no chão, o sangue jorrando de sua barriga, e seus adversários reverenciando a tenda dos monarcas. Aster os aplaudia, sorrindo de orelha a orelha.

Ela se deixou cair no assento, sem energia, e observou enquanto arrastavam o corpo de Sir Rolthan Falk para fora da arena.

32

Clamores

Estava agachada no centro do templo, os olhos fechados tentando conter as lágrimas que teimavam em cair. Não tinha mais vontade de gritar: gritara mais cedo e espantara todos os guardas que insistiam em acompanhá-la, guardas que a respeitavam mais quando viam seus olhos vermelhos, assim como todos os outros. A garganta ardia, e os joelhos doíam pelas horas que passara naquela posição. Mas Nor não se movia.

Estava orando. Por Gilia, por Rolthan. E, acima de tudo, pela sua mãe. Acordara de manhã com as dores de sempre, mas uma ainda maior do que todas as outras, e levara a mão ao peito, sentindo um vazio que não entendia. Sentou-se, deixando que as lembranças dos dias anteriores chegassem devagar à mente, como brisas de primavera, e entendeu por que se sentia daquela forma. Entendeu que aquele vazio se devia a todas as partes de si que haviam sido retiradas de uma vez, deixando-a oca e letárgica. Depois disso, pediu que a levassem ao templo.

Não sabia mais para quem orava. Não sabia se para os Deuses de Viira, a rainha que mantinha sua mãe como prisioneira, ou para as Luas, as deusas do reino que tinha tentado matar ela e sua mãe. Ou talvez para outros deuses mais gentis, deuses que entendessem sua dor e lhe oferecessem consolo. Só sabia que orar era tudo o que podia fazer.

— Eles não a ouvirão.

Nor abriu os olhos e esfregou o rosto úmido de lágrimas. Ela reconhecia aquela voz.

— Lady Grissel.

Sua avó.

— Você sabe o que dizem, criança. Em tempos de guerra — falou ela, se aproximando —, os Deuses fecham os olhos para nós, mortais.

— Viira não é mortal. Quer dizer que os Deuses estão ao lado dela?

Lady Grissel balançou a cabeça.

— *Ah*, quer saber, esqueça os dizeres. A verdade é que eles nunca estiveram, porque nunca existiram.

Nor se levantou, andando até Lady Grissel. Ela vestia branco; era quase uma afronta. Ninguém mais usava branco depois do ataque ao leste.

— A senhora não pode provar isso.

— Não, não posso — confirmou, simplesmente, e sorriu. — Criança, há anos que eu não oro; não gosto de direcionar a minha energia a incertezas. Os Deuses podem existir ou podem ter sido inventados por nós, e por que eu haveria de desperdiçar as minhas forças falando palavras ao vento? Prefiro lidar com o que é certo. Hoje pela manhã acompanhei meu filho no conselho.

Nor espantou-se.

— Permitiram sua presença?

— Não. Perguntei a eles, no entanto, quem gostaria de tentar me impedir, o que resolveu o problema.

Nor sorriu.

— Não entendo de guerra. Se está sugerindo que eu deveria ter feito o mesmo que a senhora, está enganada; eu só atrapalharia a decisão dos mais sábios.

Lady Grissel jogou as mãos para cima.

— Mais sábios! Tudo o que eles querem é mais sangue, Rhoesemina!

Rhoesemina. Era a primeira vez que a mulher — a sua avó, *dohi Iatrax* — a chamava assim. Um calafrio percorreu a espinha de Nor.

— É claro que não fui ouvida, sou só uma velha caduca, até onde eles se importam. Você, no entanto, é a princesa que retornou. O reino está em polvorosa por sua causa.

O reino está em guerra por minha causa.

— Seu esposo planeja mandar a cabeça dos príncipes e das princesas Viasaara para a rainha de Tergaron, uma por uma. Está ávido por sangue.

Impeça-o, e podemos evitar um conflito ainda maior. A ira de uma mãe, quando despertada, é capaz de destruir reinos inteiros em dias. — Grissel levou a mão ao peito. — Você é minha neta. Minha neta, que retornou, e eu não poderia imaginar isso em mil anos, nem se desejasse. Está a salvo conosco agora, mas sua mãe... *minha Mirah*... ainda está sob as garras daquela mulher desprezível. Se provocarmos sua fúria matando seus filhos, como Aster pretende fazer...

— A senhora está certa de que ela ainda está viva? — interrompeu Nor, o fôlego curto. Seu coração batia com a força de mil tambores. — Minha mãe?

Lady Grissel suspirou.

— Não sou capaz de ver dentro dela, não mais. Nosso laço se perdeu há quinze anos, quando a considerei morta.

Nor assentiu.

— Eu sou incapaz de ver também. Tenho medo de descobrir uma verdade que não quero saber.

Grissel assentiu, observando-a em silêncio por alguns instantes. Nor percebeu a semelhança com a mulher de suas lembranças, a mulher que Grissel era, quando deu à luz sua mãe. Uma bela jovem de cabelos prateados, uma moça apaixonada por lírios. Seus olhos cinzentos brilhavam de tristeza.

Nor quis abraçá-la. A sua avó, que cheirava a flores brancas. Que a tinha segurado no colo quando ainda era pequena demais para ficar de pé e que havia escolhido seu nome.

Então se aproximou, devagar, mas a senhora segurou sua mão, repelindo-a. Nor olhou-a de novo. Parecia ter envelhecido cento e cinquenta anos desde o dia do cerco, e não quinze.

— Vá encontrar o príncipe, Rhoesemina — recomendou. — Pelo bem de todos nós. Ainda não é tarde demais.

* * *

O príncipe Aster não a ouviria durante o dia, e ela sabia disso. Não a ouviria durante uma reunião do conselho ou quando o dia clareasse.

Mas, à noite, assim que tivesse obtido seu prazer na cama, ele daria ouvidos a Nor.

Sentia-se suja, como todas as noites, e dolorida. Sempre ficava impaciente para que aquela tortura terminasse, mas hoje estava mais impaciente do que nunca, e ele notara. Passou a mão pelos cabelos prateados, tentando arrumá-los, e apanhou o robe de seda, vestindo-se rapidamente à luz de velas.

— Está inquieta esta noite, senhora minha esposa — comentou, apoiado sobre um dos braços, seu sorriso malicioso iluminando o rosto duro.

Ela virou-se para fechar o robe, enojada. Queria um banho. Queria a brisa da noite para limpá-la. Queria dormir e esquecer. Mas tinha assuntos importantes para tratar.

— De fato — murmurou. — Não durmo bem desde o torneio.

Aster bufou.

— Não fique de luto por um homem *sem-alma*, Rhoesemina. Achei que fosse melhor do que isso.

— Não é por Sir Rolthan que estou de luto, senhor meu esposo. — Nor terminou o laço e virou-se para encará-lo, com medo das próprias palavras. — Mas pelo nosso povo, assim que as consequências de suas decisões começarem.

Isso chamou a atenção do príncipe.

Ele sentou-se na cama, passando a mão pelos cachos loiros cheios de suor.

— O que está querendo insinuar, tergarônia?

Aster insistia em chamá-la assim quando estava insatisfeito. Ela tinha o puro sangue gizamyriano, e ele sabia disso — todos sabiam —, mas havia sido criada ao lado dos sem-alma. Ele não estava particularmente de bom humor, e ela estremeceu. Agora já havia começado a falar e não podia voltar atrás. Levantou-se, andou pelo quarto e disse:

— Não pretendo insultá-lo, meu senhor. Só peço que considere suas decisões novamente. Não acha imprudente matar os filhos da rainha Viira de modo tão brutal? Seria mais ajuizado que se enfrentassem em um campo de batalha, como manda a tradição. Se a ética da situação não lhe pesa na consciência, senhor, urjo que perceba que sua tática provoca as emoções de uma mãe e coloca em xeque a segurança da rainha que tentamos resgatar.

Aster levantou-se também, furioso:

— Está me questionando?

Nor respirou fundo, sem conseguir se conter.

— Sim, meu senhor. Suas decisões impensadas vão acabar matando a minha mãe.

Slap.

Nor levou a mão ao rosto. O golpe tinha doído, porém o que mais a machucou foi perceber que Aster não acataria o seu apelo.

— Mulheres são estúpidas nas questões importantes da vida. Deixe a batalha para os homens, Rhoesemina. A vadia tergarônia mandou que o filhinho colocasse fogo no leste e destruiu não só Balerno, bem como a propriedade de três Casas diferentes, as raras plantações que vingam daquele lado do reino, juntamente com as moradias de milhares de camponeses. As tropas almarinas nos invadiram e logo avançarão para o centro do reino, e nós estamos vulneráveis porque mandamos nossas tropas para resgatar sua preciosa *mamãe*. — Ele foi até a cadeira em que estavam suas roupas e começou a se vestir, embora ainda fosse madrugada. — As tropas deles estão aqui e isso significa que suas fronteiras também estão desprotegidas. Invadiremos Almariot assim que o tempo for propício, e, eu juro, terei a cabeça do *príncipe* Emeric até o final da primavera. Até lá, colecionaremos as outras e as mandaremos para a *Rainha das Rainhas*, uma por uma, em meio a buquês de flores. — Ele inclinou-se para beijá-la nos lábios, mas Nor se esquivou. Afastando-se para ir embora, Aster completou: — Deixarei que escolha cada um dos arranjos, minha princesa.

33

A CESTA

— *M*AIS UM NOS PORTÕES, *majaraani*. Ela riu estrondosamente. O *kohl* em volta de seus olhos estava borrado.

— Com mais um *presente*, suponho? Mande trazê-lo até mim. Trazê-la. O que for dessa vez.

Ninguém lhe respondeu de imediato.

— *Ijiki*, luz de nossas vidas... Seus olhos foram feitos para coisas belas. Poupe-os da desgraça — comentou Nissa, a sua esposa mais velha.

Viira riu outra vez.

— Não há coisa mais bela do que o rosto dos meus filhos, *ahmiran* Nissa, e eu não vejo alguns deles há anos! Mande trazê-lo.

Os outros estavam alinhados diante dela como troféus, e a maioria de seus *ahmirans* não pôde suportar ficar no mesmo recinto que eles. Talvez porque não aguentassem encarar seus olhos vazios, talvez porque o cheiro os enojasse. Viira ria. *Como se nunca tivessem visto cabeças decepadas.*

Tib, Braya, Ismena, Neva, Sivor. Os olhos deles estavam abertos, e ela não os havia fechado, não ainda. Queria que vissem tudo o que aconteceria depois. Tudo o que ela faria para vingá-los.

Viira dirigiu-se até a entrada do quarto para receber o mensageiro gizamyriano, passando pelas cabeças e acariciando os cabelos macios de cada uma. O mensageiro tremia, e isso a fez ter vontade de rir, mas ela manteve a compostura, lembrando-se do que ensinava aos próprios filhos antes de despachá-los para as cortes dos vice-reinos. Ela recebeu a arca e o liberou, tranquilamente. O homem Indomado saiu mais rápido do que uma lebre assustada.

— Não vai puni-lo, *majaraani*? — indagou um de seus cavaleiros, quando a viu liberá-lo. — Não vai cortar suas mãos ou arrancar seus olhos para que não possa voltar para casa?

— E por que eu haveria de querer mais um deles no meu reino? Deuses, não, deixe que volte para casa. Ah, olhe só. Eles finalmente conseguiram.

Os *ahmirans* que haviam permanecido ao seu lado inclinaram-se sobre o cesto aberto, um cesto cheio de rosas vermelhas e lírios, cidra e vinho em garrafas e doces bem embrulhados. No meio dela, estava a verdadeira oferenda.

Viira puxou a cabeça, segurando-a com delicadeza pelas laterais. Seus cabelos rubros ainda brilhavam como cobre, sua pele ainda tinha o calor de um dia de verão; era tão parecido com o pai.

Emeric.

— Deixemos que ele fique ao lado dos irmãos — disse ela, entregando a cabeça ao cavaleiro, que se enrijeceu ao tocá-la. — Ponha-o ao lado de Ismena. Eles sempre foram próximos.

— Emeric! *Nei*, não... — O *ahmiran* Cassius, pai de Emeric, caiu de joelhos. A morte de Ismena tinha sido um baque para ele, mas aquele era o príncipe de Almariot, o seu maior orgulho. Ele correu até a varanda e vomitou, apoiando-se na balaustrada. Seus gritos podiam ser ouvidos de Monterubro até a Atalaia dos Rubis, doloridos e cheios de pavor. — NÃO!

As *ahmirans* Nissa e Anachorita abraçaram-se, chorando de terror enquanto contemplavam a coleção de troféus gizamyrianos. Viira as observava com olhos vazios. Não compreendia. Elas já haviam visto Emeric antes.

O Primeiro *Ahmiran* tentou abraçar Viira com braços trêmulos, mas ela o afastou. Ele a estivera perturbando nos últimos dias; seu irmão tinha morrido entre os selvagens e ele não fora forte o bastante para aguentar o baque. Estava pálido e apático como um boneco de pano, e Viira já não o queria por perto. Ele não lhe servia mais como amante e só entoava canções tristes quando Viira pedia que lhe entretivesse.

— Bem, suponho que agora tenhamos que os atacar, não? — suspirou.
— As tropas estão prontas desde a morte de Gilia. Estiveram esperando justamente por esse sinal.
— Às suas ordens, *majaraani* — disse o guarda. — Passarei as instruções ao comandante das tropas.
— *Nei*, sir, eu mesma farei isso. Acompanharei os exércitos até Gizamyr, afinal de contas. — Ela passou descuidadamente a mão no olho, borrando ainda mais a maquiagem. Ainda era a mulher mais linda da qual se tinha registro, mas sua beleza era assustadora. Seus cabelos estavam bagunçados, o *kohl* tinha manchas de lágrimas, e, desde antes da morte de Gilia, não usava mais suas belas túnicas. Estava descalça, vestindo o robe de seda púrpura, e não se banhava desde aquele dia.

O cavaleiro e seus esposos falaram em coro:
— *Majaraani*, acha mesmo que é seguro?
— Luz da minha vida...
— *Ijiki*, não seria mais prudente...

Mas Viira parou diante da cabeça de Emeric, acariciando seu rosto jovem, e os ignorou.
— Levarei a rainha de Gizamyr comigo. Quero que ela esteja na mesma comitiva e no mesmo barco que eu quando cruzarmos o mar até sua terra natal.

Os outros se entreolharam, apreensivos. Viira desviou os olhos do filho e direcionou-os ao soldado, que a reverenciou.
— Muito bem, *majaraani*. Assim será.

34

O CHAMADO DE UMA MÃE

O DIA ESTAVA TÃO PESADO LÁ FORA QUE TODOS PARECIAM CARREgar as nuvens cinzentas nas costas. Tudo estava gelado e morto, mesmo que aquele fosse o primeiro dia do verão, o Dia dos Deuses.

Quiseram de novo empurrá-la para o grupo de moças, assim como tinham feito no dia do aniversário de Aster, mas ela se recusou, ameaçando-os com sua nova autoridade. Não ficaria presa dentro de um quarto do castelo orando. Não quando os homens se preparavam para matar e serem mortos do lado de fora. Em vez disso, foi para o átrio do Trino da Alvorada vê-los se preparar para a batalha em Areialva, onde os primeiros navios tergarônios estavam desembarcando com suas tropas de armadura escura e estandartes verde-esmeralda, sob os quais Nor um dia tinha viajado.

Norina...

Tentou ignorar a voz enquanto descia as escadas. Ouvira-a a manhã inteira.

Lorde Destrian estava montado num garanhão branco, e um jovem rapaz carregava seu escudo e sua espada, ao seu lado. Ele sorriu quando a viu entrar e acenou com gentileza.

— Rhoesemina. Abençoada seja, minha sobrinha. O que está fazendo entre nós? Deveria estar com as moças no...

— Não sabia que lutaria, Lorde Destrian.

Ele suspirou, mas Nor o ignorou. Sabia que ele preferia ser chamado de tio e tinha escolhido não o chamar assim justamente por isso.

— É claro que lutarei. Pela minha honra, eu devo.
— E não pela sua irmã? Pela sua família?
Ele se remexeu na sela.
— Não foi o que quis dizer, Rhoese. Creio que sabe disso.
Ela acariciou o focinho de seu cavalo. Pobre animal, que nada tinha a ver com as lutas dos homens, mas mesmo assim tinha que os defender.
— Boa sorte, Lorde Destrian. Que as Luas o protejam — disse, com frieza.
— Temo que seja impossível. Em todas as minhas orações pedi a elas que olhem para você. — Norina virou-se para ir embora; não queria ouvir suas bajulações. Ele a chamou: — Rhoese! Volte para junto das moças, por favor. Não poderei suportar perdê-la de novo.

Já me perdeu, Nor quis dizer a ele, *no instante em que mandou matar Gilia. Não sou mais sua sobrinha; não o quero mais perto de mim. E sou grata que não seja meu pai, como um dia desconfiei, ou seria a moça mais infeliz em todo o reino.*

Ignorou os conselhos de Destrian e continuou andando pelo imenso átrio, observando os rostos dos cavaleiros que lutariam pelo seu reino. Pela sua mãe. Gostaria de poder ir com eles; o nervosismo da espera era ainda pior do que o da batalha em si.

Norina, chamou a voz novamente. Ela levou as mãos à cabeça, nervosa — o Dia dos Deuses fazia coisas estranhas com sua mente. Não suportava mais ter medo de si mesma.

— Norina!

Virou a cabeça; o chamado agora vinha de alguém familiar e a puxou de volta para a realidade.

— Ralf.

Ele estava armado dos pés à cabeça em uma armadura nova e reluzente, com um lobo esculpido na placa do peitoral. Então removeu o elmo; estava a pé e foi até ela.

— Não me diga que veio até aqui para mandar que eu retorne para o salão com as moças, para passar minhas horas orando e chorando.

— Não. Embora você deva fazer isso, assim que as tropas partirem, para sua própria segurança no caso de um cerco. Por ora, no entanto, creio que esteja segura para andar livremente dentro do palácio, desde que sempre haja alguém com você. Sir Ios! — Um guarda real aproximou-se e fez uma mesura, retirando o elmo. Nor o reconheceu; era o guarda pessoal da rainha. — Proteja a princesa a todo o custo. Deve ficar atrás dela como uma sombra.

De hoje em diante, estarei ao seu lado como uma sombra; a voz de Rolthan Falk ecoou na cabeça de Nor, uma memória distante e dolorosa.

— Sim, Alteza.

— Ele não deve ficar atrás de mim — interveio Nor. — Precisamos de todos os homens disponíveis em Areialva.

— Precisamos de homens para proteger as mulheres e as crianças, princesa. E você é a mais importante delas.

Mulher ou criança?, pensou. *Em qual das duas categorias me encaixo?*

Nor cruzou os braços, constrangida. Não gostava de ser vista como algo frágil, que precisava ser protegido.

— Onde está o meu marido?

— O príncipe Aster já partiu, Alteza — informou o guarda. — Está liderando a primeira tropa.

Por isso não me atormentou ontem à noite, pensou Nor. *Partiu de madrugada.*

— Certo. E quanto ao rei?

— Meu pai ficará na capital para o caso de haver um cerco. Poderá encontrá-lo dentro do Trino, se desejar. E minha mãe está com as moças no salão da torre mais alta, conduzindo as preces. Estão em vigília desde a noite passada.

Ela assentiu.

— Quando será a batalha?

— Em breve, se os sinais foram lidos corretamente.

— Aster nunca deveria ter matado os filhos de Viira — disse Nor, pensando nas vítimas com os olhos perdidos na distância. *Chamam-nos de selvagens, e com razão.* — Nunca deveria ter enviado as cabeças a ela.

— Em cestas, como presentes, é o que ouvi dizer.

— Ouviu corretamente. — Nor estremeceu. — Que as Luas tenham piedade de nós.

— Terão. É contra homens sem-alma que lutamos, homens que veneram falsos ídolos.

Nor respirou fundo. Sabia que os corpos celestes não definiam coisa alguma além das marés.

Houve um chamado na frente do salão, e as portas do átrio se abriram. O escudeiro de Ralf se aproximou, trazendo-lhe seu corcel vermelho, seu escudo e sua espada.

— Vá — disse Nor, ao ver que ele hesitava. — Vá e não morra.

O príncipe assentiu.

— Fique aqui e não tente nada imprudente. Fique e não morra.

O pátio começou a se esvaziar, os homens esporeando os cavalos e seguindo para fora atrás do comandante, de capa branca, em direção à Areialva. Ralf estava prestes a segui-los quando parou e virou seu cavalo para o outro lado, para observar Nor.

— O que aconteceu, Norina? Está bem?

Ela própria não tinha percebido, mas havia agachado, o vestido roçando no chão sujo das pegadas de homens e cavalos, e a cabeça entre as mãos, que tremiam.

Norina... Norina...

A voz familiar a chamava. A voz que a acordava todas as manhãs e cantava para que ela dormisse, todas as noites. A voz melódica e suave da mãe, um som que há tempos não ouvia.

Não era uma lembrança. Aquela voz a estava chamando naquele exato momento.

— Ela me chama — sussurrou.

Ralf não precisou perguntar para entender. Desmontou do cavalo e ajoelhou-se ao lado dela, frenético:

— O que ela está dizendo? Está em Areialva? Veio com a rainha de Tergaron? Onde ela está?

Nor piscou, confusa.

— Não, eu não sei... Ela diz meu nome... Só o meu nome. Mas está aqui, está *viva*, eu sei que está.

Ralf se pôs de pé, visivelmente decepcionado, e estendeu a mão para que ela também levantasse.

— É a sua imaginação. Quer ela perto de você, deseja tanto isso que a está ouvindo.
— Não, Ralf, é ela. Escute.
Nor estendeu a mão e tocou seu rosto, mostrando-lhe o que estava ouvindo. Bem nesse instante, mais palavras foram ditas:
Norina... Minha Norina... Venha até mim...
Ela queria chorar. A mãe estava viva! A mãe estava viva e se encontrava em Areialva, esperava por ela! Chamava por ela!
— Ralf, é ela. É ela! Preciso ir ao seu encontro!
O príncipe franziu o cenho, cauteloso.
— Não, Norina, continue escutando...
Nor fez o que ele pediu. Ralf havia tirado a mão dela de seu rosto e a segurava firme entre as suas, ajudando-a a escutar.
A voz de sua mãe continuava lá, chamando por ela, mas havia algo mais. Uma interferência... Uma segunda voz.
Viira.
Venha até mim. Venha até mim, Floquinho.
Norina...
Venha até mim. Eu a verei, somente você. Faça com que suas tropas recuem e as minhas farão o mesmo, se chegarmos a um acordo.
Norina... Minha Norina...
Ela soltou a mão de Ralf, como se queimasse. As vozes de Viira e de sua mãe continuavam lá, porém mais fracas junto ao turbilhão de pensamentos que rodavam em sua mente.
Ela se levantou, recolhendo as saias.
— Eu tenho que ir — declarou, indo em direção aos portões em um ritmo frenético. — Preciso ir ao encontro de Viira.
Ralf correu para acompanhá-la e segurou o seu braço, firme.
— Norina, não. Ela irá afetá-la. Tem mais de mil anos e interferiu em uma visão entre homens-lobo. Quem sabe o que mais ela pode fazer, que outros poderes possui? — Ele a fitou fundo nos olhos, sério. — Isso é uma armadilha. Ela a quer, quer a sua vida, ou pior...
O coração de Nor batia numa confusão tão grande de ritmos que ela ficou enjoada.

— Ralf, eu *preciso* ir. Minha mãe está com ela. Pode ser a única maneira de tê-la de volta.

— Nós a resgataremos quando ganharmos a batalha.

Nor abraçou a si mesma e o forçou a encará-la.

— E se não ganharmos, Ralf? O que acontece? É melhor entrar em um acordo e poupar todas essas vidas inocentes!

Ele fez que não com a cabeça.

— Eu não permitirei.

— *O quê?* — Ela riu, descrente. Sentia-se insultada. O olhar de Ralf era grave, e, por um minuto, ele se pareceu com o irmão.

— Sir Ion, tranque-a no salão com as moças.

Sir Ion não esperou a segunda ordem; segurou Nor pelo pulso, com força, evitando que ela se desvencilhasse, arrastando-a escada acima até que deixassem o átrio. Ela gritou ao longo de todo o percurso para que ele a soltasse, recusando-se a subir até que ele teve que a carregar nas costas feito um saco de batatas. Por cima de seu ombro, viu Ralf partindo a cavalo e quis odiá-lo, mas não pôde.

* * *

Estava confinada havia oito horas quando os sussurros começaram a ficar mais intensos, tornando-se chamados urgentes. Nor olhou em volta: os chamados eram tão altos que ela se surpreendia que as outras mulheres não pudessem ouvi-los.

A rainha Octavia estava no canto do quarto, de mãos dadas com as damas de companhia, orando. Pelo salão, as aias cuidavam das crianças da corte, e moças bem-nascidas rezavam pelos cavaleiros no campo de batalha. As tropas já deveriam estar se enfrentando àquela hora, disse uma das mulheres, e todas concordaram, com expressões sombrias, até que uma delas teve a ideia de entoar os cânticos religiosos para distrair as demais. Nor se surpreendeu com o autocontrole das moças; era o Dia dos Deuses, e nenhuma delas parecia particularmente exaltada além do nervosismo normal causado pela batalha.

Mas entre o choro das crianças, os cânticos e o sussurrar insistente das preces da rainha e de suas damas, a cabeça de Nor pulsava. Ela se sentia doente. Precisava sair dali imediatamente. Sua mãe chamava por ela. *Implorava* por ela. E Nor não se importava se fosse uma armadilha. Era com a vida de sua mãe que estava lidando e tinha que se arriscar. Tinha que chegar até ela a qualquer preço.

Norina... Norina, por favor...

Foi até a rainha com as têmporas latejando e esperou ser notada. Octavia Alleine imediatamente abriu os olhos, como se tivesse sentido seu cheiro — e provavelmente tinha.

— O que foi? — perguntou, soltando a mão de suas damas, com uma expressão amarga no rosto. — Não vê que estamos orando?

— Vossa Majestade — disse Nor com uma mesura curta —, eu preciso sair. Diga a Sir Ion...

— Não me diga o que fazer, menina insolente. A princesa pode ter retornado, mas eu sou a *rainha* e digo que ninguém sai daqui até que seja completamente seguro. Vá cantar com as outras.

E, com isso, virou-se, fechando os olhos e retomando a oração.

Nor interrompeu-a:

— Vossa Majestade! Por favor, se ao menos me escutasse...

— Basta, Rhoesemina! Minha palavra é final! — A voz da rainha era aguda e esganiçada. Todas olhavam para ela agora, e os cânticos haviam sido interrompidos. — Todos viram dentro de você. Todos viram onde foi criada, numa cabana no meio do nada, entre quatro paredes, por quinze anos. Amanhã fará dezesseis e oficialmente será uma mulher aos olhos do reino; portanto, aja como uma! Lembre-se de seus dias de passarinho engaiolado e aguente algumas horas em confinamento, como todas nós fazemos. É uma princesa. Dê o exemplo para suas súditas, pelas Luas!

Por favor! Norina, não há muito tempo, corra!

Os olhos de Nor começaram a arder, e sua pele, a pinicar.

Ela não tentou se conter desta vez.

Não era um passarinho engaiolado; era um lobo.

E lobos não foram feitos para serem confinados.

Dirigiu-se à pesada porta de madeira, onde um guarda real estava parado segurando a espada, protegendo-as de possíveis invasões.

— Sir Ion, abra a porta. Desejo sair — exigiu. O calor aumentava dentro dela desde o estômago, espalhando-se sob sua pele, pelos seus braços, pernas, pescoço, cabeça. Não havia espelhos ali, mas Nor sabia que seus olhos já não estavam mais azuis. Ele deveria temê-la.

O guarda a ignorou, olhando para a frente.

— Sir Ion, eu lhe dei uma ordem.

Nesse momento, o homem se virou para ela, notando os olhos vermelhos pela primeira vez. Ele observou em volta. As moças, apreensivas, tinham se juntado no fundo do aposento, longe de Nor, e começavam a colocar as crianças atrás de si. O guarda segurou o cabo da espada com mais firmeza e a encarou, incerto.

— Sir Ion — disse Octavia, andando até ele. — Eu sou sua rainha e lhe proíbo de obedecê-la.

Ele moveu-se para ficar no caminho de Nor, bloqueando a porta.

— Sinto muito, Alteza.

Norina! Norina, por favor! Por favor!

Ros estava chorando.

Nor precisava chegar até ela.

Mas sir Ion estava em seu caminho.

35

Ahma

— R HOESEMINA... Ela espera por você.
Nor tomou a mão do homem tergarônio, ainda tonta. Não se lembrava bem do que havia acontecido e tinha apenas uma vaga ideia do que estava fazendo ali.

O homem, um cavaleiro, foi gentil, o que a surpreendeu. Ele a ajudou a descer da carruagem, pôs uma das mãos em suas costas para guiá-la através do porto até o navio de velas verdes e douradas, com as serpentes bordadas, e avisou que tivesse cuidado para não tropeçar na barra ensanguentada do vestido.

Sua visão estava embaçada. Tudo estava envolto em um brilho anormal, avermelhado. Seria o crepúsculo, anunciando o fim da tarde?

Nei. Olhou para o horizonte, para a linha onde o céu encontrava o mar, e tudo ainda era perfeitamente cinza. Nada de vermelho.

Sentiu-se suar e levou a mão à testa.

Espere. Isso não é suor. Isso é...

Sangue.

Nor olhou para as mãos e congelou. Estavam sujas do líquido viscoso e escuro, e sabia que aquele não era o próprio sangue. Seu vestido também estava ensanguentado, e seus lábios rachados de frio tinham aquele gosto metálico e salgado.

Sir Ion. Ele ficou no meu caminho.

Então lembrou-se de como o atacara, de como o tinha derrubado com três golpes e provavelmente o cegado com as unhas, porque o homem gritara, e as moças no quarto também. As crianças que não controlavam os próprios lobos ainda tinham olhos vermelhos como ela e tentaram agredi-la, mas as moças as detiveram. E Nor escapou. Sir Ion ficou estendido no chão, imóvel, o pescoço desprotegido torto e molenga.

Ela fechou os olhos com força. Tinha mesmo feito aquilo?

Lembrava-se de ter corrido escadaria abaixo até o átrio e passado pelos portões abertos, seguindo a voz da mãe, até encontrar a carruagem solitária. E compreendeu. O cocheiro tergarônio tinha dito: "A Rainha das Rainhas deseja ver a princesa de Gizamyr", e ela havia embarcado, não sabia bem como. Nunca se sentira tão tonta em toda a sua vida.

E agora lá estava ela, no porto de Areialva. Sabia porque conseguia escutar os gritos dos homens à distância e o som de aço contra aço, de aço contra carne e o gorgolejar das gargantas cortadas engasgando-se com sangue. Um único navio estava ancorado bem próximo do cais, e os demais encontravam-se mais perto do campo de batalha, a algumas léguas de distância. Suas velas verdes chacoalhavam com o vento, e as ondas batiam contra o casco com violência, como se tentassem derrubar o navio. Dentro da embarcação, Viira andava de um lado para o outro, e Nor podia ouvir seus passos.

Quando enfim chegou ao navio, marujos tergarônios com caras de poucos amigos jogaram uma escada de cordas para que ela subisse. O cocheiro não a acompanhou. Em vez disso, virou-se de costas, retornou à carruagem e partiu em seguida.

Norina percorreu o caminho sozinha pelo convés, seguindo o som dos passos da rainha Viira. Não conseguia ouvir mais nada, nem a voz da soberana nem a da mãe, e o barulho foi substituído pelas batidas aceleradas do próprio coração: *tun-dun, tun-dun, tun-dun.*

O navio era magnífico, com a figura dos Doze Deuses esculpidas no casco, as bandeiras verdes e douradas do reino flamejando sobre o mastro, e as velas hasteadas. Todos os marujos deram passagem a Nor, sem questioná-la, mas observando-a com temor. Ela fingiu não notar seus olhares. Não podiam ouvir seu coração nem o som de sua respiração e sabia que viam apenas seus olhos vermelhos e sua pele suja de sangue. Eles não viam o seu medo. Em vez disso, eles a viam, e *tinham medo*. Sentiu-se grata pelas limitações dos homens sem-alma. Isso lhe deu coragem: seu coração ainda batia depressa, mas ela firmou as pernas e obrigou-se a andar para a frente, sem tremer. Tinha se livrado dos sapatos, e os pés descalços não hesitavam ao pisar sobre o convés seco. A garganta não secava ao proferir as palavras que lhe dariam entrada aos aposentos da rainha. A mão não tremeu ao girar a maçaneta. E os olhos não verteram lágrimas quando viu a mulher sentada sobre o canapé da cabine, à sua espera.

Viira.

A rainha, negra e bela, de pescoço esguio e cheio de safiras e olhos faiscantes e juvenis, levantou-se com languidez quando Norina entrou.

Nor a encarou como quem encara um velho amigo que um dia revelou-se traidor. Tinha a odiado por tanto tempo em sua memória que vê-la ali, em pessoa, era quase como ter um delírio. Lá estava ela, tão terrivelmente humana e, ao mesmo tempo, tão divina, sorrindo de modo que era quase difícil odiá-la.

Viira envolveu Nor em um abraço, sem hesitar. A princesa de Gizamyr se enrijeceu. Estava farta de contatos forçados.

— Ora, o que é isso, Floquinho? Somos velhas amigas — disse a odiosa pantera, se afastando.

Nor rangia os dentes. Ela era um lobo e já não temia as panteras.

— Mostre-me minha *ahma* — exigiu Norina, com convicção.

— Com prazer — disse Viira. — Assim que tivermos a chance de conversar. Estou enganada ou um dia lhe ensinei sobre a importância de ser paciente? Paciência... Alteza.

O olhar da rainha escureceu.

— Ah, princesinha, paciência nunca me faltou. Por mil anos esperei por alguém como você... E então você veio e arruinou tudo. Absolutamente tudo. — Viira andava ao redor de Norina feito um felino cercando a presa. — Não havia impedimentos para que eu conquistasse Gizamyr, não com você ao meu lado. Eu teria... *pelos Doze*, eu teria... teria conquistado todas as terras, seria a senhora suprema de tudo. Domaria todos. *Saa*, eu faria isso e, ao concluir meu objetivo, seria a única deusa de um povo que perdeu a salvação.

— E isso a faria feliz? — indagou Nor, bufando.

— Isso tornaria a minha vida mais tolerável, Floquinho, e você não sabe quanto isso pode ser o bastante para alguém que já sofreu como eu.

— Termine logo com isso, Viira. Se acha que sofreu demais, ponha um fim em tudo isso.

A Rainha das Rainhas riu.

— A morte é algo tão terrivelmente certo, não é? Menos para mim, que tanto a desejava. Ah, eu tentei, *ijiki*, eu tentei, em uma época em que era mais ingênua e menos resiliente. Mas agora penso de outra forma. O que a morte me traria? Pelos Deuses... — Ela se corrigiu: — Ora, por que falamos assim? Nós duas sabemos que os Doze Deuses são farsas. Pelas *Luas*... Eu decidi ficar viva para me vingar. — Viira pegou as mãos de Norina, suplicando de um modo que só se faz a quem se ama e respeita. Nor tentou se desvencilhar, mas não conseguiu. — Elas tomaram tudo o que eu tinha de mais precioso e continuam tomando, ano após ano. Meus esposos, meus filhos. O único bem que ainda resta em mim reside em cada um deles, e não me permitem mantê-los. Pois eu faria justiça, Norina. Quando os Deuses não têm mais ninguém para rezar por eles, acabam morrendo... E conquistando Gizamyr, domando cada um dos selvagens, eu mataria as Luas e acabaria com meu castigo. O mundo finalmente seria justo. Chega de Deuses cruéis.

Viira fitou os olhos de Nor.

— Mas então você apareceu. E estragou tudo.

A rainha soltou as mãos de Norina e a empurrou com violência, como uma criança insatisfeita. Norina bateu a cabeça contra a porta fechada da cabine e encarou Viira. A mulher tinha os olhos arregalados, e a boca, com os lábios retraídos de nervoso, estava reduzida a uma linha fina.

— Por que não admite a própria culpa? — rugiu Norina. — Por que não admite que é por sua causa que as Luas a castigaram, que é por sua cobiça e sua ira que condenou a si mesma à vida eterna? Eu sei que é verdade. Os homens-lobo falam.

— Que culpa eu tive — disse Viira, os olhos ardendo em chamas — se a minha beleza foi aproveitada por aqueles em quem eu mais confiava, se fui vendida e usada como uma mercadoria até que o último fiapo de vida fosse arrancado de mim?

Nor recordou o que tinha escutado pela corte. Lembrou-se de que as moças contavam histórias sobre como Viira tentara se matar, buscando escapar do sofrimento. Fechou os olhos e suspirou profundamente, lembrando-se de Aster — de como ele a tocava todas as noites, de como a olhava durante o dia —, e entendeu. Ao mesmo tempo, no entanto, não parava de se perguntar: quantas crianças Viira tinha queimado nas piras de Doma? De quantos Indomados havia se livrado para purificar seu reino? Aquela era uma mulher imortal que não tinha nenhum apreço pela vida. Ela a enojava.

— O seu crime não foi esse — retrucou Nor entre dentes. — As Luas a teriam perdoado. A sua falta foi ter desrespeitado a segunda chance que lhe deram de presente... Porém, em vez disso, você lhes virou as costas e jurou-lhes vingança.

— Como posso esperar que entenda? — disse Viira, tornando a se sentar. — Acha que entende de horrores, menina, mas não presenciou nem metade deles. Está certa em dizer que as Luas teriam me perdoado, mas talvez não fosse isso o que eu queria. Talvez fosse *justiça*. Você vê, *ijiki*... Por que devemos assumir que as deusas estão acima de nós? Elas nunca sofreram como nós sofremos, e isso as torna incompletas. Menores. Por não terem sofrido, elas não têm o menor direito de nos punir pelo modo de agir em consequência de nossos sofrimentos, porque não nos entendem. O meu único erro — Viira encarou Norina com desprezo — foi fazer justiça com as próprias mãos.

Nor encarou-a de volta, sem se intimidar.

— Não estou aqui para escutar suas justificativas; para o inferno com elas. — Sentiu o ardor se espalhar por seu corpo outra vez, espantando o medo. Perguntou novamente: — Onde está minha *ahma*?

O rosto de Viira iluminou-se, como se lembrasse de algo, então levantou-se do divã, segurando o pulso de Norina. Sem dizer nada, abriu a porta com a mão livre e empurrou o guarda do lado de fora, para poder passar. Puxando Norina, atravessou o convés a passos largos e chegou até a proa, encostando a barriga no guarda-corpo.

Soltou o pulso de Norina, por fim, apontou para o céu e disse:

— Lá.

E riu feito uma louca inclinando-se sobre a balaustrada, como se aquela fosse a coisa mais esperta que alguém já havia dito. Norina pensou em sua mãe, deixando o reino que amava para trás, abandonando a própria mãe, o marido e as amigas, fugindo de tudo com um bebê no colo e sem ninguém para ajudá-la, dormindo na floresta, passando fome. Tendo que abandonar tudo o que tivera um dia. Sabendo que nunca mais seria feliz, que nunca mais teria liberdade.

Norina pensou em tudo isso quando sua mão foi de encontro ao rosto da rainha, fazendo Viira perder o equilíbrio.

— Onde ela está?

Os soldados correram em direção a elas, armas em punho, mas a rainha os deteve com um gesto, e eles pararam. Sem esfregar o rosto, ela ajeitou o colar de safiras e olhou para Norina, um sorriso suave nos lábios.

— Floquinho — disse, muito devagar —, eu prometi sua mãe em troca do trono de Gizamyr para a minha filha. E vocês me entregaram *a cabeça de Gilia*.

Nor afastou-se. A rainha pronunciou as últimas duas palavras num sibilo, como se fossem veneno em sua boca. Algo selvagem brilhou nos seus olhos, como se suas íris escuras tivessem o poder de roubar a luz do sol por alguns instantes.

As pernas de Nor bambearam, e ela sentiu a bile subir-lhe à garganta, sufocada pelo medo. *Não, não pode ser, não é verdade. Eu ouvi sua voz. Ela chamou por mim.* Encostou-se na balaustrada, desesperada por ar, por palavras que expressassem seus pensamentos, mas ambos lhe faltavam. *Isso é um pesadelo*, pensou. *Por que não estou acordando?*

O mundo girava sem parar. Norina achou que o barco tinha entrado em movimento, mas ainda via a âncora sob a água cristalina, cheia de placas de gelo, que flutuavam como grandes cristais. Aquela água... Não parecia real. Aparentava estar tão distante. Tudo parecia falso e inalcançável, como num sonho.

Mas a verdadeira âncora de Norina foi a voz de Viira, que a puxou de volta para a realidade com três palavras duras:

— Ros está morta.

E tudo parou de fazer sentido. Norina tentou imaginar Rolthan à sua frente, ou Gilia, ou Ralf, mas eles não passavam de nomes, como memórias distantes de um sonho bom, pessoas que ela encontrara em outra vida. O que importava, o que era concreto e real, era Ros; sua mãe era seu mundo, sempre fora. Mas com essas três palavras... a mãe não existia mais. Podia nunca ter existido. Talvez não passasse de um sonho, como Rolthan, Gilia, Destrian e Ralf, como o castelo e a jornada de barco, como todos os anos no casebre.

Mas eu ouvi sua voz...

— Minha *ahma* — balbuciou, as palavras saindo tropegamente da boca, como se tivesse bebido. — Eu ouvi a voz dela.

— Ela resistiu por mais tempo do que pensávamos — disse a rainha, e sorriu. — Está vendo? As Luas não sabem o que é sofrimento, mas sua mãe certamente o conheceu.

Nor engoliu a própria ira, as mãos cerradas em punhos.

— Quero vê-la.

E foi levada pela própria Viira e um de seus guardas a uma cabine úmida e suja, onde o corpo de Ros estava deitado, frio e rígido no chão, ao lado de camundongos e baratas, que passavam pelos seus braços e pelos olhos fechados. O conteúdo de um tonel de vinho furado vazava no chão, o líquido viscoso se espalhando pelo galpão, em meio a um forte cheiro de sangue e urina.

Norina observou o corpo da mãe com muita atenção, como quem olha para uma pintura. Buscava desesperadamente compreender.

Ali estava a pessoa por quem ela lutara e sofrera por tanto tempo. Ali estava a rainha que abandonara a pátria e a família para salvar a filha única. Ali estava ela, diante de Norina.

Ahma *está morta*, sussurrou Nor para si mesma. Ahma... *está... morta*.

Agachou-se ao lado dela, sentindo o tempo passar terrivelmente devagar. Percebeu como seus braços estavam molengas demais para funcionarem, os olhos desfocados demais para enxergar. A mente estava distante, letárgica, e a língua pesava na boca.

Norina afastou os bichos e pegou a mão dela, agora branca. Nunca a tinha visto com sua verdadeira cor; a mãe sempre estivera com a pele escura por trabalhar debaixo de sol. Examinou-a de alto a baixo, assimilando tudo aquilo — ... ahma *está morta*... — mas sem conseguir acreditar. Passou a mão livre pelos cabelos dela. Estavam tão ralos... Ros sempre gostara de suas madeixas. Ficaria tão triste em vê-los assim, caindo. Como é que faria os penteados agora, com tão poucos fios?

... Ahma *está morta*...

A rainha observava as duas, rindo, a mão cheia de anéis cobrindo a boca, como se se importasse em disfarçar o seu divertimento. Nor a ouvia enquanto desembaraçava os cabelos de Ros. O corpo da mãe sempre fora magro. E os cabelos agora estavam prateados como nas memórias, porque ela não os tinha tingido enquanto estivera em cativeiro. Ainda assim, Nor a reconheceu. E isso fez tudo doer ainda mais.

Viira continuava a rir. Norina, incapaz de chorar, beijou o rosto da mãe, os dedos emaranhados em um nó de cabelos. Norina sentiu nojo de si mesma, pensando em como as aias a penteavam todos os dias, feito uma boneca.

— Mamãe — sussurrou, sentindo-se como a criança que há muito tempo deixara de ser. — Pronto, eu estou em casa...

Abraçou-a com fervor, como quis fazer por tanto tempo, o alívio queimando os seus braços, finalmente, *finalmente*.

Enquanto a abraçava, deixou que uma visão a envolvesse. Viu a mulher que sua mãe fora um dia, jovem e linda, correndo descalça por um campo repleto de flores brancas, rindo, as mãos suspendendo a barra do vestido enlameado, enquanto um grupo de mulheres da mesma idade segurava guarda-sóis de renda e ria, gritando para que ela voltasse.

— Eu estou em casa, mãe. Está tudo bem, eu cheguei — disse para a mãe, que corria pelo campo em direção a algo ou a alguém. Seria ela?

Enterrou a cabeça em seu pescoço, sem entender por que a mãe não lhe retribuía o abraço. Norina estava chorando. *Por que a mãe não a abraçava também?*

— Mãe, me abrace.

E a névoa engoliu tudo outra vez, e Norina não só *via* a mãe, mas via, cheirava e sentia tudo ao redor. O palácio onde ambas viveram, em épocas distintas; o barulho do vento e os burburinhos das aias e dos guardas; o cheiro das velas e do pó de arroz sobre a penteadeira; dedos doloridos em agulhas teimosas e em um lindo bordado, mãos masculinas enluvadas conduzindo danças, o som vivo de um baile começando.

Viu-a jovem, tão jovem, branca e serena, à beira de um lago, construindo cuidadosamente uma coroa de margaridas, acompanhada do irmão. Uma senhora mais velha lia lições de um livro, e, de vez em quando, a jovem Mirah acenava com a cabeça, rindo de um jeito sapeca e insistindo em dizer: "Estou ouvindo, estou ouvindo."

Viu-a madura, vestindo a capa vermelha, *sua* capa vermelha, sobre o vestido azul de passeio, cabelos presos de mulher casada e um suave inchaço no ventre cheio de vida. Viu-a caminhando de braços dados com suas damas de companhia, tagarelando sobre o livro que acabara de ler, pedindo que não contassem ao marido que ela agora trocava cartas com o autor para encomendar a continuação da história.

Viu-a de vestido sujo, cabelo selvagem e pés descalços, correndo em direção ao mar como se estivesse entusiasmada para nadar, mas tinha nos braços uma criança que chorava e desespero nos olhos claros.

E ouviu aquele grito que parecia ser capaz de atravessar todo o seu corpo, o grito de Mirah quando o palácio foi invadido, e então acabou. O mundo dissolveu-se numa confusão de cores e sons, derretendo, deformando-se, escapando como água pelos dedos de Norina.

Onde estava agora? Nor olhou em volta, para o corpo sem vida diante de si, para as paredes de madeira e as escotilhas. Aquele era o barco. Ela não tinha saído do lugar.

Nei, me leve de volta, pensou, chorando. *Eu não quero essa realidade. Eu não quero que seja verdade, por favor...*

Ela fechou os olhos novamente, e Viira não estava mais rindo, o cheiro de morte já não chegava às suas narinas. Se nunca mais abrisse os olhos, seria capaz de viver naquele mundo para sempre: não havia escuridão dentro de suas pálpebras, e, sim, luz. Seu peito estava cheio de vida, aquecendo-a. O mundo pulsava em cores e explodia em sons.

Algo diferente acontecera: havia tanto para ver diante dela! Coisas muito melhores do que os horrores que veria se tornasse a abrir os olhos. Miragens de vidas passadas, fantasmas de coisas que já tinham ocorrido, lembranças vívidas. Tudo parecia real, mas, ao mesmo tempo, nada lhe era familiar. Nor nunca tinha visto tanto do mundo diante de si de uma só vez; aquelas não eram suas memórias, mas as *dela*. Ela estava na mente de Norina.

Viira.

36

Grandes olhos

Se Nor antes quisera fechar os olhos para escapar, agora percebia que não havia para onde correr. As memórias de Viira envolviam-na como o abraço de uma serpente, sufocando-a, trazendo-a cada vez mais para perto. Tentou abrir os olhos para voltar à realidade, mas não pôde — o peso das lembranças era forte demais. O desespero e o ódio cresciam dentro de si como um filho no seu ventre, e ela não sabia qual dos horrores preferia presenciar.

As memórias agradáveis eram poucas e logo se esgotaram. Sentiu o êxtase do nascimento de cada um dos filhos de Viira como se ela mesma estivesse dando à luz — meninos e meninas de olhos escuros, sempre recebidos com grande festa, dando-lhe uma nova esperança por algumas horas. As celebrações grandiosas e cheias de pompa de seus casamentos, com o povo dançando nas ruas e cantando glórias ao seu nome, e, ao fim do dia, uma nova voz sussurrando palavras doces ao seu ouvido. Mil anos de reinado, joias, os vestidos e consortes diferentes, a construção dos templos, a diminuição no tamanho das montanhas, a cheia e a seca dos rios, o constante ir e vir de vidas efêmeras à sua volta.

Mas era pouco, tão pouco, para compensar os horrores. A cena seguinte que viu foi uma menina, que não devia ter mais de seis anos, ateada a um poste, chorando, gritando com todo o fôlego de seus pequeninos pulmões. As labaredas lambiam a barra do seu vestidinho pobre, abraçando-a enquanto ela tentava se libertar. Ela repetia "por favor" muitas e muitas vezes, como se aquelas fossem as únicas palavras que conhecia, como se pensasse que, se as dissesse vezes suficientes, seria salva. No entanto, ninguém a soltou, nem fazia sentido imaginar que a deixariam sair. Os guardas reais, que haviam jurado lealdade a Viira, cercavam o poste onde ela queimava, a uma distância segura para que as próprias vestes não ardessem. Todos os espectadores daquela crueldade eram leais a Viira e ninguém presente tinha qualquer sentimento de revolta dentro de si. Eles eram humanos, a menininha era Indomada, e, por isso, tinha que morrer. Como poderiam ir contra a palavra da filha dos Deuses, afinal? Para eles, Viira era a verdade absoluta.

Em seguida surgiu outra visão, e a menininha queimando sumiu do campo de visão de Norina, como se nunca tivesse existido. No lugar dela, apareceu um menininho de olhos e cabelos claros e, à sua volta, um mercado. O garoto corria tanto que tropeçava nas barras das calças, grandes demais para ele, e Norina sabia que seria pego pelos guardas, para ser entregue a Viira. Sabia como aquilo acabaria, mas só conseguia prestar atenção ao barulho do estômago dele roncando. O jovem Indomado tinha fome, mas era mais veloz do que um raio, enquanto sua barriga magra roncava e protestava a cada passo.

Havia mais deles, muito mais. Todos aqueles anos e todas aquelas pessoas correndo pela eternidade do fogo. Norina podia ver cada um como se visse destinos alternativos para si própria. Nenhum deles queria morrer. Corriam do destino que sua condição de Indomada tinha traçado para eles — o destino que *Viira* planejara para eles. Mas o destino e a morte eram implacáveis. E os levariam, antes que os outros, porque, há anos, seus ancestrais tinham se recusado a seguir Viira.

Nor sentiu uma dor no peito ao compreender que aquilo continuaria para sempre se não detivesse aquela mulher. Não tinha como saber se os soldados gizamyrianos ganhavam ou perdiam, não tinha como saber se aquela batalha os estava salvando ou condenando para sempre, mas sabia que, enquanto vivesse, Viira nunca deixaria de tentar conquistá-los. Ela tinha a eternidade ao seu lado. Já condenara milhões de pessoas ao limbo, vendendo suas almas pelo preço da vingança, e faria o mesmo com os poucos que haviam se salvado, se Norina não a impedisse.

Quem mais poderia fazer isso? Tergarônios e residentes dos vice-reinos estavam cegos pela devoção, e gizamyrianos não a conheciam o suficiente para enfrentá-la. Norina precisava lutar pelo seu reino, pelas mães, pelos irmãos, sobrinhos, sacerdotes, mercadores e fazendeiros de mãos calosas. Por cada um deles, que tinha apenas uma chance de viver. Por cada um que não era nem herói nem vilão, nem aventureiro nem rei. Ela era uma princesa, gostasse ou não da ideia, e aquele era o seu reino. Como poderia deixar seu povo à mercê de Viira? Como poderia deixar que fossem condenados para sempre? Como poderia entregá-los àquela mulher?

Um reino era uma grande coisa a se possuir, e Norina tinha medo, mas sabia que estava ligada a ele desde seu nascimento. Na verdade, desde *antes* de seu nascimento, quando ainda era apenas uma sementinha no ventre da mãe. Defendê-lo não era uma escolha.

Norina não era uma deusa e sabia disso. Tampouco era um animal, como tinham lhe acusado durante toda a sua vida. Era muito mais frágil: era humana, tão terrivelmente humana, e sabia que, quando as Luas torciam o nariz para os humanos, eles mesmos tinham que se defender. Os homens davam seu sangue no campo de batalha e as mulheres oravam dentro de casas, mas o verdadeiro perigo estava diante dela. E Nor precisava detê-la.

Seu objetivo era ferir Viira. Tinha que entrar em sua cabeça e machucá-la, *quebrá-la*, fazê-la implorar por misericórdia, abandonando suas convicções. Ao mesmo tempo, seria necessário proteger as próprias memórias e os pensamentos e não deixar que fossem corrompidos por Viira. Não deixar que fossem invadidos por ela.

Sentiu a si mesma em outro plano, indo na direção de Viira para pegar as suas mãos. Assim como ela, a rainha estava em transe, incapaz de se defender.

Uma conexão a distância não bastará, pensou Nor. *Não a conheço o suficiente para ver seus sofrimentos. Ninguém a conhece.*

As mãos de Viira eram extremamente frias, como as de um morto. Norina teve o instinto de puxar as suas assim que se entrelaçaram com as dela, mas resistiu. Tinha os olhos fechados e podia sentir o próprio pulso contra a pele da rainha. A conexão demorava a se formar.

Há algo de errado, pensou Norina, o coração batendo mais forte do que nunca. *Há algo de errado comigo. Talvez as Luas também tenham me punido por toda a confusão que criei, por todos que matei, aparecendo em Gizamyr como um fantasma, como um cadáver reerguido, e tenham me feito perder a visão.*

Ela se distraiu por alguns segundos e a conexão foi restabelecida durante o momento de pânico de Nor. Antes que pudesse se concentrar em trazer à tona as memórias que perturbavam Viira, como quem puxa um pano para revelar um quadro empoeirado, sua mente foi invadida. Enquanto o mundo desmoronava ao seu redor, sentiu uma tenra lembrança de sua infância aflorando. Viira conseguira dominá-la.

Na lembrança, Norina segurava uma bonequinha de palha feita pela mãe no dia da celebração do início das colheitas. Estava sentada no colo de Ros, que lhe fazia carinhos enquanto as duas conversavam, Norina balbuciando coisas sem sentido, histórias de princesas e cavaleiros que ela mesma inventara, e gesticulando com a boneca. A mãe ria e, de vez em quando, colaborava com a criação da história, dando nomes aos personagens e acrescentando alguns detalhes.

Norina se lembrava daquele dia, e ganhar a boneca lhe trouxe grande alegria. Tinha chorado por dias e dias quando vira, através da janela do casebre, que as crianças das redondezas tinham bonitas bonecas de pano ou de saco de estopa, compradas no mercado com o dinheiro dos pais fazendeiros ou dadas de presente pelos suseranos mais generosos. Como Ros era lavadeira e costureira e não trabalhava com terra nem no mercado, na época da colheita não havia mais serviço do que o habitual. Por isso a mãe fizera ela mesma uma boneca para Norina. Embora não fosse bonita como as das outras crianças, para a filha era o bem mais precioso que já havia possuído.

A boneca foi uma grande conquista, e Norina cuidou dela por muito tempo. Até o dia em que, em um inverno cruel, tiveram que queimá-la para alimentar o fogo e evitar que mãe e filha morressem de frio. Seu pranto se estendeu por vários dias, e a visão da boneca queimando a lembrava, por muitos anos após o ocorrido, da maneira que ela própria morreria se fosse capturada.

No entanto, o rosto desolado da mãe quando a boneca foi jogada às chamas trouxe ainda mais tristeza do que a perda da boneca, embora Nor ainda fosse muito pequena para perceber naquela época. Agora, porém, contemplava o rosto de Ros como um peregrino no deserto de Rokhar olharia para um copo d'água e não perderia nenhum detalhe.

Se a tivesse por perto novamente, nunca mais perderia nenhum detalhe.

Nor chorou, desesperada. Precisava muito da mãe. Olhando para o seu rosto, arrependia-se de tudo o que não tinha feito para retribuir seus sacrifícios maternos. Queria abraçá-la, limpar a lágrima discreta que caía pelo canto de seus olhos escuros e dizer a ela: Ahma, *está tudo bem, eu não preciso de uma boneca. Tenho você, não quero mais nada, não preciso de mais nada.*

A memória foi arrancada dela de uma vez e Norina sentiu-se vazia. Onde estava a boneca de palha agora? Onde estava a mãe? Será que as duas ainda estavam no casebre? Tinha que voltar e dizer à mãe que estava tudo bem.

Está tudo bem...

Algo florescia no fundo da mente de Norina, uma memória nova, um novo sonho. Uma *realidade* nova? Não se lembrava mais de como tinha ido parar ali. Onde estava antes de aquele delírio começar?

Passou a mão pelos cabelos, subitamente confusa, e riu de si mesma.

Ora, na cabana, é claro. Onde mais?

Sim, antes daquilo estivera dentro de sua cabana, na charneca que formava a vila de Tolisen, em Tergaron. O único lugar que conhecera em toda a sua vida. O único que conheceria.

Onde mais poderia estar? Que pensamento bobo.

Está tudo bem, eu estou aqui...

Não entendia por que a tinham tirado de lá. Deveriam tê-la levado, é isso. Ela estava morrendo? Se havia sido capturada, então o mesmo acontecera com Ros. Seria morta assim como ela ou viraria uma escrava, servindo à rainha de Tergaron até o fim de seus dias. Norina preferiria que a mãe estivesse morta. Assim as duas se encontrariam na pós-vida, como Ros prometia que aconteceria.

Devia estar mesmo morrendo, porque se recordava de ter visto fogo e palha. Porém não se lembrava de onde. Seria aquela vaga lembrança sua última memória do mundo? Ela tentou se lembrar de mais, mas não conseguia.

Lembre-se de quem você é.

A memória que a incomodava começou a borbulhar no fundo de sua mente, mais insistente. Norina viu um vestido vermelho de relance. Não, não era um vestido... Um casaco, talvez? E viu um bebê. E uma mulher chorando.

Por que está chorando, moça?, quis lhe perguntar. *Não fique assim, por favor. Do que precisa para se sentir melhor? Eu não tenho muito, mas posso ajudá-la.*

A moça era tão jovem, tão diferente de sua mãe. Mas *era* a sua mãe, Nor sabia, embora não soubesse como tinha certeza. Era assim e pronto.

Ela balançava o bebê no colo, uma das mãos sobre o seu rostinho para que não fizesse barulho e revelasse onde estavam. Os dois se escondiam.

Norina respirou fundo, tremendo. *Eu me lembro disso*, pensou.

Estavam na cabana, de novo. Sempre lá. Mas algumas coisas estavam diferentes: não havia vestidos inacabados sobre a cadeira bamba, a cama não tinha o buraco de sempre e as valas no teto eram menores. Aquele era o começo. Norina ouvia Ros dizer:

— Shh, quietinha, minha Norina. Esse será seu novo nome. Gosta dele? — E olhava para a bebê com uma admiração que Nor não conseguia entender. — Ninguém no palácio gostou, e é por isso que a sua avó escolheu o seu nome. *Rhoesemina*. Mas se me perguntar, gosto muito mais de Norina. — A bebê tinha finalmente parado de chorar. Ros a balançava em seus braços ainda brancos. — Diziam que era um nome muito comum e grosseiro para uma princesa. Mas veja onde estamos agora! Eu acho, Norina — e deu-lhe um beijinho no nariz franzido —, que nós precisamos de nomes grosseiros para viver uma vida dura como essa. Não é?

E a bebê sorria. E Norina chorava, ou pensava que chorava, enquanto observava a cena. Não tinha certeza. Não conseguia sentir o próprio corpo, pois estava suspensa no ar, flutuando. Apenas observando. A morte era muito confusa.

Nor se lembrava vagamente de uma tarefa que tinha a cumprir. Algo dentro de si mesma lhe dizia para resistir. Mas como poderia? Como poderia lutar contra a morte se sentia tanta saudade da mãe e estava vendo tantas memórias agradáveis com ela? Não queria ir embora. Não queria deixar aquelas memórias para trás. Veria tudo.

A última memória, com a jovem Ros e o bebê, desapareceu tão logo tinha aflorado na mente de Norina. Ocorreram-lhe apenas frases vagas, resquícios de um sonho. E então se viu em um novo ambiente, um quartinho escuro, apertado. No chão caminhavam insetos grotescos e roedores e, no meio, estavam duas mulheres. Uma delas era Ros. A outra estava encoberta por sombras e Norina não conseguiu reconhecer. A mulher nas sombras chutava a barriga de Ros e lhe xingava de nomes grosseiros. Norina guinchou, horrorizada:

— Não! Pare!

A mulher ria. Não entendia como podia rir, se Ros, no chão, rugia de raiva e rolava de dor. Como era capaz de se alegrar com tamanho sofrimento?

Nor observou a cena com arrependimento, desejando que tivesse se deixado levar antes. Por que estava vendo aquelas coisas antes de sua morte? Aquilo não era uma lembrança. Nunca tinha presenciado aquela cena antes.

E então a voz fraca de Ros se fez ouvir, trazendo Nor de volta ao presente:

— Deixe-me viva. Poupe minha vida só até a chegada da minha filha, eu lhe imploro. Mate-me depois, me torture, se quiser. Mas permita que eu a veja mais uma vez.

Ahma...

Norina olhou para Ros no chão e se lembrou, todas as dores voltando ao seu peito de uma só vez.

Ahma *está morta.*

E, embora quisesse se entregar às memórias felizes novamente e sucumbir ao domínio de Viira, lembrou-se das palavras da mãe, *lembre-se de quem você é*, e continuou lutando.

Nor estava cansada de pessoas tentando controlá-la: Lorde Destrian, o rei Artor, Aster, a própria Viira. Ela era filha de Mirah, rainha de

Gizamyr, uma mulher que havia lutado pela sua vida com unhas e dentes, que a protegera com nada além de uma capa vermelha de homens-lobos ávidos por sangue. Como ousavam usá-la como uma peça nos seus jogos doentios? Como tinham a *coragem* de subestimá-la? *Norina*, filha de uma grande mulher — e ela própria uma mulher notável, afinal também tinha lutado contra outros homens-lobos e reis, rainhas, filhos de Deuses e seus reinos inteiros. Lutara com tudo o que tinha. Lutara contra a própria morte e contra si mesma.

Não seria mais controlada.

* * *

Fechou os olhos e permitiu que a ligação entre as duas fosse retomada. Desta vez, no entanto, certificou-se de impedir invasões à sua mente como se segurasse um escudo para se proteger das investidas do inimigo. Não deixou que a rainha explorasse as imagens de sua infância, que visse as memórias remotas de brincadeiras com a mãe ou que ouvisse cantigas bobas, que despertasse nela a saudade que ardia em seu peito. Em vez disso, fez com que seu pensamento vagasse até Viira, recusando-se a mergulhar nas profundezas da própria mente, das próprias memórias.

Imediatamente, sentiu-se sufocar.

Todas as memórias de Viira eram permeadas pelo ódio: nada do que tinha presenciado antes resistia a seus pensamentos negativos e suas memórias sombrias. Viira era cheia de ira, e, logo, Nor sentiu a si mesma tomada pela ira também, queimando de dentro para fora como se o ódio fosse o combustível de todas as Domas já acesas. Encheu-se de ódio por Viira, mais do que tinha nutrido durante toda a sua jornada, e quis agredi-la. Quis matá-la. Mas matá-la seria rápido demais; quis *torturá-la*. Quis escondê-la numa pequena cabana na floresta, para que passasse fome, sede e frio. Quis que ela tivesse uma mãe triste e cansada e que ficasse anos esperando sua morte num quartinho apertado, sem fazer nada para evitá-la. Quis que, um dia, sua mãe — tudo o que ela tinha no mundo — sumisse. Quis fazê-la sofrer por meses nas mãos de pessoas desconhecidas, que a xingavam de escória e que tinham receio de tocá-la, que a odiavam assim que pusessem os olhos nela. Quis despi-la das joias, dos trajes finos, do palácio e do trono, dos serventes e dos esposos. Quis prendê-la a um pau na praça, atear fogo e dizer a todos: "Respirem o ar que contém a sua fumaça! Esta mulher está sendo libertada!" Quis dizer a todos que aquela falsa rainha foi purificada pelas suas mãos e ver todos aplaudirem sua morte.

Norina podia sentir a si própria sucumbindo à raiva que ela não sabia que existia até então. Não se importava, alimentava-se daquele sentimento como uma flor se alimentava do sol. Tirava forças do seu ódio, forças para combater Viira.

Trouxe à tona todas as memórias horríveis que conseguiu encontrar. A morte de seus filhos e maridos, as calamidades naturais que a rainha milenar já tinha presenciado, os horrores que passara na mão dos primeiros esposos, quando ainda era uma menina. Tentou provocar-lhe saudade, como Viira tinha feito, mostrando-lhe memórias de seus entes queridos que já haviam morrido. Mas nada parecia surtir efeito. As memórias eram distantes, ecos de uma vida que mais parecia um sonho, e a rainha parecia incapaz de sucumbir.

E então Nor ouviu Viira murmurar em algum lugar dentro de sua mente:

Não há nada que possa tirar de mim, Floquinho. Não restou nada.

Relutante, continuou tentando, mas nada fazia Viira ceder, por mais que Nor tentasse. Devagar, a rainha estava voltando à consciência; em algum lugar, Nor conseguiu sentir as mãos frias da mulher livrando-se das suas, despertando do transe, interrompendo a ligação entre as duas.

Não restou nada, havia dito ela. E Nor viu que era verdade.

Só eu sei o que fiz para preencher meus vazios, Floquinho, disse ela, e estava plenamente consciente, mais uma vez assumira o controle. *Vinhos, banquetes e corpos belos, em grandes quantidades e por anos a fio, e nada foi o suficiente. Nada nunca será o suficiente.*

Nor se desesperou. A rainha tinha se livrado do seu controle, mas ela não podia abrir os olhos. Viira a impedia, forçando-a a escutar sua voz dentro da cabeça. Estava frágil, completamente sujeita à Rainha das Rainhas.

Estou vazia e não há nada que possa tirar de mim.

Nor ouviu gritos de homens ao longe e a risada de Viira. Não escutava mais o som do aço batendo à distância ou o barulho de corpos tombando no chão. A batalha de Areialva tinha chegado ao fim.

Não há nada que possa fazer para acabar comigo, princesinha, porque deixei de ser completa no momento em que perdi minha liberdade, há mais de mil anos.

Nor lutava para abrir os olhos e voltar à realidade.

Deixe-me ir!, gritou. *Deixe que tenha um fim! Deixe...*

Então sentiu uma dor súbita e aguda nas costelas e, como se despertasse de um pesadelo, abriu os olhos. Mas estava tonta demais para enxergar qualquer coisa. A sensação incômoda se espalhou, provocando espasmos pelo seu corpo, e Nor levou a mão esquerda à lateral, guinchando de dor. Quando olhou para a mão, a palma estava suja de sangue — do seu sangue.

Contraiu o estômago. Lágrimas corriam-lhe pela face sem que ela pudesse impedi-las ou limpá-las, pois para fazer qualquer movimento era necessário um imenso esforço, e isso lhe causava uma dor estonteante.

Viu Viira diante de si. Estava prostrada, as mãos de dedos longos e elegantes arrancando os cabelos negros, um arfar na garganta que era uma mistura de choro e risada. A rainha milenar olhava para baixo, para os pés de Nor, e a menina acompanhou seu olhar. Viu um punhal ensanguentado, o cabo de jade adornado com uma cobra esculpida em bronze. Norina tossiu; não tinha percebido que a rainha estava carregando a arma o tempo todo.

Nor arfou, com dificuldades para manter-se de pé, e olhou em volta. Os gritos dos homens continuaram, mas eram gritos vitoriosos e se aproximavam. No porto, viu homens correndo até o barco, queimando bandeiras Viasaara e entoando hinos de Gizamyr. Ela sorriu. Alguns se aproximavam mais devagar, segurando sem firmeza as espadas e os escudos ao lado do corpo, com olhares curiosos e cansados, mas todos iam em direção ao barco, e seus rostos se iluminavam assim que a viam em sua capa vermelha à distância.

Viira riu.

— Você conseguiu, princesa. Mais de mil anos para construir um reinado, e em poucos meses você o derruba.

Ela balançou a cabeça e os cachos caíram suavemente em torno do seu belo rosto. Havia algo de curioso nela, Norina notou: ainda possuía uma beleza extraordinária, mas não passava de uma mulher comum. Seus olhos não cintilavam como antes, e suas palavras não atraíam Nor como um dia fizeram. Ela era apenas uma mulher.

— C-conseguiu... conseguiu sua vingança até o final — disse Nor com dificuldade e, subitamente, sentiu frio.

Viira estava chorando. Nor não achava que aquilo fosse possível, mas a rainha levou as mãos aos olhos cheios de lágrimas e começou a soluçar, como uma criança perdida.

— Qual é o propósito de tudo isso? — disse ela, e Nor lembrou-se de ter dito a mesma coisa há meses. Estremeceu. — Eu só quero que acabe. Eu não aguento mais... Só quero que acabe.

Por um momento Nor achou que Viira estava blefando, mas não estava. Os homens gizamyrianos começaram a invadir o navio e ela sequer se mexeu, totalmente mergulhada em sua própria dor.

— Acabe com isso! Mate-me, menina. Mate-me, por favor! Deixe que isso tudo acabe. Por favor.

Nor não quis se aproximar. Entre ela e Viira, havia o punhal, e teve medo. Deu um passo para trás, ainda com a mão na ferida aberta na lateral do corpo.

A rainha deixou a cabeça pender e riu entre as lágrimas.

— Ora, o que mais eu posso fazer? Acabe com isso, por favor. Estou lhe implorando.

Ouviu, de repente, seu nome e olhou para trás. Ralf corria em sua direção, a espada desembainhada. Ergueu-a acima da cabeça e aproximou-se de Viira com passos cautelosos, sem tirar os olhos do punhal.

Viira ergueu os olhos para o príncipe e sorriu entre as lágrimas, então deixou a cabeça pender novamente. Não disse nada, mas suspirou, aliviada.

— Devo matá-la agora, Norina? Ou levá-la às masmorras, onde sofrerá até pagar por tudo o que fez? — perguntou entre dentes, as sobrancelhas franzidas em fúria.

— Parece Aster, falando assim — disse Nor, horrorizada.

— Talvez eu deva, agora que ele partiu.

Norina olhou-o, surpresa. Esperava que seus olhos não estivessem mais vermelhos. Tantas pessoas haviam partido. Nor não sabia mais se os que permaneciam vivos tinham sorte.

Viira tremia entre os dois, chorando como uma criança, suplicando que a matassem.

Ralf preparava a espada.

— *Nei*, deixe-a.

Por um minuto, os olhos escuros de Viira encheram-se de terror. Nor sustentou o olhar da rainha, sabendo o que ela temia: a vida. Temia ter que continuar viva quando tudo dentro dela já estava morto. Temia ser poupada, quando tudo o que queria era se libertar daquele fardo.

— Por favor, Norina. — Nor não se lembrava da última vez que a rainha a tinha chamado pelo nome. — É a minha única chance. Eu não tenho mais nada aqui.

Nor pegou a adaga no chão e girou-a entre as mãos, devagar. Ralf foi ao seu encontro, segurando seus ombros de modo protetor.

— Não, Norina. Deixe que ela sofra. Se ela deseja morrer, deixe que permaneça viva. É o menor dos castigos que ela merece.

Nor virou-se para fitá-lo nos olhos e balançou a cabeça, devagar. Sabia que ele dizia aquelas coisas porque era Dia dos Deuses e seu sangue fervia, e seus olhos vermelhos eram a prova daquilo.

— Ela já foi castigada o suficiente.

E, com aquelas palavras, abaixou-se e enfiou a adaga no peito de Viira, deixando-a morrer.

37

Lírios

Viira já estava no chão, gelada e serena, quando Ralf tomou Nor em seus braços, apoiando a cabeça dela em um dos ombros.

— Ah, graças às Luas, você está bem — disse ele, abraçando-a.

Ela sorriu e retribuiu o abraço. Quando se afastou, viu Lorde Destrian atravessando o deque da embarcação entusiasmado, um sorriso radiante no rosto.

— Nós vencemos, Rhoesemina! Nós vencemos!

Nor ouvia as comemorações na cidade, a léguas de distância; ouvia os fogos de artifício e os brados de vitória e sabia que todos respiravam aliviados. Sabia que agora os gizamyrianos poderiam cruzar o mar e a floresta de Farkas Baso em segurança e povoar o mundo inteiro, se desejassem, não mais confinados àquela terra fria para o resto dos dias. Os tergarônios já não tinham controle sobre eles. Ninguém poderia roubar-lhes suas almas.

— Rhoesemina!

O chamado veio do porto, e Nor foi até a balaustrada para ver. Os aliados nortenhos de Lorde Destrian sorriam para ela, acenando, suas cotas de malha cheias de lama, neve e sangue. Outros pulavam no mar, em êxtase. Quando viram o corpo da rainha Viira, bradaram vivas para Norina. As mulheres saíram de seus esconderijos e correram até o porto, velozes como lobos sob o poder daquele dia especial. Beijavam os maridos sem pudor na frente de todos, os abraçavam e sorriam como nunca tinham feito antes. Estavam conhecendo a liberdade pela primeira vez.

Então Lady Grissel surgiu entre elas e subiu até o deque do navio com a agilidade de uma moça, sem parecer em nada com a mulher de antes, que precisara de ajuda para se sentar na cadeira e se levantar no palacete de Águaclara.

Ela se parece tanto com ahma, pensou Nor, observando seus olhos faiscantes.

— Rhoesemina, estou tão orgulhosa — disse a avó, sorrindo enquanto ajeitava a capa sobre os ombros de Nor, erguendo o capuz sobre os cabelos desordenados. — Norina da Capa Vermelha, você salvou todos nós.

A avó estendeu os braços, e Nor soluçou em seu ombro, sem conseguir se conter. Deixou que toda a saudade que sentia viesse à tona naquele abraço acolhedor.

— Senti sua falta — disse Nor, sem saber se estava falando sobre a avó, especificamente. — Eu senti tanto a sua falta. Eu... e-eu...

Sentiu-se fraquejar; a visão encheu-se de pontos negros e seus joelhos cederam.

— Norina! — gritou Lady Grissel, e Destrian correu para ampará-la antes que atingisse o chão.

A dor que sentia na lateral do corpo se tornou mais intensa, assim como o cheiro de lírios, quando a avó tomou-a no colo.

— Ela está ferida! Como ninguém viu isso antes? Tragam um curandeiro, imediatamente!

Nor ouviu os gritos e os passos enquanto o povo que festejava tentava subir no barco para ampará-la, mas era impedido pela sua família — *sua família* —, que tentava evitar o tumulto. Devagar, os barulhos se misturaram e se tornaram um só ruído incômodo no fundo de sua mente. Seus olhos começaram a se fechar; ela estava tão cansada.

— Norina! Fique conosco, por favor — implorou uma voz ao seu lado. — Não se vá.

Mas ela não tinha controle sobre isso. Não tinha mais controle sobre nada.

Percebeu rapidamente que estava perdendo para o próprio corpo. Sentia-se ofegar, mas seus pulmões não eram mais dela, ou sua boca, ou seu nariz. Tudo funcionava sem seu comando, e deixava de funcionar também.

Ela percebeu que estava morrendo tarde demais, e tentou lutar contra as forças que a levavam embora. Mãos invisíveis e firmes a agarravam, separando-a de seu próprio corpo em direção ao desconhecido, e ela não podia lutar; não podia nem mesmo gritar. Seu corpo já não pertencia a ela, nem a voz. Nor sentiu medo.

Parte dela quis desistir. Não sabia se estava chorando ou não, mas sua alma doía, e lembrava-se dos que a estavam esperando do outro lado. Anouk. Gilia. Rolthan. E a pessoa mais importante de todas. A razão pela qual tudo aquilo estava acontecendo; a pessoa pela qual reinos haviam sido destruídos, guerras desencadeadas.

Ahma.

Talvez delirasse, mas achava conseguir vê-la diante de si, jovem e feliz, seu rosto bondoso e um grande sorriso gentil iluminando-o. Ela estendeu os braços para receber a filha. Nor quis correr em direção a ela, enterrar-se em seu abraço, perder-se no seu cheiro e esquecer-se de tudo. Estava cansada. Tão cansada. Não queria mais lutar. Queria ser consolada, e amada. Queria o colo de sua *ahma*. Um abraço e uma canção de ninar para esquecer tudo.

Mas havia outra parte... Uma parte que não conseguia evitar pensar em quem estava deixando — a avó, Grissel, e o tio, Destrian; seus primos e primas, os súditos, sua *matilha*, que havia lutado lado a lado para proteger a vida daqueles que amavam e sua terra. Ralf, que tinha sido bom com ela, e o fogo que brilhava em seus olhos agora, o fogo de uma batalha que o havia transformado. Deixaria tantos soldados como ele para trás, homens com cicatrizes de batalha na pele e feridas na alma que nunca se curariam. Pensou que ainda tinha tempo — *deveria* ter tempo — para construir tanto, e *reconstruir*, e ajudar a reerguer o que tinha derrubado, para fazer direito dessa vez. As deusas olhavam por ela. Tinham olhado a vida toda, e lhe deram tanto — não era justo que Nor desse algo de volta? Que lutasse para ficar, que lutasse pela vida que sua mãe se esforçara tanto para lhe dar, o presente mais precioso que já recebera?

Não estava no controle de nada e, ainda assim, sentia que cabia a ela escolher. Porém como escolher? Havia algo que queria mais que tudo, algo que nunca fora tão fácil conseguir quanto naquele momento.

Mas também havia algo muito mais precioso.

Esperança. Uma nova chance.

Não seria fácil.

Mas nunca tinha sido.

Norina aceitou a vida de volta em silêncio. Sob a capa vermelha, ela arfou, abrindo os olhos, e a avó a abraçou com o amor de uma vida inteira.

Glossário

Termos do dialeto dos reinos sob o domínio Viasaara — Tergaron, Dovaria, Ikurian e Almariot

Ahma – termo carinhoso para "mãe".

Ahmiran – "consorte", utilizado exclusivamente para os esposos e esposas da Rainha Viira Viasaara.

Djakar – xingamento popular equivalente a "idiota" ou "estúpido".

Dohi Iatrax – exclamação geralmente usada para expressar surpresa ou pedir proteção, invocando o nome do mais poderoso dos Doze Deuses, Iatrax.

Ijiki – "querido", "querida".

Majaraani – "Grande Rainha", na língua comum; é o pronome de tratamento adequado ao se dirigir à Rainha Viira Viasaara.

Nei – negativa, recusa; "não".

Parva Fi'itroop – nome almarino. Na língua comum, "Guerreira das Ondas".

Saa – afirmação; "sim".

Sharaan – "príncipe". Literalmente, "Presente dos Deuses". Usado no tratamento dos filhos da Rainha Viira Viasaara.

Sharaani – "princesa". Literalmente, "Presente das Deusas". Usado no tratamento das filhas da Rainha Viira Viasaara.

Deuses da Doutrina dos Doze

Carin – deusa do amor e do casamento.

Estos – deus das artes, da música e do entretenimento.

Haexos – deus da morte.

Iatrax – o chefe entre os deuses, mais poderoso que todos os outros. Deus da vida;

Kuríos – deus do conhecimento e intercessor dos Mestres.

Miandos – deusa da flora e da colheita.

Nakar – deusa das riquezas minerais e da fortuna.

Otraxes – deus dos animais, protetor dos caçadores e pastores.

Rokhar – deus da virilidade, da força física e das guerras.

Siemes – deusa das donzelas, protetora da candura e da inocência.

Sjokar – deus da água, protetor dos rios e dos mares.

Taílor – deus do trabalho e protetor dos camponeses.

Do outro lado do mar: Os termos gizamyrianos

Fráter – líder religioso da Fé Lunar.

Sóror – líder religiosa da Fé Lunar.

Deusas da Fé Lunar

Criadora – Lua maior.

Guerreira – Lua a oeste.

Sacerdotisa – Lua menor a leste.

Agradecimentos

Uau. Estamos aqui, finalmente. Aos que, como eu, leem os agradecimentos, preparem-se: é uma lista longa. (Àqueles que pulam essa parte, eu *realmente* entendo vocês. Mas seria muito legal se espiassem um pouquinho esses parágrafos, porque, sem as pessoas listadas a seguir, o livro que está em suas mãos talvez nunca fosse possível – e eu acho que elas merecem um pouquinho de amor.)

Primeiramente, deixo meu obrigada a todos que ajudaram esse livro a sair dos arquivos do meu computador até as estantes: à equipe da Galera Record, especialmente à Agatha Machado e à Ana Lima, que foram acolhedoras desde o começo e atenciosas em todas as centenas de e-mails trocados até a publicação do *Sob a capa vermelha*; à Salome Totladze, pela linda ilustração de capa; ao Grupo Odisseia, que revisou a primeira versão desse texto, a mesma que chegou às mãos da editora, e sem o qual eu *nunca* teria terminado a tempo; e, é claro, à comissão de julgadores do concurso "Sua história nos 10 anos da Galera", que acreditou em mim e na história de Nor, permitindo sua publicação. Mil vezes obrigada.

Não percebi que este seria um livro sobre o amor incondicional de mãe até que terminei de escrevê-lo – e eu não poderia tê-lo feito se não tivesse experimentado esse amor pela parte da minha mãe, Meire (por acreditar em mim, por ser minha inspiração, por me deixar gastar centenas de papel sulfite e quantias absurdas de toner para imprimir as primeiras versões deste livro, e por aquela vez que você jogou um chocolate em mim enquanto eu escrevia – obrigada!), e também pela minha fantástica mentora em todos os assuntos, Rosa, um anjo na terra. Obrigada por sempre me lembrar da bondade e da magia que existe no mundo. Se eu pudesse, a coroaria com as joias mais preciosas e a cercaria das mais bonitas flores; ofereço minhas palavras vacilantes em vez disso e espero que sejam suficientes.

Minha gratidão à Julia Inácio e à Ana Julia Lino pelo *beta reading*. Vocês foram minhas primeiras leitoras, e as mais sinceras. Obrigada pela paciência e pelas infinitas revisões. E à Thaís Petersen, por me ouvir tagarelar sobre escrita por horas e por me ajudar a achar a incrível ilustradora que deu vida à Nor (eu ainda quero ver a sua versão!). Vocês são o máximo.

Aos presentes que a Unicamp me trouxe: Ana Julia Prado, Ana Luiza Perez, Beatriz Prado, Cecília Sestari, Laura Gomes, Thaís Zanetti, Isa Ricchiero e Laleska Carolina – está aqui finalmente, meninas! Espero que gostem. Obrigada por serem minhas fãs mais entusiastas. Adoro vocês. (*Shoutout* especial para a Bia, que me contou sobre o concurso. Tudo seria diferente sem você.)

Às minhas irmãs, Carolina Beatriz e Beatryz Genare. À primeira, obrigada pelo apoio – eu sempre vou me lembrar do jeito como seu rosto se iluminou quando você soube que eu seria publicada, e sua vontade de atuar numa adaptação do livro nunca deixará de ser hilariante pra mim. Obrigada por oferecer seu apartamento e sua companhia toda vez que eu preciso de abrigo, ou só de umas risadas. Você foi um dos meus primeiros exemplos de mulher e eu nunca vou esquecer disso. À segunda, minha sempre melhor amiga e *kindred spirit*: minha eterna gratidão. Sua força e doçura estão salpicadas em alguns dos personagens desse livro; espero que tenha feito jus a você, B.

E, finalmente, ao meu pai. Norina não tinha um, mas isso não significa que você tenha sido deixado de fora dessas páginas. Ei, desculpe mesmo, eu realmente não sou uma boa corredora... mas acho que finalmente terminei essa maratona. E não teria feito isso sem você ao meu lado, me incentivando e me acompanhando a todo passo do caminho. Seu apoio e sua fé em mim me dão força para continuar perseguindo meus sonhos e me envolvem a cada palavra escrita. Obrigada.

Este livro foi composto na tipografia Minion Pro,
em corpo 10,5/15, e impresso em papel off-white no
Sistema Digital Instant Duplex da Divisão Gráfica da
Distribuidora Record.